Juna Elwood

MYTHNOIR
IM BANN DER INSIGNIEN

Band 1

1. Auflage
Taschenbuchausgabe
Copyright © 2021 Juna Elwood,
Erdbrügge 20, 32479 Hille
Alle Rechte vorbehalten
Lektorin: Lily Wildfire
Korrektorin: Sandra Florean
Satz: SunayaART
Illustrationen und Coverdesign: SunayaART
unter Verwendung der Motive von Shutterstock.com
Herstellung und Verlag: BoD - Books on Demand, Norderstedt
ISBN: 978-3-7543-2639-8
Instagram: juna_elwood
www.juna-elwood.de

Die Grundregeln der Insignien

Alltagsinsignien
Aus Magie hergestellte Gegenstände, die das Leben erleichtern. Sie haben keine nachweislichen Nachteile.

Kraftinsignien
Heilende, unterstützende oder stärkende Gegenstände. Ihre Nachteile zeigen sich bei einer zu starken Beanspruchung.

Machtinsignien
Oftmals gefährliche Waffen oder Schmuckstücke, deren Magie in drei Stufen erweiterbar ist. Eine unvorsichtige Benutzung kann lebensgefährliche Konsequenzen haben.

Schatteninsignien
Mysteriöse Gegenstände, die bei einer Verwendung sofort eine nachteilige Auswirkung zeigen.

Jede Insignie ist entweder gebunden oder ungebunden. Die Entwendung einer gebundenen Insignie vom Besitzer wird nicht gelingen. Sie können nur innerhalb der Familie vererbt werden.
Ungebundene Insignien stehen frei zur Verfügung und können nach Belieben weitergereicht werden.

Mythnoir's Puls

Schmerz. Einsamkeit. Das unregelmäßige Pochen meines schwarzen Herzens. Diese Welt bestand aus spärlicher Symmetrie und ich war gefangen in ihrer Magie. Es war eine kalte farblose Leere. Sie umschloss mein Innerstes und die Haut, die ich einst trug. Das Rauschen meiner Blutbahnen hörte ich kaum noch. Was blieb, war der anhaltende Wimpernschlag der längst vergangenen Sekunde. Bloß er gewährte mir einen Einblick in eine tröstlichere Dunkelheit und ließ mich weiter die unsagbare Stille spüren. Mein vorheriges Leben erschien mir wie eine vage Erinnerung eines Traumes. Ich sehnte mich nach Licht, dem Summen meiner Kehle und dem Gefühl von Schnee unter meinen Schuhsohlen. Meine Gedanken kreisten und fanden kein Ziel, keine Aufgabe und keine Zuversicht. Feine Fäden streiften meinen steinernen Körper. In den Fugen zwischen den floralen Gravierungen saß Spinnengetier und wartete. Genau wie ich wartete – auf dich.

Sommerblaue Augen

»Es gibt immer mehrere Wege zum erhofften Ziel«, flüsterte ich Mums Weisheit in mich hinein. Der seichte Wind wehte mir ins Gesicht und brachte den Geruch von sattem Grün mit. Einzelne weiße Nelken lagen am Wegesrand und wiesen mir eine unsichere Richtung. Seit zehn Minuten ritt ich durch die hügelige Landschaft. Ich kannte jede Kreuzung, jede Abzweigung, jeden Baum und dennoch war es diesmal anders. Ich hielt die Zügel fester. Fleckchen spürte meine Ungeduld. Die junge Schimmeldame spannte ihren Nacken an und geriet in einen ungleichmäßigen Trab. Nur ein geschulter Blick erkannte, dass die Blüten nicht von Hand abgezupft worden waren. Leicht wollte es mir meine Großmutter nicht machen, das stand fest.

Die Spur führte in einen kleinen Wald und in die Nähe eines Baches. Libellen erweckten Kindertage zum Leben. Wie damals wuchsen unter der Buche Kresse und Heidelbeeren. Nur der Bach plätscherte träger, als ich es in Erinnerung hatte. Dann erkannte ich einen Uferfelsen. Er war mit Moos überdeckt und darunter blitzte mein Name hervor: Shary. Ich teilte den Platz mit vielen anderen Namen. Sie waren das Einzige, was darauf hindeutete, dass hier einst abenteuerliche Insektenstudien stattgefunden hatten. Damals hatte mir Grandpa in vielen Stunden seine geliebte Meißelkunst gezeigt. Er meinte, etwas in Stein zu meißeln, sei für die Ewigkeit bestimmt. Wir wollten seinen Worten eine Bedeutung schenken, doch wir wussten nicht, welchen Plan das

Leben für uns bereithalten würde. Manche von meinen Sandkastenfreunden waren weggezogen, andere bis zur Highschool geblieben und hatten diesen idyllischen Ort vergessen. Bis heute spürte ich jeden Schlag in meinen Fingerspitzen. Ein elektrisches Gefühl hallte in mir nach und ich entdeckte ein weißes Band auf der anderen Seite des Ufers. Es wiegte an einem Haselnussbaumzweig. Ein Zeichen von Grandma.

Ich leitete Fleckchen durch das niedrige Wasser und hörte, wie ihre Hufen auf der anderen Seite die ersten heruntergefallenen Haselnussschalen aufknackten. Sie sprangen wie Funken umher und rollten in den Bach hinein. Ich zupfte die Schlaufe vom Ast und widmete mich einer überwucherten Lichtung. Sonnenstrahlen fielen von oben herab und ich bildete mir ein Reh ein, das genüsslich Gräser kaute. Für ein Fotomotiv wäre dies der passende Moment gewesen. Doch erstens stand dort kein Reh und zweitens hatte ich meine Kamera nicht mitgenommen. Sie hätte mir vor dem Bauch gebaumelt und wäre gegen den Sattelknauf gestoßen, sobald Fleckchen lostrabte. Unvorteilhaft für meine sorgsam angesparte Anschaffung.

Ich stieg rechts vom Sattel und führte Fleckchen den Bachverlauf entlang. Auffällige weiße Nelkenblüten hafteten an der trocknen Schattenseite der Steine. Entweder lag die Blume flussaufwärts am Tümpel oder an der Brücke außerhalb des Waldes. Die Entscheidung war schwierig. Schließlich konnte Granny mich ausgetrickst und die Fährte absichtlich manipuliert haben. Die anderen Teilnehmer waren vermutlich schon am Hof und warteten auf mich.

»Welche Richtung würdest du nehmen?«, fragte ich Fleckchen und streichelte ihren Nasenrücken. Ich fühlte mich nicht weniger geistig zurückgeblieben, wenn ich mit Pferden sprach, statt mit mir selbst. Sie gaben mir gelegentlich sinnvollere Antworten und waren somit die besseren Gesprächspartner.

Aber Fleckchen blieb still. Anstatt blind dem Bachverlauf flussabwärts zu folgen, zog ich sie am Geschirr in Richtung des Pfades zum Tümpel. Das war besser, als angewurzelt stehen zubleiben und darüber nachzudenken, welchen Trick Granny angewandt hatte.

Meine Großeltern veranstalteten im Rahmen des alljährlichen Sommerfestes immer ein Suchspiel. Die Teilnehmer folgten einzeln ihren zugeteilten Farben, suchten nach Hinweisen wie eine farblich passende Schlaufe, Steintürmchen oder Notizen. Vor allem mussten sie die entsprechende Nelke wohlbehalten zurückbringen.

Meistens versteckte meine Großmutter die Blumen auf dem Hof oder in den umliegenden Feldern, doch dieses Mal war die Wahl erstaunlicherweise auf den Wald gefallen. Womöglich hatte mein kleiner Bruder Sam etwas mit der Sache zu tun. Inzwischen kannten er und die Nachbarskinder jeden Unterschlupf auswendig. Er hätte jederzeit kichernd aus einem Gebüsch hervorspringen und mir einen Schreck einjagen können. Wahrscheinlich folgte ich sogar der falsch gelegten Blütenspur meines Bruders. Es wäre nicht das erste Mal gewesen.

Vorsichtig schob ich Geäst beiseite, um zum Ufer des Tümpels zu gelangen. Seerosen zierten das trübe Gewässer und Schilf raschelte im Wind. Eine zerfallene Hütte stand unscheinbar zwischen Tannen. Noch vor wenigen Jahren war das der Hotspot für Gruselgeschichten und Bewährungsproben gewesen, bis jemand auf die Idee gekommen war, ein Streichholz anzuzünden. Jetzt zeichneten morsche Fensterläden und verbrannte Bretter ein trauriges Bild. Nichts erinnerte an das Häuschen, das einst mit seinen Blumenkästchen und der Veranda abenteuersuchende Wanderer angelockt hatte. Die Anspannung in meiner Brust löste sich. An den Treppenstufen waren feinsäuberlich gebundene weiße Nelken zu sehen. Endlich hatte die Suche ein Ende. Zügig las ich die Blumen auf und betrachtete die welken Blütenspitzen.

Ich hatte mir Zeit gelassen, doch vielleicht schaffte ich es trotzdem als Erste zum Hof und gewann den Hauptpreis: eine gläserne Blume, ganz klassisch im Cinderella-Stil. Meine Granny liebte Märchen und das Sommerfest gab ihr die Chance, ganz in ihrem Element aufzugehen. Sie organisierte gerne verschiedene Spiele, die ihre Lieblingsgeschichten widerspiegelten.

Von den *Drei Bären* bis hin zu *Däumelinchen* tobten besonders Kinder, die aus den umliegenden Dörfern kamen, durch unsere Felder. Mit meinen achtzehn Jahren gehörte ich nicht mehr in diese Kategorie, aber als Familienmitglied musste ich die Ehre verteidigen. Das gelang mir am besten beim Reiten. Auch wenn Fleckchen unerfahren und scheu gegenüber Fremden war, so war sie ein schnelles, loyales Pferd.

Ich stieg mit meinem rechten Bein in den Steigbügel und schwang mich in den Sattel. Fleckchen drehte zuckend die Ohren. Äste brachen im Wald, Blätter raschelten und aus dem Unterholz drang ein Knistern. Mein Atem stockte. Sam? Ein wildes Tier oder einer der anderen Teilnehmer? Was es auch war, ich riskierte keinen Kontakt. Je schneller wir fortkamen, desto wahrscheinlicher hielt ich den Hauptgewinn in den Händen. Ich erspähte einen schmalen, überwucherten Pfad. Hinter wenigen Bäumen und violetten Weidenröschen entdeckte ich die Nebenstraße. Der Asphalt glänzte durch hohes Gras und strahlte mich an. Einen besseren Durchgang gab es nicht für eine schnelle Flucht.

Nach einiger Zeit hörte ich Hufe klackern. Sie schienen näher zu kommen. Instinktiv wandte ich den Kopf nach hinten. Luise verfolgte mich mit einem Wallach. In ihrem schmalen Gesicht stand der Eifer geschrieben. Ein spöttischer Ruf folgte: »Du hast dir das falsche Pferd angeschafft!«

»Du musst mich erst überholen«, rief ich zurück und drückte die Fersen fest in Fleckchens Flanken. Wie hatte sie mich so schnell einholen können? Sie musste ihre Blume direkt nach mir gefunden haben und mir gefolgt sein.

Fleckchen schnaubte unter mir, während wir mit dem Wind galoppierten. Ihre Mähne flog wie eine Welle aus zartem Gold und Silber. Schritt für Schritt verstärkte sich das Kribbeln unter meiner Haut. Ich fühlte mich frei, losgelöst von der Erde und unaufhaltsam. Die Felder zogen an uns vorbei und ich bemerkte, wie das Gummiband meines Zopfes allmählich nachgab. Mit jedem Atemzug näherten wir uns dem Ziel. Ich ließ drei Hügel hinter mir, dann den kleinen Baum, der am Wegesrand einsam stand. Rechts das umgekippte Ortsschild, ein paar Meter dahinter klaffte ein Schlagloch. Die ersten Ziegeldächer lugten über der letzten Erhebung hervor. Das geschmückte Gelände kam in Sicht.

»Mehr hast du nicht drauf, Entchen?« Luise grinste hämisch und schlug die Zügel kräftig durch, sodass ihr Wallach uns spielend überholte und Fleckchens Stolz verletzte. Und meinen gleich mit. Das schwarze Haar wehte unter Luises Helm, die Schultern zog sie hoch. Das Pferd galoppierte mit straffem Zug. Lange konnte sie das Tempo nicht halten. Aber die Ziellinie war nah. Sie würde unser Duell gewinnen und mir ihre Ausbeute unter die Nase reiben.

Neugierige Gäste feuerten uns an und ich ritt verlangsamt an blauen, braunen und grauen Augen vorbei, während Luise die gelbe Nelke in die Luft streckte. Sie überquerte die Linie als Erste und lächelte mir siegesgewiss ins Gesicht. Ein Stöhnen kam über meinen Lippen. Gleich würde sie mir einen ihrer Entensprüche an den Kopf werfen, die ich seit Monaten nicht gehört hatte, weil ich für das College nach Carlisle gezogen war.

»Was habe ich dir gesagt?«, hechelte sie.

Ich befreite meine Haare aus dem Helm. »Das verdankst du ausschließlich deinem Pferd.«

»Du bist einfach flugantauglich. Oder soll ich lieber sagen, dass du im Sumpf lebenslang nach Entengrütze fischen wirst?«

Meine Fingernägel bohrten sich in den Sattel. »Ganz sicher nicht.«

»Tut mir leid, Mädchen. Ihr seid zu spät«, unterbrach Granny uns. Ihr lockiges graues Haar umspielte ihr Gesicht und verlieh ihr einen frischen Teint. »Dieses Jahr hat die rote Nelke ihre Prinzessin befreit.«

Luises Vorfreude verpuffte und meine Enttäuschung schlug um. Ihre Bemühungen, mich zu schlagen, waren umsonst gewesen. »Glück für dich«, murmelte sie und zerrte das Pferd peinlich berührt von der Strecke herunter.

»Danke, das hat gesessen«, sagte ich erleichtert zu Granny. Mit groben Handgriffen nahm Luise dem Wallach die Trense aus dem Maul und riss ihm die Unterdecke vom Rücken.

Granny beobachtete das bockige Schauspiel. »Ist das Mädchen immer so gut gelaunt?«

»Nicht immer, aber meistens. Sie ging in meine Parallelklasse und hat mit ihren dreckigen Sneakers immer meine Tasche beschmiert, wenn wir gemeinsam am Tisch saßen.«

»Daran erinnere ich mich noch. Deine Mutter hat jede Woche aus der Waschküche geflucht, als stünde die Welt vor dem Untergang.«

»Luise war schwierig und wird es sicher bleiben.«

Granny schüttelte den Kopf. »Dennoch kein Grund, dich von ihr beeinflussen zu lassen. Das Mädchen braucht dringend ein besseres Ventil.«

Ich strich mir die herausgefallenen Strähnen hinter das Ohr. »So, wie sie ihr Pferd absattelt, wird das heute nicht mehr passieren.«

»Vielleicht nicht, aber auch sie wird irgendwann erwachsen«, sagte Granny mit heller Stimme. »Bevor ich es vergesse, deine Mutter leitet gleich das Hauptprogramm und ihre Bestellung müsste jeden Moment da sein. Ich befürchte, du musst den Nachmittag im Laden übernehmen.«

»Hättest du mir das nicht früher sagen können?«

Sie zuckte mit den Schultern. »Du warst mit der Suche beschäftigt, Schatz.«

»Natürlich, bevor ich an einem der zeitaufwendigsten Suchspiele der Welt teilnehme«, murrte ich, doch die Worte erreichten sie nicht mehr. Begeisterte Eltern bequatschten Granny und baten sie ins Zelt. Verblüfft blieb ich zurück. Unsere Blicke kreuzten sich ein letztes Mal, ehe sie in das buntgeschmückte Zelt verschwand.

Das Fest steuerte auf den Höhepunkt zu. Ich sah Feen, Ritter und kleine Märchenprinzessinnen an jeder Ecke. Lamettagirlanden zierten die Zäune, bemalte Tiergesichter und Grandpas Skulpturen gaben dem Hof einen unverwechselbaren Touch. Der Geruch der mitgebrachten Kuchen und Aufläufe vermischten sich mit einem Karamellduft, der wie eine sanfte Wolke über das Grundstück schwebte. Es war ein Schlaraffenland für meinen ausgedorrten Magen. Er hatte nach den letzten Handgriffen, die das Fest noch benötigte, nichts mehr verdaut.

Fleckchen schnaufte hektisch am Zügel. Sie wollte dem Trubel entkommen und ich am liebsten in den nächstbesten Kartoffelauflauf springen. Meine anfängliche gute Laune fiel in ein tiefes Loch. Wenn ich jetzt aufbrach, verpasste ich den ganzen Spaß. Den Tag hatte ich mir definitiv anders vorgestellt.

Die Klingel über der Tür ertönte zum vierten Mal. Der Lieferant trug die Kisten einzeln hinein. Sie schienen das Gewicht eines Kleinwagens zu besitzen. Ich erinnerte mich nicht mehr, wann ich das letzte Mal eine Anlieferung für meine Mutter entgegengenommen hatte. Vielleicht lag es daran, dass die Kuriere nicht zuverlässig waren oder ich nie den Nerv besaß, das Geschäft für einen halben Tag zu übernehmen. Stattdessen wollte ich lieber das restliche Wassereis auf dem Fest verschlingen, bevor ich meine Semesterferien im Bett verbringen und verpasste Serien schauen würde. Mir graute es bereits vor den stickigen Hörsälen und dem langweiligen Frontalunterricht für Studienanfänger, der mir blühte, sobald ich wieder das College besuchen würde. Von den Partys ganz zu schweigen. Aus diesem Grund schob ich den Dschungel von ellenlangen Texten in die Schublade für stressige Studientage in meinem Kopf und rührte den Schlüssel dazu nicht an. Jede andere Tätigkeit war mir lieber, als diese überfüllte Schublade zu öffnen, selbst einen Nachmittag im Floristikhandel bevorzugte ich. Auch wenn von weitem der Tumult des Festes lockte.

Die hängenden Kübelpflanzen baumelten im Schaufenster und eine verirrte Hummel suchte im Blumenparadies nach Nektar.

»So, das waren alle«, riss mich die Stimme des Kuriers aus meinen Gedanken.

Verwundert sah ich auf die Notiz, die Mum eilig geschrieben hatte. »Wo sind die Inkalilien, unsere Rittersporne und die Levkojen?«

»Tut mir leid, sie sind nicht auf meiner Liste«, antwortete er gelassen, während er bereits das Signaturbrett aus seiner Seitentasche zückte.

Nie funktionierte etwas in diesem Dorf ohne Probleme. Ich seufzte. »Sagen Sie Ihrem Chef, dass wir jeden unbedeutenden Grashalm brauchen. Wir können nicht alles im kleinsten Gewächshaus von ganz England beheimaten.«

»Mache ich. Trotzdem haben Sie es hier schön«, grummelte er und hielt das Pad dicht vor mich. Ich verkniff mir meine Standardantwort auf eine Phrase, die ich zum zweihundertsten Mal hörte. Aus irgendwelchen Gründen hatte meine Mutter nach der Trennung wieder in ihre Heimat ziehen wollen. Ob es am strengen Westwind lag, an der Nähe zu meinen Großeltern oder an der Stille, wenn die Tiere in den Ställen waren, hatte sie mir nie erzählt.

Sie lächelte immer nur und zitierte einen ihrer philosophischen Sprüche aus den Zeitschriften für ältere Damen, die sie jeden Morgen am Frühstückstisch las.

»Danke, das nützt mir herzlich wenig«, beklagte ich mich tonlos und trug den Familiennamen ein.

Als das letzte Klingeln im feuchten Raumklima ertönte, blickte ich mit müden Augen auf die Lieferung. Acht Kisten standen wie eine Pyramide vor mir. Was hatte Mum jetzt wieder bestellt? Hoffentlich keine neuen Vasen oder alberne Aufziehmännchen für das Schaufenster. Träge schlurfte ich mit meinen plüschigen Hausschuhen zu den Kartons und tastete auf dem Verkaufstresen nach einer Schere. Meine Finger griffen in eine ungewohnte Leere. Sie befand sich nicht in ihrem Behälter neben der Kasse.

»Suchst du die hier?«, fragte Sam, in der Wohnungstür zum Laden stehend, und schwenkte die Schere. Verstohlen lächelte er und knusperte laut seine Chips. Krümel fielen ihm auf sein Flugzeugshirt.

»Was machst du hier? Ich dachte, du bist auf dem Sommerfest?!«

»Die Besucher sollen es noch genießen, bevor ich es sprenge und ihnen den Tag vermiese«, verkündete er und putzte die Finger an der Hose ab.

»Wie gütig von dir«, sagte ich zynisch und stemmte die Hände in die Hüften. »Hast du nicht deine eigene Schere?«

»Ich nehme keine hässliche pinke Mädchenschere mit in den Kunstunterricht.«

»Eine, die genauso funktioniert, wie eine mit anderer Farbe«, tadelte ich ihn. »Und jetzt gib sie mir, ich möchte nicht ewig vor geschlossenen Kartons stehen.«

»Nur gegen Bezahlung. Ich verlange deinen ganzen Kuchen.«

»Spinnst du? Den hat Mum für mich gebacken, als Willkommensgruß nach dem ersten Semester, und du weißt, wie selten Mum ihren berühmten Flammenkuchen backt.«

»Gut, dann bekomme ich den Rest«, sagte er mit seinem jahrelang perfektionierten Grinsen, welches er auflegte, sobald er sich zu sicher fühlte.

»Denkst du wirklich, dass du deine ältere Schwester übers Ohr hauen kannst?« Ich schlich in geduckter Haltung auf ihn zu. Meine Finger waren für die Kitzelattacke des Jahrhunderts bereit.

»Was hast du mit denen vor?«, fragte er und zog schützend den Kopf an die Schulter. Die Halskuhle war seine empfindlichste Stelle, die ich nach vielen Versuchen erst vor Monaten gefunden hatte. Das derzeit beste Mittel gegen trotziges Verhalten. Allein durch einen winzigen Stupser kringelte er sich vor Lachen.

Ich stürmte auf ihn zu. »Der Kuchen gehört mir!«

Unter meinen federleichten Bemühungen gab er seinen Anspruch auf Mums Kuchen nicht auf. Mein persönlicher Quälgeist blieb hartnäckig und umklammerte die Schere fester.

»Ich überlasse ihn dir nicht!«, erwiderte er laut kichernd und zappelte weiter.

Dann schien die Sonne durch das winzige Fenster der Zwischenetage und blendete mich mit der Spiegelung der Scherenklinge. Farbtupfer sprangen über den kargen Flur und irritierten mich. Ungewollt kniff ich die Augen zu und ließ von Sam ab. Er stolperte auf eine höhere Stufe der Treppe.

»Du ärgerst mich wieder«, japste er.

Ich grinste und rieb die Farbtupfer fort. »Wenn du mich weiter während der Arbeit belästigst, gibt es keinen Waffenstillstand für uns.«

Seine Schultern sackten ein und er prustete los. »Bis du eines Nachts die Rache erhältst!«

»Erwartet mich eine kalte Dusche? Stellst du den Wecker wieder auf alle zehn Minuten oder schießt du Bilder, wie meine Füße aus der Decke ragen?«, mutmaßte ich.

»Etwas viel Besseres, versprochen.«

»Natürlich«, spottete ich und klaute mir mein Recht aus seiner Hand zurück. Für einen Zehnjährigen waren seine Scherze harmlos, aber effektiv. Letztens hatte er mein Handy genommen, sich unter meinem Bett versteckt und grässliche Monstergeräusche abgespielt. Ich war schweißgebadet aufgewacht und hatte mich in eine Ecke des Bettes verkrochen, bis er kichernd aus dem Versteck gekommen war und den Spuk beendet hatte. Oh, ich hasste ihn dafür, aber er hatte auch seine guten Seiten – zum Beispiel sein Talent, mich immer wieder zu überraschen.

»Sagst du Mum, dass die Inkalilien, Rittersporne und die Levkojen fehlen?«, bat ich ihn und öffnete den ersten Karton der Lieferung. Der Duft von frischer Erde schwirrte mir um die Nase und erinnerte mich an vergangene Tage auf dem Fußballplatz.

»Können die nicht lesen?«, beschwerte sich Sam mit einem Kopfschütteln, was sein braunes Haar durcheinanderbrachte.

Eine Feuerlilie leuchtete in einem knalligen Orange unter der benässten Folie. »Es war bestimmt wieder ein Praktikant, der die richtige Bezeichnung nicht wusste oder einfach zu irgendeiner Lilie gegriffen hat.«

»Zumindest sind beide Arten ähnlich«, kommentierte er mein zerknittertes Gesicht. »Gehst du nachher wieder zu Grandma?«

Seitdem Grandpa ihn mit alten Geschichten aus seiner Jugend belästigte und nicht aufhörte zu erwähnen, dass er in jungen Jahren schon auf dem Hof gearbeitet hatte, war Sam im Themawechseln zum Meister aufgestiegen. Er war nicht geschaffen für Pferdeäpfel, wobei es ihm bei seiner Bequemlichkeit nicht geschadet hätte, gelegentlich ein paar Ställe auszumisten.

»Wenn ich meine Zeit mit verirrten Touristen und der Lieferung totgeschlagen habe, helfe ich beim Aufräumen.«

»Schade, dann bekommst du nichts vom besten Teil des Sommerfestes mit«, stichelte er. »Die Krönung des Sommertieres und die anschließende Tombola.«

»Der Gewinner des Hauptpreises steht bereits fest, weil es niemand innerhalb eines Tages schafft, ihn zu ziehen.«

Meistens drehte sich die Tombola um Brettspiele oder kleinere Gimmicks wie einen Handventilator oder eine Kiste Süßkram. Der erste Preis war eine andere Hausnummer und da Granny vermutete, dass Sam ihn bekam, war es fast ein verfrühtes Geburtstagsgeschenk. Oft wünschte er sich Videospiele und das berücksichtigte sie bei der Tombola. Sie verhätschelte ihn zu sehr, anstatt an die anderen Besucher zu denken. Aber so war sie schon immer gewesen.

»Deswegen ist es ja der beste Teil – für mich«, sagte er und hüpfte die Wohnungstreppe hoch.

Ich stöhnte laut auf. Zumindest hatte er seinen Spaß auf dem Fest.

Die letzten Besucher fuhren vom Parkplatz runter. Eine merkwürdige Stille breitete sich über dem Grundstück aus. Der Wind sauste in der alten Eiche und eine Amsel sang ihr letztes Lied. Nur einige Nachbarskinder tobten mit Sam über die weitläufige Wiese hinter dem Haus. Die Pferde, die an der Sommerkür teilgenommen hatten, waren mit festlichen Blumen und kunstvoll geflochtenen Mähnen geschmückt. Sie stolzierten mit klackernden Hufen an mir vorbei und machten dem Abendhimmel Konkurrenz. Er dehnte sich über meinem Kopf in allen Nuancen aus. Das Schlachtfeld vor mir erinnerte dagegen an trübes Wetter. Der Müllbeutel knisterte in meinen Händen. Plastikbecher, Papierteller, kleine Verpackungen und die Lose von der Tombola lagen verstreut auf dem Rasen und flehten mich an, sie in die überfüllte Tüte zu stecken und in den nächstgelegenen Container zu werfen. Meine Lippen kräuselten sich. Bis der ganze Hof abgesucht war, würde es Stunden dauern.

Granny beschäftigte sich derweil mit dem Abräumen der Tische und sah mit ihren unordentlichen Locken erschöpft aus.

»Wie lief der Tag?«, fragte ich, während sie das unbenutzte Geschirr stapelte.

»Wenn ich das Chaos betrachte, ganz akzeptabel.«

»Sei nicht so bescheiden, Grandma. Alle sind glücklich nach Hause gegangen, wie jedes Jahr.«

Sie schob stolz ihre Brille hoch und musterte mich mit einem nachdenklichen Gesicht. »Du siehst schlimmer aus als Aschenputtel. Nur das dreckige Kleid und die bösen Stiefschwestern fehlen.«

»Es war auch ein langer Nachmittag«, sagte ich und pflückte weitere Papierschnipsel aus dem Schatten des Pavillonzeltes. »Die Lieferung war nicht vollständig und ein Kunde wollte unbedingt Inkalilien für sein Gesteck. Er war nicht sehr erfreut, da er den Strauß zwei Wochen vorher in Auftrag gegeben hat. Ich konnte ihn jedoch vertrösten und zu einer anderen Blumenkombination überreden.«

»Entschuldige, du musstest für Isabellas Verschlafen herhalten. Sie hätte die Blumen viel früher bestellen sollen. Das war nicht geplant.«

Schulterzuckend erinnerte ich mich. »Bevor ich losgeritten bin, hat sie mir wieder ein Zitat mit auf den Weg gegeben. Sie hätte es mir in dem Moment sagen können.«

»Du weißt, wie Isabella manchmal ist«, antwortete sie krämerisch lächelnd. »Willst du dich lieber um Fleckchen kümmern? Sie steht noch auf der Koppel und freut sich sicher über deine fürsorglichen Hände.«

Anscheinend musste die scheue Schimmeldame überzeugt werden, den Stall als ihr Zuhause anzusehen und nicht die Koppel.

»Sie braucht mit Sicherheit nur einen zarten Stupser.«

»Oder ein bisschen Heu, eine Massage und viele beruhigende Worte von dir. Um den Rasen und den Müll kann sich auch Sam kümmern.«

Sie konnte die Unlust auf das Aufräumen in meinem Gesicht erkennen. Dafür liebte ich sie. Manchmal brauchte es keine Worte zwischen uns.

»Sehe ich dich morgen?«

»Ja, wenn Grandpa es schafft, die Stalltür, eine Mauer und die Dachluke zu reparieren. Der Herbst nagt am Grundstück und der Winter wird nicht mild ausfallen.« Sie ließ ihren Blick über das Gelände schweifen. »Wir wollen den Schatz, auf dem du stehst, bewahren. Es war das Erste, was wir von diesem Ort gesehen haben und wir haben gleich gespürt, dass dies unser Zuhause sein wird.«

Grandma vergötterte den Hof. Immer wenn sie von ihm sprach, lag in ihrem sehnsuchtserfüllten Blick etwas, was mir fremd war. Früher hatte ich die Sommerferien hier verbracht und den Rest des Jahres in Middlesbrough. Dort war ich zu Hause, ging zur Schule, hatte meinen Freundeskreis und gleich um die Ecke das Fußballfeld, wo ich als Stürmerin gespielt hatte. Bis schließlich der Unfall passierte und wir gänzlich hierher gezogen waren.

Sie streichelte meine kühle Wange. »Ich weiß, du siehst nicht, was Isabella und ich zwischen diesen grünen Hügeln sehen. Allein dein Herz kann es eines Tages fühlen.«

»Jetzt fängst du auch mit philosophischen Weisheitssprüchen an«, murrte ich und verdrehte die Augen.

»Tut mir leid, das liegt wohl in der Familie«, sagte sie schmunzelnd und wanderte in den verspielten Wintergarten.

Ich schaute zu Fleckchen. Sie wieherte und ihre Ohren waren zu mir gerichtet. Die Weide umfasste das gesamte Gelände und reichte bis ans Haus heran. Selbst im Wintergarten konnte man die Koppel gut sehen und die Pferde beim Grasen beobachten. Die Stute hatte das Gespräch wohl die ganze Zeit belauscht.

Meine Sohlen knirschten auf dem schmalen Kieselsteinweg

und mit einer ruhigen Handbewegung öffnete ich das Gatter. Ihre großen dunklen Augen leuchteten mich an.

»Ja ja, unser Sorgenkind wartet auf ihren persönlichen Abholservice, schon verstanden.« Ich streichelte über den warmen Nasenrücken und zupfte violette Blüten aus ihrer Mähne. »Du hattest doch einige Verehrer, stimmts?«

Der Wind flüsterte dem Geäst etwas zu. Das Gatter knarzte. Fleckchen spannte ihre Kiefermuskeln an und verlagerte das Gleichgewicht neu. Sie war nervös. Meine Hand glitt zur Beruhigung über den großen Fleck an ihrem Hals, als ich einen jungen Mann unter der alten Eiche entdeckte.

Eine unangenehme Gänsehaut überzog meine Arme. Längeres schwarzes Haar bedeckte seine markanten Wangenknochen und die Augen erstrahlten in einem intensiven Blau, wie das eines klaren Sommerhimmels. Gespenstisch. Sie durchbohrten mich, als wäre ich das einzige Interessante, neben der Dämmerung und Fleckchen, die mein Haar mit einer Heumahlzeit verwechselte und an einer Strähne knabberte.

»Du magst mich nur, weil mein Kopf zufällig wie ein leckeres Menü für extravagante Pferde aussieht«, flüsterte ich, schob ihren Kopf aus meiner Reichweite und erntete als Dank ein vorwurfsvolles Schnaufen. Doch der finstere Ausdruck des Fremden in meinem Augenwinkel verunsicherte mich. Ich konnte ihn nicht einfach ignorieren, denn irgendetwas stimmte nicht mit ihm. Er rührte keinen Muskel. Wie eine griechische Statue starrte er mich ununterbrochen an.

»Alles gut, du bekommst gleich etwas zu fressen, versprochen«, beruhigte ich vielmehr mich anstatt Fleckchen, deren Schweif wieder friedlich tänzelte.

»Redest du wieder mit deinem tierischen Seelenverwandten?«, spottete Sam und schlenderte auf mich zu. Zum ersten Mal rettete mich mein kleiner Bruder aus einer beklemmenden Situation. Eine

Sekunde länger und ich hätte den nächstbesten Stein genommen und den fremden Kerl damit beworfen.

»Wollte Granny nicht, dass du die undankbare Aufgabe der Rasensäuberung erledigst?«, fragte ich skeptisch.

»Das machen schon die Nachbarskinder.«

»Sam!«, rief ich gereizt. »Das war deine Verantwortung und du schiebst sie einfach auf andere ab. Grandpa hat recht. Kinder in deinem Alter sollten mehr auf dem Hof helfen und nicht vor dem Fernseher hängen.«

»Was spricht dagegen, wenn derjenige, der den meisten Müll sammelt, den Hauptgewinn bekommt?«, fragte er und steckte die Hände in seine Hosentaschen.

Ich riss die Augen auf und konnte es kaum glauben. Aus einer langweiligen Aufgabe schuf er ein großartiges Spiel. Er ließ den Kindern die Chance, den Preis von der Tombola zu gewinnen. Dennoch übernahm er den bequemeren Teil, indem er nur die Müllmenge kontrollierte. Seine Gerissenheit war ein zweischneidiges Schwert. »Und dafür gibst du deinen Preis her? Du bist ein richtig mieser Geschäftsmann.«

»Auch ein Geschäftsmann muss Opfer bringen«, tönte er großspurig und bummelte langsam voran. Ich folgte mit Fleckchen am Zügel. »Außerdem habe ich das Spiel letztes Jahr schon bekommen.«

»Das hätte ich mir denken können, dass deine Selbstaufopferung den Rahmen deines Eigennutzes nicht sprengt«, sagte ich und lugte zur Eiche. Der Fremde war verschwunden. Erleichtert atmete ich auf. Dennoch blieb ein unbehagliches Gefühl zurück. Es war schon unheimlich, von einem wildfremden Kerl beobachtet und angestarrt zu werden.

»Du musst Stillschweigen über Mums Geheimnis bewahren«, hielt mich Sam plötzlich an.

»Welches Geheimnis?«, fragte ich verwundert und legte den

Kopf schief. Für einen Zehnjährigen war das eine seltsame Aufforderung.

Er holte tief Luft und mir war schlagartig bewusst, es bedeutete nichts Gutes. »Mum und Dad haben telefoniert. Ich konnte heraushören, dass er vielleicht zurückkommt.«

Alles, bloß das nicht! In Sekundenschnelle schnürte es mir die Luftröhre zu. Dad hatte uns nach dem Unfall eiskalt verlassen. Mit der Begründung, dass wir das Unglück wie ein Magnet anzogen und er wegen uns seinen Traumjob verloren hätte. So ein Schwachsinn! Sam kannte ihn nicht und mir blieben die Erinnerungen eines leichtgläubigen Kindes, das seinen Vater liebte, aber seine Mutter leidend am Tisch sitzen sah. Damals hatte ich nicht geahnt, was hinter den Kulissen abgelaufen war. Jetzt wusste ich es besser. »Wir müssen es ihr ausreden, Sam!«

»Sicher? Es geht ihr gut«, sagte er verunsichert.

»Ich weiß, dass du ihn gerne kennenlernen möchtest, er ist nun mal unser Vater.« Ich zupfte an seinem Shirtkragen, bis er glatt und ordentlich auflag. »Aber er hat uns sehr wehgetan und als wir ihn am meisten gebraucht hätten, hat er uns … dich verlassen.«

»Mum hat mir erzählt, dass du mich damals im Auto gerettet hast und du deswegen dein linkes Bein nicht belasten kannst.«

Ich erinnerte mich an den Schmerz der tiefen Wunde. Nicht an den physischen Schmerz, sondern an den seelischen, als ich Sam in meinen Armen hielt und Dad aus dem Beifahrersitz stieg und nicht zurücksah. Zu uns. Zu mir, die um Hilfe schrie.

»Dad hätte uns beide herausziehen können. Tat er jedoch nicht.« Mir kullerte eine Träne an der Wange entlang.

Sam wischte zart meine Enttäuschung fort. »Ist es meine Schuld gewesen?«

»Unsere Eltern hatten während der Fahrt einen heftigen Streit und du hast wie am Spieß geschrien, weil du eine neue Windel gebraucht hättest. Dabei ist Mum von der Straße abgekommen.

Wer Schuldgefühle haben sollte, ist Dad und nicht du.«

»Aber wieso hat er uns nicht geholfen?«

Ich schluckte, denn ich kannte die Antwort selbst nicht. »Ich kann bloß Vermutungen anstellen, Sam. Nur Mum weiß genau, was damals passiert ist und solange sie nicht mit der Sprache rausrückt, müssen wir auf sie aufpassen. Egal, ob er gute oder böse Absichten hat.«

In Sams Augen spiegelten sich seine Sehnsüchte, die er krampfhaft zu verstecken versuchte. »Er hat dir und Mum weh getan und ich lasse das kein zweites Mal zu. Dad hin oder her. Er würde mir meinen Platz streitig machen.«

Ich nahm ihn in die Arme und streichelte über seinen Hinterkopf. Sein braunes Haar duftete nach Eukalyptus. »Genau, wir kommen auch ohne ihn hervorragend zurecht.«

»Wieso umarmst du mich jetzt? Das ist so kitschig!«, schmollte er und entzog sich blitzschnell der Nähe.

Es brachte mich zum Schmunzeln. Seit Granny ihn beinahe erdrückte und ihn die Mütter aus der Nachbarschaft als Schnuckel bezeichneten, mied er jede Umarmung aus Prinzip.

»Darf deine große Schwester ihren Bruder nicht umarmen?«

Er eilte voraus. »Such dir Fleckchen für deine komischen Gefühlsschwankungen aus. Dafür bekomme ich jetzt das letzte Stück Flammenkuchen!«

»Werde ich in Zukunft machen!«, rief ich ihm hinterher und ließ ihm seinen unersättlichen Appetit. Das Kuchenstück hatte er sich redlich verdient.

Ich konnte nicht fassen, dass unsere Eltern miteinander telefoniert hatten, nachdem fast neun Jahre Funkstille geherrscht hatte. Mum hatte geschworen, sich nie wieder auf einen Mann einzulassen. Nach Dad hatten ihre Verehrer ständig kein Interesse mehr oder sie machten ihr Hoffnungen und versetzten sie anschließend. Ihr Kummer haftete an ihr wie ein Fluch. Sie war die stärkste

Person, die ich kannte, und zog uns trotz allem allein groß, ohne jemanden an ihrer Seite zu wissen. Es war nicht immer einfach mit uns, aber wir standen das gemeinsam durch.

Eine nebelige Verfolgung

Neben mir vibrierte das Handy. Blind tastete ich nach dem wackeligen Beistelltisch. Die Beine scheuerten wie bei einem Erdbeben über den Boden und hörten erst damit auf, nachdem ich das Handy fand. Den Kopf halb ins Kissen gedrückt, wischte ich den Sperrbildschirm weg.

»Es ist erst sieben Uhr? Wer ruft mich so früh an?« Meine Stimme klang rauchig, als ob mir die gestrige Nacht in der Kehle hängen geblieben wäre. Mit einem gezielteren Blick erkannte ich die Nummer. Es war Granny.

»Guten Morgen Shary, kannst du bitte vorbeikommen? Ein Pferd ist ausgebüxt und läuft frei im Dorf herum.«

Sofort war ich hellwach. »Welches? Ich habe gestern Abend nochmal alles kontrolliert.«

»Es ist nicht deine Schuld. Eins der Kinder meinte auf dem Sommerevent, dass Sugar traurig aussehen würde, wenn sie keinen Himmel über dem Kopf hätte.«

Ein leises Knurren entwich mir. Ob Sam etwas damit zu tun hatte? Schließlich hatten sie auf der Wiese *Räuber und Gendarm* gespielt.

»Ich brauche dich hier. Gib ihnen Futter und stell sicher, dass es ihnen gutgeht. Sie spüren die Aufregung.«

Ich schlug die Bettdecke zur Seite und schlüpfte in den nächstbesten Pullover. »Wird gemacht, bin unterwegs«, sagte ich und beendete das Gespräch.

Vor meinem Fenster schob ich Mums blumige Stoffgardinen an den Rand. In meinen Gedanken fluchte sie sich im Nähzimmer ihren halben Wortschatz aus der Seele. Tagelang hatte sie an der Nähmaschine gesessen und versuchte, den Schnitt und das Muster anzugleichen, bloß weil ich meine vorherigen Vorhänge zu schlicht empfand. Daher brachte ich es nicht übers Herz, sie abzuhängen, auch wenn sie farblich nicht ins Zimmer passten.

Nebel lag auf den Feldern und ein sanftes Nass perlte auf der Fensterscheibe. Dort draußen ein freilaufendes Pferd zu finden, stellte ich mir schwierig vor. Selbst der Vorgarten des Nachbarn glich einer trüben Suppe. Ich zog die Hose vom Vortag an und stürmte in die Küche hinunter. Mum saß am Frühstückstisch und schlürfte gemütlich ihren dampfenden Kaffee.

»Habe ich etwas verpasst?«, fragte sie und lächelte mich ahnungslos an.

»Hast du es nicht mitbekommen? Sugar ist aus dem Stall verschwunden. Granny hat angerufen und mich gebeten, auf die Pferde aufzupassen.« Ich krallte mir den Rest Flammenkuchen aus dem Kühlschrank, den mir Sam freundlicherweise übrig gelassen hatte.

»Bei dem Wetter?«, fragte sie und stellte ihre Tasse ab. »Wieso hat sie mich nicht angerufen? Ihr könnt jedes weitere Paar Augen gebrauchen.«

»Wie ich Granny kenne, hat sie bereits das ganze Dorf alarmiert«, sagte ich mit vollem Mund. »Außerdem brauchen wir jeden Penny, um die laufenden Kosten abzudecken. Das weißt du.«

»Das sieht ihr wieder ähnlich. Ihre eigene Tochter nicht um Hilfe bitten, aber ihre Enkelin überall einspannen.«

»Es sind Semesterferien, Mum. Ich habe massig Zeit.«

Die Anspannung fiel von ihren Schultern ab. »Na schön. Dann verlauf dich nicht auf dem Weg und bring gute Neuigkeiten nach Hause.«

Kein philosophischer Satz? Kein weiteres Abhalten? Verblüfft musterte ich sie. »Ist alles in Ordnung?«

»Ja, ja, es ist nichts. Geh lieber, bevor Granny ganz auf blöde Gedanken kommt.«

Ich stellte den Teller in die Spüle. »Wie du meinst«, antwortete ich nachdenklich, zog Gummistiefel und Regenjacke an und schloss die Eingangstür. Sie benahm sich schon sehr seltsam. Vielleicht hatte es Sam doch richtig verstanden, dass Dad zurückkommen und unser ruhiges Leben durcheinanderbringen wollte. Wenn das wahr war, dann musste ich mit Mum reden. Sie davon überzeugen, dass er sie und uns wieder verletzen würde. Wer so feige vor seiner Familie flüchtete, konnte nur ein Wiederholungstäter sein.

Zuerst mussten wir allerdings Sugar aufspüren. Für ein Tochter-Mutter-Gespräch war danach noch Zeit.

Während ich weiter die Straße hinunter wanderte, spürte ich den groben Schotter durch meine Gummistiefel hindurch. Bei jedem großzügigen Schritt schlierte und knackte es. Links und rechts säumten moosbewachsene halbhohe Steinmauern die Straße und verliehen dem Dorf das typische nordische Flair. Sie dienten seit Jahrzehnten als Abgrenzung der Felder der umliegenden Höfe und neuerdings als Zutatenquelle für Hexenküchenspielchen. Sam war daran nicht ganz unschuldig. Durch Grannys Geschichten verdrehte er gerne die Köpfe seiner Mitschüler und ließ sie in dem Glauben, dass dieses Moos eine heilende Wirkung hatte. Was natürlich Unsinn war. Und dennoch zupften die Kinder regelmäßig an den alten Gemäuern.

Nach einem zehnminütigen Fußweg sah ich Granny nervös vor dem Haus hin und her schlendern. »Gott sei Dank bist du hier!«, überfiel sie mich. »Ich konnte nicht anders, als dich herzubeten. Das Nichtstun bringt mich eines Tages noch ins Grab. Grandpa sucht auch schon nach ihr.«

»Wir finden Sugar«, versuchte ich sie zu beruhigen und streichelte über ihre raue Hand.

»Hoffentlich hast du recht. Sie ist eines der beliebtesten Pferde und die Kinder verlassen sich darauf, dass es ihr an nichts fehlt.«

Die Reitseminare waren gut besucht und brachten ihnen das meiste Einkommen ein. Sugar war eines der umgänglichsten Pferde und kam somit bei den Gästen am besten an. Ich konnte das nachvollziehen, denn sie sah mit ihrer samtweichen beigen Mähne und dem symbolischen schwarzen Fleck auf der Stirn bezaubernd aus, fast wie aus einem Märchenfilm entsprungen. Doch im Herbst neigte sich die Hochsaison langsam dem Ende entgegen und bis der Frühling den Wind aufwärmte, blieb der Hof für eine längere Zeit einsam. Daher zählte auch für meine Großeltern jedes Pfund.

Granny zog den Reißverschluss der Weste zu. »Ich werde selbst nach ihr suchen. Sie kann nicht weit gekommen sein.«

»Okay, solange kümmere ich mich um den Rest.«

Sie umzustimmen war zwecklos, denn wie meine Mutter hatte sie stures Blut und beschwor ein Unwetter herauf, wenn sie ihren Kopf nicht durchgesetzt bekam. Etwas, was in unserer Familie lag und nicht die schlechteste Eigenschaft war.

»Wir sehen uns spätestens in zwei Stunden wieder, wenn Sugar nicht irgendwo am Straßenrand auftaucht«, verabschiedete sie sich energisch und eilte zum Auto.

Ich nahm einen tiefen Atemzug. Die eisige Kälte schmerzte in der Lunge. Dieser Tag fing großartig an, zumal der Nebel nicht besser wurde, sondern bedrohlicher. Dichte Schwaden zogen über das große Grundstück. Auf dem Weg zu den Ställen begrüßten mich Herry und Emma, zwei zugelaufene Katzen, die Granny vor kurzem aufgenommen hatte. Sie mauzten neugierig und strichen mir abwechselnd ums Bein. Herry war ein schwarzer Kurzhaarkater und Emma eine beige Langhaarkatze. Beide waren verschmust und verzierten jede Hose mit ihren Haaren. Ich durfte also gleich einen

Waschgang einlegen. Herry umgarnte mich mit seinem herzlichen Schnurren und überzeugte mich schließlich, ihn auf den Arm zu nehmen. Er kaute zufrieden an meinem oberen Jackenknopf und Emma folgte uns mit einem eifersüchtigen Miauen.

Im Pferdestall verschaffte ich mir einen Überblick. Dabei schaute ich in jede Box und streichelte über die Nasenrücken der Tiere. Keines von ihnen schien aufgebracht zu sein, sie waren gelassen und genossen die Zuwendung. Alles halb so wild, dachte ich. Sie brauchten nur etwas frisches Heu. Ich nahm mir eine Harke und zerkleinerte einen Heuballen, der trocken unter dem Dach lagerte und unberührt vom Nebel war. Die Harke rutschte mir aus den Händen und ich bereute, dass ich nicht an Handschuhe gedacht hatte. Meine Haut brannte zwischen den Fingern.

Fleckchen streckte den Kopf aus ihrem Bereich und verfolgte meinen eifrigen Kampf. Sie schnaubte vergnügt. »Lach mich ruhig aus. Du musst dein Futter nicht selbst beschaffen«, sagte ich lautstark und stellte mir einen Troll vor, der mit einer Gabel einen Wald abzuholzen versuchte. Wieder und wieder steckte die Harke im Ballen fest, bis er schließlich nachgab und zusammenfiel. Erleichtert tastete ich meinen Unterschenkel ab.

Das Zerkleinern von Heuballen war seit dem Unfall und nach der Operation eine der wenigen Aktivitäten, die ich bewältigen konnte – ohne Schmerzen. Sobald die linke Wade verkrampfte und zu sehr belastet wurde, war ich für den Rest des Tages ein Häufchen untätiger Asche. Dann konnte ich kaum gehen, ohne wie auf schmerzhaften Stelzen zu laufen. Aus diesem Grund hatte ich damals unter Tränen meinen Platz in der Jugendfußballmannschaft aufgegeben. Seitdem waren Pferde das Einzige, was mir Trost spendete und mich nicht an den schlimmsten Tag meines Lebens erinnerte. Ihre treuen Augen verurteilten nicht, sie akzeptierten mich so, wie ich war. Dafür war ich ihnen mehr als dankbar.

Herry spielte konzentriert mit dem verstreuten Stroh auf dem Boden. Er sprang wie ein Löwe vorwärts und stupste mit seinen kleinen Pfoten die Halme umher. Schmunzelnd füllte ich das erste Netz der Tiere. Dann das zweite und dritte Heunetz, bis ich mich wunderte, wo Emma herumlungerte. Womöglich fing sie gerade Mäuse oder lag auf einem der hängenden Sättel an der hinteren Wand.

Als ich mich wieder dem Heu widmen wollte, bemerkte ich einen Schatten an der offenen Scheunentür. Eine unangenehme Gänsehaut überkam mich. Schwarzes Haar und sommerblaue Augen.

»Was zum …?«, flüsterte ich stimmlos. Wie lange stand er schon dort? Was machte er auf dem Hof? Das Sommerevent war vorbei und Granny hatte ihn mit Sicherheit nicht eingeladen. Das hätte sie mir erzählt. »Kannst du das mal lassen? Es ist unhöflich, jemanden anzustarren«, platzte es aus mir heraus. Ich klatschte mir innerlich gegen die Stirn. Etwas Besseres war mir nicht eingefallen? Abgesehen davon spazierte er auf einem Privatgrundstück herum und konnte sogar die Stallung von Sugar geöffnet und sie entführt haben.

Er hob zaghaft den Kopf und tat so, als wäre er eines der Pferde, die mich verwundert anschauten.

»Ja, ich meine dich«, schob ich bestimmt nach.

»Einen Augenblick mal, du kannst mich sehen?«

Mir stockte für eine winzige Sekunde der Atem. Seine Stimme klang melodisch, sanft, aber sie hatte etwas seltsam Tiefes an sich, wie die rauschende Brandung vor einem Sturm. Anders als ich es bei seinem Aussehen erwartet hätte. »Du fällst nicht gerade in die Kategorie der Unscheinbaren?!«

»Wie ist das möglich, dass meine Worte dich erreichen können?«

»Wieso sollten deine Worte mich nicht erreichen? Soweit du mittelmäßig deutlich sprichst, verstehe ich dich«, konterte ich lahm.

Einen Schritt nach dem anderen kam er näher. Meine Alarmglocken klingelten. Ich allein mit einem fremden Kerl, mit einem düsteren Ausdruck im Gesicht, der seltsame Fragen stellte. Ich fühlte mich unwohl und richtete die Mistgabel auf ihn. Gleichzeitig wurde ich das Gefühl nicht los, dass er eine Schraube locker hatte.

Er hob die Hände vor den Körper und blieb stehen. »Ich will niemandem etwas tun«, sagte er unbeeindruckt. »Nimm das Ding runter.«

»Hast du zufällig ein weißes Pferd aus dem Stall befreit oder die Kinder dazu angestiftet?«

Er zögerte. »Nein.«

»Und was machst du dann hier, wenn du meinen Großeltern nicht hilfst und mit dem Verschwinden nichts zu tun hast?«

»Ich bin ... nur zufällig vorbeigekommen.«

Seinen arroganten Unterton und die billigste Ausrede der Welt konnte er sich sonst wo hinschieben. Niemand spazierte auf einen Hof, umrundete einmal das Haus und blieb in der Stalltür stehen, ohne dabei irgendeinen Plan zu verfolgen. Oder doch? Was, wenn er sein Gedächtnis oder die Orientierung verloren hatte? Er sah nicht aus, als wäre er verletzt. Wobei er dringend eine Modeberatung brauchte. Ein einfaches Hemd mit seitlichen Knöpfen am Ausschnitt und eine hochgebundene schwarze Hose. Dieselbe Kleidung, die er auf dem Sommerfest getragen hatte. Misstrauisch senkte ich die Mistgabel. So sah definitiv kein Dieb aus. Eher ein Theaterbursche, der eine grässliche Rolle erwischt hatte.

»Ich heiße übrigens Nevan«, stellte er sich vor und nutzte meine Unentschlossenheit aus.

»Shary«, flüsterte ich und beobachtete jedes kleinste Detail in seinem markanten Antlitz.

Er zeigte keine Regungen und wenn, waren sie nicht sichtbar. »Hm«, kam anschließend über seine schmalen Lippen. Ein Meister der Konservation war er jedenfalls nicht.

Herry mauzte und unterbrach die absonderliche Stille zwischen uns. Lange Stängel hingen an seinem kurzen Fell und brachten mich zum Lachen. Die neue Frisur stand ihm.

»Herry, was machst du für Sachen? Du siehst wie ein kleiner wuscheliger Igel aus.«

Nevans Mundwinkel zuckten nicht. Meine Worte waren zugegeben an Herry gerichtet, aber niemand war so emotionslos und konnte einer Katze widerstehen. Was stimmte nicht mit diesem Kerl?

»Ich muss die Tiere weiter versorgen«, sagte ich und hoffte, dass er darauf ansprang. Irgendwie musste ich ihn zum Reden oder zum Verschwinden bringen, sonst blieb er ewig dort einbetoniert. »Wenn du willst, kannst du mir helfen.«

Er richtete die Augen auf mich, öffnete die Lippen, schloss sie wieder und entschied sich offenbar, mir doch zu antworten. »Nein, aber danke für das Angebot. Ich denke nicht, dass ich dir eine große Hilfe wäre.«

Er ließ mich eiskalt auf meiner Arbeit sitzen. Was auch sonst? Wahrscheinlich war er einer von der bequemen Sorte, die Frauen hinter dem Herd stehen ließen und am liebsten von ihnen bekocht werden wollten.

Bevor ich unüberlegt losprustete, stolzierte Emma auf mich zu. Sie war die ganze Zeit draußen und nicht im Stall gewesen. Ich erwartete, dass sie einen großen Bogen um Nevan machte, doch ihr Körper, ihr Fell und ihr buschiger Schweif glitten durch sein Schienbein, als ob er gar nicht existierte. Geschockt schaute ich in sein Gesicht und stammelte vor mich hin. Emma mauzte, doch das bettelnde Miauen änderte nichts an meiner Sprachlosigkeit. Die Katze war eindeutig mit ihren Pfoten durch seinen Fuß gelaufen und mit ihrem Kopf durch das Schienbein! Ich ging entsetzt ein paar Schritte zurück.

»Was hast du?« Er reagierte sofort auf mein Erstaunen, anstatt Emma eines Blickes zu würdigen. Wie konnte er eine Katze, die durch Haut, Muskeln und Knochen tapste, nicht bemerken? Spürte er überhaupt etwas?

»E-Emma ist durch dein Bein gelaufen! Wie kann das sein? Wer bist du?«, fragte ich mit aufgeregter Stimme. Verlor ich jetzt den Verstand?

»Wer ist Emma?«

Sprachlos zeigte ich auf die Katze, die inzwischen um meine Beine strich und nichts von alldem mitbekam.

Wieder zögerte er. »Ich kann Materielles nicht berühren, es würde wie die Katze durch mich gleiten. Und ... eigentlich könnt ihr mich nicht sehen und außerdem solltest du nicht mit mir kommunizieren können.«

Ich drehte durch. Ich stand mit meiner Mistgabel in einem übelriechenden Pferdestall und unterhielt mich mit einem Ding? Einer Einbildung? Einem Geist?

»Was bist du? Bist du überhaupt echt?«, stotterte ich weiter.

»Ich existiere, aber nicht an diesem Ort«, beantwortete er die Frage unbefriedigend.

Verdammt! Was sollte das hier? War ich plötzlich in Grannys Märchengeschichten gelandet? »Was soll das heißen? Wo ist dein richtiger Körper?«

»In einer Parallelwelt. Es gibt in deiner Welt anscheinend keine Magie. Die genaueren Umstände zu erklären, wäre zu kompliziert für einen Menschen. Verzeih mir.«

Parallelwelt, Magie, genauere Umstände? Welcher Typ erzählte einer wildfremden Person, dass er aus einer magischen Welt kam? Ich hatte das Gefühl, dass er mich insgeheim auf dem Arm nahm. Dieser Junge war dem Wahnsinn verfallen. Genau, er war der Verrückte, nicht ich. Hilfesuchend nahm ich die Mistgabel und bemühte mich, die Tiere weiter zu füttern. Ich scheuchte Herry von seinem Spielplatz herunter. Nevan war verstummt und stand an derselben Stelle. Was er behauptete, erklärte zumindest die Reaktion und sein Verhalten am Anfang unserer Begegnung. Er war dementsprechend kein Pferdedieb, sondern hatte mich verfolgt. Ein Stalker!

»Beruhige dich, Shary«, flüsterte ich in gleichen Abständen zu mir selbst. Ich musste sicherstellen, dass ich bei Emma richtig hingesehen hatte und keinen Augenarzt benötigte. Stampfend ging ich auf Nevan zu. Er erwachte aus seiner Starre und ruckte den Kopf hoch.

Früher hatten einige Mitschüler meine aufbrausende Art für ihre Späße ausgenutzt, besonders Luise provozierte mich gerne, nachdem mein linkes Bein in Vergessenheit geraten war und mein watschelnder Gang sich etwas normalisiert hatte. Jahr für Jahr handelte ich immer schneller impulsiver. Zwar zeigte mir eine Therapie, wie ich meine Gefühle größtenteils unter Kontrolle behielt, aber manchmal besiegten sie meinen Verstand. Ein Relikt, das ich mir nach dem Unfall zum Selbstschutz angeeignet hatte. Da halfen auch keine Ratschläge oder Atemtechniken mehr. Und jetzt trat das ein, was ich unter allen Umständen verhindern wollte: Ich verlor die Beherrschung.

Blut preschte in meinen Kopf, die Gereiztheit sickerte hinterher. Mit einem Schwung schmiss ich das gesamte Heu auf Nevan. Keine einzige Faser blieb an ihm hängen. Nichts! Das Heu fiel durch ihn hindurch. Das konnte nicht wahr sein. Das konnte einfach nicht wahr sein! Er atmete, sprach und bewegte sich wie ein Mensch! Sein Körper schien nicht einmal lichtdurchlässig zu sein, wie man es aus Geisterfilmen kannte. Er war für mich so leibhaftig, wie man als Mensch nur sein konnte. Wenn man davon absah, dass eine Katze geradewegs durch sein Bein getigert war.

Nevan war sichtlich unbeeindruckt davon, dass ich ihn mit Heu beworfen hatte. »Reagieren alle Menschen so wie du?«

»Pff, ganz bestimmt nicht!«, antwortete ich hämisch. »Was bildest du dir ein?«

»Ihr Menschen seid merkwürdig«, sagte er unbekümmert.

Ich stellte die Mistgabel an die Wand. »Wie verhalten sich eure Menschen denn?«, fragte ich und spielte sein komisches Spiel mit.

»Entsprechend der Gesellschaft.«

Was hieß das wieder? Waren wir so unzivilisiert? War ich unzivilisiert? Zum zweiten Mal rauschte meine Beherrschung den Bach hinunter. »Du bist der Seltsame hier, nicht ich!«

»Gut möglich.« Der ironische Unterton war deutlich zu hören, obwohl seine Gestik nicht darauf hindeutete. Ich ballte die Hände zu Fäusten. Ein fremder Kerl aus einer angeblich magischen Parallelwelt neckte mich! Da machte ich nicht mit. Bevor ich endgültig die Fassung verlor, verließ ich den Stall, ohne vorher das letzte Heunetz zu befüllen. Granny würde es mir verzeihen, denn das Verhalten der Pferde wies keine beunruhigenden Veränderungen auf. Im Gegensatz zu ihnen brodelte ich wie ein Geysir.

»Wo gehst du hin?«, rief er mir hinterher.

Es gab keinen Grund, stehen zu bleiben, denn ich hatte nur eines im Sinn: In mein warmes Bett zu schlüpfen und das Hirngespinst schleunigst zu vergessen. Ich fühlte mich wie in einer Fernsehsendung, in der mich das Kamerateam veräppelte und mich hinter den Kulissen alle auslachten. Vermutlich lag ich im Bett und ertrug den realistischsten Traum, den ich je gehabt hatte. Es musste eine logische Erklärung geben. Ich sah sie nur nicht.

Je näher ich dem Grundstück meiner Familie kam, desto zügiger schritt ich voran. Das Knirschen unter den Sohlen klingelte furchtbar in meinen Ohren. Panisch richtete ich meinen Kopf nach rechts, nach links und hinter mich, doch der dichte Nebel blockierte mein Sichtfeld. Mir blieb bloß eine Wahl: Weiter vorwärts zu stürmen und zu hoffen, dass Nevan dem Pfad zu unserem Haus nicht folgte. Nach einer gefühlten Hetzjagd tauchte ein schnaufender Pferdekopf aus den Schwaden hervor. Ich erstarrte und beobachtete, wie der Atem aus den Nüstern aufstieg.

»Bist du das, Shary?«, weckte mich eine warme Stimme. Es war Grandpa, in Begleitung von Sugar, die eine perfekte Symbiose mit dem Dunst einging. Nur das schwarze Karo auf der Stirn leuchtete wie ein Stern in tiefster Nacht.

»Ja, Grandpa. Du hast Sugar gefunden!« Erleichterung schlug in mir Wellen. Kein Nevan – nur Grandpa und Sugar.

»Das störrische Weib stand in einem der Nebengärten der Kapelle und fraß sämtliche Blumen weg.« Er klopfte ihr den Hals.

Ich brachte ein trockenes Lächeln auf meine Lippen. »Hätten wir uns früher denken können, dass sie dorthin spaziert ist. Der Geruch der vielen Gräser und Blumen hat sie bestimmt angelockt.«

»Hätte ich gestern das Scheunentor repariert, wäre das Ganze gar nicht erst passiert«, sagte Grandpa und seufzte. »Deine Großmutter wird mir den Werkzeugkasten jetzt höchstpersönlich übergeben und mir solange auf die Finger schauen, bis alles erledigt ist.«

»Dann verliere keine Zeit. Ruf sie an, sie ist bestimmt noch im Auto unterwegs. Vielleicht kannst du ihr Herz erweichen, indem du sofort anfängst.«

»Das hoffe ich sehr«, sagte er und tätschelte dankbar meine Schulter. »Falls es nicht der Fall sein sollte, sehen wir uns beim Mittagessen.«

»Gib dir Mühe«, feuerte ich ihn an und er zog mit Sugar vorbei.

Als ich den Schlüssel aus der Jackentasche ziehen wollte, spürte ich wieder den grimmigen Blick in meinen Nacken. Nevan stand an der Schwelle zu unserem Grundstück. Er war mir tatsächlich gefolgt. Sofort kroch mir die Wut in die Kehle.

»Lass mich in Ruhe!«, rief ich ihm tosend zu.

Meine deutlichen Worte ließen ihn kalt. Ich schüttelte den Kopf und eilte weiter zur Haustür. Der Schlüssel klimperte in der Hand. Ich setzte mehrmals falsch an, bis ich das Einrasten des Schlosses hörte und mit voller Kraft die Tür hinter mir zuschlug. Noch nie war mir das Aufschließen einer Tür so lange vorgekommen. Hektisch atmete ich aus.

»Du bist schon wieder zurück?« Mum schaute um die Ecke.

»Sugar wurde gefunden«, versuchte ich meinen Schreck zu verbergen und war mir sicher, sie durchschaute mich auf Anhieb. Sie durchschaute mich immer. Aber welche Tochter erzählte ihrer

Mutter gerne von einem wahnsinnigen Kerl, der aus einer anderen Welt stammte und vor ihrem Haus stand?

Sie runzelte die Stirn. »Hast du Sam gesehen? Er war nicht in seinem Bett.«

Die Gummistiefel klebten an meinen Füßen. Sie fühlten sich feucht und schwitzig an. Kein Wunder, ich war vor dieser merkwürdigen Begegnung regelrecht geflohen. Erst als ich mit den Händen nachhalf, kam ich heraus.

»Er wird sicherlich noch bei Granny sein.« Oder er plante den nächsten Ausbruch der Pferde. Ich würde ihm persönlich den Hals umdrehen, falls meine Vermutung stimmte und er bei der Flucht von Sugar geholfen hatte.

»Stell bitte deine Stiefel gerade hin«, ermahnte sie mich.

Eine garstige Mum konnte ich nach diesem Ausflug nicht gebrauchen. Um ihrer Anweisung Folge zu leisten, schubste ich den umgekippten Stiefel mit den Füßen aufrecht hin.

Sie strich mein Haar hinter das Ohr. »Schatz, ist etwas passiert? Du wirkst abwesend.«

»Ich bin nur müde«, wies ich sie ab. Ohne ein weiteres Wort mit ihr zu wechseln, schleifte ich mich nach oben und schmiss mich mit dem Gesicht voran ins Bett. Ich war zu erschöpft, um darüber nachzudenken, was Nevan für ein Wesen war. Mit der wohligen Wärme des Zimmers und der Fotowand, an der Bilder von Fleckchen, einigen Schulausflügen und Fußballtagen hingen, fühlte ich mich beruhigt. Hier konnte mir nichts passieren. Ich war sicher.

Noch ein letztes Mal rappelte ich mich hoch, denn die Vorhänge ließen für ein Nickerchen zu viel Licht durch, und blinzelte dabei ungewollt aus dem Fenster. Nevan stand wie angewachsen vor unserem Grundstück und starrte gegen die Hausfassade. Natürlich tat er das. Schnell schob ich die Vorhänge zu und stöhnte. Er war mir unheimlich. Was, wenn er die Wahrheit sagte und wirklich aus einer anderen Welt stammte? Wieso konnte ich ihn sehen? Emma, Herry und die Pferde hatten nicht auf ihn reagiert. Womöglich, weil sie keine Menschen waren? Abgesehen davon konnte er nicht ewig vor unserem Haus stehen. Irgendwann musste er zurück und hoffentlich blieb er dort, wo auch immer dieses Dort war.

Tischmanieren

Es duftete nach herzhaftem Schweinebraten und Brokkoli. Grandpa saß am Tisch und las die Tageszeitung. Das hieß, das Gespräch mit Granny war weniger gut verlaufen. Ich fragte mich, wie sie das all die Jahre aushielten. Immerhin kannten sie sich seit dem Kindergarten und waren zusammen aufgewachsen. Waren durch Höhen und Tiefen gegangen und trotz ihrer gemeinsamen Vergangenheit stritten sie bei jeder Kleinigkeit. Sei es das unbeständige Wetter oder wie der Nachtisch schmeckte. Ich hätte schon längst das Handtuch geworfen.

»Steht etwas Interessantes drin?«, fragte ich, während Grandpa seine Brille hochschob.

»Bald beginnt der Jahrmarkt in der Stadt. Sie haben dafür eine Band organisiert, die sich die *True Lucky Ones* nennen.«

Ich spuckte den halben Holundersaft wieder ins Glas. »Was ist das für ein Name?«

»Ein witziger, nehme ich an«, sagte er und schmunzelte über meinen Pullover.

»Verdammt! Den Fleck bekomme ich nicht mehr raus!«, prustete ich ungehalten und versuchte, mein Oberteil zu retten, aber stattdessen rieb ich den blauen Saft weiter ein.

Sam kicherte an der Tür. »Du sollst nicht alles daneben sauen.«

»Versuch du mal, deinen morgendlichen Kakao vernünftig zu trinken«, erwiderte ich. Er rückte den Stuhl sprachlos zur Seite und konterte mit einem leisen Schnaufen.

»Zeig her.« Meine Mutter kam mit einem Topf Kartoffeln herein. Sie trocknete die Hände an der Schürze ab und strich mein Haar aus ihrem Sichtfeld. »Mit ein bisschen Zuwendung ist das kein Problem«, sagte sie und streichelte meinen Hinterkopf.

Eine vertraute Geste, die ein warmes Gefühl verursachte und mich an meine Kindheit erinnerte. An die unbeschwerten Zeiten vor dem Unfall.

»Sam, wo warst du heute?« Ihre Stimme hat diesen gewissen Ton, den jedes Kind fürchtete. Den Ton, der Ärger signalisierte.

»Ich bin bei einem Freund gewesen. Ist das etwa verboten?«, antwortete er gelassen und pikste in eine Kartoffel.

Mum musterte sein Gesicht und versuchte, die Wahrheit herauszufinden. »Ihr seid nicht zufällig im Nebel spazieren gegangen?«

»Nein. Wieso sollten wir?«

»Vielleicht um das kaputte Scheunentor auszunutzen und Sugar auszuführen?«

Er schreckte hoch. »Sie ist freigelassen worden?« Seine Augen waren weit aufgerissen. »Geht es ihr gut?«

»Sie ist etwas verwirrt und braucht ihre Lieblingskopfbürste, aber sonst fehlt ihr nichts«, versicherte Grandpa.

»Wäre ich als Pferd auch. Der Nebel sah furchterregend aus.«

»Und deswegen bist du früh aus dem Bett gehüpft und hast keinen Zettel für mich hinterlassen?«

»Entschuldige, hatte ich vergessen«, gab Sam zu.

»Du siehst, wie leicht jemand verloren gehen kann. Der nächste Ausflug wird von mir abgesegnet.«

Er nickte gedankenverloren. Jeder im Raum wusste, dass er Mums Anweisung innerhalb von zwei Wochen vergessen und wieder durch die Nachbarschaft toben würde. Dennoch reichte seine Reaktion meiner Mutter und sie vertraute darauf, dass er zumindest eine Zeit lang an ihrer Anweisung festhielt.

»Du warst früh zu Hause«, sagte Mum zu mir. »Ist etwas passiert? Du warst so gedankenversunken.«

Verständlicherweise genügte ihr meine vorherige Antwort nicht und ich zauderte über das, was ich sagen wollte. Dass ich einen Jungen getroffen hatte, der mir bis zum Haus gefolgt war? Dass er von einer magischen Welt berichtet hatte und niemand außer mir ihn wahrnahm? Selbst Sam hätte mich dafür ausgelacht und eigenhändig in die Psychiatrie gebracht.

»Ich wollte mir Handschuhe holen«, wich ich aus. »Auf dem Weg zurück kam mir dann Grandpa mit Sugar entgegen und somit hatte sich alles erledigt.«

»Verstehe«, segnete Mum meine Notlüge ab und ich hoffte, dass sie nicht weiter nachfragte.

Um keinen Verdacht zu erregen, nahm ich mir eine Scheibe Schweinebraten und das kleinste Stück Brokkoli. Eigentlich mochte ich das Gemüse nicht sonderlich, doch aus Liebe zu meiner Mum ertrug ich den Geschmack heute ausnahmsweise.

Grandpa reichte mir den Topf mit den Kartoffeln. Er war merkwürdig still, seit wir von Sugars Abhandenkommen sprachen. Grannys Ansage musste ihn mehr verschreckt haben als üblich. Dann trat hinter Grandpa ein Schatten hervor. Meine heiße Kartoffel fiel auf den Tisch und rollte über die Kante. Es war Nevan. Ich konnte es nicht fassen. Wie war er ins Haus gekommen? Was machte er hier?

Meine Mutter sah mich von der Seite an. »Was hast du, Schatz?«

Ich brachte keinen Ton heraus. Meine Nackenhaare standen senkrecht beim Anblick seiner Gestalt.

»Verzeihung für die Störung«, sagte er und schielte auf meinen Holundersaftfleck, der nun ja ... sehr passend im Dekolleté saß. Ganz emotionslos schien er nicht zu sein. Er reagierte nicht auf süße Katzen, aber auf den Fleck. Ich schüttelte den Kopf. Typisch Mann. Er hätte jetzt andere Probleme bekommen, wenn ich nicht mit meiner Familie am Tisch gesessen hätte. Doch Sam stocherte in seinem Fleisch herum, Mum legte den Stumpf von ihrem Brokkoli an die Seite und Grandpa trank ein Glas Wasser. Niemand nahm ihn wahr. Er hatte mir die Wahrheit erzählt. Für andere war er nicht sichtbar.

»Habe ich etwas im Gesicht?«, fragte Grandpa mit hochgezogenen Augenbrauen.

Ich druckste herum. »Nein, Grandpa. Mir ist nur etwas Wichtiges eingefallen.«

Am liebsten hätte ich diesen ungehobelten Gast angebrüllt, ihm eine geklatscht und ihn rausgeworfen. Allerdings konnte ich mir den Gefallen nicht erweisen, denn sonst stellte meine Familie unangenehme Fragen, auf die ich keine Antwort geben konnte.

Nevan wusste die Chance auszunutzen. »Jetzt wirst du mir wohl oder übel zuhören müssen.«

Das fehlte mir noch! Ein Kerl, den niemand außer mir wahrnahm, sprach ununterbrochen und ich durfte keine Miene verziehen. Das schien immer besser zu werden.

»Verzeih mir, dass ich dir gefolgt bin, aber du bist die Einzige, die mit mir kommunizieren kann. Niemand aus meiner Welt kann mit euch in Kontakt treten. Wir können euch bloß beobachten.«

Ich knirschte mit dem Messer auf meinem Teller und unterdrückte den Würgereiz. Der Gedanke, dass mich Fremde beim Duschen oder Umziehen beobachteten, war mehr als unangenehm. Das war widerlich!

»Ich habe ein neues Rezept von Grandma bekommen. Eine nette Dame vom Sommerfest hat es ihr empfohlen«, erzählte Mum gerade.

»Was sind das für kleine Körnchen auf dem Brokkoli?«, fragte Sam.

»Sesamkörner. Schmeckt es euch?«

»Dir macht es sicherlich nichts aus, wenn ich etwas bleibe«, grätschte Nevan hinein.

»Wie kommst du auf die Idee?«, brummte ich und spürte alle Blicke auf mir. Ratlos sank ich auf meinem Stuhl zusammen.

»Ich dachte, wir probieren mal etwas Neues aus«, erwiderte Mum leicht gekränkt.

»Du hast es diesmal nicht eilig vor mir zu flüchten.«

»Stimmt«, sagte ich zu Mum und merkte, dass meine Antwort zu Nevans Aussage ebenso passte.

»Erinnerst du dich an die Sesampflanze im Gewächshaus? Du wolltest damals ständig aus den Hülsen naschen, aber sie trug nie welche aus. Also habe ich dir Sesam gekauft und dann hast du versucht, dir eine eigene Pflanze zu züchten.«

Wieder unterbrach mich Nevan: »Das macht die Sache wesentlich leichter für mich.«

»Ja, ähm ... nein.« Ich vertauschte die Gespräche und presste die Lippen aufeinander. Mums enttäuschtes Seufzen stach in meiner Brust.

»Schade. Ich dachte, weil du so engagiert warst, könntest du dich erinnern.«

»Für dich allerdings gerade nicht.« In Nevans Stimme lag Spott.

»Entschuldige, Mum.« Der Brokkoli war jetzt noch bitterer geworden. Nevan trieb mich in den Wahnsinn. So sehr, dass ich meine Beherrschung nur mit Mühe aufrecht hielt. Nicht mehr lange und ich donnerte den Teller durch den Raum, während Sam die letzten Reste munter in seinen Rachen stopfte. Manchmal wünschte ich mir, ich wäre wieder zehn Jahre alt und gewann den Kampf gegen imaginäre Drachen oder brachte seltsame Erscheinungen mit einem Fingerschnippen zum Schweigen.

Mein gequältes Gesicht blieb nicht unbemerkt. »Sieht so aus, als würde dir das Essen nicht schmecken.«

Mit zugekniffenen Augen aß ich das Stück Brokkoli dennoch weiter. Das ließ ich mir nicht bieten. Er war der, der die Privatsphäre fremder Personen verletzte und nicht umgekehrt. Ich hatte ihm nie erlaubt, in meinem Haus aufzutauchen und mich beim Essen zu belästigen. Jetzt musste er mir Rede und Antwort stehen, denn ich hatte Fragen, die nur er beantworten konnte.

»Ich muss mit einer Freundin telefonieren«, sagte ich abrupt und brachte den leeren Teller in die Küche. Fragende Blicke durchbohrten mich und verlangten eine Erklärung für mein vorzeitiges Aufstehen. »Es geht um eine Prüfung, die ich beinahe vergessen habe«, erzählte ich mit schwitzigen Händen.

»Du bist aber mit Abwaschen dran«, erinnerte mich Sam und grinste.

Im Moment war es wichtiger, dass Nevan meine Botschaft verstand und mir folgte, als dreckige Teller einzuschäumen. Die paar Meter schaffte er im Sprung, nachdem er mich durch das halbe Dorf gejagt hatte.

»Das Grinsen kannst du dir schenken«, sagte ich und schlenderte gemütlich ins Wohnzimmer, ehe ich den Laufschritt zur Treppe nahm und mit tippendem Finger am Geländer auf Nevan wartete. Mir fielen Hunderte Fragen ein, aber drei standen besonders im Fokus: Warum konnte ich ihn sehen und meine Familie nicht? Wieso war er überhaupt hier? Was wollte er von mir?

Nevan verließ kurze Zeit später das Esszimmer und stand wie ein geladener Gast in unserem Flur. Er wirkte deplatziert zwischen den hellen Ornamenten und graublauen Akzenten, weil er einer Fotografie aus dem vergangenen Jahrhundert glich. Mit gerunzelter Stirn blickte er zu mir.

»Komm«, flüsterte ich hektisch und neigte den Kopf in die Richtung, in die er mir folgen sollte.

Er zögerte nicht und erklomm die Stufen mit vorsichtigen Schritten. Sie knarzten nicht. Wie war das mit der „Ich kann nichts berühren"-Erklärung gewesen? Treppen waren anscheinend eine Ausnahme.

Im verdunkelten Zimmer stolperte ich über meinen Teppich. Auf dem Boden lagen aneinandergereiht meine Fotografien von letzter Woche. Der Schreibtischstuhl war mit Kleidung behängt und das Bett war nicht gemacht. Meine Wangen röteten sich.

»Sehen alle Zimmer in eurer Welt so ungepflegt aus?«

»Nein, nicht wenn wir Besuch erwarten«, versuchte ich die Situation zu retten. Ob er mir Glauben schenkte, erkannte ich nicht. Wie zuvor war sein Gesicht versteinert und unbeeindruckt. Er war nicht mein erster männlicher Besucher, aber der erste, der angeblich aus einer anderen Welt stammte. Nervös huschte ich durch das Zimmer und räumte das Nötigste weg.

»Alles in Ordnung, Liebes?«, rief meine Mutter besorgt die Treppe hoch.

Sie hörten mein eiliges Getrampel bestimmt durch das ganze Haus. Mum hatte nicht nur einen Lügendetektor in ihren Pupillen, sondern auch Spionageohren.

»Ja, Mum!«, rief ich entnervt, bevor ich die Zimmertür schloss.

Dankbar, keinen weiteren Kommentar von Nevan zu hören, schob ich meine Vorhänge auf. Sanftes Licht beschien den halbaufgeräumten Raum. Erleichtert setzte ich mich auf die Bettkante und wandte mich ihm zu.

»Ihr habt interessante Kleidung.« Er zeigte auf den Kosmetiktisch, der als Ablage für meine frische Wäsche diente. Er musste wirklich aus einer anderen Welt stammen, wenn er meine Kleidung für besonders hielt. Sie war nicht sonderlich aufreizend oder hübsch. Ich hatte keine Kleider, Blusen oder die neusten Modemarken. Das Geld brauchte meine Mutter dringender als ich.

»Hast du nichts anderes zu sagen?«, fragte ich trotzig.

»Was soll ich hier?«

»Du bist hier, weil ich mich vor meiner Familie nicht mit dir unterhalten kann.« Ich verschränkte die Arme vor der Brust. »Außerdem bist du in unser Haus eingebrochen.« Ob man einen Unsichtbaren für Hausfriedensbruch verurteilen konnte?

»Das nennt ihr Einbruch? Ich habe nichts aufgebrochen oder gestohlen. Könnte ich in diesem Zustand auch gar nicht.«

Ich fühlte mich in meiner Privatsphäre verletzt. Sah er das nicht oder gab es in seiner tollen Welt keine abschließbaren Räume?

»Ich bin *leider* die Einzige, die dich sehen kann. Mein Haus, meine Privatsphäre!«

»Du bist *leider* die Erste, mit der ich sprechen kann und ich kann nicht ewig vor deinem Haus stehen. Meine Zeit ist begrenzt«, sagte er mit strenger Stimme.

Ich bildete mir ein Beben unter den Füßen ein. »Wie begrenzt?«

Seufzend streckte er seinen Rücken durch und sah mir stechend in die Augen. »Ich erkläre es dir ein Mal und dann nie wieder, verstanden?«

Ich nickte.

»In unserer Welt gibt es Insignien. Das sind Gegenstände mit besonderen Fähigkeiten. Mit ihnen haben wir die Möglichkeit, Dinge zu tun, die man mit oder ohne eigene Magie nicht bewältigen kann. Zum Beispiel etwas von einem zu einem anderen Ort zu transportieren oder ganze Bauwerke aus dem Nichts zu erschaffen. Anscheinend sogar eine Parallelwelt besuchen, die ohne Insignien existieren kann. Wie könnt ihr ohne Magie leben?«

Mir rutschte das Kinn herunter. Er hielt Magie für selbstverständlich! Ich stellte mir die Magie aus den *Harry-Potter*-Filmen vor oder aus Grannys Büchern, die sie uns Kindern vor etlichen Jahren vorgelesen hatte. Fliegende Autos, verwunschene Bäume, sprechende Tiere und verzauberte Orte waren für ihn Realität. Unfassbar. Trotzdem fiel es mir schwer, ihm Glauben zu schenken. Ein Restzweifel kratzte an meinem Verstand. »Es gibt einfach keine Magie. Wir haben sie nie gebraucht«, sagte ich und zuckte mit den Schultern.

Ein »Hmpf« entwich seinen Lippen und er betrachtete mich aus schmalen Augen. »Ich ... wir verstehen eure Welt nicht. Was macht ihr, wenn ihr jemandem etwas zukommen lassen wollt? Wie funktioniert das Licht, was ihr erzeugen könnt?«

»Wir haben ein System mit Lieferdiensten. Nach ein paar Tagen erhält es die gewünschte Person, was auch immer wir ihr schicken. Das mit dem Licht ist komplizierter«, sagte ich stockend.

Die Atmosphäre im Zimmer veränderte sich spürbar und ich hatte das Gefühl, dass er jeden Moment Feuer fangen würde. »Was soll ich damit anfangen? Das ist so gut wie keine Erklärung!«

Was wollte er von mir hören? Ich war kein Wissenschaftsprofessor mit einem Computer im Gehirn. »Stell dir vor, deine Insignien sind für mich auch so gut wie nichts!«, pfefferte ich zurück, stand auf und kam ihm einen Schritt näher.

Er besaß keinen eigenen Duft und strahlte keine Wärme aus. Er war kalt, geruchslos und ein schlechter Einbrecher. »Ich bin dir keine Erklärung schuldig. Du bist der, der ohne Erlaubnis in mein Haus eingedrungen ist!«

»Meine Zeit ist jetzt abgelaufen.« Er senkte seinen Blick und verschwand wie der morgendliche Nebel innerhalb eines Wimpernschlags.

Erschrocken und gleichzeitig wütend griff ich in die Luft. Kein Staubkörnchen war übrig geblieben. Dieser Mistkerl war feige abgehauen. Einfach so.

Ich setzte mich zurück auf die Bettkante und fasste mir an die Stirn. Magie ... Insignien ... ein Junge, den nur ich wahrnahm. Er weckte meine Neugier, mein Misstrauen und den Zweifel an meinem Verstand. Bei seinen schrägen Aussagen hatte ich sogar die Fragen vergessen, die ich ihm stellen wollte, denn es waren unzählige weitere aufgetaucht, auf die ich jetzt keine Antwort mehr bekam.

»Shary?« Sam streckte ungebeten seinen Kopf in mein Zimmer.

»Du hast wieder das Anklopfen vergessen«, fuhr ich ihn an und suchte nach meinem Alibi, welches auf der anderen Seite des Bettes lag.

»Planst du etwa eine Zaubershow?«

»Wie kommst du darauf?«, fragte ich verwundert und dann dämmerte es mir. Er hatte an der Tür gelauscht und das Gespräch oder zumindest Teile mitbekommen. Dabei hatte ich genau so eine Situation vermeiden wollen! Nevan brachte mir jetzt schon zu viel

Ärger ein. Verdammt! »Du sollst mich nicht belauschen«, sagte ich mit Nachdruck.

Sam trat näher. »Ich konnte nicht alles verstehen, aber was ich deutlich gehört habe, war Magie«, überlegte er kurz und zog das letzte Wort gekünstelt in die Länge.

Hektisch sah ich mich im Zimmer um. Seine unendliche Neugier konnte mir Schwierigkeiten bereiten, wenn ich nicht aufpasste. Welche plausible Geschichte wollte er hören? Am besten eine, die ihn zufriedenstellte und bei der er das Interesse verlor. Ich schielte auf die zusammengelegten Bilder. Etwas aus meinem Fotografiestudium? Er fand Kameras langweilig und vor allem die Einstellungen von Objektiven und Blenden. Dabei war es das, was mich besonders daran reizte. Die perfekte falsche Fährte!

»Ich habe mit meiner Collegefreundin über das neue Theaterstück geredet, von dem wir nach den Ferien Fotos schießen müssen. Es handelt von einem ... magischen Geist«, reimte ich mir schnell zusammen.

»Kann man Geister überhaupt fotografieren?«, fragte er skeptisch.

»Das Stück wird von realen Personen gespielt. Sie tragen weiße Tücher, um sich als unsichtbar auszugeben.«

»Sehr einfallslose Motive.«

»Nicht, wenn man sie ins richtige Licht setzt. Dann ist selbst ein weißes Blatt Papier faszinierend.« Ich schob ihn aus dem Zimmer. »Aber ich habe jetzt keine Zeit für so was. Lass mich meine Aufgaben erledigen.« Je schneller er aus meiner Nähe verschwand, desto besser. Lügen waren nie meine Stärke gewesen und sie sollten es auch nie werden.

»Hast du mit Mum gesprochen?«, fragte er mich an der Tür.

»Nein, noch nicht«, gestand ich.

Er stöhnte leise. »Entweder mache ich den ersten Schritt oder du. Und ich werde es garantiert vermasseln.«

»Mach dir keine Sorgen. Ich spreche mit ihr. Den passenden Zeitpunkt zu finden, ist manchmal schwieriger als das Gespräch selbst.«

»Ich kenne mich mit solchen Gefühlsdingen nicht aus.«

Ich schmunzelte und strich ihm durch das Haar. »In ein paar Jahren vielleicht schon.«

Gefräßige Konsequenzen

Ich seufzte, während ich die Erde in Töpfe umbettete. Draußen zog die Welt an mir vorbei und ich wühlte mich durch das Gewächshaus des Geschäftes. Wasser plätscherte von weit her. Nichts bewegte sich, nur die Pflanzen wuchsen langsam und stetig heran.

Stunden vorher hatte ich das halbe Internet abgesucht, um herauszufinden, wer oder was Nevan war. Natürlich erfolglos. Was hatte ich mir erhofft? Dass auf irgendwelchen abstrusen Seiten eine Antwort zu finden wäre? Vielleicht. Doch ich fand nichts als gruselige Geistergeschichten und alberne Foreneinträge von Kindern, die glaubten, einen Schemen gesehen zu haben.

Ich zog die Handschuhe aus und strich über junge Blüten. Unser Ausreißerpferd Sugar hatte zum Leidwesen des Pfarrers einige Pflanzen im Friedhofsgarten angefressen. Stiefmütterchen und Rosenblätter standen besonders weit oben auf der Liste ihrer Lieblingsspeisen und diese durfte ich wieder einpflanzen, damit die Besucher sich nicht durch kahle, zerrupfte Stellen gestört fühlten. Es war zwar Grannys Pferd, aber meine Mum besaß den einzigen Floristikhandel weit und breit. Es musste also so kommen, dass ich das halbe Erdreich dorthin schleppte und umgrub, während meine Mum vorne am Tresen an Blumengestecken bastelte. Sie übernahm die Morgenschicht und überließ mir den Rest.

Ich verstaute die letzten Töpfe am Rand der Schubkarre und schaute noch mal nach ihr. »Mum, ich denke, nach dieser Ladung sind wir fertig.«

»Heute Morgen war das Beet eine Ackerlandschaft. Ich habe bezweifelt, dass wir das innerhalb eines Tages in Ordnung bringen.«

»Anscheinend genießt Sugar ihre Vorlieben«, sagte ich und schmunzelte.

Sie steckte weiße Gerbera und Bouvardien zusammen. »Zum Glück war es nicht ganz so dramatisch, wie es der Pfarrer beschrieb. Sonst müssten wir noch eine weitere Schicht einlegen.«

»Dafür habe ich Zeit und wenn Sam auch mal anpacken würde, wären wir noch schneller. Ich frage mich, wer Sugar befreit hat.«

»Es könnten die Kinder gewesen sein, eine der Katzen oder ein ungünstiger Zufall. Es gibt zwar Gerüchte, aber wir werden es vielleicht nie erfahren.«

»Sicher, dass es nicht Sam war? Er hat sich an dem Tag seltsam benommen.«

»Er ist in einer schwierigen Phase. Selbst wenn er es getan hätte, würde ich ihn nicht dafür tadeln.«

»Wieso nicht?«

»Kinder machen eben Unsinn. Du warst nicht anders und Grandpa und Grandma bestimmt auch nicht. Es gehört dazu, mal nicht erwischt zu werden. Das macht das Leben spannender.«

»Aber der Pfarrer wird eine Weile ständig bei uns vorbeischauen«, erwiderte ich.

Sie stöhnte. »Er nimmt seinen Garten sehr ernst. Wenn ihm etwas nicht passt, dann wird es passend gemacht. Ich kenne niemanden, der Rosen neben ein Beet Stiefmütterchen stellt. Aber das Wichtigste ist, dass niemand verletzt wurde.«

Ich nickte. »Zumindest ist sein Geschmack für Friedhofsgärten farbenfroher als der der anderen.«

Mums Handy klingelte. Sie zog es eilig aus der Schürzentasche und linste auf das Display. »Entschuldige mich«, huschte es von ihren Lippen. Sie lief gegen eine Kante vom Tresen. Ein Schriftstück fiel aus ihrer hinteren Hosentasche, doch sie stürmte weiter zur Wohnungstür.

Ich hob es auf und schaute auf den Briefkopf. In roter Schrift leuchtete dort das Wörtchen *Mahnung* und mein Herz war mit einem Ruck schwerer. Vorsichtig zog ich die eigentliche Botschaft aus der fransigen Öffnung. Tunnelartig sprangen mir *Hypothek, nicht abbezahlt* und *letzte Gelegenheit* ins Auge. Das Blatt zitterte in meinen Händen. Ich ahnte, in welcher Situation wir uns befanden. Wir standen einen Millimeter vom Abgrund entfernt und wenn ich mir die Einnahmen des letzten Monats ansah, fielen wir bereits in die Tiefe. Mir fehlte die Luft zum Atmen.

»Vielen Dank für das Gespräch«, hörte ich aus dem Flur von oben. Ich blieb erstarrt, bis Mum erschrocken, fast ängstlich in der Tür stand und sich an die Hosentasche fasste. »Ich weiß nicht, ob wir den Handel ohne Hilfe weiter halten können«, sagte sie dann.

»Es muss eine Lösung geben ... Ich könnte mehr vom Geschäft übernehmen oder wir stellen jemanden ein.«

Sie kaute auf der Unterlippe. »Es fehlt Geld an allen Ecken. Der Laden läuft seit längerem nicht gut und jemanden einzustellen würde uns ruinieren.«

Ich krallte die Fingernägel in den Pulloverärmel. Wie eine Schneelawine überrollte mich Mums verzweifelte Stimme. Es hätte eine Erwähnung oder eine kleine Bemerkung gereicht, doch sie hatte in den letzten Monaten kein einziges Wort über unsere finanzielle Situation verloren. Die Ratlosigkeit walzte mich nieder und ich schnappte weiter nach Luft.

»Wieso hast du mir nichts erzählt?«, brüllte ich durch das Geschäft. »Ich bin achtzehn und kein kleines Kind mehr!«

»Du solltest dich auf das Studium konzentrieren und dir keine Sorgen um Finanzen machen«, sagte sie und streichelte über meine Schulter.

Ich zog sie störrisch weg. Ihre Beruhigungstaktik war nicht vonnöten, denn sie war diejenige, die so wenig Vertrauen in mich setzte. Dachte sie wirklich, dass sie sich aus dieser Lage befreien konnte, wenn ihre eigene Tochter weiterhin ein kostspieliges College besuchte?

»Hast du deswegen mit Dad telefoniert? Damit er uns Geld leiht?«, fragte ich unter der anschwellenden Enttäuschung, die mit Dad die Krönung erreichen würde.

»W-Woher ...?«, stotterte sie überrascht.

Meine Frustration verkeilte sich im Bauch. »In diesem Haus bleibt nichts ein Geheimnis, Mum.«

»Gregor war leider der letzte Ausweg, den ich nicht gern gewählt habe. Ich musste jemanden fragen.«

»Aber doch nicht ihn!«

»Schatz, ich hätte ihn nicht gefragt, wenn ich es könnte. Was damals passiert ist, war ein tragisches Missverständnis, worauf noch weitere folgten und die zusammen zu einem unauflösbaren Knoten wurden«, erzählte sie verbittert.

Das Risiko, was Dad mit sich brachte, war zu hoch. Klar, er konnte uns Geld leihen, aber auf lange Sicht würde er uns hintergehen und das gesamte Haus mit uns verbrennen lassen.

»Sam hat eine unbeschwerte Kindheit verdient. Er träumt von einem Vater, der seinen Sohn liebt und wertschätzt und das kann Dad ihm nicht geben.«

So wie sie die Arme halbherzig verschränkte und meinem durchdringenden Blick auswich, herrschte in ihr ein Chaos aus Muttergefühlen und der Angst vor dem finanziellen Ruin, vor dem wir standen. Das tat sie nur, wenn sie innerlich gegen zwei Fronten kämpfte. »Es sind neun Jahre vergangen. Wir haben uns verändert. Er hat sich verändert. Glaubst du, dass wir ihm gleichgültig sind?«

»Darauf willst du vertrauen?« Ich schüttelte den Kopf und meine Wut stieg ins Unermessliche.

»Müssen wir offenbar.«

»Er wird einen Keil zwischen uns treiben und die Schuld bei uns suchen, wenn irgendetwas nicht seiner Vorstellung entspricht«, fuhr ich sie an.

»Eure Zukunft ist wichtiger als alles andere. Unser Geschäft wird bestehen bleiben, sofern Gregor uns eine Zeit lang unter die Arme greift. Danach fällt mir was ein, versprochen.«

»Wenn es dafür nicht schon zu spät ist«, sagte ich kratzbürstig. »Die restlichen Pflanzen warten auf ihr neues Zuhause. Wir können nicht ewig diskutieren, was gut für uns ist.« In meiner Wut zog ich die Handschuhe über und griff mir die Schubkarre, während Mum hinter mir stöhnte. Erst als die kleine Glocke gegen die Tür schlug und abklang, flaute der Zorn ab. Ich musste hier raus, sonst hätte ich unschuldige Blumen durch die Gegend geschmissen und ein größeres Chaos verursacht.

Die Schubkarre lag schwer in meinen Händen und das gesamte Dorf ertrug geduldig das quietschende Rad. Trotzdem interessierte mich nur eines: Wieso ließ sie Dad in unser Leben? Falls es wirklich um das Geld ging, konnte ich das College abbrechen und sogar in Vollzeit den Floristikhandel führen. Dann konnte sie sich woanders einen Job suchen und musste nicht mehr im Laden arbeiten. Keine dieser Möglichkeiten war über ihre Lippen gekommen, doch was mich mehr enttäuschte, war, dass sie Dad angerufen hatte, anstatt eine Lösung mit mir und Sam zu suchen. Ob er Mum emotional ausnutzte oder sie ihn aus finanziellem Interesse kontaktiert hatte, war unerheblich. Er durfte nie mehr ein Teil der Familie werden. Er durfte Sam und Mum nicht in seinen nächsten Egotrip hineinziehen.

Als ich die Erde an der Kapelle umgrub, versank ich in einem Sumpf mit meinen Stiefmütterchen. Nur die Rosen an der Bank heiterten mich etwas auf. Früher hatte ich die kahle Bank vor lauter Trostlosigkeit mit Buntstiften angemalt und jede freie Minute die große Weide beim Tanzen mit dem Wind beobachtet. Es beruhigte mich, wie der Baum sanft mit den Luftströmen wiegte. Er zeigte mir, wie man spielend die Veränderungen annahm, wenn man mit ihnen schwang, statt gegen sie. Dennoch war es mir nicht leicht gefallen, den Unfall zu akzeptieren. Wie auch, nachdem Dad uns im Auto zurückgelassen hatte?

Ich seufzte und schob die Karre voran. Seinetwegen hatte ich im Wrack fast mein linkes Bein verloren. Sam und mich herauszuziehen wäre seine Aufgabe gewesen, stattdessen war er in den Wald gelaufen. Wenige Wochen später kam er mit Koffern und Scheidungspapieren zurück. Mum hielt an diesem Tag meine Hand, aufgrund meiner panischen Angst vor der erforderlichen Operation. Er warf den Briefumschlag gegen ihre Brust und würdigte mich keines Blickes, als ob ich irgendein Kind wäre, nicht sein eigenes. Und dieser Mann trat wieder in unser Leben!

Eine Bordsteinkante riss mich aus meinen Erinnerungen. Das linke Bein verlor seinen Stand. Rücksichtslos kippte die Schubkarre zur Seite und zog mein Bein mit. Stechender Schmerz kroch schlagartig an mir hinunter. Mit letzter Kraft klammerte ich mich spinnenartig an den Asphalt. Die Karre stand, doch mein Unterschenkel versteifte und ich sackte ab. Dieser Nachmittag verlief wie ein dramatischer Hollywoodstreifen – der miesen Sorte.

Erschöpft schleppte ich mich den kurzen Weg zur Bank zurück und ließ die Schubkarre am Rand des Beetes stehen. Mein Oberschenkel kribbelte und die Wade versteifte immer weiter. In der Hoffnung, dass die Schmerzen nachließen, wanderte mein Blick zum anderen Ende des Friedhofes. Von hier aus konnte man den Eingang der Kirche sehen. Zwei Nachbarn von uns unterhielten sich dort über das Beschneiden von Hecken und darüber, wer wieder das Obst von den Bäumen stibitzt hatte. Ich lächelte, denn ich hatte bereits eine Vermutung. Sonst war niemand anwesend, nur ein junger Mann, der zu mir herübersah. Erschrocken riss ich die Augen auf. Nicht schon wieder ... Beinahe hätte ich meinen unsichtbaren Verfolger nicht erkannt. Er trug ein weißes Knopfhemd mit einem gestickten Symbol auf der Brusttasche. Die dunkelgraue Hose war elegant geschnitten und ein schwarzer Gürtel zierte die Hüften.

Das Hemd in die Hose gesteckt und die Schuhe glänzend geputzt, tauchte er im unpassendsten Moment auf. Mit offenem Mund betrachtete ich ihn und bekam keinen Satz heraus. Nicht ein Tag war vergangen und wir trafen uns erneut. Ich hatte gehofft, dass ich ihn mir eingebildet hatte, und doch starrte er mich an, als ob ich das Museumsstück von uns beiden wäre.

»Falls du denkst, ich bin dir gefolgt, muss ich dich enttäuschen.«

»Und ich bin die heilige Mutter Gottes«, prustete ich.

»Der Lehrplan meiner Akademie ist für unsere zufällige Begegnung zuständig, oder siehst du die unbequeme Uniform nicht?«

Natürlich! Niemand ging freiwillig auf einen Friedhof, wo dir der Tod im Nacken hing und Elend dein ständiger Begleiter war, außer es handelte sich um ein Unterrichtsfach. Oder um einen Trauerfall. »Was ist an Friedhöfen so interessant?«, fragte ich.

»Wieso willst du das wissen?«

»Du schuldest mir noch Antworten und außerdem musste ich meinen Bruder anlügen und mir eine kindische Ausrede einfallen lassen, wieso ich mich so seltsam benommen habe. Alles, weil du aufgetaucht bist.«

»Wenn du dich im Zaum halten würdest, säßest du nicht hier. Habe ich recht?«

Ich hob mein Bein von der Sitzbank und verschränkte die Arme vor der Brust. Der Schmerz schlich den Oberschenkel hinauf. Ich ließ mir nichts anmerken. »Wenn du nicht plötzlich in meinem Haus aufgetaucht wärst, würden wir diese Unterhaltung nicht führen.«

»Du bist keine tolle Gesprächspartnerin.« Er machte lange Schritte auf mich zu. »Wenn du etwas über meine Welt erfahren möchtest, will ich, dass du mir etwas über deine erzählst.«

Ich legte den frostigsten Blick auf, den ich in meiner Mimiksammlung fand. Er erwartete im Ernst Informationen von mir, obwohl es in seiner Welt Unterrichtsfächer für Stalking gab? Für eine bessere Note? Nicht mit mir!

»Ich soll ein lebendiger Spickzettel werden?!«

»Ein was?« Er blieb abrupt stehen und neigte mit gerunzelter Stirn den Kopf. Meinte er die Frage ehrlich oder war das ein nicht hörbarer Sarkasmus? Dieser Kerl war unfassbar undurchsichtig. Es musste ein Witz sein. Jedes kleine Kind wusste, was ein Spickzettel war, nur er nicht? Das ich nicht lachte! Bevor ich mich auf seine ungehobelte Art einließ, sagte ich lieber nichts. Ich wollte plötzlich nur noch fort. Der Schmerz kroch in den Muskel und ich stolperte auf die Sitzbank zurück. »Verdammt!«

Seine Augen blitzten auffordernd. »Wir können Wunden mit einer speziellen Insignie binnen Sekunden heilen.«

»Schön für euch, wir brauchen Wochen dafür«, sagte ich motzig und zuckte angesichts meiner Dummheit zusammen. Ich war auf seine Taktik reingefallen.

Er zog die Mundwinkel kaum merkbar nach oben. »Siehst du, es war gar nicht schwer.«

»Du ...«, sagte ich und hielt rechtzeitig inne.

Die Sache mit Dad überschattete jeden Funken guter Laune und ich hatte eigentlich keine Kraft für eine Diskussion mit einem Typen, der mich nicht ansatzweise verstand. Mein Abgang würde hoffentlich das Ende dieses grauenhaften Filmes sein. Am liebsten hätte ich die lästigen Gefühle ausgeschaltet und sie in die Schachtel für Unbrauchbares weggesperrt. Das Gedankenschachtelsystem nützte mir beim Ordnen der Emotionen. Manchmal half es wirklich, sich bildlich einen Schrank mit verschiedenen Schachteln vorzustellen und das überschäumende Gefühl darin einzusperren, bis es sich beruhigte. Dieses Mal funktionierte die Technik weniger gut, aber sie war ausreichend, damit ich nicht unüberlegt handelte.

Ich verlagerte das Gewicht auf das gesunde Bein, verhinderte so weitere Schmerzen und schlurfte wie eine angefahrene Katze voran.

Nevan folgte mir. »Shary, verzeih mir. Ich kann dich in diesem Zustand nicht gehen lassen.«

»Ich kann momentan keine Gesellschaft gebrauchen«, sagte ich schneller, als ich denken konnte.

Es erklang eine strenge weibliche Stimme aus seiner Richtung. »Mr Barrymore, kommen Sie zurück!«

»Was ist das für eine Stimme?«, fragte ich verwirrt und drehte mich um.

Nevans mattglänzende Schuhe blieben mit einem Ruck stehen. »Meine Professorin ruft mich. Allerdings werde ich in den nächsten Tagen nach dir schauen, verstanden?« Er sah mich eindringlich an und erschütterte meine mangelhafte Standhaftigkeit. Der Blutdurst eines Wolfes funkelte in seinem Blick und in meinen Gliedern pochte der Fluchtinstinkt eines Lammes.

Ich tippelte zwei Schritte zurück und blieb eingeschüchtert stehen. »Solange du nicht plötzlich in meinem Haus auftauchst.« Er nickte kurz und senkte seinen Kopf. Eine Strähne fiel ihm vor die Nasenspitze. Dann zog sein Körper in der erdrückenden Atmosphäre davon.

Wieder griff ich in die Luft. Es blieb nichts übrig. Kein Haar und kein Staubkörnchen. Mein Herz jagte das Blut durch die Adern. Seine Augen waren wie das Warnsignal einer ohrenbetäubenden Sirene, die mich aus dem Schlaf riss. Ob jede Person in seiner Welt so eine unheimliche Ausstrahlung besaß? Sofern das der Fall war, musste ich mich vor ihnen hüten.

Ich fasste an meine Brust und nahm einen letzten Atemzug, bevor ich mich nach Hause wagte. Durch den Adrenalinschub erschienen mir meine Probleme weniger massiv. Selbst der Streit mit Mum verblasste. Nevan hatte eine beunruhigende Wirkung auf mich und die missfiel mir. Wie weit er mich beeinflussen konnte, entzog sich meinem Horizont. Doch eins war sicher: Er existierte, wenn er mir mit einer einzigen Geste solche Angst einjagen und mich zur selben Zeit die Schmerzen in der Wade vergessen lassen konnte.

Der letzte Atemzug

Grandpa hauchte gegen die Brillengläser und säuberte sie mit seinem Lieblingstaschentuch, das er immer in der Brusttasche aufbewahrte. Die schrillen Geräusche von Sams Tablet übertönten die Motorklänge und verlangten von mir Selbstdisziplin. Ich wollte das Ding aus dem Fenster werfen. Allerdings gönnte ich ihm seinen Spaß. Er betrachtete ohnehin gähnend die bunten Bonbons auf dem Display und schaltete das Spiel garantiert gleich aus. Mum tippte im Rhythmus der leisen Radiomusik auf das Lenkrad und fuhr sanft um die Kurve. Der Leberfleck an ihrem Haaransatz im Nacken fiel mir ins Auge. Sie zwirbelte ihre Haare selten hoch und wenn sie das tat, dann nur zu besonderen Anlässen. Diesmal war es der Ausflug auf den Jahrmarkt. Damit entschuldigte sich Mum bei mir, weil Dads Anrufe länger und länger wurden. Beim Telefonieren stand sie häufig im Wohnzimmer und glitt mit den Fingern über den Rand ihrer Lieblingsvase. Ein einziger Blick genügte und ich wusste, mit wem sie telefonierte. Ihr verträumtes Lächeln verriet sie auf hundert Meter Entfernung. Wenigstens verschwand sie nicht mehr wie vorher in eine dunkle Ecke und flüsterte in den Hörer, damit keiner etwas vom Gespräch mitbekam. Meistens saß ich mit Sam auf der Treppe und lauschte, wie sie in der Erinnerung an ihre Jugendsünden schwelgte. Bei jedem lauten Kichern stach sie mir eine Nadel ins Herz. Sie diskutierten, erzählten und frischten Erinnerungen auf, aber nie fiel das Zauberwort Finanzen. Es war nur eine Frage der Zeit, bis Dad vor unserer Haustür stand.

Mit knirschenden Zähnen beobachtete ich das violette Glühen des Sonnenunterganges. Wolkenschwaden zogen durch den Himmel und verstärkten die Intensität der Farben. Die Hügel warfen gespenstische Schatten und die Bäume zeigten stolz ihre Blätterkronen am Straßenrand.

»Ist es noch weit?«, fragte Sam und schmiss das Tablet ins Fach der Autotür. Eine willkommene Abwechslung für meine Ohren.

»Spiel noch eine Runde. Wir sind gleich da«, sagte Mum und sah in den Rückspiegel.

»Das Spiel ist öde«, quengelte er. »Bunte Süßigkeiten herumzuschubsen, macht mich nur hungrig.«

»Auf dem Jahrmarkt gibt es bestimmt einige Stände mit Zuckerwatte, Eis und Softdrinks. Wenn wir dort sind, kaufe ich dir, was du möchtest.«

»Und ich dachte, es wird ein langweiliges Familiending«, rief Sam und klatschte strahlend in die Hände.

Ich räusperte mich. »Du hast die Band vergessen, Mum. Die wird uns die Ohren bluten lassen.«

Grandpas Grübchen vertieften sich. »Damals in meiner Jugend hießen viele Musiktruppen *Lucky Ones*. Es war ein gängiger Name und vor allem ein Synonym für Gute-Laune-Musik.«

»Heutzutage sind solche Namen eine Falle. Das ist mit Sicherheit eine grausige Schlagerband. Sie wollen nur auf hip und modern machen«, antwortete ich unterkühlt und begriff schon bei Mums erstem Atemzug die unterschwellige Botschaft.

»Das werden wir sehen. Urteile nicht, bevor du sie nicht gehört hast.«

Ich verdrehte die Augen und lehnte mich an die kühle Fensterscheibe. Besser ich stocherte nicht weiter mit offener Flamme im Öltank herum, ehe ich den Abend ruinierte. Wir hatten zwar die Streitgespräche eingestellt, doch der Hauch von Explosivem zwischen uns verflüchtigte sich nicht. Ein falscher Satz und die Diskussion begann von Neuem. Es war wie in einem schlecht bezahlten Theaterstück. Mit dem Unterschied, dass ich die böse Eiskönigin spielte, die aus Rachsucht einen Krieg beginnen wollte. Aber alles, was ich in Wahrheit wollte, war, den herannahenden Ärger möglichst klein zu halten. Mum hatte nicht einmal versucht, meinen Standpunkt zu verstehen, und beharrte auf ihre Meinung. Meine Überzeugungsarbeit war noch nie die beste gewesen und so gab ich nach einigen Gesprächen ihrer Sturheit klein bei. Trotzdem glaubte ich, dass es einen besseren Weg gab, als das Geld von Dad anzunehmen. Doch gegen die aufkeimenden Gefühle von Mum zu kämpfen, war ermüdend.

Nicht mal Nevan nahm sein eigenes Versprechen ernst. Er hatte nach mir schauen wollen, doch meine Geduld war enttäuscht worden. Ich hatte nicht ernsthaft auf ihn gewartet, aber er hätte mich besser von Mums heraufbeschworenem Chaos abgelenkt als die ernüchternden Pferdereitstunden bei Granny.

Die Häuser der fünftausend Einwohner standen wie Dominosteine eng aneinandergereiht und warteten auf einen Windhauch. Mum parkte und gemeinsam schlenderten wir zum unübersehbaren Schauplatz des Marktes. Familien, Paare und Jugendgruppen gingen durch den Torbogen aus Sonnenblumen und Gräsern. Bunte Neonlichter zeigten uns den Weg zum Wahrzeichen der Stadt. Es war eine junge Frau mit einem Schwert und einem Falken auf dem Arm. Er streckte die Flügel weit aus und wollte abheben. Ein untypisches Symbol für eine Kleinstadt in Nordengland und dennoch hübsch anzusehen, obwohl einige Macken ihren Körper zierten.

Ein Riesenrad glänzte am Ende des Platzes, schrille Plüschtiere starrten mich mit ihren Knopfaugen an und in einer Ecke fielen Dosen auf den Boden. Einige Jugendliche waren in aufgeheizter Stimmung und von allen Seiten nahm ich die Düfte von verschiedensten herzhaften und süßlichen Speisen wahr.

Ich richtete die Kameraschlaufe an meinem Hals und atmete tief ein. Es war ein regnerischer Sommer und Sam eilte voraus, als würde er barfuß am Strand laufen. An jeder denkbaren Stelle lauerten Pfützen, aber das interessierte ihn nicht. Mit funkelnden Augen bestaunte er die Lichter, die zahlreich über uns hingen und den Sternehimmel nachahmten. Langsam rastete der On-Off-Regler meiner Kamera ein und das Objektiv zoomte aus seiner Halterung. Ich nahm mit mehreren Schüssen im Hochkanformat Sams erstauntes Gesicht auf. Anschließend hockte ich mich hin, um eine niedrige Perspektive zu bekommen. Das nächste Foto wirkte noch besser. Die Lichter verstärkten das Glitzern der umliegenden Pfützen, als wären sie bunte Teiche in einer Vulkanlandschaft. Das Fotografieren gab mir ein Gefühl von Sicherheit. Ich hielt nicht nur einen Augenblick fest, sondern verlieh dem Betrachter eine neue Sichtweise auf die Dinge. Emotionen, Gedanken oder Erinnerungen konnten sich im Bild verankern und er erlebte einen Austausch der Empfindungen des Fotografen. Daraus entstand immer eine Komposition, die jeder unterschiedlich wahrnahm.

»Sam, warte auf uns«, forderte Mum und lief ihm hinterher. »Wir wollen uns das Feuer ansehen.«

Er grinste zurück und zeigte auf ein überdimensionales Schild mit einem Apfel. »Die kandierten Äpfel können nicht warten, oder siehst du es irgendwo brennen?«

»Die besten Plätze findet man immer frühzeitig.« Mum blickte auffällig zur Schlange. Sie erstreckte sich über die Straße.

»Geht ihr ruhig. Wir kümmern uns um die Plätze«, winkte Grandpa ab.

»Bitte Mum«, flehte Sam. »Wann sind wir schon mal auf einem Jahrmarkt?«

»Schön, überredet. Wir treffen euch am Feuer«, antwortete sie seufzend und nahm ihn an die Hand.

»Pass auf, dass er seinen Zuckerüberschuss nicht an dir auslässt«, rief ich ihr zu und bekam einen finsteren Blick von meinem kleinen Bruder zugeworfen.

»Dann gibt es wochenlang keine Chips für ihn«, antwortete sie mit möglichst ernster Miene und zwinkerte mir zu. Daraufhin wanderte sie mit dem hüpfenden Energiebündel zum Stand.

Ich zückte mein Handy und prüfte die Uhrzeit. Es war nach zwanzig Uhr. Sie hatten genügend Zeit, um gleich zwei Stände leerzukaufen. »Wenn du mich fragst, hat sie die Süßigkeiten mit Absicht versprochen.«

Grandpa nickte zögerlich. »Im Augenblick habt ihr es nicht leicht. Du bist hauptsächlich in den Ferien zu Hause und in absehbarer Zeit wird es noch schwieriger sein. Das weiß sie.«

»Manchmal glaube ich, dass Mum sich keine Gedanken um Konsequenzen macht«, sagte ich frei heraus.

»Schon möglich, trotzdem ist sie eine starke Frau. Immerhin haben wir sie erzogen«, sagte er und bummelte in die Parkanlage voran.

»Ob Dad bald vor der Türschwelle steht, wenn Mum ihn darum bittet?«

»Ich weiß es nicht. Falls er wieder zu ihr zurückkehrt, können wir Isabella nur in die richtige Richtung stupsen und hoffen, dass Gregor sie nach der langen Zeit doch noch zu schätzen gelernt hat.«

Einige Grüppchen bildeten bereits einen Kranz auf der Wiese. Trockene Hölzer waren in einem Steinkreis aufgestellt und oben mit einem dicken Seil zusammengebunden worden. Am Boden lagen Stroh und Erde angehäuft. Das Gebilde ähnelte einem hochgewachsenen Wigwam und es wirkte, als ob kein Sturm der Welt das Konstrukt je umwerfen könnte. Auch ohne die heiße Glut sah es beeindruckend aus.

Missmutig strich ich über meinen linken Oberschenkel. »Aber ist darauf zu hoffen, nicht zu wenig für das, was damals passiert ist?«

»Deine Großmutter und ich haben nach dem Unfall viele Tränen trocknen müssen, ohne den Grund für die Scheidung zu erfahren«, erzählte er mit verklärter Stimme. »Sie behält ihre Geheimnisse für sich, egal wie schmerzvoll sie sind. Das bewundere und bedauere ich gleichermaßen.«

Erstaunt musterte ich sein Profil. Verschiedenfarbige Lichter spiegelten sich in den Brillengläsern und überblendeten seine braunen Augen. So eine ehrliche Aussage hatte ich nicht erwartet. Grandpa gab Mum den nötigen Freiraum und gleichzeitig stärkte er ihr den Rücken.

»Mach dir keine Gedanken, Shary. Deine Grandma, Sam und ich unterstützen Isabella und bekommen alles unter einen Hut«, tröstete er mich und legte seine Hand an meinen Rücken. Sanfte Wärme durchströmte mich. Mit seinen Worten und der Geste nahm er einen Teil der Last von mir, die ich in den vergangenen Tagen vergeblich abzulegen versucht hatte. Er ersetzte sie durch Gewissheit und beruhigte mich, denn er und Granny würden alles in Bewegung setzen, um Mum notfalls zu schützen. Ich kämpfte nicht allein gegen einen Berg aus Granit. Vielleicht sollten wir in einer entspannteren Atmosphäre alle gemeinsam unsere Möglichkeiten abwägen, sobald die Fronten nicht länger verhärtet waren.

Meine Mum kam hechelnd zu uns. »Entschuldigt, dass ihr warten musstet. Der Stand musste Nachschub holen. Der Jahrmarkt ist diesmal extrem beliebt.«

»Ich wollte noch eine Tüte Popcorn«, nörgelte Sam und balancierte drei kandierte Äpfel. Er überreichte jedem von uns einen Stab.

»Iss erstmal deinen Apfel auf«, tadelte Mum und strich den roten Sirup von seinem Jackenkragen.

»Mhmhm«, antwortete er kauend und biss wieder in den Apfel, bevor er den ersten Bissen überhaupt heruntergeschluckt hatte. Anscheinend konnte er es nicht erwarten, weitere Stände auf Kosten von Mums Versprechen zu plündern.

Ich tat es ihm gleich und das Knacken der Zuckerkruste schoss durch meine Ohren. Das süßsäuerliche Fruchtfleisch kribbelte auf der Zunge und die klebrige Glasur ließ meine Lippen rau werden. Inzwischen ähnelte die Wiese einem überfüllten Fußballstadion und von überall bekam ich Gesprächsschnipsel mit. Dann ertönte eine Durchsage: »Das Freudenfeuer wird jeden Augenblick angezündet. Bitte halten Sie Abstand.«

Daraufhin traten zwei Männer aus der Masse hervor. Sie hielten Fackeln in den Händen, stiegen über die runde Steinabgrenzung und tauchten die Flammen in das Stroh. Die Glut verwischte die gelbliche Farbe der Trockenheit und fraß sich zum Holz hoch. Das Knistern wurde immer lauter und die Menschen verstummten augenblicklich. Kreisend fing die Hitze zu glimmen an. Die ersten Rauchwolken schlugen die Anspannung aus meinen Muskeln. Der Flammentanz erhellte die Gesichter und zahlreiche Funken tauchten die Nacht in Sternschnuppen. Wie aus einem Traum erwachte ich und der letzte Bissen des Apfels landete in meinem Magen.

Aus dem Augenwinkel nahm ich Sam wahr. Er schielte auf den Stiel und lächelte. Das war sein *„Du ahnst nicht, was gleich passiert"*-Grinsen. Spitzbübisch kicherte er los. In dem Moment spürte ich das Desaster. Meine Finger klebten und waren in rote Farbe getunkt. Mit ihnen hätte ich als Gecko durchgehen und mich an jeder Wand hochhangeln können. Mit Sicherheit hatte Sam den Stiel mit der Substanz zugeschmiert. »Sam!«, fauchte ich und versuchte, sein endloses Kichern zu stören.

»Was denn? Deine Schuld, wenn du nicht richtig hinsiehst.«

»Wie soll ich bei diesem Dämmerlicht etwas erkennen?«, keifte ich zurück.

Er zuckte mit den Schultern und genoss seinen Sieg in vollen Zügen, indem er mich weiterhin mit diamantartigen Augen anfunkelte.

Ich stöhnte auf. Er hatte es wieder geschafft. Fast zwei Wochen hatte er mich in Ruhe gelassen. Ein paar Mal hatte er zwar versucht, mir einen Streich zu spielen, aber ich hatte ihn jedes Mal rechtzeitig durchschaut. Jetzt musste ich meine Finger in der ranzigen Damentoilette am Waschbecken waschen, bevor ich überhaupt etwas anfassen konnte. Ich strafte ihn mit einem eisernen Wimpernaufschlag, der eine Revanche forderte, und drängelte mich dann durch die Menschenmenge.

Der großzügige Spiegel lud zum Frisieren ein, Graffitis schmückten die Wände und aus dem Mülleimer quollen zusammengeknüllte Papiertücher. An der Toilettenwand hafteten skurrile Poster und Aufkleber. Ich ließ das Wasser aus dem Hahn über die Hände laufen. Es wärmte meine eisige Haut.

»Schau mal, ist das nicht unsere Ente?« Eine mir bekannte Stimme ertönte im Vorraum. Sie gehörte Eleanor, eine Freundin von Luise, die nach dem Abschluss ihre Zahnspange noch trug. Sie nahmen die Waschbecken neben mir in Beschlag. Das Licht flackerte über uns.

Luise visierte meine roten Finger an. »Bist du zum Rotspecht geworden?«

»Kann denn keine Veranstaltung ohne dich auskommen?«, fragte ich mit verkrampften Händen. »Mir ist nicht nach gebratener Ente über dem Freudenfeuer.«

Sie ignorierte meine Aussage und Eleanor tratschte drauflos: »Was hast du mir erzählt? Dass sie Monate braucht, um ihr Schwänzchen auf das Pferd zu schwingen?«

Herzhaft lachten sie und ich versank in meinen Gefühlen wie ein Anker im Wasser. Meine Finger wurden nicht schnell genug sauber.

»Das muss dir nicht peinlich sein. Jeder hat sein Päckchen zu tragen.« Luise sah im Spiegel Eleanor an. Sie frischte ihren Lippenstift auf. »Wobei, dein Spitzname passt zu dir. Das erweckt den Eindruck, man müsste dich schützen, aber wir wissen beide, wie du in Wahrheit bist.«

Ich nahm einen Schwung zu viel Seife. »Und ihr wisst zufällig genauestens Bescheid?«

»Die Gerüchte damals waren sehr prekär. Besonders aus erster Hand von deinem Ex.«

Cedric war unter den Mädchen sehr beliebt gewesen. Er war groß, gut gebaut, hatte Mandelaugen und braune Haare. Damals kandidierte er als Schülersprecher und ich musste für die Schülerzeitung ein paar Fotos von ihm schießen. Wir kamen unverbindlich ins Gespräch, woraus sich schnell etwas entwickelte. Nach einem halben Jahr als Pärchen waren wir nicht im Guten auseinandergegangen. Er war zu sehr damit beschäftigt gewesen, sich im Rampenlicht zu bewegen, und als auffällige Unsichtbare hatte ich nicht ins Bild gepasst. Ich war nicht geboren für die missgünstigen, neidischen Blicke der Mädchen. Eines Tages äußerte er laut seine Vermutung, ich würde mit jemand anderem schlafen, weil ich den Blicken entgehen und nicht ständig mit ihm gesehen werden wollte. »Und ihr behauptet, dass seine Seite der Geschichte stimmt?«

»Wer glaubt schon einer, die mit dem nächstbesten Kerl etwas anfängt?«, fragte Eleanor abfällig.

»Vielleicht sucht ihr euch andere Quellen oder lasst am besten die Vergangenheit der Leute ruhen.«

»Das wäre ja langweilig und außerdem bist du sehr unterhaltsam. Nicht, dass wir dich verspeisen würden, aber ein paar Federn weniger würden dir besser stehen«, stichelte Luise.

Dieses Gekrächze nährte den Boden meines persönlichen Minenfeldes. Ich nahm Wasser in beide Hände und schüttete es in Luises Gesicht. Die Mascara lief ihr über die Wangen auf das weiße Halstuch.

»Das wolltest du doch erreichen!«, fauchte ich.

Unbeeindruckt wischte sie sich die Schwärze von der Haut. »Gut gemacht«, lobte sie mich affektiert und ich ging mit geballten Fäusten aus der Damentoilette.

Es reichte mir. Ich war nicht hier, um alte Gerüchte zu hören und wieder ein Spielball zu werden. Ihr Gelächter folgte mir und ich stürmte weiter in den Innenhof. Um meine Gefühle in den Griff zu bekommen, suchte ich nach Grandpa und Mum. Die beiden Mädchen wagten es nicht, mich vor meiner Familie bloßzustellen, dafür waren sie zu feige. Trotzdem fühlte ich mich verfolgt und bildete mir ein, dass Luise und Eleanor mir dicht auf den Fersen waren. Es waren nur zwei ahnungslose Mädchen. Vermutlich hatten sie ihre eigenen Probleme und suchten ein Ventil, wie Granny auf dem Sommerfest gesagt hatte. Sie ließen ihren Frust an der emotional instabilsten Person aus. Mehr war es nicht.Dennoch schwang die Gleichgültigkeit in meinen Gedanken nicht mit.

Die Beine trugen mich in die Nähe des feurigen Wigwams. Mein Atem verlangsamte sich und ich spürte, wie der Wall aus Scham und vergangenem Zorn bröckelte. Dann blieb ich stehen. Zwischen den spärlich gesäten Gruppen betrachtete jemand die Spitze des Freudenfeuers. Ich erkannte ihn – es war Nevan. Friedlich und versonnen stand er mit zerzausten Haaren vor dem Wigwam. Winzige Funken tänzelten um ihn und zeigten diesen Anblick nur mir. Das Bedrohliche an ihm verwandelte sich in die Neugier eines Rehkitzes am Waldesrand. Ich wollte schnell das Objektiv der Kamera richtig einstellen und auf den Auslöser drücken, doch er drehte den Kopf bereits zu mir und für einen Moment vergaß ich, was vorher geschehen war.

»Ein seltsamer Zufall«, sagte er und kam mir entgegen. Der kurze Eindruck eines Waldes verflog.

»Du lässt dich ausgerechnet heute auf dem Jahrmarkt blicken? Was war mit deinem Vorhaben, mich wieder zu belästigen?«

»Ich habe wichtigere Verpflichtungen, als ein kleines Menschenmädchen zu bespaßen«, zischte er und das Bild verwandelte sich in eine Wüste.

»Du kannst gerne wieder gehen und bei wem anders dein Stalkingtalent ausprobieren.«

»Ich komme anscheinend zu den ungünstigsten Zeiten«, sagte er und zeigte hinter mich. »Du bekommst Besuch.«

»Haben wir dich. Die Entenjagd ist vorbei!«, ertönten zwei gereizte Stimmen und ich schreckte zusammen.

»Führst du Selbstgespräche?«, fragte Luise hämisch.

Meine Aussage am Waschbecken hatte sie mehr beeindruckt, als ich angenommen hatte. Sie waren mir nicht gefolgt, um mich zum Kaffeekränzchen einzuladen. »Und was, wenn es so wäre?«, fauchte ich in Luises bleiches Gesicht.

»Nicht in diesem Ton, Entchen!«, warnte sie und machte einen Schritt vorwärts, bevor sie mit ihrer Freundin losrannte. »Hol sie dir zurück. Ach, ich vergaß, du kannst nur watscheln!«

Das brennende Gefühl in meinem Nacken verzögerte meine Reaktion und erst jetzt sah ich, dass sie die Kamera in der Hand hielt. Sie hatte sie mit vom Hals gerissen. Ich wollte ihnen nachjagen, doch Nevan sprang vor mich und versperrte mir den Weg.

»Du kannst mich nicht aufhalten, schon vergessen?« Ich bewegte mich seitwärts an ihm vorbei.

»Laufe ihnen nicht hinterher. Sie provozieren dich nur«, sagte er und packte mich am Arm. Ein Schauer überfiel mich und meine Haut wurde schlagartig kälter. Er hielt mich fest, obwohl er durch jedes Objekt und Lebewesen greifen konnte. Wie war das möglich? Ich dachte, er wäre ... nicht hier?!

Mit weit aufgerissenen Augen betrachtete ich sein regungsloses Gesicht. »Wieso kannst du mich berühren?«

Kaum sprach ich diese Frage aus, zog eine gewaltige Kraft an mir. Eine erdrückende Last floss in jeden Knochen, in jedes Organ, in jede kleinste Pore. Sie drückte mich zu Boden. Nevan fing mich in letzter Sekunde auf. Er sprach, doch die Wörter erreichten mich nicht. Ich wollte schreien, aber die Stimmbänder erlaubten es mir nicht. Meine Brust füllte sich mit schwerem Wasser. Etwas vereiste mir das Blut in den Fingerkuppen. Die Panik, nicht zu wissen, was geschah, zerriss mich in Stücke. Nicht einmal Tränen wollten mir entrinnen. Nevan presste die Lippen aufeinander. Während er mich mit einer Bewegung zu sich zog, legte er das Kinn auf meine Schulter. Sanft strich er durch mein Haar. Er wollte mich beruhigen, allerdings verloren meine Hände den Halt und rutschten wie die einer Puppe von seinem Rücken

Plötzlich erahnte ich durch den Kranz meiner Wimpern Sam. In seinem erblassten Gesicht erkannte ich eine Angst, die ein Kind nicht fühlen sollte. Er ließ die Popcorntüte fallen und eilte zu mir. Der Schmerz nahm zu und meine Sicht wurde schlechter. Starb ich etwa vor meinem kleinen Bruder? Ich durfte ihn jetzt nicht im Stich lassen, wo Dad kurz davor war, unsere Familie zu zerstören. Er brauchte mich dringender als je zuvor. Dann spürte ich nur noch das Greifen einer Leere und ergab mich ihr.

Die Finstersphäre

Nur langsam verschwand die Last aus den Füßen, Hüften, Armen und Schultern und schließlich entwich sie aus der Brust. Befreit atmete ich ein. Ein zarter Zitronenduft umhüllte meine müden Lebensgeister. Das dröhnende Geräusch in den Ohren klang ab. Vorsichtig bewegte ich die Finger. Wie ein Schleier bedeckte mich eine wohltuende Wärme. Sie schlüpfte in meinen Mantel und die Kälte hatte keine Daseinsberechtigung mehr. Erst jetzt schlug ich die Augen auf. Das Kerzenlicht warf seichte Schatten auf Nevans Gesicht und betonte seinen kräftigen Kieferknochen.

Vorsichtig zog er die Arme zurück und musterte mich. »Alles in Ordnung?«

»Was ist passiert? Ich hatte das Gefühl, als wäre ich zerquetscht worden«, huschte es leise von meinen Lippen.

Er schnippte mit seinen Fingern und erhellte mit einer Geste den Raum so weit, dass ich einen Sitzungssaal erkannte. Die Wände waren mit Bordüren verziert und im Kreis angeordnete Holzbänke ragten auf mehreren Ebenen über uns auf. Womöglich saßen wir in einem Turm. Mondlicht schien durch offene Dachfenster herein und beleuchtete kaum sichtbar das mittige Podest, auf dem ein rundes Objekt in einer goldenen Halterung eingefasst war. Die Kugel war pechschwarz wie die Leere, die ich vorhin gespürt hatte, und verursachte ein mulmiges Gefühl in mir.

Ich stand mit wackeligen Beinen auf. »Das ist nicht der Jahrmarkt. Wo sind wir?«

»Du konntest nicht dortbleiben«, antwortete er gebrochen und schaute mich mit einem ungewöhnlichen Blick an.

Sofort war mir bewusst, dass er einen Fehler begangen hatte. Instinktiv zog ich den Reißverschluss meines Mantels runter, griff in die Hosentasche, angelte mein Handy aus ihr und wischte den Sperrbildschirm weg. Kein Netz, keine Internetverbindung. Fassungslos tippte ich auf die Aktualisierung der Ortsangabe, doch nichts geschah.

Ich schluckte meine Panik und Verwunderung mühevoll herunter. »Bin ich etwa in deiner Welt? Wie ist das möglich?«

Er trat zwei Schritte zurück. »Verzeih mir, ich weiß es nicht. Das hätte nicht geschehen dürfen und ob du wieder zurückkannst ...«

»Du weißt es nicht? Ich stehe lebendig vor dir und du hast keine Idee, nicht mal eine Theorie, wie das passieren konnte?«, unterbrach ich ihn und erwartete eine Antwort, aber er blieb still. Ich klammerte mich ans Handy und zur selben Zeit wurde mir weiter im Magen flau.

Nevan rückte mit seiner rar gesäten Sprache nicht heraus.

»Du hast mich entführt«, flüsterte ich vorsichtig und wurde entschlossener. »Du lockst Mädchen in deine Welt, um ihnen etwas anzutun!« Eine bessere Erklärung hatte ich nicht und wenn ich ehrlich war, passte sein Äußeres zu einem dubiosen Verbrecher. Okay, zu einem attraktiven, düsteren Typen allerdings auch.

»Ich entführe keine Menschenmädchen, um sie Gefahren auszusetzen, die sie nicht kennen. Schließlich habe ich keine Verwendung für solche wie dich. Außerdem kann die Insignie nur einmal am Tag benutzt werden«, zischte er und zeigte auf die Kugel.

Das durfte nicht wahr sein! Sams todesängstliches Gesicht blitzte vor meinem geistigen Auge auf. Ich musste schleunigst zurück und ihm sagen, dass ich bei voller Gesundheit war. Ich stampfte auf den Boden. »Verdammt, bring mich zurück!«

Nevan wandte den Kopf ab und antwortete nicht. Wenn er

mich nicht zurückbringen konnte, würde ich es aus eigener Kraft schaffen müssen.

Ich drehte mich zu der schwarzen Kugel um und sie fraß sofort meine Standhaftigkeit. Kurz vor der Podestkante hielt ich inne und entdeckte kein Spiegelbild an der Oberfläche. Sie verschluckte das Licht wie ein schwarzes Loch.

Auf jeden Fall gab es eine Möglichkeit, zwischen den Welten zu reisen. Anderenfalls hätte Nevan nicht mit mir in einem Turm stehen und so tun können, als wäre er wieder unsichtbar. Bestimmt musste ich die Kugel berühren, um zurück nach Hause zu finden. Meine Hände verkrampften, denn die Erinnerung an die Schmerzen kehrte zurück. Bei der Vorstellung, dass ich sie erneut fühlen würde, zögerte ich. Mein Arm zitterte, trotzdem erhob ich ihn in Richtung des Sockels. Es war die einzige Möglichkeit, meine Familie noch heute wiederzusehen. Jetzt oder nie!

Blitzartig hielt Nevan meine Hand auf. »Ich schicke dich nicht allein da rein! Es ist zu gefährlich für jemanden ohne Magie«, warnte er, bevor ich die Kugel berührt hatte.

»Fass mich nicht an!« Abrupt schossen mir die frischen Bilder der letzten Berührung wie ein Inferno durch den Kopf.

Er ignorierte meinen Tonfall, ließ mich jedoch los. »Die Insignie ist nicht ohne Grund schwarz. Sie zieht einen in die Leere, der man ohne magische Fähigkeiten nicht entfliehen kann. Du bist ohne Begleitung nicht dazu in der Lage, nach Hause zu finden. Willst du das riskieren?«

Ich ließ meine Hand fallen und biss mir auf die Lippe. Mum und Grandpa warteten auf dem Jahrmarkt und wenn Sam mich wirklich gesehen hatte, steckte ich doppelt in der Klemme. Was machte ich jetzt bloß? Das war das reinste Desaster!

Die massive Tür des Turmzimmers schlug kräftig gegen die Wand. Eine Frau mit einer kleinen Laterne betrat den höheren Rang der Stufen. Nevan versuchte in letzter Sekunde, sich vor mich zu drängen, aber sie sah mit einem eisigen Blick bereits auf uns herab. Seine halbherzige Bemühung konnte er sich sparen.

»Mr Barrymore, was machen Sie hier zu dieser späten Stunde? Sie müssten längst auf Ihrem Zimmer sein.«

Mein Atem stockte. Ihre Stimme kam mir bekannt vor. Diese Frau war die Professorin, die auf dem Friedhof seinen Namen gerufen hatte. Sie trug ein dunkles, besticktes Kleid. Ihr kurzes weißgraues Haar war streng nach hinten gestrichen.

»Professorin Sharpwood, verzeihen Sie mir. Wir haben ein größeres Problem als das Einhalten von Ruhezeiten.«

Sie ging elegant die Stufen herunter. Mit einer Hand hob sie das Kleid an und mit der anderen die Laterne. »Wer ist das Mädchen? Das ist keine meiner Studentinnen.« Sie leuchtete mich an. »Ihre Kleidung stammt nicht von hier. Sagen Sie mir nicht, dass dieses Mädchen aus der Parallelwelt kommt?!«

Ihr strenges Auftreten schüchterte mich ein. Das Licht flimmerte in ihren graublauen Augen und die Sorgenfalten auf der Stirn gruben sich tiefer hinein. Mich beschlich das Gefühl, dass ich länger hier festsitzen würde als befürchtet.

»Ich weiß selbst nicht, wie das geschehen konnte«, lenkte er ein. Leugnen würde in so einem Fall wenig bringen.

Sie sah meine Kleidung und zog, wie es sich für eine Professorin gehörte, augenblicklich die richtigen Schlüsse. Sie seufzte und richtete die Aufmerksamkeit wieder auf Nevan. »Denken Sie nicht, das hätte keine Konsequenzen für Sie! Sie beide folgen mir unverzüglich in mein Büro.«

Mit dieser Anweisung erklommen wir ernüchtert hinter ihr die steile Treppe, die sie mit Leichtfüßigkeit überwand. Ich kam kaum hinterher. Nevan blieb freundlicherweise an meiner Seite, obwohl er vermutlich eine Menge Ärger am Hals hatte und jeden Grund gehabt hätte, sauer zu sein – ich allerdings auch.

Die Lichtquelle in ihrer Hand erhellte den Gang vor uns. Ein roter Teppich schmückte den kahlen Flurboden und an den

Wänden hingen vereinzelt Gemälde von jungen Personen, prachtvolle Räumlichkeiten und Gärten.

»Wie lange haben Sie die Verletzung am Bein?«, fragte die Professorin mich und brach das Schweigen.

»Seit neun Jahren«, sagte ich und verstummte wieder. Ich erregte hier anscheinend mehr Aufmerksamkeit als in meiner Welt, denn sie heilten Wunden und Verletzungen mit einem Fingerschnippen und ich stellte mir vor, dass die Folgeschäden mit Sicherheit wegfielen. Ich musste ihr wie ein ungeschicktes Kind vorkommen. Dabei war das Bein vollständig geheilt. Nur ... die Belastbarkeit ließ zu wünschen übrig.

Wir eilten nach mehreren Ecken an einer großen Rundbogenfensterfront vorbei. Das Strebenmuster warf gespenstische Schatten in den Korridor. Ich blickte hinaus und mich überkam sofort eine Gänsehaut. Das schlossartige Gebäude erstreckte sich weit in die Nacht, hunderte Fenster zierten die vier Stockwerke und hohe Türme ragten aus den Dächern. Durch die Reflexion der Scheiben erahnte ich den wolkenfreien Himmel und das fremde Land. Was machte ich an diesem Ort? Ich wusste nichts über ihn, über die Menschen oder geschweige denn, wie man Magie benutzte.

Wir blieben stehen. Professorin Sharpwood öffnete eine mit silbernen Ranken verzierte Tür. Der Griff ähnelte einer knorrigen Wurzel. Sie bat uns höflich rein, stellte ihre Laterne auf das Pult und schnipste einmal. Mein Blick huschte durch den Raum. Vor dem Tisch standen zwei prunkvolle Sessel aus dem Spätbarock. Deckenhohe Regale platzten beinahe vor dunklen Wälzern und zerfledderten Buchrücken. Auf einem las ich: *Die legendäre Stadt Ilzar.*

»Setzen Sie sich, Sie haben mir eine Menge zu erklären«, forderte Professorin Sharpwood und stützte sich mit beiden Händen an der Tischkante ab.

Nevan erklärte ihr mit kurzen Sätzen die ganze Situation. Er ließ unsere Streitereien und sein Verfolgungstalent aus. In seiner

Geschichte waren wir uns zufällig begegnet und er hatte mich unabsichtlich berührt. Ihr Blick huschte in den Erzählpausen zwischen uns hin und her. Sie wollte eine Bestätigung von mir, aber ich saß hilflos in einem bequemen Sessel und wusste nicht, was gerade passierte. Wieso log er seine Professorin an? War es ihm unangenehm, mich länger zu kennen? Oder steckte doch eine gescheiterte Entführung dahinter? Verdammt, ich musste zurück! Ich krallte meine Fingernägel in die weiche Armlehne.

»Sie wissen, dass ich nicht besonders gut in der Insignienbeherrschung bin. Ich dachte, wenn ich mehr Zeit in der Menschenwelt verbringe, bestehe ich die Prüfung.«

»Sie kennen die Regeln, Mr Barrymore. Ich gebe Ihnen noch eine Chance, an der Prüfung teilzunehmen. Allerdings unter einer Bedingung: Sie besuchen nie wieder die andere Welt. Einzelgänger dulde ich nicht und das wissen Sie! Den Rest wird der Rat entscheiden müssen.«

Ihr ganzes Auftreten erschien mir wie eine Lawine aus Autorität. Bei dieser erdrückenden Stimmung wäre ich längst in mich zusammengefallen, doch Nevan legte nur seine Standardmiene auf und ließ kein Muskelzucken zu. Er nickte, ohne ihr zu widersprechen.

»Sie können in Ihr Zimmer gehen. Seien Sie morgen pünktlich zum allgemeinen Insignienunterricht anwesend.«

Er würdigte mich keines Blickes, als er vom Stuhl aufstand und den Raum verließ. Wieder fragte ich mich, was mit dem Kerl nicht stimmte. So selbstsicher konnte niemand nach einem vernichtenden Urteil sein.

»Kommen wir zu Ihnen.« Professorin Sharpwood beugte sich vor. »Es ist nicht üblich, dass sich ein Mensch nach Escarun verirrt. Haben Sie eine Ahnung, wie das geschehen konnte?«

Ich schüttelte den Kopf. »Ich weiß nur, dass Nevan mich berührt hat und ich schreckliche Schmerzen hatte. Bis er mich hierhergebracht hat, wusste ich nichts von dieser Welt.«

»Was Sie gespürt haben, war eine typische Verzerrung der Insignie. Anfänger meines Kurses erzählen von einer wahnsinnigen Last auf ihren Körpern, die jegliche Funktion im Innern sowie Äußeren erschwert. Sie hatten Glück, dass Mr Barrymore wusste, was zu tun war. Sie wären ohne seine Hilfe gestorben.«

An meinem Nacken biss sich ein Schauer fest. Hatte er mich wirklich zufällig vor dem Tod bewahrt oder war es seine Absicht gewesen, damit ich ihm mein Vertrauen schenkte? War alles von ihm geplant? Ich ballte meine Fäuste auf dem Schoß. Diese Welt behagte mir gar nicht. Hier gab es keinen Strom und was mir bekannt vorkam, war nicht sonderlich modern. Ich wusste nicht mal, wo die Lichtquelle hing, die das Büro erhellte. »Können Sie mich zurückbringen?«, fragte ich vorsichtig.

»Sie allein da reinzuschicken, wäre verantwortungslos. Wir wissen nicht, wie die Finstersphäre reagieren wird oder ob Sie jemals wieder zurückkämen.«

»Das bedeutet, wenn dieses schwarze Ding mir das Recht verweigert, nach Hause zu kommen, sitze ich lebenslang hier fest?«

»Wir werden unser Bestes für Sie tun. Ein Mensch gehört nicht in eine magische Welt«, fügte sie hinzu.

Tränen schossen mir in die Augen. Ich wollte mich in einem Loch verkriechen und wünschte mir, dass Nevan mich nicht berührt hätte. Wie hatte das geschehen können? Alles, was mich ausmachte, würde an diesem Ort keine Bedeutung haben. Ich wollte einen Abend mit meiner Familie verbringen und mich nicht in einer mir unbekannten, verhängnisvollen Welt wiederfinden.

»Darf ich nach Ihrem vollständigen Namen fragen?«

»Shary Evergarden«, sagte ich bedrückt.

»Miss Evergarden«, sprach sie mich direkt an und fing meine schwindende Aufmerksamkeit. »Wir besprechen das weitere Vorgehen gleich morgen früh mit dem Rat. Ich stelle Ihnen im Nebenraum einen Schlafplatz zur Verfügung. Sie sehen müde aus.«

Müde war der falsche Begriff. Es kam mir vor, als wäre ich von einem Lastwagen überrollt und hinterher mit einem Stock ausgepeitscht worden. Selbst eine Leiche sähe besser aus, als ich mich fühlte.

Professorin Sharpwood schob feinfühlig einen Vorhang zur Seite, den ich hinter dem Regal nicht gesehen hatte. Träge stand ich vom Sessel auf. Die winzige Kammer besaß keine Fenster, nur karge weiße Wände und eine Matratze sowie eine Kerze, die einen schmalen Beistelltisch schmückte Eine Vier-Sterne-Unterkunft sah definitiv anders aus.

»Wenn Sie mich brauchen, finden Sie mich am Schreibtisch«, sagte sie und ließ den lichtdurchlässigen Vorhang zurück an seinen Platz gleiten.

Meine Finger tasteten das provisorische Bett ab und anschließend knüllte ich meinen Mantel zu einem Kissen zusammen. Mein Puls hämmerte gegen mein Trommelfell und begleitete den Takt meiner Sorgen. Was sollte ich tun, wenn ich nie mehr unser Haus betreten könnte? Was würde meine Familie tun, wenn ich nicht mehr auftauchte? Das war der denkbar schlechteste Zeitpunkt, um spurlos zu verschwinden. Darüber nachzudenken, wie sich die Dinge zum Negativen entwickeln könnten, war gerade auch nicht hilfreich. Schließlich wusste ich nicht, was morgen passierte.

Ich starrte an den Vorhang. Das Kratzen eines Stiftes oder einer Feder drang hindurch. Die Professorin schrieb energisch und ließ keine Rille auf dem Tisch aus. Eine Nacht in diesem Raum würde ich überleben. Am kommenden Tag würde ich hoffentlich nach Hause zurückkehren und vergessen, was geschehen war. Der Besuch von Dad stand nämlich bevor und ein Nevan, der mein Leben zusätzlich durcheinanderbrachte, passte gar nicht ins Bild. Zum Glück hatte Professorin Sharpwood ihm ausdrücklich verboten, diese Finstersphäre jemals wieder zu benutzen.

»Miss Evergarden, wachen Sie auf. Der Rat von Escarun wird Sie jetzt empfangen«, drang die Stimme der Professorin an meine Ohren.

Mein schlaftrunkener Körper war starrköpfig. Er wollte am liebsten liegen bleiben, was ich ihm nicht verübeln konnte, denn die Nacht war eine Katastrophe mittleren Ausmaßes gewesen. Ich redete mir ein, dass es nur ein böser Traum war, aber ein Blinzeln genügte, um mich vom Gegenteil zu überzeugen. Der ungemütlichste Raum meines Lebens zeigte mir die Realität, denn ich lag nicht in meinem kuscheligen Bett.

»Mhm«, murmelte ich. Ich schmatzte den trockenen Mund weg und drehte mich zur Missgunst von Professorin Sharpwood noch mal um.

»Shary Evergarden!«, verschärfte sie ihren Ton. »Der Rat wartet nicht gern. Besonders nicht, wenn es sich um einen Menschen handelt.«

Die Bezeichnung *Mensch* klang aus ihrem Mund verachtend und schreckte mich aus dem Halbschlaf hoch. Ich rieb mir die Augen und sah sie mit verschränkten Armen vor der Matratze stehen. Ihr Blick war kälter, als es der Nordwind je sein könnte, und erinnerte mich, wo ich eigentlich war.

»Trödeln Sie nicht.« Sie nahm den Vorhang zur Seite. Meine Schuhspitzen streiften die Dielen und ich krallte mir den zerknitterten Mantel. Meine Haare standen mir zweifellos zu Berge und die Zähne brauchten dringend eine gründliche Reinigung, aber Professorin Sharpwood scheuchte mich sofort aus ihrem Büro. So schnell, dass ich keine Zeit hatte, nach dem zweifelhaften Bad zu fragen.

Helles Tageslicht schien auf mein Gesicht. Staubkörnchen flirrten ihren unbeschwerten Tanz in der Morgensonne. Letztere streifte meine Haut und wischte mir den Schlaf aus den Augen. Der karge Flur erschien mir einladender als in der gestrigen Nacht. Jetzt entdeckte ich die Holzvertäfelung an der Decke und sah die Personen auf den Gemälden. Sie trugen Uniformen. Es schien sich um ehemalige Studenten zu handeln, die mit strahlenden Gesichtern einer verheißungsvollen Zukunft entgegenblickten. Kein Vergleich zu meinem Gesicht, nachdem ich den Abschluss in Händen gehalten hatte.

Die Professorin eilte mit zielstrebigen Schritten den rechten Flügel entlang. Der mittig ausgelegte Teppich dämpfte das harte Auftreten der Pumps, die mit Sicherheit ein klirrendes Krächzen auf Fliesen hervorgebracht hätten. Überall lag derselbe Teppich mit goldgelber Umrandung und bauchige Glaslaternen hingen in regelmäßigen Abständen an den Wänden. Ich würde mich für den Rest meines Lebens verlaufen, falls ich Professorin Sharpwood aus den Augen verlor. Manchmal blieb ich dennoch kurz stehen und sah aus dem Fenster. Die auffallenden blauen Dächer der Türme ragten in den Himmel und zeigten sich in ihrer morgendlichen Frische. Weiße Hortensien blühten in großzügigen Gärten, begrünte Hofabschnitte setzten Akzente und fegten meine Erwartungen hinweg. Alles erinnerte mich an französische Architektur der Renaissance und nicht an eine gruselige magische Einrichtung ohne Bad.

Professorin Sharpwood stoppte ihre flinken Füße. »Die Studenten werden in der Halle auf ihren Unterricht warten. Folgen Sie mir und bleiben Sie nicht stehen.«

Ich nickte wortlos und wunderte mich über die Warnung. Was war gefährlich an Studenten, die gelangweilt auf den beginnenden Unterricht warteten? Außer sie schossen Lichtblitze durch die Gegend, flogen mit einem Besen umher, jagten fliegende Nager hinterher oder hatten mehrere Köpfe auf den Schultern. Ich grinste vor mich hin. Vermutlich entsprach das nicht der Wahrheit.

Wenige Meter weiter schien helles Licht. Mein Blick sprang nach oben. Vor mir erstreckte sich eine gigantische lichtdurchflutete Eingangshalle. Die Kuppel war kunstvoll verglast und Säulen hielten das Konstrukt aus vier Etagen elegant zusammen. Das Geländer war mit geschwungenen Stäben versehen und eine Art Planetensystem überragte das dritte Stockwerk. Jede Kugel leuchtete von innen und wechselte ihre Farbintensität. Gleichmäßig schwebten sie in ihrer eigenen Laufbahn und verfehlten nur knapp die Nachbarkugeln. Das übertraf jetzt wirklich meine kühnsten Erwartungen. Wie konnten sie schwerelos ihre Runden drehen, ohne aufeinanderzustoßen? Physik war nicht mein bestes Fach gewesen und Magie erst recht nicht. Mit Sams grenzenloser Fantasie hätte ich wenigstens eine Theorie aufstellen können.

Es hallte Gelächter aus allen Richtungen und ich hörte eifriges Treiben in der Halle. Das Echo der Gespräche übertönte mein Staunen und Professorin Sharpwoods Schuhe, die auf poliertes Gestein trafen. Die Studenten begrüßten sie höflich, ich erntete Blicke, die mir wohlbekannt waren. Mit weit aufgerissenen Augen wurde ich von oben bis unten begutachtet. Ich nahm Getuschel wahr, Mädchen in meinem Alter wisperten sich gegenseitig etwas zu.

»Sieh dir die Kleidung an. Das ist doch ein ...«, hörte ich irgendwo hinter mir.

Rechts von mir standen zwei gutaussehende, hochgewachsene Kerle. »Das ist doch nicht möglich, oder?«

»Das kann nur bedeuten ...«

»Meinst du wirklich?«

Ich krallte meine Finger in den zerknitterten Mantel. Jetzt ging das wieder los. Ich erregte Aufmerksamkeit, weil sie das minimale Schlurfen des Beines noch weniger gewohnt waren als die Leute bei mir zu Hause oder sie missbilligten meine gesamte Anwesenheit.

Ich durfte nicht vergessen, dass ich anscheinend eine andere Spezies von Mensch war, obwohl auf den ersten Blick nichts darauf schließen ließ. Sie hatten zwei Arme, zwei Beine, trugen halbwegs moderne Schuluniformen und Schuhe, Brillen saßen auf ihren Nasen, sie sprachen meine Sprache und waren in allen Hauttönen vertreten. Was unterschied mich von den anderen? Dann fiel mir etwas Offensichtliches auf: jeden umgab eine besondere Ausstrahlung. Charismatisch, rein und ohne sichtbaren Makel, als stammten sie aus einem Katalog. Meine Gestalt war definitiv die eines vertrockneten Mauerblümchens unter Rosen und Lilien.

Den Kopf leicht gesenkt, huschte ich mit Professorin Sharpwood an das andere Ende der Halle.

Als ich wieder aufschaute, breitete sich ein Kribbeln unter meiner Kopfhaut aus. Dieser Abschnitt des Flures wirkte ungewöhnlich. Die Wände waren mit edlen Motiven bemalt und zeigten geflügelte Wesen, mir unbekannte Geschöpfe mit Hörnern auf den Köpfen und Flossen an den Beinen. Sie trugen wuchtige Waffen und kämpften gegeneinander. Sie erzählten eine Geschichte, die ich nicht zu entschlüsseln versuchte, weil die Professorin mich weiterscheuchte.

Die Decke war geschmückt mit einem durchgezogenen Mosaik aus Spiegeln und baumelnden Kronleuchtern. Es verschlug mir die Sprache. Noch nie hatte ich etwas Vergleichbares gesehen. Wie gerne hätte ich meine Kamera dabei gehabt.

»Bleiben Sie hinter mir«, sagte Professorin Sharpwood und zur selben Zeit schreckte ich hoch. Unter mir schwankte der marmorierte Fußboden. Ohne sichtlichen Schaden anzurichten, brach eine doppeltürige Pforte aus ihm hervor. Sie war verziert mit goldenen Kristallblumen, welche sich quer über den gesamten Rahmen hangelten und glitzerten. Immer mehr fühlte ich mich wie Alice im Wunderland.

»Was erwartet mich hinter dieser Tür?«, fragte ich aus reiner Vorsicht.

»Ein weit entfernter Ort, jenseits dieser Mauern«, antwortete sie gelassen. Ich verstummte, weil aus den Ranken zwei wohlgeformte Gesichter auftauchten. Stück für Stück schlängelten sich ihre Körper heraus. Furcht und Neugier prasselten auf mich ein. Sie trugen jeweils eine Diamantlanze in der Hand und das Licht, welches sie reflektierten, sprenkelte den gesamten Flur. Ich hielt mir den Arm schützend vor die Augen.

»Ich bringe das Menschenmädchen. Öffnet das Tor!«

Die zwei Wächter begutachteten mich und nickten Professorin Sharpwood vage zu.

Die überwältigende Tür schleifte schwerfällig über den Boden. Mit einem Bienensummen begrüßten uns die Wächter und für einen kurzen Augenblick zog der Duft von Honig um meine Nase. Sanft begleitete er uns in den Saal hinein. Der Anblick, der sich mir bot, ließ meine angespannten Arme sinken. So atemberaubend wie die Pforte war, so pragmatisch war der eintönige Gerichtssaal dahinter. Bänke reihten sich vor einem erhöhten Tresen und unzählige Bücherregale erhoben sich in der zweiten Etage. Der Duft von Honig verflog.

»Bitte sprechen Sie nur, wenn Sie dazu aufgefordert werden«, wies Professorin Sharpwood mich flüsternd an.

Fünf Gestalten in konturierten Umhängen saßen königlich auf ihren Stühlen. Kapuzen verdeckten die Gesichter und auf jeder Brust funkelte ein anderer Edelstein. Mit ihrer erdrückenden Stille zeigten sie mir, dass ich nicht erwünscht war. Fast wie ein Dorn in ihrer heiligen Welt.

»Sie sind Miss Evergarden, nicht wahr? Wir haben einiges von Ihnen gehört«, eröffnete eine Frau die Unterredung. Das letzte Wort sprach sie mit einem unterkühlten Unterton aus und wie von selbst fingen meine Beine an, wie Schwungseile zu vibrieren.

»Wir sollten das Kind zurückschicken. Es könnte eine Gefahr für Escarun darstellen«, ergriff ein älterer Herr zu meiner Linken das Wort. Er trug einen schwarzgrünlichen Stein in der Mitte seines Umhangs.

»Sie könnte uns aber auch von Nutzen sein, Emerald«, unterbrach ihn eine männliche Stimme. Sie war deutlich jünger. »Stellt euch vor, was sie uns an Wissen vermitteln kann.«

Ein Raunen schwappte in die Diskussion. »Wir gehen ein hohes Risiko ein und das zu Gunsten unserer Feinde. Das wissen Sie, Achat!«

Feinde? Meine Knie zitterten nicht mehr, sondern erstarrten zu einem Eisblock. Ich wusste es. Keine magische Welt konnte so friedlich sein, dass sie bloß Gänseblümchen pflückten und sich gegenseitig die schönsten Kränze bastelten. Auch hier gierten alle nach Macht, wie in den besten Filmen. Aber ich wusste nur das Nötigste über unsere Welt und das war nicht sonderlich viel. Nevan hätte eine Studentin der Politikwissenschaften oder eine Historikerin entführen sollen, statt eine einfache Fotografin wie mich.

Eine andere raue Stimme ertönte: »Solange sie in unseren Mauern bleibt, ist sie vor äußeren Einflüssen geschützt.« Der Sprecher trug einen bläulichen Opal auf seiner Brust.

»Wir können auch nicht verantworten, dass das Mädchen eines Tages in die falschen Hände gerät. Aber fragen wir das Kind selbst, was es möchte.« Emerald stützte sich mit dem Ellbogen auf dem Tisch ab.

Ich konnte mir nicht vorstellen, dass meine Antwort überhaupt Gewicht für diesen Rat hatte. Sie sahen eine kleine zerzauste Schaufensterpuppe in mir. »Ich will nur in meine Welt zurück und habe nichts zu bieten«, sagte ich und zerknüllte weiter meinen Mantel.

»Glaube mir, das ist auch in unserem Interesse«, sagte die Frau und umfasste den farblosen weißen Kristall an ihrer Robe. »Oder was meinen Sie, Professorin Sharpwood?«

»Ich bin Ihrer Meinung.« Sie kippte ihren Oberkörper leicht nach vorn. »Sie gehört nicht hierher und könnte mehr Schaden anrichten, als sie dienlich sein kann.« Sie sprach von mir wie von einem Tier, was zur Schlachtbank geführt werden sollte. Einerseits war ihr Verhalten mir gegenüber fürsorglich und andererseits griff sie meine Anwesenheit an. Aus ihr wurde ich nicht schlau, aber das musste ich hoffentlich auch nicht. Ihre Beweggründe würden mich nicht mehr interessieren, sobald ich zu Hause in meinem Bett lag und darüber lachen konnte.

»Wenn das Kind die Insignie überhaupt erneut überwinden kann. Es ist in all den Jahren niemand auf die Idee gekommen, dass Menschen unsere Welt betreten können. Was ist, wenn sie nicht auf die anderen Seite kommt?«, fragte der Jüngere in die Runde.

Stille herrschte zwischen den dunklen Kapuzen. Dieses Bedenken teilten alle hinter dem Tresen. Außer mir. Wenn ich auf diese Seite kommen konnte, würde ich auch zurückfinden. Meine Familie wartete mit Sicherheit darauf, dass ich jeden Moment durch die Eingangstür gestürmt kam.

»Wir müssen Miss Evergarden demnach aufnehmen. Es wäre verschenktes Potenzial«, antwortete der ältere Herr.

Der Letzte von ihnen trug ein mir unbekanntes mattes Rot auf der Brust. Für einen Rubin besaß der Stein zu viele Einschlüsse und erschien von der Farbe recht spröde. »So sei es. Wir versuchen unser Bestes und hoffen, dass es reicht.«

»Wenn alle einverstanden sind, bringt Professorin Sharpwood das Kind rüber«, sagte die Frau am Herrentisch und bekam ein einstimmiges Nicken.

Anspannung fiel aus all meinen Muskeln. Ich durfte Mum, Sam, Granny und Grandpa wiedersehen und was hier passiert war, konnte ich dann in einen Albtraum verwandeln. Einen Traum, den ich kurz geträumt hatte, der nicht einmal eine Sekunde meines gesamten Lebens ausmachte. Die Menschenwelt war mir definitiv lieber. Dort war mein gewohntes Umfeld, meine Familie und vor allem keine seltsamen Feinde, die mein Wissen missbrauchen wollten.

»Ich bringe Sie unverzüglich zurück. Aber ... freuen Sie sich nicht zu früh«, setzte Professorin Sharpwood hinzu, als sie die Erleichterung auf meinem Gesicht erkannte.

Meine Mundwinkel sanken nach unten. »Schon verstanden. Das Ding könnte mich nicht nach Hause lassen.«

Kaum schleifte die Pforte lautstark über den Boden, begannen die fünf Mitglieder des Rates eine aufbrausende Unterhaltung über irgendwelche Gegenstände und Wesen, deren Namen ich nicht aussprechen konnte.

»Miss Evergarden, hören Sie mir genau zu: Sie dürfen mich auf gar keinen Fall loslassen. Auch wenn Sie Schmerzen verspüren oder sich unbehaglich fühlen. Niemals. Haben Sie verstanden?«

»Das dürfte nicht schwer sein«, antwortete ich gelassen, obwohl mir der Teil mit dem Schmerz nicht gefiel. Ich wollte nicht wieder fast tot umfallen und ersticken, aber es blieb mir keine andere Wahl. Entweder Schmerzen erleiden oder in einer Welt verkommen, die kein funktionierendes Netz hergab.

Wir standen vor der schwarzen Insignie. Sie verschluckte das Tageslicht in ihrer Gänze. Gleich würde ich meine Mutter in den Arm nehmen, danach Granny besuchen und anschließend in Ruhe die Revanche für Sams Stiel-Streich planen. Allerdings behielt ich das magische Gedöns lieber für mich. Jeder würde mich auslachen, als übergeschnappt betiteln und ich bekäme noch einen Spitznamen. Aber was könnte ich stattdessen erzählen? Von einer missglückten Entführung? Das wäre zumindest nicht ganz gelogen.

Professorin Sharpwood hielt mir den Arm hin. »Halten Sie sich gut fest.«

Ich krallte mich mit beiden Händen an ihn und sog die letzte Luft ein, bevor Professorin Sharpwood die Kugel berührte. Mit rasanter Geschwindigkeit verschlang die Dunkelheit jegliche Sicht und Orientierung. Meine Fußspitzen ertasteten keinen Untergrund. Sie hingen hinab, als würde ich schweben. Gleichzeitig war ich blind. Mein Puls pochte gegen die Schläfen. Das war beängstigend. Zu beängstigend! Ich schrie, doch der Ton, den ich hervorbrachte, war nichts anderes als ein Mäusefiepen und verstummte sogleich in der Finsternis. Nur der Arm der Professorin spendete mir Halt. Panisch vergrub ich die Hände tiefer in ihrem samtweichen Ärmel und spürte, wie sich die Übelkeit durch meine Speiseröhre bahnte und sauer aufstieg. Aber nichts weiter passierte. Ich atmete und kein einziger Muskel zuckte. Ich fühlte nicht einmal einen Hauch des Lastwagens, der mich gestern überrollt hatte.

»Öffnen Sie die Augen«, forderte die Professorin sanft.

Ich gab ihrer Anweisung nicht nach. Das alles erschien mir so absurd und dennoch keilte sich Angst in mir fest. Vielleicht war die Insignie gnädig mit mir und hatte mir nur auf der Hinreise Probleme bereitet? Oder Nevan hatte etwas Magisches versucht und mir deshalb Schmerzen zugefügt? Ich schluckte. Was es auch war, ich musste mich der Realität stellen, denn vor ihr konnte ich nicht fliehen. Vorsichtig ertastete ich den Untergrund. Meine Schuhspitze streifte eine Diele und brachte mir den Mut zurück. Sofort schlug ich die Augen auf und löste mich vom zerknitterten Ärmel der Professorin.

»Wie fühlen Sie sich?«

»Leicht benommen«, antwortete ich leise.

Wir standen frühmorgens im Bauernhaus meiner Großeltern und hörten Mums gebrochene Stimme. Die Sonne ging gerade auf.

»Shary, wo bist du?«

»Wir werden sie finden. Sie kann sich nicht in Luft aufgelöst haben«, tröstete mein Grandpa sie.

»Mum? Grandpa? Ich bin hier! Ich bin zu Hause!« Tränen flossen mir die Wangen hinunter und wärmten meine Haut. Nichts konnte mich davon abhalten, sie in die Arme zu schließen, in ihre erleichterten Gesichter zu sehen und zu erkennen, dass ich hierher gehörte. Der Spuk war endlich vorbei. Jeden Moment würden sie zu mir stürmen und mich so fest drücken, dass ich keine Luft mehr bekäme. Ich wollte wieder Sams Streiche über mich ergehen lassen und selbst auf die langweiligen Bücher am College freute ich mich. Und ausschließlich in meiner Welt konnte ich Mum vor Dads Unberechenbarkeit beschützen. Sie verdiente etwas Besseres und Sam benötigte eine anständige Vaterfigur, die in einer Notsituation nicht spurlos verschwand und ihn dadurch verletzte.

Doch Grandpa und meine Mum saßen weiterhin zusammengekauert im Wohnzimmer. Es zeigte keiner eine Reaktion. Meine Freude löste sich in Luft auf.

»Mum, Grandpa? Ich bin direkt vor euch«, versuchte ich es erneut. Kein Aufsehen, kein Mundzucken und kein Lächeln erhaschte ich in ihren Gesichtern. Nur aufgequollene, rot unterlaufene Augen und wunde Nasenflügel. Sie hielten sich an den Händen und Grandpa streichelte Mum über den gekrümmten Rücken. Die Verzweiflung hing an ihren Lippen. Auf dem Tisch lagen unzählige gebrauchte Taschentücher. Sie mussten die ganze Nacht geweint und auf einen errettenden Anruf gewartet haben. Und ich stand in diesem Augenblick vor ihnen ...

Panisch griff ich nach der Lehne des Sessels, in dem Grandpa immer sein Mittagsschläfchen abhielt. Sie glitt durch meine Handfläche, als wäre sie nicht existent für mich.

»Nein!« Nacheinander versuchte ich die Wand, die Teekanne, das Regal und den Wohnzimmertisch anzufassen. Jedes Objekt war nichts Materielles mehr, was ich aufheben oder treten konnte. Nichts. Ich war in einem unsichtbaren Käfig gefangen.

Kraftlos hockte ich mich vor meine Mutter. Tränen kullerten und fielen auf den beigen Teppich. Es blieben keine Spuren an ihm hängen. Ich unternahm einen letzten Versuch. Vorsichtig berührte ich Mums Knie, doch die Finger griffen hindurch und der letzte Hoffnungsschimmer verblasste am Ende meines Handgelenkes.

»Sie muss noch am Leben sein. Eine Mutter weiß so etwas!«

»Ja, Mum. Ich bin direkt hier und sehe dich«, sagte ich und versuchte, eine Strähne aus ihrer Stirn zu streichen. Meine Finger glitten wieder durch sie hindurch.

»Wir dürfen die Hoffnung nicht aufgeben«, motivierte mein Großvater sie.

»Vielleicht liegt sie irgendwo in einem Graben und ist verletzt.«

»Falls das der Fall sein sollte, ruft das Krankenhaus sofort an und gibt uns Bescheid, sobald sie gefunden wurde. Wir können nicht mehr tun, als weiterzumachen und in Gedanken für sie da zu sein«, sagte er mit beruhigender Stimme.

Mums Make-up war verschmiert. Unter ihrem Puder verbargen sich tiefe Augenringe und erschöpfte Wangen. Sie sah furchtbar aus. »Hätte ich ihr bloß zugehört und nicht ständig mit ihr gestritten«, sagte sie plötzlich.

»Bitte denke das nicht, Mum«, antwortete ich ihr gekränkt, obwohl ich wusste, dass meine Stimme sie nicht erreichte.

»Sie lässt wegen ein paar Streitereien nicht ihre Mutter im Stich. Ich bin mir sicher, dass sie nur aufgehalten wurde und bald munter vor der Tür steht.«

Wie sehr wollte ich schreien, wie sehr wollte ich sie umarmen, aber die dumme Insignie verweigerte die Manifestation meines Körpers. Ich sah wütend zu der Professorin auf. »Es muss etwas geben, was ich berühren kann! Irgendetwas!«

»Tut mir leid, Miss Evergarden«, sagte sie mit distanzierter Stimme.

Ich schluchzte laut. Nie wieder würde ich am Tisch mit ihnen sitzen und ausgelassen über irgendwelchen Quatsch lachen. Ich würde nie wieder fotografieren, Fleckchen reiten, Mums Berührung am Hinterkopf spüren und ihre philosophischen Sprüche hören. »Wieso passiert das alles?« Ich richtete die Frage mehr an mich selbst als an die Professorin.

»Es wäre besser, wenn Sie jetzt gehen. Sie steigern sich in dieses Dilemma hinein.«

»Nein, das kann nicht alles sein«, wehrte ich mich.

»Sie müssen an Ihr Leben denken. Ihre Familie möchte nicht, dass Sie sich unnötig weiteren Schaden zufügen.«

Ich bohrte die Fingernägel in die Handflächen und suchte nach Granny. »Sie befürchten, dass ich tot bin! Das ist das Schlimmste, was ich ihnen antun kann. Ich bin am Leben und kann mich nicht äußern, während ich vor ihnen stehe. Wie soll man in so einer Situation an sich denken?«

»Ich verstehe Sie, aber hier können wir nichts für Sie tun.«

Zorn entflammte meine Stimme. »Sie wissen gar nichts!«

Tränen klebten an meinen Wimpern und meine Anspannung fiel ab, als ich Granny in ihrem Lieblingssessel entdeckte. Sie verschaffte mir ein bitteres Stück Zufriedenheit.

»Granny, ich hab dir deinen Tee gebracht.« Sam klapperte mit einem Porzellantablett ins Zimmer hinein.

»Danke, mein Liebling. Welche Geschichte willst du denn hören?«, fragte sie mit gefasster Stimme.

»Was hätte Shary genommen?« Er stellte das Service neben ihr ab.

»Früher hat sie *Däumelinchen* oder *Die Schneekönigin* gemocht«, erzählte sie. »Dann hat sie alles stehen und liegen gelassen. Beim Schlafengehen hat sie tapfer die Augen aufgehalten, bis ich das letzte Wort gesprochen hatte und sie endlich einschlafen konnte.«

»So kenne ich sie gar nicht.«

»Wenn man genau hinsieht, erkennt man ihre damalige Eigenart noch«, sagte sie und zuckte zusammen. Ungesund fest krallte sie sich an ihr verziertes Lieblingsbuch. Dort drin standen Geschichten, die ich noch nicht kannte und die sie mir nie vorgelesen hatte. Ihr Herz war gebrochen und eine weitere tiefe Wunde zierte meines gleich mit.

»Das ist alles Dads Schuld. Ihr Bein, ihr aufbrausendes Verhalten und auch das seltsame Verschwinden, was mir niemand abkauft!«, rief mein Bruder.

»Nicht alles hat mit deinem Vater zu tun. Manchmal verändert ein Mensch sich, um besser mit der Vergangenheit abzuschließen.«

»Shary würde uns nicht im Stich lassen. Sie hat es mir versprochen.« Tränen perlten auf seinen Pullover. »Ich brauche meine Schwester doch auch.«

Meine Brust zerriss in hundert Stücke und die Ohnmacht, nichts tun zu können verwandelten meine Tränen in einen Fluss. Niemals zuvor hatte Sam behauptet, dass er mich brauchte. Ich liebte diesen Wirbelwind, trotz all des Chaos, was er uns bescherte. Sam vergrub sein Gesicht in der Armbeuge. Jeder von ihnen zerfloss in einem See und keiner wusste, dass ich mich genau in ihrer Mitte aufhielt. Ich versuchte, Sam in meinen Armen zu halten. Es war ein grausamer Fluch und Albtraum zugleich. Ich wachte und wachte nicht auf.

Anstelle von mir umarmte Granny ihn und wischte seine Wangen trocken. »Ich weiß, sie würde uns nicht alleine lassen. Nicht in diesen Zeiten«, flüsterte sie.

»Ich bin hier. Ganz nah bei euch«, schluchzte ich und spürte die Hand von Professorin Sharpwood auf meiner Schulter. Sie spendete mir keinen Trost.

»Sie werden Morgen ganz anders denken, vertrauen Sie mir. Wir können Ihnen in Escarun besser helfen als in einer begrenzten Insignie.«

In mir weilte keine Kraft mehr, ihr zu widersprechen. Sam und Granny lagen sich in den Armen und ich stand hoffnungslos daneben. »Wirklich?«

Sie nickte und hielt mir zögerlich den Arm hin. »Magie folgt ihren eigenen Gesetzen, welche wir an der Akademie lehren und studieren.«

»Magie, die mich nicht auf die gleiche Weise zurückbringen konnte«, sagte ich.

»So wie ich die Situation einschätze, werden Sie uns eine Menge Arbeit kosten.«

»Ich möchte nicht in Escarun bleiben. Ihre Welt ist nichts für ein Mädchen, das andere Probleme hat, als sich vor magischen Feinden zu verstecken. Ich muss zurück. Das sind Sie mir schuldig.«

»Wir finden einen Weg für Sie. Es ist unsere Insignie und sie liegt in unserer Verantwortung. Sie ist mächtiger, als wir geglaubt haben. Niemand hat erwartet, dass man Menschen auf die andere Seite ziehen kann«, erzählte sie. »Jedoch schließe ich nicht aus, dass es eine andere gibt, die Ihren Wunsch erfüllen könnte.« In ihren kalten Augen flimmerte eine Erkenntnis.

Ich seufzte laut. An dieses Flimmern zu glauben, war der einzige Anhaltspunkt, den ich noch besaß. Ein letztes Mal blickte ich zu meiner Familie. »Wir werden uns bald wiedersehen, versprochen«, flüsterte ich und wollte Sams Kopf tätscheln, aber ich zog die Hand zurück. Er würde es nicht spüren.

Schließlich klammerte ich mich an Professorin Sharpwoods Ärmel. Die pechschwarze Finstenis verschlang die Erinnerung an Sams schmollenden Mund, Mums Tränen, und Grandpas verbitterten Mut. Jeder von ihnen riss ein Stück meiner Seele mit. Höchstwahrscheinlich für alle Zeit.

Von Seltaren und Nahris

Professorin Sharpwood brachte mich zum Rat. Das dritte Mal durch die Akademie zu laufen war seltsam. Ich hatte angenommen, diesen Ort nie wieder zu betreten und stattdessen bei meiner Familie zu sein, aber Nevan hatte ganze Arbeit geleistet. Dank ihm war ich hier gelandet und musste mich jetzt in einer fremden Welt behaupten. Seufzend starrte ich auf meinen Mantel. Wäre unsere finanzielle Situation anders gewesen und nicht Mums großartige Idee, Dad um Hilfe zu bitten, hätte ich es vielleicht sogar aufregend gefunden. Aber sie brauchten mich. Mum brauchte mich. Ich konnte nicht in Escarun sitzen und darauf warten, dass mir eine Lösung zugeflattert kam. Sam wusste gar nicht, wie er sich bei seinem Vater verhalten sollte, und die Vorstellung von einem fröhlichen Familientreffen zerschlug meinen Horizont in tausend Scherben. Dad durfte seine Kindheit nicht ruinieren, wie er es bei mir getan hatte. Ich sollte bei ihnen sein und nicht hungrig durch die Flure einer magischen Akademie spazieren, während meine Familie ahnungslos blieb und nach mir suchte.

Mein Magen knurrte. »Gibt es hier etwas zu Essen?«

»Sie können nach der Sitzung in die Cafeteria gehen und anschließend in einem Zimmer der oberen Säle zur Ruhe kommen«, sagte Professorin Sharpwood unter harten Schritten. Sie erschienen mir schneller als zuvor.

»Die Akademie ist also auch ein Internat?«, fragte ich neugierig, um mich von dem Unheil abzulenken, was neben dem Grummeln in meinem Bauch Purzelbäume schlug.

»Wir bieten einigen Studenten Schlafmöglichkeiten und kleine Wohngemeinschaften. Viele von ihnen kommen aus entfernten Gegenden des Landes und können nicht ständig zwischen der Akademie und ihrem Zuhause pendeln.«

Ein Stöhnen entwich meinen Lippen. Mit einer völlig Fremden ein Zimmer zu teilen, stellte ich mir ungemütlich vor. Mit meiner College-Zimmergenossin Sophie hatte ich unsagbares Glück. Ich kannte sie aus der Highschool und sie war eine eher zurückhaltende Person, die still am Nebentisch saß und ihr eigenes Ding machte. Erst als wir gemeinsam auf das College gingen, wuchs eine Freundschaft. Aber die Reaktionen auf mein Erscheinen waren in der Eingangshalle in dieser Einrichtung nicht zu überhören. »Muss ich unbedingt in eine dieser Gemeinschaften?«

Die Professorin blieb unerwartet stehen, sodass ich nahezu in ihre Fersen trat. »Sie können nicht nach Hause, haben Sie das verstanden? Sie müssen unter allen Umständen in diesen Mauern bleiben.« Verdunkelte Augen blickten mich von der Seite an und ich schreckte zurück. Sie meinte es todernst.

Die Pforte erschien prachtvoll in ihrem goldglitzernden Schauspiel. Honigduft flatterte mir entgegen und ich fasste mir an den Magen. Lange hielt ich es nicht mehr aus.

»Entschuldigen Sie die Störung. Miss Evergarden kann nicht in ihre Welt zurückkehren«, platzte Professorin Sharpwood in den kleinen Gerichtsraum.

Diesmal saßen dort drei statt fünf Gestalten, gehüllt in ihre schwarzen Gewänder. Vor ihnen stand ein Student der Akademie. Den Rücken zu mir gedreht, erkannte ich nicht sofort, wer sich vor dem Rat behaupten musste.

»Wie wir vermutet haben. In diesem Fall steht das Kind unter dem Schutz der Akademie, bis wir eine Lösung für das Problem gefunden haben«, sagte Emerald.

»So kurz vor der Krise ... das ist ungünstig. Wer kümmert sich um das Mädchen?«, fragte der Opalträger.

Jetzt standen wir in einer Linie mit dem Studenten und ich schielte zur Seite. Es war Nevan. Selbst hier blieb er mir nicht erspart. Dieses filmreife Spektakel verdankte ich ihm. Er war in mein Haus eingebrochen, hatte mich entführt, log die Professorin aus unerfindlichen Gründen an und hatte mich qualvolle Schmerzen erleiden lassen. Ich würde ihn ewig hassen und wollte ihm den Hals umdrehen, ihm dasselbe Leid zufügen. Dieser Mistkerl konnte sich nachher auf etwas gefasst machen.

»Was ist mit Mr Barrymore? Er hat unerlaubt die Insignie benutzt und das Menschenkind hergebracht. Ihm die Chance auf die Prüfung zu verwehren, könnte seinen ersten Abschluss gefährden, außerdem trägt er eine interessante Insignie bei sich. Sein Potenzial ist enorm.«

»Was wäre, wenn wir ihn dazu verpflichten, Miss Evergarden unsere Bräuche zu lehren und unsere Magie zu erklären, bis das Mädchen auf sich selbst aufpassen kann? In meinen Augen wäre das die beste Lösung für beide Probleme.« Ich hörte ein Schmunzeln des Jüngeren.

Nevan hob schlagartig seinen Blick. »Das kann nicht Ihr Ernst sein. Ich habe Besseres zu tun, als Aufpasser zu spielen und sie durchzufüttern! Lassen Sie sich etwas anderes einfallen.«

Was fiel ihm ein, so auf mich herabzuschauen, obwohl wir im selben Alter waren? Dieser arrogante Esel. »Ich soll mich von ihm rumkommandieren lassen? Von dem Kerl, der mir das Ganze eingebrockt hat? Nicht mit mir!«

»Ich habe dich vor dem Tod bewahrt, indem ich dich mitgenommen habe. Du bist doch nur ein nutzloses kleines Mädchen, das alles zu wissen glaubt, dabei weißt du nichts!«

»Wenn ich dir nutzlos erscheine, wieso hast du mich nicht sterben lassen? Dann hätte meine Familie wenigstens Gewissheit!«

Professorin Sharpwood stampfte energisch auf den Boden. »Was erlauben Sie sich, so vor dem Rat zu sprechen?«

»Mäßigen Sie Ihrer beider Verhalten!«, ermahnte Emerald uns. »Genau aus diesem Grund ist sie Ihre Verantwortung. Lernen Sie, mit den Konsequenzen umzugehen, Mr Barrymore. Das gilt auch für Sie, Menschenmädchen.«

Nevan spannte bloß seine Kiefermuskeln an, während ich meine Emotionen beherrschen musste, um nicht den gesamten Rat niederzuschreien.

»Ich würde vorschlagen, ihn von der Prüfung auszuschließen, falls der Rat eine Beschwerde über seinen Umgang mit Miss Evergarden erhält. Er scheint mir nicht gerade zimperlich«, sagte der Jüngere und richtete seinen Umhang. Der gestreifte bunte Stein lag wieder flach auf seiner Brust.

»Kooperieren Sie für das Wohl der Akademie«, fügte die Professorin der einseitigen Diskussion hinzu.

Tiefe Gräben zeichneten sich auf Nevans Stirn ab. »Das kommt mir gar nicht gelegen.«

»Sie sehen doch, dass wir uns nicht leiden können«, wisperte ich, aber in mir brannte ein Höllenfeuer, das sich durch meine Glieder fraß. Ich musste ihn ertragen, bis es einen Weg gab, wie ich nach Hause zurückkam. Wenn ich Glück hatte, dauerte es nur wenige Tage, aber im schlimmsten Fall Monate oder noch länger. Pech war in den letzten Jahren mein andauernder Gast gewesen und ich glaubte nicht, dass es diesmal eine Ausnahme machte.

Emerald rückte grob seinen Stuhl zurück und sortierte die Unterlagen. »Hiermit ist die Sitzung für Sie beide beendet. Ich hoffe, Sie hier nie wiederzusehen.«

»Sie werden sich blendend verstehen, glaubt mir«, kicherte die junge Stimme, während wir den Saal verließen.

Professorin Sharpwood schüttelte den Kopf. »In all den Jahren hat es kein Student gewagt, sich so vor dem Rat zu benehmen. Sie verdanken es nur ihrer Güte, dass dieses Verhalten das Urteil nicht beeinflusst hat.«

»Das nennen Sie Güte?«, brummte Nevan. »Jetzt bestehe ich die Prüfung wegen diesem Menschenmädchen nicht.«

»Sehen Sie es als Zusatzaufgabe, Mr Barrymore.«

Ich lächelte hämisch. Wenn ich der Grund war, wieso er seine kostbare Prüfung nicht bestand, sollte mir das recht sein. Er hatte es nicht anders verdient. Was fiel diesem eingebildeten Kerl auch ein, mich als nutzlos zu betiteln? »Geschieht dir recht«, versuchte ich ihn aus der Reserve zu locken, aber er ignorierte meine Worte und den vernichtenden Blick.

Professorin Sharpwood verabschiedete sich von uns. »Bringen Sie das Mädchen zur Cafeteria und ich organisiere derweil ein Zimmer für die kommende Zeit … und verhalten Sie sich anständig!«

Den Nachsatz konnte sie sich sparen. Wir wussten beide, dass wir uns, sobald sie außer Hörweite war, wieder Sachen an den Kopf werfen würden. Wir warteten nur darauf, dass der andere etwas Falsches sagte. Dabei malte ich mir aus, wie er einen Teller ins Gesicht geklatscht oder einen Tomatensaft auf das Hemd geschüttet bekam. Definitiv würde ich ihm das Leben schwer machen. Die Spannung zwischen uns ähnelte der vor der nächsten Runde eines Boxkampfes. So marschierten wir in die Eingangshalle und nahmen eine Steintreppe ins erste Obergeschoss. Kein einziges Wort fiel zwischen uns.

Die Cafeteria glich einer Schulkantine. Sie war mit hellem Gestein ummauert und betonte dadurch die dunkle Holzfassade an den Wänden. Unter vier Torbögen standen mehrere längliche Tische mit Kerzengläsern und gehäkelte Napperons. Zwei geflügelte Statuen in der Mitte hielten buchstäblich die hohe Decke oben. Bunt gestrickte Teppiche lockerten die Atmosphäre auf. Es duftete nach frischem Obst und etwas Deftig-Saurem.

»Such dir etwas aus«, meinte Nevan und schlenderte voraus. Ich blieb für einen kurzen Moment stehen und wunderte mich über seine ruhige Stimme. Mit hochgezogenen Augenbrauen folgte ich ihm an die Theke.

Es gab verschiedene Früchte, Suppen, Pasteten, sogar Teiggerichte und gedämpftes Gemüse waren zu finden. Einiges kam mir bekannt vor. Erleichtert bestellte ich mir einen Orangensaft und dazu ein Kartoffelgericht. Nevan trug eine Pastete vor sich her und nahm den Tisch direkt an der Ausgabe in Anspruch. Er ließ mich nicht aus den Augen, dennoch herrschte eine merkwürdige Stille zwischen uns.

Ohne einen Laut von mir zu geben, nahm ich auf dem Stuhl neben ihm Platz. Jetzt standen wir nicht im Boxring, sondern in einem Theaterstück, in dem die Schauspieler gespannt die nächste Szene vorbereiteten. Unbehagen saß in meiner Kehle fest und ich trank den Saft hastig aus. Er milderte die Nervosität nicht, sondern nur den bittern Nachgeschmack des Hauptgerichts. Zumindest stillte er meinen Durst und die Bedenken, in dieser Welt zu verhungern.

Meine Aufmerksamkeit richtete sich auf Nevan. Er verspeiste zögerlich die Pastete, aus der eine blaue Füllung quoll. Lustlos, mit einem Arm auf den Tisch gestützt, saß er wie ein miesgelaunter Teenager dort. Es huschte mir unbeabsichtigt ein Schmunzeln über die Lippen. Seine Haare hingen ihm ins Gesicht und die langen Wimpern verdeckten in diesem Winkel die sommerblauen Augen.

Eine Glocke zerrte mich aus der Fotgrafenperspektive. Es trudelten die ersten Studenten ein, die miteinander tuschelten und uns anstarrten. Wie von selbst verdrehten sich meine Augen. Ich war das Gesprächsthema Nummer eins, in einer Akademie mit fremden magischen Dingen. Das würden die schrecklichsten Tage, Wochen oder sogar Jahre meines Lebens werden. Wo war das nächste Mauseloch?

»Na sieh mal einer an, wer sitzt denn dort? Nevan und das Menschenmädchen. Wie kommst du zu der Ehre?« Ein durchaus attraktiver blonder Typ fläzte sich an unseren Tisch. Neugier schimmerte in seinen Augen und er lächelte wie die Sonne höchstpersönlich. Er hatte ein Mädchen an seiner Seite, vielleicht seine Freundin. Sie war eine Amazonenschönheit. Sie hatte braungebrannte Haut, dunkle seidenglatte Haare und Rehaugen glitzerten in ihrem ovalen Gesicht. Der Duft von Kokosnuss und Vanille hing in der Luft und sofort vermisste ich mein Shampoo, meine Dusche, einfach alles.

Nevan zuckte hoch. »Der Rat hat sie mir übergeben. Ich muss ihr unsere Welt zeigen, bis sie auf sich selbst aufpassen kann.«

Die beiden Studenten musterten mich ausgiebig. Röte kroch mir in die Wangen und ich hatte nichts Besseres zu tun, als auf dem Stuhl zusammenzuschrumpfen.

Der blonde Typ hielt mir rettend die Hand hin. »Ich bin Lucien und das neben mir ist Arlinn. Freut mich, dich kennenzulernen.«

»S-Shary Evergarden«, stotterte ich und nahm zaghaft seine Hand. Mir wurde auf der Stelle warm und ich wusste nicht, ob es an mir lag oder an ihm.

»Das muss für dich sehr aufregend sein«, sagte Arlinn und strahlte mich mit ihrem Hollywoodlächeln an.

»Ehrlich gesagt, ist eure Welt mir nicht geheuer.«

Damit wir auf Augenhöhe waren, stützte sie den Kopf mit beiden Händen auf dem Tisch ab. »Escarun hat unglaublich viel zu bieten. In ein paar Tagen wirst du sehen, dass es gar nicht so schlecht ist, mit Elementarmagie und Insignien zu leben.«

»Elementarmagie? Davon hat niemand etwas erwähnt.«

»Nevan hat dir nichts erklärt, stimmt's?« Sie warf ihm einen zornigen Blick zu, dem er keine Beachtung schenkte. »Neben den Insignien, die du schon kennen dürftest, haben wir eigene magische Fähigkeiten. Es gibt vier Grundelemente: Feuer, Wasser, Erde und Luft. Jeder in Escarun hat eines von diesen Elementen im Blut. Ich habe zum Beispiel die Erde und kann unter anderem Vibrationen im Boden spüren und kleine Steine mit Magie aus dem Erdreich ziehen, ohne sie zu berühren.«

Jetzt konnte ich mich auch noch mit den Elementen herumschlagen. Was kam noch? Besenwettreiten, Flüche, die mich zur tatterigen Oma werden ließen, singende Spiegel und Blutrituale? Es schien immer verrückter zu werden.

»Ihr habt alle zusätzliche Fähigkeiten?«, fragte ich nach.

»Na ja ... unser Lucien ist ein Sonderfall.«

»Ich kann nur sehr hoch springen und gehöre in keine dieser Kategorien, weil es eine Insignienfähigkeit ist«, unterbrach er sie. »Manche von uns haben zu wenig Elementarmagie, um sie nutzen zu können.«

Ich schaute Nevan an, der auf seinem Teller die Reste kleinlich zusammenkratzte. »Welches Element beherrschst du?«, fragte ich vorsichtig, denn ich wusste nicht, wie er gelaunt war.

Er legte die Gabel klirrend ab und schnipste. Eine kleine Flamme schoss aus seinem Zeigefinger und umspielte ihn. »Feuer«, sagte er und widmete sich wieder seiner nicht mehr vorhandenen Pastete zu.

Mir lief ein Schauer über den Rücken und ich starrte auf seine Hände. Die Beherrschung von Elementen war real und obwohl ich einerlei Fähigkeiten hatte, wurde ich einfach so in diese verrückte Akademie aufgenommen. Nicht, dass die Finstersphäre nicht schon unheimlich genug war, aber Nevan konnte alles und jeden verbrennen, wenn er einen schlechten Tag hatte. Vielleicht sollte ich besser mein Mundwerk zügeln, damit ich mir nicht seinetwegen eine neue Frisur anschaffen musste.

»Nevan!«, tadelte Arlinn ihn. »Musst du so kalt sein? Etwas mehr Freundlichkeit würde dir besser stehen.«

Ich unterdrückte ein Kichern. »Er und freundlich? Das werde ich nicht mehr erleben«, sagte ich, als würde ich ihn schon Jahre kennen.

»Manchmal kann er sogar charmant sein«, behauptete Arlinn schmunzelnd und sah Nevan eindringlich an. Dieser pustete nur eine Strähne aus seinem Gesicht.

»Ich kann dir auf jeden Fall mehr beibringen, als er es jemals könnte«, bemerkte Lucien und funkelte mich mit seinen Smaragdaugen an.

Daraufhin stieß Arlinn ihn in die Seite. »Lass sie in Ruhe.«

»Was ist?«, fauchte er. »Du kennst ihn. Er würde nie einen Finger krumm machen.«

»Wenn ich es mir aussuchen könnte, würde ich auf keinen Fall ihn nehmen. Wer würde freiwillig seinem Entführer folgen? Ich ganz sicher nicht«, erwiderte ich.

Lucien lächelte verschmitzt. »Siehst du, sie ist meiner Meinung.«

Nevan schob seinen Stuhl schleifend nach hinten, packte mich am Arm und zerrte mich von meinem Platz hoch. »Ich glaube, Professorin Sharpwood hat ein Zimmer für dich gefunden.«

»Du tust mir weh!«, protestierte ich, aber er drückte weiter zu.

Arlinn zuckte mit den Achseln, als ich mich noch mal umdrehte. Sie hielt Lucien mit einer Hand fest. Er wiederum biss sich auf seine wohlgeformten Lippen und stürmte uns nicht hinterher, obwohl in seinem Ausdruck etwas Drohendes lag.

Nevan schleifte mich zum oberen Flur in der Eingangshalle.

»Was ist dein Problem?«, fragte ich wütend.

Er blieb stehen und ließ mich endlich los. »Du solltest nicht mit Lucien sprechen.«

Ich hielt mir den pochenden Arm fest. »Wie bitte? Ich kann entscheiden, mit wem ich befreundet sein möchte und mit wem nicht. Du stehst nicht auf dieser Liste!«

»Dann sind wir schon zu zweit«, sagte er grob und wendete sich von mir ab.

Professorin Sharpwood tauchte wie ein grauer Schatten hinter ihm auf. Ihre Stirnfalten sprachen eine deutliche Sprache. Sie war nicht gut gelaunt. »Was habe ich Ihnen geraten?«

Er verzog keine Miene. »Verzeihen Sie mir, aber dieser Mensch ist zu primitiv.«

Er beleidigte mich wieder, als wäre ich ein verzogenes Kind. Meine Zähne knirschten. Ihn im Schlaf zu erwürgen, wäre vielleicht wirklich die beste Lösung.

»Erstens ist Miss Evergarden jetzt eine Studentin der Akademie und zweitens sollten Sie sich zusammenreißen«, donnerte Professorin Sharpwood.

»Das wird er nie machen«, sagte ich unbedacht.

Ihr Blick glitt zu mir. »Noch so ein Vorfall und wir stellen Sie beide unter strenge Beobachtung.«

Nevans Mundwinkel zuckten, aber er blieb stumm. Derweil musste ich meine Gefühle kontrollieren, denn ich stand kurz davor, ihm die Nase zu brechen.

»Mr Barrymore, gehen Sie für heute auf Ihr Zimmer, damit Sie darüber nachdenken können, wie wir Miss Evergarden am besten eingliedern. Sie sind für diesen Tag vom Unterricht befreit.«

Nevan strich die hartnäckige Strähne aus seinem Gesicht. Unsere Blicke trafen sich, während seine Schulter beim Vorbeigehen beinahe gegen meine krachte. Nur langsam entließ ich die aufgestaute Luft aus meinen Lungen.

Die Professorin wandte sich mir zu. »Das Beste wäre, wenn Sie morgen an ein paar Kursen teilnehmen, damit Sie sich ein Bild von der Akademie machen können.«

»Muss ich wirklich?«, fragte ich mit mulmigem Gefühl, denn ich kannte die Antwort schon.

»Zur Ihrer Sicherheit sollten Sie sich zumindest das Grundwissen aneignen. Ihre Zimmergenossin ist im ersten Jahr und wird Sie begleiten.«

»Ich hoffe, dass sie mich und meine Unbegabung ignoriert.«

Das Lachen der Professorin schallte durch die Eingangshalle. Bei ihrer Reaktion blieben die Studenten auf dem Korridor reihenweise stehen.

»Hast du die Professorin mal so ausgelassen gesehen?«, fragte jemand seine Freundin.

Sie schüttelte den Kopf. »Nein, du?«

»Diese Schule wird immer bizarrer«, antwortete er und zog den Schulterriemen seiner Tasche höher.

Die Professorin schien es nicht zu interessieren, was die Studenten sagten. Sie lachte weiter. Mir schwebten hundert Fragezeichen über dem Kopf. Ich hatte sie für eine ernste Frau gehalten, die ihre positiven Gefühle verbarg, aber offensichtlich hatte ich ihren Sinn für Humor getroffen.

»Miss Slorrance? Niemals. Sie werden Sie lieben.«

Bei ihrer Aussage konnte ich mir nur eins vorstellen: dass die Mitbewohnerin eine Nervensäge war, die mich meinen Schlaf kosten würde.

Die Professorin strich ihre Ärmel glatt und räusperte sich. »Folgen Sie mir.«

Wir drängelten uns durch Studentengruppen. Manche warfen mir unmissverständliche Blicke zu, einige ignorierten uns und andere zeigten reges Interesse. Ob es an meinem Bein lag, an Professorin Sharpwoods kleinem Patzer oder ob sie mich als Mensch so ansahen, konnte ich nicht entziffern.

Nach kurzer Zeit erreichten wir das Treppenhaus. Die Steinstufen besaßen keinen sonderlich großen Abstand, sodass ich das linke Bein kaum belasten musste. Trotzdem hechelte ich nach der zweiten Umrundung. Die Treppe stieg unendlich in die Höhe. Mein jüngeres Selbst hätte mich verspottet, weil es so viele Stufen mühelos überwinden konnte. Mein jetziges jedoch nicht. Nach fünf Windungen erreichten wir die Wohngemeinschaftsetage. Ich sog auf der Schwelle warme Luft ein und meine Schuhe streiften einen Teppichboden. Früher musste das ein Turmabschnitt gewesen sein, denn die Wand verlief zunächst kreisförmig, bis sich drei Hauptflure vor uns erstreckten. Säulen und Bordüren rundeten den Bereich ab. Mein Grandpa hätte sich bei dieser architektonischen Leistung die Finger wund geleckt. Seine Skulpturen hätten das perfekte Zuhause gefunden. In den Korridoren erstreckte sich eine Zimmertür nach der anderen. In der Mitte waren rotbräunliche Sitzgelegenheiten von senkrechtem Tageslichteinfall bestrahlt und Pflanzen wie Ficus, Glücksfeder und Monstera standen in Töpfen.

Professorin Sharpwood führte mich in den rechten Teil der großzügigen Etage. »Das ist Ihr Zimmer«, sagte sie und blieb vor einer silberverzierten Tür stehen. »Sie finden dort alles Lebensnotwendige. Baden Sie und ruhen Sie sich aus.«

Ich nickte und war gespannt, aber nicht erfreut, auf meine Zimmerkameradin und zukünftige Nervensäge zu treffen.

»Ich sehe Sie morgen im Kurs«, verabschiedete sich die Professorin und stolzierte mit ihren Pumps den Flur entlang.

Ich hielt vor der rankenverzierten Tür inne. Ob sie mich und meine Privatsphäre akzeptierte? Was, wenn wir uns stritten oder sie unbeabsichtigt den Raum mit ihrer Elementarmagie zerstörte? Ich schüttelte die voreiligen Gedanken ab und drückte die Klinke nach unten. Vielleicht war sie ganz anders, als ich sie mir vorstellte. Ein öliges Quietschen ertönte und ein feenähnliches Wesen mit langen Fühlern am Kopf begrüßte mich. Kleine Knopfaugen starrten mich an und durchscheinende Flügel fächerten einen wiederkehrenden Windhauch in mein Gesicht.

»Tamira! Das Menschenkind ist da, sie ist da!«, fiepte das Wesen und schwirrte umher. Ich zuckte zurück. Mich sollte langsam nichts mehr in dieser Welt wundern. Logischerweise gab es Feen. Dieses Exemplar sah zwar mit ihren gelblich grünen Haaren nicht wie eine Filmfee aus, aber sie war genauso klein, zerbrechlich und hatte Flügel. Sie und ich konnten den neugierigen Blick nicht voneinander abwenden.

»Daisy, was haben wir besprochen?«, fragte eine junge Stimme aus dem Badezimmer heraus.

Sie rollte ihre kugelrunden Augen und setzte sich mit gesenkten Fühlern auf die Bettkante. »Ich darf keine Gäste erschrecken.«

»Entschuldige«, sagte eine lange feuerrote Lockenpracht. Unzählige Sommersprossen lächelten mich im Türrahmen an. »Sie ist erst vor zwei Tagen geschlüpft, da sind Nahris noch keine höflichen Wesen.«

»Von wegen!«, sagte Daisy unter Protest.

»Ich bin Tamira Slorrance.« Sie stürmte mit einem breiten Grinsen auf mich los. »Und du bist Shary, nicht wahr?«

»Richtig«, antwortete ich knapp. Ihre Erscheinung war genauso umwerfend schön wie die aller anderen hier.

Sie drehte sich mit gestreckten Armen um ihre eigene Achse. »In welchem Bett möchtest du schlafen?«

Gardinen hingen vor Rundbogenfenstern und ein Schreibtisch lag mit dicken Wälzern zu. An der Wand hing das einsame Bild einer gemalten Blume und der Holzboden knarzte, als ich ein paar Schritte ging. Eigentlich war das Zimmer gemütlich, wenn man bedachte, dass ich hier in einer magischen Akademie war. »Ich nehme das ordentliche am Fenster.«

Sie zwinkerte mir zu. »Einverstanden, etwas anderes habe ich nicht erwartet.«

Langsam verstand ich, wieso Professorin Sharpwood so belustigt reagiert hatte. Tamira hatte eine herzergreifende Ausstrahlung und diese sprudelte förmlich aus ihr heraus. Meine dagegen tröpfelte momentan nur.

»Also, zu deiner Linken befindet sich das Badezimmer und daneben ist ein Umkleideraum mit zwei Schränken. Jeweils einer für jede von uns. Dort findest du deine Schuluniform und Alltagskleidung«, erklärte sie und ging in den kleinen Raum. Sie öffnete den Schrank aus Hartholz und darin hingen feinsäuberlich weiße Blusen und schwarz-grau karierte Röcke sowie Hosen, ein schlichtes Kleid und Schlafanzüge. »In den Schubladen findest du den Rest«, fügte sie hinzu.

Das Badezimmer überraschte mich. Ein langer großer Spiegel hing über einem durchgängigen Waschbecken und eine Badewanne, zusammen mit einer palmenartigen Pflanze, stand in einer Nische des Raumes.

»Wie fließt das Wasser in die Wanne?«, fragte ich, weil ich keine Armaturen ausmachen konnte.

»Das machen die zwei bläulichen Insignien an der Wand neben ihr. Du musst sie nur antippen und schon steigt warmes Wasser hoch. Die andere verarbeitet das Wasser wieder.«

Wenn sie es nicht erwähnt hätte, hätte ich die Insignien glatt übersehen. Sie waren zwischen den Fliesen eingearbeitet und glänzten wie Edelsteine.

»Kann ich sie benutzen? Ich beherrsche keine Magie.«

»Natürlich. Für Alltagsinsignien brauchst du keine eigene Magie. Wir stellen sie selbst her und befüllen sie mit unserer Elementarmaige. Sie nehmen einem die Arbeit ab.«

»Ich würde nie auf die Idee kommen, dass kleine Steinchen Wasser aufnehmen und abgeben können«, staunte ich.

»Stimmt. Ich habe gehört, dass in deiner Welt einiges anders läuft«, sagte sie. »Du musst mir alles erzählen!«

»Ich weiß nicht, ob das eine gute Idee ist. Schließlich möchte ich nicht lange bleiben.«

»Komm schon«, sagte Daisy flatternd und setzte sich auf Tamiras Schulter. Beide schauten mich mit liebreizenden Augen an.

»Vielleicht später«, wich ich aus.

Sie jubelten unter meinem halbherzigen Versprechen und brachten mich in den Schlafraum zurück.

»Ich hoffe, du schnarchst nicht«, sagte Daisy mit den Händen an den Hüften.

»Du schnarchst doch selbst die ganze Zeit«, behauptete Tamira belustigt.

»Pff, tue ich nicht. Nahris tun sowas nicht!«

»Du bist ein Sägeblatt und kein Blätterraschen im Wind«, neckte Tamira sie und stupste sie mit dem Finger an.

Das Schauspiel weckte Erinnerungen an Sam und mich, wie wir offen und unbeschwert miteinander umgingen und dabei etwas witzelten. Ich vermisste ihn und trotzdem lächelte ich. Sie waren das perfekte Geschwisterduo.

Ich setzte mich auf das gegenüberliegende Bett und knetete meinen Oberschenkel. Er kribbelte unter meinen schmalen Fingern.

»Deine Energien sind geblockt«, sagte die kleine Nahri mit geschlossenen Augen und tippte mein Knie an.

»Sicher habe ich mich nur überanstrengt.«

Tamira lächelte. »Wenn eine Nahri dir das mitteilt, kannst du ihr glauben.«

»Genau! Mit unseren Fühlern können wir Magie und Blockaden erspüren!«

»Du musst dich irren, ich besitze keine magischen Fähigkeiten.«

Sie kniff ein Auge zu. »Irgendetwas an dir ist seltsam. Da gebe ich dir recht.«

»Sie ist ein Mensch und kein Seltaris.«

»Das muss es sein«, murmelte Daisy.

»Ihr nennt euch Seltaris, obwohl ihr wie Menschen aussieht?«, fragte ich verwirrt.

»Seltaren«, berichtigte sie mich und schob ihre Bluse am Rücken hoch. »Siehst du die zwei großen Male an den Blattrippen?«

Ich trat näher. Auf beiden Seiten blitzten halbrunde Linien aus einem silbrigen Schimmer hervor. Wie tattooartige Engelsflügel schwangen sie sich minimalistisch in drei Partien auf. An der Wirbelsäule befand sich ein gekipptes Quadrat mit einem mittigen Punkt. Es versetzte mich in Staunen.

»Das unterscheidet uns von den Menschen«, sagte sie und richtete ihre Uniform wieder. »Jeder von uns hat an der gleichen Stelle dieselben Male. Außerdem ist die ursprüngliche Verbindung bei dir zur Magie nicht verankert.«

»Wie könnt ihr das wissen?«

Tamira legte den Kopf schief. »Schau dich doch mal an. Bei dir würde ein ausgiebiges Bad Wunder bewirken.«

Ich fasste mir ins Gesicht. »Sehe ich so mies aus?«

»Und wie«, sagten sie beide im Chor und schleiften mich ins Badezimmer.

»Seit ich hier angekommen bin, hat mich Professorin Sharpwood nicht aus den Augen gelassen.«

»Diese alte geschmacklose Tante?«, fragte Daisy mit fuchtelnden Armen. »Die mit ihren schwarzen Kleidern, die man lieber im Schrank lassen sollte. Sie ist definitiv im letzten Jahrzehnt stecken geblieben.«

»Woher weiß eine frischgeschlüpfte Nahri, was man vor zehn Jahren getragen hat?«

Sie zuckte mit den Achseln. »Ich weiß es einfach.«

»Daisy!«, ermahnte Tamira sie und wandte sich dann wieder an mich. »Sag Bescheid, wenn du mich brauchst. Ich muss hier die langweiligsten Hausarbeiten von Escarun erledigen.«

Die Tür fiel zu und die Laterne über dem Spiegel sprang an. Oh Gott, sie hatten vollkommen recht. Mein Gesicht sah zerknittert und verheult aus. Tränensäcke und Schlafmangel hingen unter meinen grasgrünen Augen und mit den verwirbelten Haaren ging ich locker als Hexe durch. Garantiert wäre ich mit dem Erscheinungsbild der Star einer Halloweenparty gewesen.

So nahm ich ein Bad, kämmte mir die Haare, schlüpfte in neue Sachen und durchsuchte meine Jeanshose. Das Portemonnaie und das Handy hatten die Reise durch die Insignie überlebt. Wie war das möglich? Es waren fremde Gegenstände, die ich bei mir trug, aber streng genommen manifestierte die Insignie nicht nur mich, sondern zum Glück auch meine Kleidung. Nackt durch eine Akademie zu laufen, stand nicht auf meiner Liste der Dinge, die ich gern noch machen wollte.

Auf das Display starrend, schlenderte ich ins Schlafzimmer und warf mich auf das Bett. Ich wischte den Sperrbildschirm weg und sah mir alte Fotos von meiner Familie an. Geburtstage, Feierlichkeiten, das Weihnachten mit Granny, wie ich den Schulabschluss gemacht hatte und wie ich zusammen mit Sophie im Café saßen. Das war das Einzige, was mir blieb – Erinnerungen an eine sorgenfreie Zeit. Besser, ich schonte den Akku. Eine brauchbare Steckdose zu finden, würde zweifelsfrei eine vergebliche Liebesmüh sein. Tamira saß am Schreibtisch und erledigte ihre Arbeiten. Sie blätterte leise um und notierte murmelnd ihre Ergebnisse.

»Was hast du in der Hand?«, fragte Daisy und flatterte auf meinen Schopf. »Das sieht witzig aus!«

»Das ist ein Handy. Wir benutzen es, um über weite Entfernungen in Kontakt zu treten oder Bilder zu machen.«

»So ein kleines Ding kann Bilder machen? Zeig mir, wie es geht!«

Ich schaltete die Frontkamera für Selfies an und schoss ein Bild von der Nahri in meinen Haaren. Sie machte große Augen und hielt sich die Hand lachend vor den Mund.

»Tamira, das musst du dir ansehen! Sie kann uns mit dem Ding augenblicklich abzeichnen!«

»Nicht abzeichnen«, sagte ich belustigt. »Fotografieren. Es nimmt einen Moment von dir auf und kann dich sogar eine Zeit lang in Bewegung festhalten. Das nennen wir Video.«

Tamira stand sofort bei uns an der Bettkante. »Was?!«

Ich tippte auf das Videokamerasymbol und erwischte sie mit überraschten Gesichtern.

»Unglaublich, wir sehen uns selbst wie im Spiegel.«

»Mach ein Foto, mach eins!«, drängelte Daisy.

»Ich mache gerade ein Video«, sagte ich kichernd und filmte das Zimmer und die Aussicht aus dem Fenster. Zitterpappeln standen rings um den Hof. Zwei Türme waren auf dem blauen Dach der Akademie zu erkennen und in der Ferne erhoben sich schneebedeckte Berge. Tamira und Daisy folgten meinen Schritten und hampelten mit Grimassen hinter mir herum. Dann flog Daisy genau vor die Linse und schaute hinein.

»Und dieses Loch macht Bilder?«

Ich drückte mit einem Lächeln auf Aufnahmestopp und zeigte ihnen den kleinen Film. Tamira nahm zögerlich das Handy in die Hand und schaute sich das Video an, grinste bei den lustigen Stellen und zappelte an der Bettkante mit ihren Beinen in der Luft. Daisy versteckte sich in ihrem feurigen Haar und fiepte mit ihr mit. Sie gaben mir ein gutes Gefühl. Es hätte keine besseren Zimmergenossinnen gegeben, um mir diesen verrückten und zugleich grauenvollen Tag zu versüßen.

Sporen, Tafelgekritzel und neue Freunde

»Los Shary, wir müssen uns beeilen! Der Kurs fängt gleich an.«

»Ich sehe wieder wie eine Hexe aus«, fluchte ich vorm Spiegel. Meine Augenringe waren zwar verschwunden, aber mir stand eine widerspenstige Haarsträhne ab und sie wollte selbst mit Wasser nicht in ihre Form zurück. Haarspray stand hier nicht herum, dafür komische Tinkturen und leuchtende Cremes, deren Namen ich nie gehört hatte.

»Hexe? Was soll das sein?«, fragte Tamira und spähte vorsichtig ins Bad.

»Gibt es bei euch keine Hexen, die spitze Hüte tragen und Zaubersprüche aufsagen?«

»Noch nie von solchen Wesen gehört«, sagte sie mit schmalen Augen. »Vertrau mir, mit deinem Hellblond schindest du genug Eindruck bei den anderen.«

Ungläubig sah ich sie an. »Was ist mit Vampiren, Kobolden, Orks, Elfen und andere Kreaturen? Noch eine überraschende Erscheinung vertrage ich nicht.«

»Kenne ich alles nicht. Auf dem Kontinent Arendor gibt es uns, Dämonen und kleinere Stämme von Najaden«, sagte sie und drückte mir eine durchsichtige Tinktur in die Hand. Sie roch nach Kräutern und schimmerte leicht.

Meine Stimme schreckte hoch. »Es gibt Dämonen?«

»Sogar recht viele. Sie sollen dir mit ihren schwarzen Augen jedes Geheimnis entlocken können und angeblich haben sie auch die Fähigkeit, dir ihren Willen aufzuzwingen.«

In meinem Kopf sprang ein Monster mit Reißzähnen und fahlen Augen umher. »Klingen nicht nach geselligen Wesen, die man unbedingt treffen möchte.«

»Nur in der unabhängigen Handelsstadt Selentia werden sie mal gesehen, aber meistens meiden sie uns. Oder wir sie«, erzählte Tamira. »Aber keine Angst, die meisten Städte, Akademien und wichtige Orte haben eine Schutzinsignie. Dadurch können die Dämonen sie nicht betreten.«

»Dafür sind die Insignien auch da?«

»Und für Vieles mehr. Trotzdem bevorzuge ich eher Nahris und Seltaren«, sagte sie und zwinkerte mir zu. »Neuerdings aber auch Menschen.«

Ich schmierte die Flüssigkeit in meine Haare. Sie hatte eine leicht festigende Wirkung und bog die Strähne zu den anderen. »Was ist mit den Najaden? Sie klingen weniger bedrohlich für mich.«

»Sie leben in Seen und Flüssen, aber man sieht sie nicht sehr häufig. Es heißt, sie seien fähig, Gedanken zu lesen und im Nu zu weitentfernten Wasserstellen zu springen.«

»So wie Wassernixen oder Meerjungfrauen?!«

»Wenn die auch Flossen an den Beinen und Armen haben, dann glaube ich schon«, sagte sie und zuckte mit den Schultern.

»Nicht ganz richtig, aber zumindest geht es in dieselbe Richtung.« Ich lächelte breit und beobachtete, wie Daisy in ihrem Kokon aus feinen Fäden in der großblättrigen Mutterpflanze schlief. Kleine Sonnenstrahlen kitzelten sie und der Brustkorb hob sich sanft unter dem weißen Kleid. »Schläft sie immer so fest?«

»Nahris haben einen unverwüstlichen Schlafrhythmus. Sie wachen erst auf, wenn die Sonne am höchsten steht, und schlafen später mit dem Mond ein.« Tamira drängte mich in den Flur, ohne auf eine Antwort zu warten. »Und jetzt los. Wir kommen zu spät!«

Vor der Klassentür standen drei Mädchen. Ihre Gespräche verstummten, als sie Tamira und mich entdeckten. Zwei von ihnen ließen dem Mädchen mit den schlangenhaften Augen den Vortritt. Sie trug silberne Sternenohrringe und hatte ihr feines schwarzes Haar geflochten und hochgesteckt. Im Vergleich zu den anderen war sie stärker gestylt und wusste, wie sie ihre Schönheit hervorheben konnte. Sie verschränkte die Arme und stieß einen empörten Laut aus. Das fing ja gut an. Kaum war ich hier, besaß ich übernatürliche Feinde.

»Es musste ja ausgerechnet unser Kurs sein, oder?«

»Entschuldige, Rabije. Sie denken, dass die Unterstufe am besten für sie geeignet ist.«

»Was soll ich auch in der Oberstufe anstellen? Wohl kaum etwas Magisches«, konterte ich. Tamira hatte mich informiert, dass Insignienträger und Studenten, die keine besaßen, getrennt unterrichtet wurden. Die Unterstufe diente dazu, ihre Elementbegabung herauszufinden und sie auf eine spezielle Prüfung vorzubereiten. Wer diese bestand, konnte in die Oberstufe und durfte weiter an der Akademie lernen. Dann gab es eine zweite Unterteilung. Eine Art Elite, die nur auserwählte Studenten vorbehalten war. Sie bekamen zusätzliche Kurse und gelegentlich Einzelunterricht, damit ihre individuelle Magie besser gefördert werden konnte.

»Genauso wenig wie hier«, kritisierte Rabije und reckte das Kinn hoch.

»Hab ein bisschen Verständnis. Sie musste in einer Stufe unterkommen und unsere ist perfekt dafür«, sagte Tamira mit einem mitfühlenden Unterton. »Außerdem ist Shary ganz anders als ihr erwartet.« Sie grinste frech, hakte sich bei mir ein und gemeinsam schlenderten wir in den Unterrichtssaal.

Wir setzten uns in die weniger beliebte erste Reihe. »Du bist die Beste«, flüstere ich in ihr Ohr.

»Rabije ist harmlos. Sie spuckt große Töne und meint es hinterher nicht böse.«

Ich lächelte sie dankbar an und schaute mich neugierig um. Die Tische der Schüler waren kreisförmig in Etagen angeordnet und hohe Fenster erzeugten eine entspannte Atmosphäre. Die Tafel schimmerte in einem grünlichen Ton, die Stühle waren unbequem und es hingen Regale voller Bücher und Schubladen an den Wänden. Die Studenten redeten über alltägliche Dinge und lachten ausgelassen. Es hätte ein normaler Hörsaal in meinem College sein können, doch die vorgeschriebene Schuluniform war mir fremd. Der graukarierte Rock übertraf in der Kürze alle, die ich bisher getragen hatte. Er endete knapp über den Knien. In der Vergangenheit hatte ich selten Röcke angezogen. Nur aus Liebe zu meiner Mum schlüpfte ich für Feierlichkeiten in sie hinein, sonst favorisierte ich Hosen. Hier galten allerdings andere Regeln, an die ich mich halten sollte, um nicht als Futter für elementbesessene Studenten zu enden.

»Professor Garditon kommt. Seid ihr alle bereit?«, hechelte ein Student, der gerade hereingestürmt kam.

Tamira runzelte die Stirn. »Was habt ihr diesmal geplant? Ich hoffe, kein springendes Feuerwerk wie letztes Mal.«

Aus der zweiten Reihe streckte jemand seinen Kopf zu uns runter. »Warte es einfach ab. Es wird großartig!«

»Wenn du das sagst, muss es schlimmer sein.«

»Wir haben uns selbst übertroffen«, sagte der Student neben ihm.

»Egal, was es ist, ich habe damit nichts zu tun. Habt ihr verstanden?« Tamiras Stimme klang unerwartet zornig.

»Öffnet die Gläser und schließt die Vorhänge!«, schallte es von oben herab.

Rabije stolperte in den Saal hinein und verursachte ein Raunen in den hinteren Ebenen. Elegant schlitterte sie mit den Schuhsohlen weiter und fand somit ihr Gleichgewicht rechtzeitig wieder. Sie richtete lässig ihre Bluse und spazierte normal weiter. Ich an ihrer Stelle wäre wie eine erschrockene Ziege umgekippt und hätte mich totgestellt. Vor den Augen des Kurses eine sportliche Leistung abzuliefern, konnte nicht jeder. Zumindest in meiner Welt nicht.

»Rabije, beweg dein Gesäß hierher. Wir können nicht auf dich verzichten.«

»Das Beste und Schönste kommt zu Schluss«, gab sie stolz zurück. Mit einem aufsässigen Blick segnete sie meine Anwesenheit ab und stieg die Stufen empor. Eine potenzielle Feindin war somit bestätigt.

Die dunkelroten Vorhänge waren geschlossen und hinter uns flackerte ein sanftes Licht. Die Studenten hielten verschiedene Gläser mit bunten Flammen in den Händen und stellten sich in einer Reihe auf.

»Was ist jetzt wieder?« Der junge Professor trug eine Rundglasbrille und in ihr spiegelte sich das beginnende Schauspiel wider. Die Studenten öffneten die Behälter und leise flogen Lichtsporen durch die Luft. Sie glitzerten und erhellten unsere Gesichter. In einem blauen, gelben und grünen Farbenspiel vereint, schwebten sie anmutig durch den Saal. Erstaunen hing in meinem Hals. Jede einzelne Spore war ein winziges Wunder und schimmerte wie ein Glühwürmchen in einer Mondscheinnacht. Zusammen bildeten sie eine Frau mit langem gleißenden Haar und einer filigranen Statur. Mit fließenden Bewegungen tänzelte sie auf den Professor zu und hielt ihm die Hand hin.

»Wer von euch hat das Element Luft geerbt?«, erhob er freudig seine Stimme.

»Ich, Professor Garditon. Ich!«, rief ein Mädchen. Es wirbelte elegant die Hände umher und kam zaghaft die Stufen hinunter.

»Meinen Glückwunsch! Kommen Sie am Nachmittag in mein Büro. Dann klären wir das weitere Vorgehen.«

Tamira stieß mich mit den Ellenbogen an. »Mund zu, sonst fliegt dir eine Spore in den Rachen«, kicherte sie. »Sie schmecken nicht sonderlich gut.«

»Ist das immer so ... so unglaublich?«, fragte ich wie ein kleines Kind, das zum ersten Mal einen Schmetterling sah.

»Das findest du schon besonders? Eure Welt scheint nicht sonderlich aufregend sein.«

Verstummt sah ich in ihre dunkelblauen Augen. Meine Welt war ihr genauso fremd wie ihre mir. Ich wollte einen Vergleich ziehen, aber mir fiel nichts ein, was dem Schauspiel ansatzweise ähnelte.

Das filigrane Wunder flog wieder in die Behälter zurück und die Flammen bildeten sich erneut. Die Schüler schlossen ihre Gläser und applaudierten für das Mädchen. Es strahlte über beide Ohren und ich sah ihm die Erleichterung an.

Nachdem Ruhe eingekehrt war, ließ der Professor die Tasche auf das Pult fallen und zog seine Unterlagen hervor. Sie schienen schwer zu sein, denn er hievte sie regelrecht heraus.

»Ich sehe, wir haben eine ungewöhnliche Studentin in unserer Mitte. Mögen Sie sich vorstellen?«

Ich rückte den Stuhl ordentlich hin und räusperte mich. »Shary Evergarden.«

»Wir heißen Sie in Escarun herzlichst willkommen«, sagte er knapp und widmete sich sofort dem zerknitterten Blatt und der frisch geputzten Tafel.

Stutzend holte ich mein geliehenes Stück Papier heraus. Keine Fragerunde, kein Willkommensgruß der Studenten oder etwas Ähnliches? Sie hatten wohl Besseres zu tun, als einen Menschen höflich zu behandeln oder zu begrüßen.

»Wie Sie wissen, fängt in wenigen Tagen Ihre Prüfung an«, verkündete er und sprach lauter. »Sie werden in Dreier-Teams aufgeteilt, müssen einen Parkour absolvieren und vier Rätsel lösen.«

Statt weiße Kreide an der Oberfläche der Tafel zu sehen, hörte ich die Stimme des Professors. Er diktierte unsere Namen und augenblicklich tauchte eine weißglänzende Schrift auf der Tafel auf. Hinter mir erklangen verschiedenste Emotionen der Studenten. Von Jubelrufen bis hin zu mürrischen Lauten. Hibbelig rutschte ich hin und her. Das hatte ich nicht erwartet. Eine normal aussehende Tafel, die selbstständig schrieb!

»Jetzt bin ich dran«, flüsterte Tamira neben mir.

Der Professor zitierte ihren Nachnamen, dicht gefolgt von Fargloth. Dann setzte die Tafel zögernd ein E, dann ein V an. Gespannt verfolgte ich die geschwungenen Striche, aber es gab keinen Zweifel. Ich nahm an dieser Prüfung teil. Ich sackte auf dem Stuhl zusammen. Das musste ein Fehler sein. Wie sollte ich einen Parkour mit meinem Bein meistern? Und von den Rätseln hatte ich keine Ahnung. Immerhin wusste ich nichts über diese Welt und in wenigen Tagen alles aufholen, was die Studenten seit ihrer Geburt lernten …? Wollte der Rat mich hierbehalten? Den Gefallen würde ich ihnen nicht tun. Es war ihre Insignie und mit Nevan hatte ich auch nicht abgeschlossen. Über ihn brach hoffentlich in diesem Augenblick die Decke ein.

»Wieso musst du an der Elementprüfung teilnehmen?«, fragte Tamira mit geducktem Kopf.

»Wenn ich das wüsste«, seufzte ich und lenkte ab. »Wer ist überhaupt Fargloth?«

»Das wird dir nicht gefallen – es ist Rabije.«

Ich krallte meine Finger in den Tisch, der schon bessere Zeiten gesehen hatte. »Wieso ausgerechnet sie?«

»Die Professoren haben ein Händchen für Teams, die sich nicht besonders mögen. Ich vermute, sie wollen, dass wir uns miteinander vertragen und über uns selbst hinauswachsen«, stöhnte sie.

»Das habe ich schon mitbekommen«, sagte ich und dachte sofort an Nevans Babysitteraufgabe. Aus diesem Grund ließen sie uns also beieinander, aber wie stellten sie sich das vor? Er sah nicht nach dem Typ Seltaris aus, der einer blutigen Anfängerin geduldig jedes Detail beibringen wollte.

In der restlichen Stunde nahmen wir den Grundriss des Parkours durch. Er bestand aus einem Laufpart, einer Kletterwand und einem nebeligen Gebiet. Mein Bein schmerzte bei dem Anblick der Skizze, die Professor Garditon säuberlich an die Tafel malte. Ohne ein Wunder schaffte ich das nie. Verunsichert blickte ich zu Tamira. Sie zeichnete konzentriert das Tafelbild ab und ihre Lockenpracht glänzte im Tageslicht. Ich wäre nicht überrascht gewesen, hätte sie das feurige Element geerbt.

Die Klingel läutete mit fünf unterschiedlichen Tönen. Wie aus dem Schlaf gerissen, kramten wir unsere Sachen zusammen. Ich packte meine ausgeliehenen Utensilien in die geschenkte Kladde von Tamira. Es nervte mich, dass ich mir jede Kleinigkeit bei ihr borgen musste, nachdem mich die Professorin ins kalte Wasser geworfen hatte. Nach dem Motto: Finde den Anschluss oder verkümmere.

»Kann ich kurz mit Ihnen sprechen?«, stoppte mich der Professor an der Tür.

»Ich warte im Hofgarten gleich um die Ecke auf dich«, sagte Tamira und schlenderte den überfüllten Korridor hinunter.

Der Professor nahm die Klinke fest in die Hand. »Sie denken sicherlich, Sie seien fehl am Platz und könnten nicht an der Prüfung teilnehmen, aber vielleicht gibt uns die Prüfung Aufschluss darüber, wie Sie durch die Insignie gekommen sind.«

Sie wollten dem Problem auf den Grund gehen, indem ich an einer Elementprüfung teilnahm? Was hatten Elemente mit Insignien zu tun? Ich hatte sie für unterschiedliche Magieformen gehalten. Täuschte ich mich? »Wäre es nicht besser, wenn Sie Mr Barrymore fragen? Er war es, der mich hierher brachte.«

»Der Rat hat ihn ausgiebig befragt und geprüft. Sie sind zu keinem Ergebnis gekommen. Demnach lag es nicht an einem einzelnen Seltaris, denn sonst könnten wir alle Menschen auf unsere Seite bringen. Tut mir leid, unsere Insignien befolgen ganz eigene Regeln, die niemand brechen kann.«

Ich seufzte. »Wenn es Ihnen hilft, mich nach Hause zu bringen, werde ich an der Prüfung teilnehmen.«

»Wir arbeiten daran.« Er fuhr sich mit den Fingerspitzen durch das kurze Haar. »Der Rat ist besonders an Ihrem Wohlergehen interessiert, damit Sie uns nicht abhandenkommen«, sagte er kurzangebunden und verließ den Raum.

Das war es also. Sie behandelten mich wie ein Vieh. Ein Vieh, welches man einpferchen und zufriedenstellen musste. So ein Unsinn, ich kam nicht einmal vom Gelände runter und eine Flucht war ausgeschlossen, weil ich sofort auffallen würde. Lieber blieb ich an der Quelle, als mich in ein Gefilde aus magischem Zeug zu stürzen und mich restlos zu verlaufen.

Mir wehte sommerliche Luft entgegen. Der Hof war in schattige Plätze unter kleinen Eichen und Wiesenabschnitte aufgeteilt. Sie luden zum Erholen von langatmigen Unterrichtsstunden ein. Vogelgezwitscher unterbrach den angenehmen Wind. Mädchen mit locker geknöpften Blusen räkelten sich in der Sonne und waren in den Klatsch der Schule vertieft. Die Jungs lehnten an den Bäumen, warfen einander gelangweilt Bälle zu oder saßen verkrampft vor dicken Büchern. Die Atmosphäre war an manchen Stellen spürbar angespannt. Es ging auf die Prüfungszeit zu. Das fieberhafte Aufschieben der verfügbaren Lernzeit, die man bis zum letzten Tag auskostete, war mir vertraut. Dann saß man plötzlich vor seinen Unterlagen und kaute nervös auf dem Kugelschreiber herum, während die Sätze und die Lösungen nicht aus einem heraussprudelten, weil man das Thema in der letzten Nacht inhaliert hatte. Genauso erschien es auch diesen Studenten zu ergehen, denn ihre leeren Blicke sprachen die Sprache der Überforderung.

Tamira war nirgends zu sehen, obwohl sie in all dem Grün garantiert auffiel. Stattdessen entdeckte ich Arlinn. Mit ihren breiten Schultern und dem sorglosen Gang marschierte sie auf mich zu. In der Hand hielt sie ein Glas.

»Ich wollte mich für gestern entschuldigen. Die Jungs verstehen sich zurzeit nicht sonderlich gut. Dass sie immer noch ein Zimmer miteinander teilen, grenzt an ein Wunder.«

»Das habe ich gespürt. Trotzdem denke ich, dass Nevan das Problem hatte und nicht Lucien.«

Sie nippte an ihrem roten Saft. »Ich kenne Lucien, seit er klein war, und schon damals ging er mir mit seiner unbekümmerten Art auf die Nerven. Nevan ist zwar ganz anders, aber seine Verschwiegenheit setzt dem Ganzen die Krone auf. Er mag zwar eigensinnig sein, aber im Grunde hat er unsere kleine Clique ins Herz geschlossen. Zu der du jetzt wohl auch gehörst.«

»Ich muss ja mit diesem Sturkopf abhängen.« Der Unterton in meiner Stimme war nicht zu überhören.

»Der Rat entscheidet immer sehr weise, obwohl mir auch schleierhaft ist, wieso sie ihn ausgewählt haben.«

»Das ist die Strafe für seine Ausflüge.«

Ihre Augenbrauen zucken nach oben. »Ausflüge? Er war öfter als einmal in deiner Welt?«

Ich hielt mir die Hand vor den Mund. Mist, jetzt hatte ich zu viel gesagt. Sie warf ihr Haar nach hinten und trat näher. An ihrem Hals prangte eine große, schlecht verheilte Narbe.

»Hat er dir erzählt, wie er es geschafft hat, nachts unbemerkt durch die Korridore zu schleichen?«

»Nein, keine Ahnung. Sollte man das nicht können?«

»In der Nacht ist immer mindestens ein Professor wach, der das Element Erde beherrscht, und das Gebäude nach Vibrationen auskundschaftet.« Ihr Blick schweifte in die Ferne. »Es gibt garantiert einen Grund, wieso er die Insignie ohne Erlaubnis mehrmals benutzt hat.«

»Meinst du, er hat mich absichtlich entführt? Professor Garditon meinte, der Rat hat ihn geprüft und sie seien zu keinem Ergebnis gekommen.«

»Das war mein erster Gedanke, jedoch könntest du genauso der Grund für deinen Weltenwechsel gewesen sein. Das versucht Escarun herauszufinden«, sagte sie und zählte plötzlich von fünf auf eins runter.

»Was steht ihr so entgeistert herum?« Lucien drängte sich zwischen uns. »Habt ihr etwa Geheimnisse?«

Arlinn schaute mich fragend an. »Nein, wir unterhalten uns nur über ...«

»Über meine Welt«, setzte ich ihren Satz stockend fort.

»In der prallen Sonne? Suchen wir uns ein gemütliches Schattenplätzchen. Ich will gern an eurem Gespräch teilhaben.« Er stürmte mit einem Augenzwinkern voran.

Wie zwei Freundinnen, die sich schon länger kannten, grinsten wir uns breit an.

»Seine Schritte erkenne ich immer. So schnell belauscht er uns nicht und es wäre besser, wenn das auch erstmal so bleibt. Ich will nicht noch mehr böses Blut zwischen ihnen provozieren.« In Arlinns Stimme schwang ein gewisser Stolz mit.

Ich nickte und wir folgten ihm mit Abstand unter eine Eiche. Der Wind rauschte durch das Blätterwerk und feine Sonnenstrahlen fanden ihren Weg zu uns. Das Gras kühlte meine Unterschenkel und für einen Moment vergaß ich die magische Welt.

»Ich will dich ungern mit Fragen löchern, weil sich das für Seltaren nicht gehört, daher musst du den Anfang machen«, sagte Lucien vorsichtig.

Ich wollte nichts von meiner Welt erzählen, wer wusste schon, was sie mit den Informationen anstellten. Andererseits hatte ich

Tamira das Handy gezeigt und ihr ein paar Details verraten. Das würde ich womöglich bereuen, doch alles zu verheimlichen, war mir zu anstrengend. So wie Arlinn und Lucien unschuldige Grashalme aus der Erde zupften und mich anleuchteten, ließen sie garantiert nicht locker. Besser ich hatte mehr Freunde als Feinde.

»Oben im Zimmer habe ich ein Handy, womit wir Bilder und Aufnahmen machen können«, fing ich an und die beide wurden sofort aufmerksamer. »Damit können wir aus weiter Entfernung kommunizieren und ins Internet gehen.«

»Internet? Was ist das?«, fragte Lucien.

Wie sollte ich das erklären? »Stell dir vor, du hast ein Buch. In diesem Buch gibt es unendlich viele Seiten und du kannst zu jeder Zeit etwas reinschreiben oder darin lesen.«

Er zuckte hoch, als wüsste er, wovon ich rede. »Ich habe so was mal bei euch gesehen. Da war eine riesige Sammlung an Texten in diesen starren Kästen.«

Ich grinste. »Wir nennen sie Computer. Mit denen kann man allerdings noch mehr machen. Zum Beispiel allein, gegen andere oder in Gruppen spielen.«

»Das muss doch öde sein, vor einem Kasten zu sitzen und sich stundenlang nicht zu bewegen«, murmelte Arlinn.

»Für manche ist es das zukünftige Leben.« Wie kleine Kinder saßen sie im Schatten und hörten mir zu, als ob ich ihnen eine spannende Geschichte erzählte. »Es ist wie eine eigene Welt mit unbegrenztem Potenzial.«

Lucien winkelte seine Hände an, spreizte die Finger und ahmte einen fliegenden Vogel nach. »Dort kann man aber nicht fliegen, oder?«

»Du bist so ein Schulkind«, warf Arlinn spöttisch ein.

»Ich bin ein erwachsener Mann«, sagte er und versuchte, das letzte Wort maskulin klingen zu lassen. Er rutschte absichtlich im Ton ab.

Arlinn quietschte und warf sich mit dem Rücken ins Gras. »Du kannst über fünf Meter hoch springen. Was willst du noch?«

»Fliegen und mich beim Gleichgewichthalten nicht konzentrieren müssen«, motzte er gekünstelt.

»Du kannst wirklich so hoch springen? Muss das nicht beim Aufkommen wehtun?«, fragte ich erstaunt.

»Ich gebe zu, man braucht dafür Übung und eine starke Selbstkontrolle, um sein Ziel nicht zu verfehlen. Besonders beim Landen.«

Arlinn schmunzelte allwissend. »Ich erinnere mich noch, wie du aus Versehen in eine Schlammgrube gesprungen bist, weil du dachtest, hinter dem Busch wäre nichts.«

»Bitte nicht schon wieder«, flehte er.

Sie kicherte und fing sich rechtzeitig für die Pointe. »Er sah wie ein Haufen aus, der auf allen vieren aus der Tiefe gekrochen kam. Er hinterließ überall Spuren und wie er gestunken hat, kaum auszuhalten! Ich musste ihn auf dem Rückweg im fliegenden Zug ertragen.«

»Du musstest natürlich diese Geschichte erzählen, damit sie einen richtig guten Eindruck von mir hat.«

Ich lachte herzhaft auf. Bei seinen ordentlich frisierten Haaren und der sportlichen Statur war es kaum vorstellbar, dass er tollpatschig im Schlamm wühlte. Noch unvorstellbarer war für mich der fliegende Zug. Wie funktionierte er? Fuhr er mit Magie oder mit Technik?

»Du solltest viel öfter lachen«, meinte Lucien merkwürdig leise, als sich meine Mundwinkel wieder entspannten. Ich strich mir verlegen eine Haarsträhne hinter das Ohr.

Arlinn rügte ihn mit einem Stupser gegen den Arm.

»Kannst du das mal lassen?«, schnaubte er. »Du bist und bleibst meine prüde Steinprinzessin.«

»Wer ist hier prüde?«, fragte sie muffelig und strich ihr Haar nach hinten. »Shary! Ich habe dich gesucht«, rief Tamira vor uns und fiel in die Runde ein. »Ich habe Limonaden besorgt.« Sie hielt mir ein Glas mit einer violetten Flüssigkeit hin.

»Oh, danke. Lucien, Arlinn – das ist meine Zimmergenossin, Tamira«, stellte ich sie den anderen vor und trank einen Schluck von der Limo. Sie schmeckte seltsam nach Traube und Aprikose.

Tamira nahm auf einer Wurzel neben mir Platz. »Mich gibt es nur zu zweit. Meine Nahri Daisy schläft noch.«

»Ich wollte auch eine großziehen, aber ich erwische ständig die falsche Pflanze«, sagte Arlinn.

»Dafür braucht man auch Glück. Nicht jede Pflanze ist dafür geeignet.« Sie schmunzelte und zog den Saum ihres Rockes ordentlich. »Sie macht mir das Leben zur Hölle. Ob ich das Glück nennen kann, weiß ich nicht.«

Der sarkastische Ton fiel nicht nur mir auf, sondern auch Lucien. »Solange sie dir nicht dein Essen klaut und deine Hausarbeiten ruiniert.«

»Glaub mir, das hat sie bereits getan«, sagte sie und nippte an ihrem Getränk. »Innerhalb von drei Tagen hat sie alles auf den Kopf gestellt.«

»Es ist nicht zufällig die eine, die versucht hat, in der Cafeteria die Mahlzeiten mit Grashalmen zu würzen?«

»Das klingt sehr nach ihr. Dafür sind die anderen Nahris schon viel zu gut erzogen worden«, gab Tamira errötend zu.

Ihr Geständnis entfachte eine ausgiebige Unterhaltung. Die Stimmung, die währenddessen zwischen uns herrschte, war seltsam vertraut. Wir lachten über unsere peinlichen Missgeschicke und diskutierten den ganzen Vormittag, wie man eine Nahri am besten erzog. So sorglos hatte ich mir eine magische Welt eigentlich nicht vorgestellt.

Ein Kerl zum Umschmeißen

»Ihr werdet gleich sehen, was ein Insignienträger alles kann«, rief Lucien und suchte meine Aufmerksamkeit.

Die letzten Sonnenstrahlen beleuchteten die Bergspitzen. Der Tag neigte sich dem Ende zu. Ich hatte den ganzen Nachmittag mit Tamira verbracht. Wir hatten uns durch die verrücktesten Kurse, von Elementartheorie bis hin zu trockenen Formübungen mit den Händen, geschlängelt. Nach dem Unterricht hatten die Studenten die Möglichkeit, ihre restliche Zeit auf dem Trainingsplatz oder in den Gemeinschaftsräumen zu verbringen. Da wir uns mit Lucien und Arlinn gut verstanden, schleppten sie uns mit zum Platz. Wir Mädchen saßen auf einer Bank und warteten auf den Start seiner Trainingseinheit.

Lucien zückte aus seiner Schultasche eine mit Symbolen verzierte Schwertscheide, die zu einem Langdolch passen könnte. Und ich lag nicht falsch. Er zog eine grünsilbrige Klinge mit einem flügelähnlichen Griff aus dem Hartlederschutz. Ein Windstoß fegte sein Haar zur Seite. Aber kein Luftzug und keine lauten Stimmen brachten ihn aus der Ruhe. Wie ein gemeißelter Sonnengott stand er regungslos dort. Die Strahlen trafen genau zwischen Kinn und Adamsapfel auf seine Haut und hüllten Luciens Gesicht in Schatten. Ich hätte mein Handy mitnehmen sollen, so einen perfekten Augenblick für ein Foto bekäme ich vielleicht nicht noch mal.

Vögel kreischten und Lucien riss den Kopf gen Himmel. Mich packte die Atmosphäre und ich spannte jeden verfügbaren Muskel an. Er nahm den Griff fester in die Hand, lächelte zu den Wolken hinauf und sprang hoch. Höher und höher, während sein Langdolch wie ein Jadekristall glühte. Mehrmals blinzelte ich. Er trotzte länger als zehn Sekunden jedem physikalischen Gesetz. Ich konnte alles vergessen, was ich in meiner Welt gelernt hatte. Das galt besonders für die Insignien. Mir klappte der Mund auf. Was dort passierte, war eindeutig reale Magie.

Anmutig bewegte Lucien seinen Dolch und fiel wie ein Adler herab. Wieder und wieder musste er sein Gewicht hochwuchten und sich um die eigene Achse drehen, damit er länger schwebend auf einer Stelle stehen konnte. In diesem Zeitraum schnitt er die Atmosphäre in zwei Hälften. Das Aufkommen auf dem Boden erschien mir weniger federleicht. Der Druck zwang ihn regelmäßig auf die Knie und ihm drohten schwere Verletzungen, sodass ich manchmal meine Augen zukniff und mich abwandte.

Nach ein paar Minuten tauchte wie aus dem Nichts eine andere Klinge auf. Ihre polierte Oberfläche reflektierte die Sonne.

»Wer kommt denn da aus seinem Loch?«, sagte Lucien schelmisch.

»Du weißt doch, zu einem Kampf krieche ich aus jeder Versenkung.«

Es war Nevan. Seine Stimme hätte ich überall erkannt. Den ganzen Tag hatten wir uns nicht gesehen und jetzt störte er Lucien beim Training. Ohne Vorwarnung gleich Ärger zu verursachen, war offenbar sein Markenzeichen.

»Sie wollen wieder eine Show abziehen«, stöhnte Arlinn und ihre Stirn kräuselte sich. Um uns versammelten sich Studenten, die vorher noch selbst mit ihrem Training beschäftigt gewesen waren.

»Was ist hier los?«, fragte ich.

»Sie nennen ihre kindischen Kämpfe das Klingenschärfungsritual. Es hat sich in Escarun rumgesprochen, dass sie daraus immer ein unnötiges Spektakel machen.«

»Das wird sicher lustig.« Daisy flog mir auf den Schoß.

»Wo kommst du denn her?«, fragte ich sie und erntete ein verurteilendes Kichern.

Tamiras Augenbraue huschte nach oben. »Sie ist mir ins Haar gehüpft, während wir oben im Zimmer waren. Da befindet sie sich nämlich gern, um andere zu belauschen.«

Daisy klatschte in ihre kleinen Hände. »Deine Haare eignen sich perfekt, um eine Geheimbasis aufzubauen!«

»So nennst du das? Ich darf täglich deine Blätter und Blüten rauskämmen.«

»Aber nicht meine geliebten Grashalme!«

»Gerade die verstopfen meinen Kamm und anschließend sehe ich nicht besser aus, weil sie wieder ins Haar flutschen.«

Arlinn beugte sich vor. »Da haben sich zwei gefunden.«

»Ja, und wie«, antwortete ich und lachte auf. Der Feuerschopf winkte nur ab und Daisy setzte sich mit verschränkten Armen im Schneidersitz auf meinen Oberschenkel zurück. Das klärten sie wohl nachher im Zimmer.

Nevans Kopf schnellte zu uns herum und er verlor den ersten Schlagabtausch mit Lucien. Beide ließen voneinander ab. So wie Nevan mich jetzt strafend ansah, hatte ich offenbar seine Konzentration gestört.

Lucien grinste und hielt seinen Dolch kampfbereit hoch. »Sie lacht wunderschön, nicht wahr?«, sagte er frei heraus und behielt sein Gegner im Auge. Ich saß perplex auf der Bank und wusste nicht, wie ich auf das Wort wunderschön reagieren sollte. Meine Wangen glühten und die Mädchen sahen mich von der Seite merkwürdig an, selbst Daisy schaute zu mir hoch.

»Was habt ihr alle?«, fragte ich und wäre am liebsten in dem sonnengeküssten Kieseluntergrund vor meinen Füßen versunken.

Nevan nuschelte etwas Unverständliches und hob seine Klinge vom Boden auf. Sie schimmerte rötlich und Ornamente zierten den gewundenen schwarzen Griff.

Lucien verzog den Mund. »Das fällt dir spät ein.«

»Ich bin auch nicht zum Spaß hier. Kämpfen wir nun, oder muss ich dir deine Visage verschandeln?«

Sie stürmten aufeinander los und es dröhnte ein Gewitter aus zwei scharfgeschliffenen Schwertern. Es hallte von den Wänden der Akademie wider und übertönte jedes kleinste Geräusch in der Umgebung. Alle sahen angespannt dem Schauspiel aus Flammenfunken zu. Sie schenkten sich nichts. Meine Füße krallten mit jedem Hieb fester in die Schuhe. Ich fieberte mit. Nevan war das Gegenstück zu Lucien. Wenn er die Sonne war, war Nevan der Mond in einer schwarzen Nacht. Er bewegte seinen Körper elegant und geschmeidig, tänzelnd in einem mitreißenden Rhythmus. Aus Nevans Fingern schossen kleine Feuerbälle. Lucien wich jedoch nicht von seiner Seite, sondern sprang geschickt vorwärts und legte mit einem Treffer an seiner Schulter nach. Meine Zähne streiften die Unterlippe. Nevan wiederum hebelte Luciens nächsten Schlag aus. Der Langdolch glitt Lucien weg, doch im letzten Moment nahm er ihn in die andere Hand und hielt ihn blitzschnell an Nevans schluckende Kehle. Ein Raunen zog umher.

»Damit steht der Gewinner wohl fest?«, gab Lucien siegesgewiss an, ohne außer Atem zu sein.

»Für dieses Mal«, sagte Nevan keuchend und klang fast niedergeschlagen. Sie schlenderten still zu uns, nachdem sie ihre Schwerter in die Scheiden zurückgesteckt hatten.

»Du hast verloren, du hast verloren!«, flötete Daisy und schwirrte um Nevan herum. Schweißtropfen und nasse Haarspitzen waren auf seiner Stirn zu erkennen.

»Man reibt anderen eine Niederlage nicht unter die Nase«, tadelte Tamira.

»Er kann das verkraften«, sagte Lucien beiläufig schmunzelnd und zückte ein kleines Handtuch aus seiner Tasche. Er warf es Nevan zu. »Du warst mal besser.«

»Ich muss mich auf die Prüfung konzentrieren und da man mir die Verantwortung für ein Kind auferlegt hat, fehlt mir in Zukunft noch mehr Zeit zum Üben.« Mürrisch wischte er sein feuchtes Gesicht und den Hals ab.

Jetzt war ich die Schuldige für sein Versagen? Wer hatte dort mit einer Klinge gestanden und sich mit Lucien duellieren müssen? Ganz sicher nicht ich! In mir brodelte es. »Natürlich, lade ruhig dein schwaches Auftreten auf mich ab.«

Er ignorierte meine Aussage. »Du willst das Handtuch wegbringen?« Es landete auf meinem Schoß. »Wenigstens für so was bist du zu gebrauchen.«

Ich war nicht seine Dienerin, die hinter ihm her putzte und als Entschuldigung für seine Missetaten diente. In meiner Welt reichten mir schon Luise und Eleanor, und die waren harmloser als dieser arrogante Kerl. »Ah, auf der Schiene fährst du jetzt?«

»Hast du was gesagt?« Er schaute an mir vorbei und wandte sich dann gelangweilt ab. »Egal, ich gehe und du legst das Handtuch feinsäuberlich zusammen, so wie es sich gehört.«

Aus dem Augenwinkel sah ich, wie Arlinn sich vor Empörung aufbaute. »Du bist so ein Monster!«

Das Wort klang aus ihrem Mund noch beschönigt. Er war die Ausgeburt der Hölle. Nevan behandelte mich nicht wie eine vollwertige Person, nicht einmal wie ein Tier, sondern wie ein verschlissenes Objekt. Keiner erteilte mir Befehle!

Mein eingebrannter Zorn brach heraus. Ich konnte die Wut nicht länger unterdrücken und sie galt nur einem – Nevan! Ich sprang von der Bank.

»Du machst es nur schlimmer«, meinte Tamira und griff halbherzig nach meinem Arm. Aber ihre Aussage schlitterte an mir vorbei.

Mein Blut kochte. Niemand hielt mich von der Konfrontation mit ihm ab. Mit harten Schritten kam ich seinem Schatten näher. Ich trat ihm mit aller Kraft in den Unterschenkel. Zu meinem Erstaunen fiel er auf die Knie, drehte sich um und blickte zu mir hoch. Diese Position kam mir mehr als nur entgegen.

»Was bildest du dir ein?«, zürnte ich, knüllte das Handtuch fest zusammen und packte meinen einzigen Joker gegen ihn aus.

»Ich kann dich auffliegen lassen. Schon vergessen?« Meine Adern brannten lichterloh und jede Sehne stand auf Anschlag. »Es wäre ein Leichtes, dich beim Rat anzuschwärzen und dann quatschst du mich nicht mehr herablassend an!«

Ein zutiefst verabscheuender Blick begegnete mir und ich schmiss das feuchte Knäuel in sein Gesicht, damit er den Mund hielt. Er verdiente mehr, aber ich brachte nur noch eines zustande: »Du wolltest unbedingt etwas über meine Welt erfahren? Typen wie dich nennen wir Arschlöcher!«

Ich stapfte mit geballten Fäusten zurück, zerrte Tamira am Arm mit und schleifte sie über den Platz. Das Lamm war zum Wolf geworden und wenn es sein musste, würde ich wieder die Zähne fletschen. Bei diesem Kerl half scheinbar nur Gewalt.

Aus der Ferne hörte ich Lucien, als ich die Tür zur Eingangshalle öffnete. »Mit ihr sollte man sich besser nicht anlegen.«

»Sie soll ruhig noch mal herkommen und mit fairen Mitteln kämpfen. Dieses Mal würde ich gewinnen«, rief Nevan arrogant.

Ich gab mir nicht die Blöße. Er konnte es als Schwäche ansehen, dass ich auf seinen lächerlichen Satz reagiert hatte und wieder ausgetickt war. Unbeirrt, zugegeben innerlich zerrissen, schlug ich die Tür zu und nahm die Treppe zum Obergeschoss.

»Was ist da gerade passiert?«, fragte Tamira und ich ließ mich ins weiche Bett fallen.

»Dieser Kerl ist nicht auszuhalten! Erst stellt er mir zu Hause nach, dann entführt er mich und jetzt muss ich sein Verhalten dulden?« Die Decke federte meinen Fausthieb ab. »Was muss ich mir noch alles gefallen lassen?«

»Ich hätte nicht erwartet, dass du so auf seine Sprüche reagierst. Aber du hast Nevan deutlich gemacht, dass man so nicht mit jemandem umspringt. Das verdient Respekt«, sagte sie mit heller Stimme.

Dieser Lockenkopf verstand mich; endlich jemand, der das tat. Zu Hause hätte ich mir gut gemeinte Floskeln anhören müssen, die weder hilfreich noch tröstend, sondern verurteilend waren, weil ich mich nicht beherrscht hatte.

»Was hat es mit seiner Lüge auf sich?«, fragte sie.

Aus der Affäre konnte ich mich nicht mehr ziehen. Ich hatte Nevan regelrecht angeschrien. Jeder hatte meinen Wutanfall mitbekommen und was ich mit tosender Stimme gesagt hatte. Ein Seufzen kam über meine Lippen. »Er hat mehr als einmal unerlaubt meine Welt besucht, hat das aber der Professorin und dem Rat verschwiegen. Ich vermute aus Selbstschutz, damit er an dieser Prüfung teilnehmen kann.«

Tamira sprang von ihrem Bett. »Wie konnte er sich jenseits der Erdvibrationsfähigkeiten der Professoren bewegen?«

»Was weiß ich. Vielleicht auf Zehenspitzen?«

Sie lief eilig durch das Zimmer und lachte. »Nie im Leben. Er müsste geschwebt sein, um seine Anwesenheit zu verbergen.«

»Er hat es jedenfalls geschafft und mich hat er da mit reingezogen.« Ich vermisste meine Welt. Dort war vieles einfacher und ich musste mich nicht mit arroganten und besserwisserischen Seltaren streiten. Dafür hätte ich Tamira und die anderen, die mir immer sympathischer wurden, nie getroffen. »Was ist überhaupt so wichtig an der Prüfung?«

»Wer die besteht, bekommt seine zweite Macht von der Machtinsignie. Wir haben die erste Macht beim Kampf vorhin erlebt«, sagte sie gedankenverloren.

Neugier breitete sich in mir aus. »Man erhält eine neue Fähigkeit?«

»Es gibt drei Mächte. Die erste ist meistens eine elementare oder körperliche Fähigkeit. Die zweite ist die eigentliche Magieform und die dritte ist eine Erweiterung der Machtinsignie.«

Das, was Lucien uns auf dem Platz gezeigt hatte, fand ich schon unfassbar beeindruckend. Ich mochte mir nicht vorstellen, welche Macht sich noch in dem Dolch versteckte. Je mehr ich von den Insignien erfuhr, desto unheimlicher wurden sie mir.

Daisy flog durch das offene Fenster herein. »Ich habe geheime Informationen von Arlinn«, sagte sie und flatterte auf meine Schulter. »Sie kümmert sich um Nevan. Nachricht Ende.«

»Als Botin musst du dich etwas mehr anstrengen«, sagte Tamira kichernd.

»Na gut. Sie meint, dass er sich bei Shary aufrichtig entschuldigen wird.«

Ich prustete laut. »Er und aufrichtig? Niemals.«

»Warten wir den morgigen Tag ab. Nevan scheint gestresst zu sein und wir müssen uns selbst auf die kommende Elementarprüfung konzentrieren.«

Ich schüttelte meine Schuhe ab. »An der ich leider teilnehmen muss.«

»Wir schaffen das schon«, beruhigte Tamira mich.

Daisy hüpfte von meiner Schulter und schwebte mit dem Rücken zu mir. »Zur Not leihe ich dir meine Flügel.«

»Ob diese kleinen Dinger mir helfen können?«

»Sie sind stärker, als sie aussehen!«, sagte sie breit lächelnd und meine Mundwinkel zuckten.

Zu dritt stellten wir den restlichen Abend seltsame Theorien auf, wie Nevan ungesehen durch die Akademie streifen konnte, doch kein Gedankenspiel half uns weiter. Nur eines stand fest: Er würde uns sein Geheimnis und die Gründe nie freiwillig verraten.

Kraftinsignie mit Madenbissen

Manchmal wachte ich morgens in der Erwartung auf, in meinem Zimmer auf dem College zu sein, anstatt in Escarun. Wenn ich all die Magie und die Tatsache, eine Fee mit schwarzen Insektenaugen als Mitbewohnerin zu haben, ignorierte, war es nicht verwunderlich. Die Regeln waren nicht weniger streng als zu Hause. Die Studenten hatten viele Freiheiten. Sie konnten jederzeit ins umliegende Dorf, ihre Familien besuchen, bis spätabends wach bleiben und an den Wochenenden mit Freunden ausgehen.
 Außer sie brachen eine typische Regel: Gehorsamkeit.
 Was gesagt wurde, musste eingehalten werden. Bereits beim ersten Vergehen zuckten die Professoren mit keiner Wimper. Bei kleineren Sachen verhängten sie Putzdienste oder die Studenten wurden genötigt, in der Cafeteria auszuhelfen. Bei größeren Vergehen drohte der sofortige Schulverweis.
 Nevan gehörte zu den Kandidaten, die lieber diese Regeln brachen. Er hielt seine Babysitterpflichten nicht ein. Von Professorin Sharpwood erntete er eine undankbare Aufgabe nach der anderen, statt sich bei mir zu entschuldigen und sich wenigstens einmal pro Tag zwei Stunden an denselben Tisch zu setzen. Wie stur konnte dieser Kerl sein? Mich ließ die Professorin ironischerweise in Ruhe. Vermutlich, da ich meine Zusatzstunden mit Arlinn, Lucien und Tamira verbrachte und somit die Pflicht erfüllte, alles Wissenswerte über die Akademie und Mythnoir zu lernen.

Ich tippte mit meinem Füller auf das leere Blatt Papier. Vor mir lag ein Wälzer mit den verschiedensten Techniken, wie man seine Elementarmagie beherrschte und kontrollierte. Dabei war ich kein Seltaris, der Elementarkräfte besaß oder gar entwickeln könnte. In mir war kein Hauch Magie, wie Tamira und alle anderen festgestellt hatten, als hätte ich ein Neonschild mit der Aufschrift Mensch über dem Kopf.

Gegenüber von mir saß Arlinn und schrieb mit mühelosen Handbewegungen ihre Hausarbeit nieder. Selbst Tamira war in dicken Büchern versunken. Nur Daisy tapste mit Tinte an den schmalen Füßchen über den Block und malte ein Selbstporträt. Sie sprang und schleifte mit den Ballen über das Papier, als wären ihre Zehen kleine Borsten. Ich schmunzelte und schüttelte den Kopf. Diese Nahri hatte genauso viel Unsinn im Kopf wie mein Bruder Sam.

»Was ist los?« Arlinn bemerkte meine fehlende Konzentration.

»Die ganze Elementarlehre scheint mir sinnlos zu sein. Es ist so, als würde ich vergeblich Aufwand betreiben, mir eure Kräfte anzueignen«, seufzte ich.

Sie schaute nicht auf. »In Mythnoir ist es ein Privileg, das Wissen zu erlangen, auch wenn man dieses nie anwenden kann.«

»Bei uns ist es umgekehrt. Sie lehren uns alles, aber nicht das, was wir später wirklich brauchen«, antwortete ich und dachte an den grenzenlosen Berg von Büchern auf meinem Schreibtisch zu Hause.

»Es ist allgemein nicht ganz einfach. In Arendor ist es üblich, dass wir – wenn unser Element im Alter zwischen dreizehn und fünfzehn erwacht – eine Elementarhochschule besuchen. Dort lernen wir, wie man mit der eigenen Magie umgeht und sie kontrolliert. Nach dem Abschluss gehen reine Elementarherrscher meistens einem Beruf nach. Sie stellen Alltagsinsignien her, übernehmen den Familienbetrieb oder berufen sich sofort zur Garnison.

Elementarherrscher, welche eine Insignie vererbt bekommen können oder schon eine besitzen, dürfen an Akademien weiter studieren. Allerdings ist Escarun eine Ausnahme, weil sie den älteren Jugendlichen, deren Element noch nicht erwacht ist, eine Chance lässt.«

»Wir dürfen allerdings zum Selbstschutz nur das Nötigste über Machtinsignien wissen«, sagte Tamira mit Nachdruck. »Mich würde dennoch brennend interessieren, wie sie genau funktionieren und welche Mächte sie im Einzelnen verbergen.«

»Da meine Familie eine besitzt, habe ich das Offensichtlichste von unserer mitbekommen. Trotzdem ist jede einzigartig. Jede hat andere Magie in sich. Sie verändern sogar das Aussehen, wenn sie weitergereicht werden«, sagte Arlinn und kritzelte weiter in ihrem Notizheft herum.

»Eine schier unendliche Ansammlung von besonderen und bestimmt gefährlichen Fähigkeiten«, kommentierte ich.

»Aus diesem Grund gibt es die Akademien. Der Umgang mit solch mächtiger Magie muss geübt und das Wissen bewahrt werden. Beispielsweise erhalte ich bloß einen kleinen Teil des Unterrichts, den die vollwertigen Insignienträger vermittelt bekommen, weil mein Onkel mir seine Machtinsignie vermachen wird. Wann das sein wird, verrät er mir nicht. Aber das tut er allzu gerne«, erzählte Arlinn.

Lucien betrat den Gemeinschaftsraum und schaute sich hektisch um. Als er uns sah, wirkte er erleichtert. »Endlich habe ich euch gefunden«, stöhnte er. »Wir sollten uns einen richtigen Treffpunkt aussuchen. Das Abklappern der Räume ist auf Dauer ermüdend.«

»Das hier war der einzige freie Platz«, verteidigte Arlinn ihre Wahl.

»Ja, hinter morschen Regalen und vielen Staubmäusen«, erwiderte er und hielt den Finger unter die Nase.

»Sei nicht immer so penibel. In überfüllten Räumen lässt es sich schlechter lernen.«

Er verschränkte die Arme vor der Brust und sein Blick wanderte durch den gemütlichen Saal. Vereinzelt saßen Studenten an den Tischen, den Fensterbänken und auf dem Boden. Sie waren vertieft in ihre Bücher und Notizen. So sehr, dass sie unser Gespräch nicht bemerkten oder zumindest höflich weghörten.

»Schade, dass hier keine Studenten in den Schlaf fallen, weil sie Opfer von einer unterschätzten Insignie wurden«, sagte er einlenkend.

Innerlich zuckte ich zusammen. Dass Insignien auch außer Kontrolle geraten konnten, war beängstigend, aber anscheinend war der erzwungene Schlaf eine mildere Form dessen. Sonst hätte ich selbst davon gehört.

»Geht es ihnen wieder gut?«, fragte Tamira.

»Ja, ihnen geht es prächtig. Ich wünschte nur, ich wäre dabei gewesen. Meine zarte Haut könnte so eine Einschlafmagie gut gebrauchen.«

»Du brauchst gar nicht so zu tun«, sagte Arlinn kichernd.

Dann fegte ein Papiervogel über Luciens Kopf hinweg. Er flatterte schnurstracks auf Tamira zu, landete vor ihr und faltete seine abstehenden Flügel ein. Stück für Stück verwandelte sich die Origamikunst in einen normalen Brief mit einem gelben Wachssiegel.

»Was ist das wieder?«, fragte ich verdutzt und starrte auf das Briefsymbol.

Tamira öffnete das Schreiben. »Eine Botschaft von meinen Eltern.«

»So stellt ihr euch gegenseitig Post zu? Mit einem Papiervogel?«

»Man glaubt es kaum, aber auch das ist eine Insignie. Eine Alltagsinsignie«, antwortete Lucien belustigt und nahm den freien Stuhl neben Arlinn in Beschlag. »Diese Art kann jede flugtaugliche Form annehmen und ohne Umwege zum Empfänger gelangen.«

Aus diesem Grund hatte Nevan mich danach gefragt. Er hatte schwebende Briefe erwartet und keine stinkenden Postfahrzeuge. Gut, dass ich ihn enttäuschen musste. Den Himmel mit tausenden Paketen und Briefen zu füllen, hätte nicht funktioniert und schon gar nicht so schick wie ein Vogel ausgesehen.

»Was steht drin, was steht drin?«, fiepte Daisy und tauchte ihre schwarzblauen Füße in ein Glas Wasser.

»Meine kleine Schwester hat ihr Element bekommen. Es ist Erde. Meine Eltern sind überglücklich und wünschen mir das Weltbeste für meine Prüfung«, sagte sie und faltete das Schriftstück wieder zusammen. Ihre Augen schimmerten fiebrig. »Das macht es mir nicht leichter.«

»Ich musste mich dieser Angst damals auch stellen«, gab Lucien zu und lenkte das Gespräch in eine ernstere Richtung. »Keine elementarische Begabung zu haben ist unheimlich, aber ich habe mich daran gewöhnt.«

»Du hast noch deinen Dolch. Meine Familie besitzt keine prachtvolle Machtinsignie.«

Die bedrückte Stimmung schlug mir auf das Gemüt. Machtinsignien waren eine gesellschaftliche Absicherung der Seltaren. Wer keine besaß, gehörte zum gemeinen Volk und mit keinem angeborenen Element war man ganz unten angekommen – in der Unterschicht. Von dort stieg man entweder durch eigene elementbegabte Kinder oder eine günstige Hochzeit wieder auf. Wer auch dieses Glück nicht hatte, lebte in den unbeliebten Vierteln der Städte und verrichtete Arbeit, die einem keine magischen Fähigkeiten abverlangte. Oftmals arbeiteten diese Seltaren still und heimlich im Schatten der Gesellschaft und erhielten daher wenig Privilegien. Das höchste der Gefühle waren saubere Unterkünfte und Kleidung. Diese Ordnung gefiel mir nicht. Tamira verdiente ein Schloss mit prunkvollen Brunnen und einem Pavillon aus Gold, kein Bangen um das Geld des nächsten Tages.

»Du hast größere Pläne«, motivierte Daisy sie. »Zum Beispiel eine Armee aus Nahris anzuführen!«

Sie lächelte zaghaft. »Du hast recht. Elemente sind nicht das Entscheidende.«

»Ihr müsstet nur wissen, wie man ohne Magie zurechtkommt. Dann wäre das alles nicht so tragisch«, sagte ich und klappte das Buch zu.

»Aus deinem Mund klingt es so leicht«, meinte Lucien zu mir. »Aber unsere Gesellschaft ist eine andere als eure. Zumindest das, was ich in meinem Kurs bei Professorin Sharpwood erleben konnte, war ganz anders.«

Die kurze Zeit in Escarun reichte nicht für ein umfassendes Bild, da gab ich ihm still recht, trotz alledem sah ich Parallelen zwischen unseren Welten und es waren nicht wenige. »Wie lange beobachtet ihr uns schon?«, fragte ich aus Neugier.

»Als wir die schwarze Insignie gefunden haben, gab es viele Todesopfer. Wir dachten, sie wäre eine Art Gefängnis ohne Wiederkehr. Bis jemand auf die Idee kam, seine Magie zu fokussieren und kontrolliert durch die Finsternis zu lenken«, antwortete Lucien gewissenhaft. »Dies geschah vor sechsundsiebzig Jahren. Wir wussten damals selbst nicht, dass noch eine andere Welt außerhalb unserer existiert und haben uns Speisen, Wohnsituationen und vieles mehr abgeschaut. Ihr seid auf gewisse Weise unsere Vorbilder. Dank euch haben wir die Nachmittage an den Wochenenden frei.«

»Es musste unglaublich gewesen sein, von uns zu erfahren.«

»Im ganzen Land herrschte damals eine Meinungsverschiedenheit. Jeder wollte eure Welt sehen und das Wissen für sich beanspruchen, bis wir entschieden haben, dass jede Akademie für einen bestimmten Zeitraum die Magie der Sphäre nutzen kann. So wurde eure Existenz bei uns eingebürgert und die Differenzen letztendlich geklärt.«

»Wenn meine Welt von euch erfahren würde, dann wäre deutlich mehr los. Sie würde sich in verschiedene Lager aufspalten. Viele würden nicht an eure Existenz glauben, andere euch anhimmeln oder sogar bekriegen. Am Ende gäbe es bloß einen fürchterlichen Aufruhr«, sagte ich und zog die Augenbrauen enger. Das war noch untertrieben.

»Umso mehr wundert es mich, dass du dich von Escarun nicht verzaubern lässt«, stellte Tamira fest.

»Ich erkenne manches wieder, aber es ist im Grunde eine Zeitreise in die Vergangenheit für mich. Ihr habt nicht mal ein Batterieradio oder richtigen Strom.«

»Wir benötigen solche Erfindungen auch nicht.« Lucien grinste breit. »Wir haben Magie!«

»Hoffentlich ist eine dabei, die mich manifestieren lässt. Das geduldige Warten auf eine Antwort liegt mir nicht.«

»Irgendeine muss existieren. Aber wenn nicht, werden wir deine neue Heimat«, sagte Tamira und erheiterte mich nur mäßig.

»Meine Familie wartet auf meine Rückkehr. Daher kann ich nicht zu euch gehören«, brummte ich.

Arlinn streckte sich. »Nichts kann dir deine Familie oder Abstammung nehmen. Keine verblasste Erinnerung, keine Magie oder gar Welt. Allein, dass du vor uns sitzt und mit uns lernst, ist ein Beweis dafür.«

»Trotzdem kann ich nicht hierbleiben.«

»Es ändert sich dadurch zu viel, habe ich recht?«, fragte Lucien und kräuselte seine Lippen.

Ich nickte verbittert. Er verstand auf Anhieb, wie wichtig meine Familie für mich war. Bei Arlinn war ich mir nicht sicher. Sie schien eine Mauer um sich zu bauen.

»Jedenfalls müssen wir den heutigen Kurs bewältigen, damit wir unsere eigenen Verhältnisse klären können.« Tamira packte eilig die Bücher zusammen und schob sie in ihre Ledertasche.

»Du meinst Ablenkung von vielen Schlamasseln.«
»Von ganz vielen.«

»Das ist unser Parkour für dieses Jahr«, sprach uns Professor Garditon unter der Nachmittagssonne an. Wir standen auf dem Trainingsplatz in unseren zugeordneten Gruppen. »Zuerst müsst ihr zu dritt eine Bahn mit zufälligen Hindernissen durchqueren. Dann kommt der Kletterpart und direkt danach begebt ihr euch in einen Sumpf, der euch nichts sehen lässt.«
»Wir können nicht sehen, wo wir hingehen?«, fragte ein Schüler alarmiert nach.
»Nein, ihr werdet durch einen Nebel gehen müssen, um zur letzten Aufgabe zu gelangen.« Professor Garditons Blick glitt zu mir. »Zuletzt testen wir eure kognitiven Fähigkeiten mit vier speziellen Rätseln, die ich selbstverständlich nicht preisgeben werde.«
»Wie können wir uns auf die unbekannten Aufgaben vorbereiten?«, erklang Tamiras Stimme neben mir. Sie überließ wirklich nichts dem Zufall. Die freie Zeit, die wir miteinander hatten, verbrachte sie hinter Büchern und schrieb akribisch die wichtigsten Sachen heraus. Ich hatte sie gestern ins Bett zerren müssen, weil sie sonst auf dem Schreibtisch eingenickt wäre.
Der Professor schob seine Brille hoch und grinste. »Gar nicht. Ihr müsst darauf vertrauen, dass ihr die Lösungen wisst.«
»Und ich habe das beste Team der Welt«, flüsterte Rabije zynisch.
»Konzentriert euch, aber vergesst nicht, ihr seid ein Team, welches zusammenarbeitet. Jeder Abschnitt wird separat bewertet in Zusammenhalt, Geschwindigkeit und Standhaftigkeit.« Er trat zurück. »Ihr könnt in meinen Stunden dafür trainieren. Nutzt

diese Zeit weise«, sagte er und ließ uns auf die markierten Laufbahnen.

Tamira nahm sofort meine Hand und schleppte mich an den Start.

»Müssen wir wirklich?«, fragte ich genervt.

»Unbedingt, wenn wir die Prüfung bestehen wollen.«

»Was ist mit Rabije? Sie wird nie mit uns zusammenarbeiten.«

Sie dehnte ihre Arme nach hinten. »Sie wird, das verspreche ich dir.«

»Da bin ich mir nicht sicher.« Ich schaute zu Rabije. Sie unterhielt sich mit zwei anderen Studentinnen außerhalb des Trainingsbereiches und hatte es offenbar nicht nötig, mit uns zu laufen.

Tamira trabte neben mir los. »Ich mach auch langsam.«

»Wie großzügig von dir«, sagte ich mit sarkastischem Unterton. Ich nahm einen tiefen Atemzug und stürmte mit den ersten Schritten vorwärts. Die Erinnerungen an meine Sportstunden waren verblasst, weil ich sie in den letzten Jahren erfolgreich verdrängt hatte. Dennoch bewegte sich mein Körper wie von selbst.

Irgendwann sah ich Tamira nicht mehr. Sie war schon hinter der Kletterwand und hielt mein Schneckentempo nicht aus. Das war mir egal, denn mir fielen Sachen ein, die ich viel lieber gemacht hätte, als mich umsonst zu verausgaben. Zum Beispiel Mums köstlichen Kuchen essen, Felder fotografieren – selbst vor Büchern über Elementarlehre zu sitzen, erschien mir sinnvoller.

Nach hundert Metern schoss ein Nerv quer und ich drosselte meine Geschwindigkeit. Wenn ich weiter rannte, konnte mein Unterschenkel mir den ganzen Tag vermiesen. Ich fasste den betroffenen Muskel an und verschnaufte. Hinter mir hörte ich das harte Auftreten von Schuhen. Jemand streifte meine Schulter und gab mir anschließend einen Stoß nach vorne. Wie ein nasser Beutel fiel ich. Den Aufprall meiner Handflächen und Knie auf dem staubigen Untergrund konnte ich nicht verhindern. Ein stechender Schmerz schnellte mein Bein hoch und die aufgeschürfte Haut brannte wie Nesseln unter meinen Fingerkuppen. Die aufgewirbelten Staubpartikel krochen mir in die Luftröhre. Wer zum Teufel war das gewesen?

Eine lachende Stimme drang an mein Ohr und es war keine mir wohlgesinnte. »Dich sollte man lieber als Hindernis werten.« Ein schwarzer Schatten überholte mich und ich keuchte beim Anblick des Rückens auf.

»Rabije, du verdammtes Miststück!« Und bevor ich mich versah, stand ich wieder auf meinen Füßen und rannte ihr hinterher. Sie hatte mich mit Absicht gestreift, damit ich das Gleichgewicht verlor und stolperte. Meine Knie zitterten und waren aufgeschlagen, dennoch hielten sie meinen Verfolgungswahn nicht auf. Es gab nur noch den Boden unter meinen weißen Schuhsohlen und Rabije, die sich erschrocken umsah. Wir kamen der Kletterwand näher.

»Du bist ja schneller, als ich dachte«, sagte sie.

War ich das? Oder war sie es, die langsamer wurde? Ihre Stimme klang nicht gerade überrascht. Mein Gefühl für die Entfernung lag meilenweit hinter mir und trieb mich vorwärts. Rabije nahm die erste Hürde mit einem Schwung und meine Wut verpuffte bei der hohen Mauer aus felsigen Abspaltungen. Eindeutig das Werk eines Erdherrschers.

»Rabije, wir sollten ihr helfen!« Tamira lugte über die Wand.

Rabije sprang auf die andere Seite ab. »Es reicht, wenn eine ihr hilft.«

»Ich komme schon klar«, sagte ich. Aber als ich mir das Hindernis anschaute, wurde mir bewusst, dass ich es ohne eine helfende Hand nicht schaffen würde. Außerdem brannten meine Hände wie Feuer und der abflauende Adrenalinschub schlug negativ auf das Bein um. Zögernd nahm ich den ersten Spalt und den Haken über meinem Kopf, doch ich rutschte bei dem zweiten Fußtritt ab. Die Belastung war für die Muskeln zu groß.

»Tamira?«, rief ich hoch. »Ich brauche eine Pause. Du kannst weiterlaufen.«

»Okay«, sagte sie und verschwand hinter der Felswand.

Wenigstens sie sollte die Prüfung in ein paar Tagen überstehen. Für mich war dieser Test sinnlos. Lieber sollte der Rat mir andere Maßnahmen vorschlagen und meine Zeit nicht mit Elementen vergeuden.

Ich stellte mich in den Schatten einer Pappel. Ein kühler Windzug erfrischte meine Haut. Während ich mich erholte, sah ich Rabije zu, wie sie ihre Bahnen lief und mühelos kletterte. Sie hangelte sich hoch, als wäre sie dafür geboren worden. Davon konnte ich nur träumen. Jenseits des Trainingsplatzes tummelte sich auf der Wiese eine andere Studentenklasse. Sie standen im Kreis und schlossen ihre Augen. Ich verfolgte neugierig das Geschehen. Der Professor stupste manche von ihnen an, korrigierte ihren Stand und das Kinn. Als er zufrieden war, schoss das Feuerelement aus seinen Fingern und zischte an allen Studenten gleichzeitig vorbei. Sie schreckten zusammen und wichen zurück.

»Sie sind Wasserherrscher und nicht aus Wasser. Seien Sie sich dessen bewusst. Die Magie kann in Ihrem Kern nicht verdampfen. Feuer kann Sie bloß von außen verbrennen«, belehrte er seine Studenten.

Sie nickten und positionierten sich erneut. Wieder schossen Flammen an ihnen vorbei. Dieses Mal mit einem geringeren Abstand zu ihren Köpfen. Die Studenten verzogen die Gesichter vor Angst, doch die meisten standen felsenfest an Ort und Stelle.

»Gut, gut! Einige von Ihnen scheinen es begriffen zu haben. Nun zur nächsten Stufe«, verkündete der Professor. Er zog einen niedrigen Feuerwall in der Mitte des Kreises.

Ich schluckte beim Anblick seiner Fähigkeit. Das Feuer kletterte nicht in den Himmel oder vergrößerte sich, sondern blieb im Radius. Am Boden verbrannten die Grashalme und Rauch stieg auf.

»Weichen Sie nicht zurück. Ich besitze die volle Kontrolle.« Mit einer flachen Handbewegung des Professors wuchs das Feuer bis zu den Füßen der Studenten.

Drei von ihnen entwichen Wasserströme aus den Fingern und löschten das Feuer, obwohl sie regungslos waren. Als sie die Augen öffneten, schauten sie erschrocken auf und wirbelten ihre Hände trocken.

»Das passiert, wenn das Element Sie übermannt. Das Vertrauen, dass Ihnen zu Ihrer Fähigkeit fehlt, verhindert die vollständige Beherrschung«, erzählte er, als ich im Augenwinkel Tamira erkannte.

Sie schlenderte auf mich zu und schaute sich besorgt meine aufgeschürften Knie an. »Alles in Ordnung?«, fragte sie dünn.

Ich musterte meine Handflächen. Hautfetzen standen in senkrechter Form ab. »Ich bin es gewohnt. Früher hatte ich ständig solche Verletzungen«, antwortete ich gelassen. »Was passiert dort auf der Wiese?«

»Sie bauen vermutlich ihre restlichen Ängste ab. So etwas ist wichtig in der Entwicklung der Elementarmagie«, berichtete sie und hielt meine Hände offen. »Du solltest wirklich zur Krankenstation gehen. Du kannst mit denen bestimmt keinen Stift mehr halten. Wie ist das eigentlich passiert?«

»Nun ja ...«, fing ich an und sah, wie Rabije verärgert auf uns zu trabte.

»Wir sollten etwas gegen ihr Problem unternehmen. Sie ist uns keine große Hilfe.« Plötzlich interessierte sie sich für mich, obwohl ich ihr die Schürfwunden zu verdanken hatte?

Meine Fingernägel bohrten sich in meine leichte Sporthose. »Das weiß ich selbst«, murmelte ich.

»Dann tu was dagegen, Mensch«, fauchte sie.

»Wenn du mich nicht geschubst hättest, wäre ich eher über die Kletterwand gekommen.«

»Ich habe dich ermutigt. Nichts anderes.«

Ich zeigte ihr meine Hände. »Das nennst du ermutigen?«

»Gibt es hier Probleme?« Lucien kam zu uns und funkelte uns an. Sein Haar leuchtete in einem sanften Goldton. Am Gürtel hing sein Dolch. Aus welcher Ecke war er denn aufgesprungen?

»Was macht ein Insignienträger in der Vorbereitungszeit der Unterstufe hier?«, kritisierte Rabije ihn.

»Ich kann doch wohl mit einer Freundin sprechen?«

»Es ist ungewöhnlich, dass ausgerechnet ihr so eine Freundin habt.«

Er schmunzelte. »Sie steht unter dem Schutz der Akademie und einen besseren Schutz wird sie nicht bekommen.«

Rabije lachte. »Es gibt weit bessere Insignien als deine oder Nevans.«

»Nevan kann mit seiner Klinge nicht umgehen, im Gegensatz zu mir«, entgegnete er.

»Du musst eine Menge Energie reinstecken, damit du überhaupt etwas mit deinem Dolch anfangen kannst.«

Sie unterhielten sich so, als ob ich gar nicht anwesend wäre. »Ich kann sehr gut selbst auf mich achtgeben«, warf ich gereizt ein.

»Nicht, bevor du wirklich alles über Escarun weißt«, stauchte Lucien mich neckend zusammen. »Vielleicht solltest du die Krankenstation aufsuchen. Dort kann man deine Verletzungen schnell verarzten und dir bestimmt das Klettern und Laufen erleichtern.« Dann sah er Rabije verurteilend an. »Ich habe alles vom Fenster aus gesehen. Du warst zu grob zu ihr.«

»Selbst schuld, wenn sie auf der Bahn anhält.«

»Etwas Rücksicht wäre angebracht gewesen«, sagte Lucien mit verschränkten Armen.

Sie stöhnte und hielt sich die Hand vor die Stirn. »Sie wird uns die Prüfung ruinieren«, sagte sie und verschwand kopfschüttelnd aus dem Schatten.

»Bei diesem Punkt liegt sie richtig. Ohne mich seid ihr besser dran.«

Tamira ergriff meine Schulter. »Du musst die Prüfung bis zum Ende durchstehen. Keine Widerrede!«

»Und wir unterstützen dich dabei«, fügte Lucien hinzu.

»Sie finden bestimmt auch ohne meine lächerlichen Prüfungsergebnisse einen Weg, mich nach Hause zu bringen.«

»Wie lange möchtest du warten? Die Spannungen zwischen den Najadenstämmen, dem dämonischen Reich und unserem nehmen stetig weiter zu. Je schneller wir eine Lösung finden, desto besser.«

»Spannungen? Davon wusste ich nichts«, sagte Tamira.

Er verlagerte das Gewicht auf den anderen Fuß. »Wir bekommen als Insignienträger mehr Informationen.«

»Ihr habt zu viele Vorteile«, murrte sie gereizt.

Die Seltaren mit Insignien genossen höheres Ansehen als reine Elementarherrscher. Mir war dennoch schleierhaft, wieso Lucien von den aktuellsten Entwicklungen wusste. Hier gab es nichts, was Nachrichten ausstrahlte. Und der allwissende Rat hätte Neuigkeiten gewiss nicht offen ausgeplaudert, wenn die Mitglieder ihre Identitäten schon unter Mänteln verbargen. Anscheinend hatte Lucien Kontakte.

»Was geschieht, wenn sie keinen Ausweg finden?«

Er schluckte. »Das weiß niemand. Klar ist nur, dass du die Prüfung bestehen musst, bevor wir dir weiterhelfen können.«

Wenn ich den Autounfall nicht gehabt hätte, wäre ich locker über die Kletterwand gekommen und Rabije hätte mich mehr respektiert. Ich seufzte. So wie es sich bei Lucien anhörte, stand Arendor bald vor einem größeren Problem als einem unfreiwilligen Gast. Die Prüfung war die einzige Möglichkeit, um schnell in meine heile Welt zu gelangen. Das gefiel mir nicht, aber das Bestehen sollte meine höchste Priorität sein. Es blieb mir keine andere Wahl.

»Wo befindet sich die Krankenstation?«, fragte ich mit müder Stimme.

»Ich bring dich hoch.« Lucien griff mir in die Kniekehlen und mit einem Mal waren wir in der Luft. Er hatte mich gepackt, ohne den Anflug einer Vorwarnung oder meine Erlaubnis.

»Lass mich los!«, forderte ich und zappelte mit den Beinen.

Er grinste breit. »Kann ich jetzt nicht mehr.«

Mein Blick richtete sich nach unten. Wir weilten meterhoch über dem Boden und falls er mich losließ, würde ich auf dem staubigen Grund des Trainingsplatzes aufschlagen. Hilfesuchend klammerte ich mich an seinen Hals. Sein Herz hämmerte spürbar. Mit dem Rhythmus konnte ich nicht mithalten und sein Duft ließ mich wehmütig an mein Zuhause denken. Frische Gräser, weite Felder und der stetige Westwind wehten durch meine Erinnerung. Dann zog ein leichter Druckabfall mich runter. Luciens Schuhe berührten das Geländer eines Balkons und er setzte mich ab. Ich zupfte meine Kleidung ordentlich.

»Zum zehnten Mal, du sollst nicht auf der Veranda landen!«, ermahnte ihn eine junge Frau. Sie trug am Ärmel eine rote Binde mit einem eingekreisten Kreuz. Vermutlich eine Krankenschwester.

»Das ist ein Notfall«, brummte er.

Sie richtete ihr seidiges Halstuch. »Bei dir ist es jedes Mal ein Notfall.«

»Diesmal bin ich kein Patient, sondern sie braucht deine Fürsorge.«

»Ah, das Menschenkind.« Sie musterte mich gründlich. »Wir haben uns schon gefragt, wann du hier auftauchst.«

»Jetzt?«, sagte ich plump, weil mich die herablassende Art der Seltaren zunehmend störte. Mochte ja sein, dass sie Magie besaßen, aber sie waren ansonsten genau wie Menschen, hatten Gefühle, Hoffnungen, Ängste und Ziele.

Die Schwester schmunzelte. »So eine Antwort habe ich erwartet.«

»Wir sehen uns beim Abendessen«, verabschiedete sich Lucien

und sprang von der kleinen Terrasse ab. Wieder rutschte mir das Herz bis in die Füße. Daran würde ich mich nie gewöhnen.

»Wir haben auch eine Tür!«, rief die Krankenschwester ihm hinterher, doch dass er ihre mahnende Stimme hörte, bezweifelte ich stark. »Folge mir bitte.« Der knielange blaue Rock schwang im Takt ihrer Schritte mit. Ihr Haar hatte sie mit bunten Blümchenklammern zurückgesteckt. »Setz dich hin. Ich werde die Heilungsinsignie aus der Kammer holen«, sagte sie und deutete auf ein einfaches Bett.

Mein Blick schweifte durch den Raum. Fünf Schlafplätze mit schmalen Regalbrettern standen an jeder Wand und zur Privatsphäre dienten blickdichte, gemusterte Vorhänge. Durch den dunklen Holzboden und die deckenhohen Fenster sah das Zimmer nicht nach einer Krankenstation aus, eher wie eine in die Jahre gekommene Jugendherberge ohne Stockbetten.

Das Schließen einer Tür war zu hören. »Die Muskeln in deinem linken Bein kann ich allerdings nicht heilen«, sagte die Schwester und lugte um die Ecke. »Dafür ist es zu spät.«

Das hatte ich bereits geahnt. Die Seltaren waren doch nicht zu allem fähig. Sie zückte eine silbrige Stele aus ihrer Brusttasche, wo der Name Mrs Whitfield eingestickt war. »Ich kann dir jedoch eine Kraftinsignie geben, welche die Belastung deutlich mindert.« Sie bedeutete mir mit einer auffordernden Geste, dass ich meine Hände umdrehen sollte.

Ich folgte dieser Anweisung. »Es gibt weitere Unterschiede bei den Insignien?«

»Natürlich.« Schwester Whitfield strich mit der stiftartigen Stele behutsam über die Schürfwunden. Sie leuchtete bläulich. Ein warmes Kribbeln breitete sich auf der verletzten Haut aus. Meine Wunden bildeten Schorf und verheilten, als ob die Zeit vorgespult wurde. Das war die Magie einer Insignie. Diese am eigenen Leib zu spüren, war unspektakulärer als erwartet.

Trotzdem war der Anblick, wie sich meine Haut in Zeitraffer regenerierte, unglaublich.

»Die Stele ist eine ungebundene Kraftinsignie. Sie kann fremde Wunden heilen und dem Betroffenen helfen. Eine gebundene Kraftinsignie dagegen gibt dem Körper mehr Energie, je nachdem, was man für eine Insignie besitzt.«

»So eine kann mir Erleichterung verschaffen?«

»Wenn du willst, können wir es versuchen, aber es gibt keine Garantie.« Mit ihren zarten Händen und der Stele heilte sie meine aufgeschlagenen Knie.

»Ich möchte keine Möglichkeit ungenutzt lassen.« Vielleicht konnte mich diese Insignie durch die Prüfung begleiten und ich stünde Tamira und Rabije nicht mehr in der Schusslinie. Ich würde ihnen sogar vorauseilen, wenn ich in meine alte Form käme.

Sie nickte und verschwand wieder im Vorraum, welcher vermutlich vor magischen Gegenständen nur so strotzte. In dieser Welt musste eine Krankenschwester nur eine Insignie benutzen und der Patient konnte nach der Behandlung sofort gehen. Es gab keine ewige Diagnostik und keinen Heilungsprozess, der sich in die Länge zog. Der Traum eines jeden Arztes. Meine Fingerspitzen berührten die Knie. Sie pulsierten unter ihnen und gaben Wärme ab.

Als Mrs Whitfield zurückkehrte, erkannte ich ein Band mit einer glänzenden Oberfläche in ihrer Hand. Feine Strukturen waren in den Stoff eingearbeitet.

»Ich lege es um deinen Knöchel. Es wird sich eng an deine Haut schmiegen und sich selbstständig befestigen.«

»Was passiert dann?«

»Wir werden sehen. Wir hatten keine Gelegenheit, Insignien an Menschen auszuprobieren«, sagte sie lächelnd, aber ich war ein wenig ernüchtert. »Du schreibst noch Geschichte bei uns.«

»Tue ich das nicht die ganze Zeit schon?« Ich atmete tief ein und gab mein Einverständnis. Nachdem ich den Socken abgestreift hatte, legte sie das Band oberhalb des Gelenkes an. Wie Mrs Whitfield sagte, befestigte es sich von selbst. Es blieb nicht am Knöchel, sondern schlängelte sich über meine Haut. Der Unterschenkel vibrierte förmlich und ich fühlte feine Tentakel in meine Muskeln und Sehnen kriechen. Sie fraßen sich wie kleine Maden durch. Übelkeit überkam mich.

Die Krankenschwester hielt das verheilte Knie beherzt fest. »Es ist gleich vorbei«, beruhigte sie mich.

Das Gefühl in meinem Bein war widerlich. Tausende kleine Kreaturen ätzten das Innere weg. Die Muskeln waren bis zum Äußersten angespannt. Ein Schrei flüchtete aus meinem Mund, den man bestimmt bis nach draußen hörte.

»Verbrenne ich von innen?«, fragte ich unter knirschenden Zähnen.

»Nein, die Insignie tut ihre Arbeit. Das ist ein gutes Zeichen.«

Meine Fingernägel krallten sich in die Decke. »Davor hätten Sie mich warnen können.«

Sie schaute hoch zu mir. »Hättest du gewusst, welche Schmerzen es verursacht, würdest du nicht hier sitzen.«

»Mag sein, aber ...« Die steigende Intensität unterbrach meinen Satz. »Heilige verdammte Sch ...«, schrie ich wieder auf.

Ihr Griff wurde fester. »Das Schlimmste hast du geschafft. Nur noch ein bisschen!«

»Das sagt sich so leicht!« Die Schmerzen klangen nicht ab, sie verwandelten sich in Nadeln, die selbst vor den Knochen nicht halt machten. Ich fühlte mich durchsiebt, verbrannt und aufgefressen. Wann hörte das endlich auf? Ich saß seit gefühlten Ewigkeiten auf diesem schmalen Bett und verkrampfte mich. Lange hielt ich das nicht mehr durch. Mir war schwindelig und ich fiel nach hinten. Die Matratze federte den Aufprall ab. Das Band stoppte seine Verwurzelungen und ich holte befreit Luft.

»Ist es endlich vorbei?«, fragte ich mit kratziger Stimme.

»Es sieht so aus«, bestätigte Mrs Whitfield zaghaft.

Ich rutschte in Richtung der Kissen und betrachtete das Kunstwerk der Insignie. Feine Linien schlängelten sich floralartig meine Wade hinauf. Sie glänzten silbrig und waren einem Tattoo sehr ähnlich. Das Brennen ebbte nur langsam ab. Mit meinen zittrigen Fingern zog ich die Linien nach. »Das Muster ist wunderschön.«

Mrs Whitfield legte ein Kissen unter meinen Fuß. »In der Tat. Es funktioniert besser, als ich geglaubt habe.«

»Ich hoffe, dass es sich gelohnt hat.«

Sie tippte mein Schienbein an.

Sofort verzog ich das Gesicht. »Au!«

»Es wird noch eine Weile empfindlich sein.«

Ich grinste schief. Wenn schon vorsichtige Berührungen solche Auswirkungen hatten, wie sollte ich damit in ein paar Tagen rennen? Hoffentlich ließ der Schmerz wirklich bald nach. »Wie benutze ich sie?«

»Sobald du die Wade belastest, wird sie von selbst aktiv.« Ihr Blick verschärfte sich. »Bedenke, dass jede Insignie andere Nachteile besitzt.«

Noch etwas, was mir vorenthalten worden war. Es gab natürlich einen Haken an der Sache. Nichts war umsonst. »Welche hat diese?«

»Das wirst du herausfinden müssen, weil du die Erste bist, die sie trägt. Jeder Insignienträger kämpft gegen die Nachteile.«

»Also besitzt jede Insignie eine bestimmte Auswirkung auf den Träger?«

Sie nickte und reichte mir den Arm, um mir beim Aufstehen zu helfen. Meine Zehen krallten sich im Schuh fest, doch als ich einen akzeptablen Stand hatte, spürte ich einen Unterschied. Das linke Bein war mehr am Boden verankert.

»Bei Kraftinsignien sind die Nebenwirkungen jedoch weniger gravierend als bei den Machtinsignien.«

Das milderte meine Sorgen nicht wirklich. Ich hoffte nur, dass die Auswirkungen nicht schlimm ausfallen würden. Welche Nachteile wohl Lucien und Nevan durch ihre Machtinsignien hatten? Ich wollte mir nicht ausmalen, wie stark sie waren und wie sehr die beiden darunter litten. Ich konnte mir allerdings auch nichts unter diesen Nachteilen vorstellen.

Die ersten Schritte waren wackelig und erinnerten mich an die Zeit nach der Operation, aber die magischen Wurzeln in meinem Unterschenkel stützten großzügig den Bereich, der vorher verkümmert gewesen war. Kein Vergleich zum Werk der Chirurgen.

Nach kürzester Zeit lief ich ohne Mrs Whitfield durch die kleine Krankenstation.

Sie reichte mir ein Glas Wasser. »Ich bin überrascht, wie gut sich die Insignie dir angepasst hat.«

»Sie fühlt sich noch fremd an, aber ich werde mit ihr auskommen. Die Prüfung werde ich jetzt besser meistern. Danke schön«, sagte ich mit einem Lächeln und trank einen großen Schluck.

Sie strich sich eine dunkelblonde Strähne hinter das Ohr. »Dank solchen Studenten wie Lucien, die ihre Insignien noch nicht unter Kontrolle haben, wird meine Arbeit hier mehr gebraucht. Es ist schön, wenn ich helfen kann.«

»Werden Sie woanders weniger gebraucht?«, hakte ich nach, weil es mir seltsam vorkam, dass sich eine Krankenschwester für zusätzliche Arbeit bedankte.

»Hier ist mehr los als in den Städten. Die meisten haben eine Heilinsignie zu Hause und benötigen daher bloß bei Knochenbrüchen oder schwerwiegenderen Krankheiten den Arzt. Wobei man bei einer Heilinsignie auch Fehler begehen kann. Bei zu wenig Konzentration heilt die Wunde nicht richtig aus. Konzentriert man sich zu stark auf das Endergebnis, dann reißt die Wunde nach einer Weile wieder auf und man fängt von Neuem an.«

Ich strich über meine Knie. Die betroffenen Stellen waren weich und vollständig verheilt. Ein seltsames Gefühl blieb dennoch zurück.

»Mir passiert das nicht«, beruhigte sie mich und lächelte. »Ich habe eine umfassende Ausbildung erhalten.«

Abendessen mit Forderungen

Die riesige Glocke auf dem Hauptturm ertönte durch die Akademie. Ich hatte den restlichen Nachmittag auf der Krankenstation verbracht. Mrs Whitfield wollte mich nicht entlassen, bis sie gänzlich zufrieden mit ihrem Kunstwerk war. Nicht mal die Hälfte der Studenten blieb nach dem Unterricht in Escarun, trotzdem war die Hauptverbindung der Schlafräume zum Saal mit hungrigen Gesichtern überfüllt.

Noch spürte ich das Echo der Insignie und stolperte so elegant wie ein Zebra die Treppe hinunter. Kurz vor der letzten Stufe krachte ich in einen fremden Rücken. »Eh, pass doch auf!«

»Entschuldige«, murmelte ich und eilte mit geducktem Kopf weiter. Seit die erste Woche vergangen war, erkannten mich die Studenten auf Anhieb und ließen mich weitestgehend in Ruhe. Manchmal wurde noch getuschelt, aber es war kein Vergleich zu den Sprüchen, die ich in meiner Schulzeit von Luise gehört hatte.

Seltaren belagerten die überdachte Brücke, die zum Gebäude führte. Ich nahm lieber den Weg über den Hofgarten, denn ich hatte mir nach der Prozedur zumindest frische Luft verdient. Das Abendessen der Studenten fand nicht in der Cafeteria statt, sondern in einem Saal, wo auch Aufführungen und offizielle Besprechungen abgehalten wurden. Die Sterne glitzerten hell und zogen mich in ihren Bann. Der Mond war derselbe wie in meiner Welt.

Die Sternenbilder, die mir mein Grandpa in seinen begeisterten Astronomiestunden eingebläut hatte, erkannte ich wieder. Der

Orion und die Zwillinge standen hoch am Firmament. Der bekannte Sirius flackerte. Alles beim Alten, wenn man die Tatsache übersah, dass ich mich in einer anderen Welt befand. Gab es noch andere Paralleluniversen oder bewegte ich mich bloß auf einer Parallelerde? Ein Mysterium jagte das nächste und ich fühlte mich klein und bedeutungslos.

Der Duft vom bevorstehenden Abendessen schwirrte um meine Nase. Mein Magen grummelte und zwang mich schließlich doch in den von Seltaren bevölkerten Saal. Vorhänge kleisterten die riesigen Fensterscheiben zu und kein Licht drang hinaus in die jungfräuliche Nacht. Zwei Kronleuchter hingen von der Decke und in der Mitte lag ein edler Teppich. Ich sah Tamira und Arlinn am dritten Tisch direkt neben der Bühne sitzen. Sie winkten mir zu.

»Wo warst du den ganzen Nachmittag?«, fragte mich Arlinn in strengem Ton.

»Auf der Krankenstation. Mrs Whitfield ließ mich nicht gehen, bevor sie ganz sicher mit der Insignie war.«

Sie schielte auf meine linke Wade.

»Hervorragend!« Tamira klatschte in die Hände. »Jetzt können wir gemeinsam die Prüfung ablegen!«

Ich lächelte sie zufrieden an und setzte mich neben sie. Auf dem Tisch flimmerten zwei Kerzen in kunstvollen Gläsern und warfen ein Muster auf die weiße Decke. Nevans Platz am Nachbartisch blieb auch an diesem Abend frei. Wo steckte er bloß wieder? Die Professoren mussten seine Abwesenheit doch bemerkt haben.

»Deine Schreie waren grauenvoll. Was haben sie mit dir angestellt?«, fragte Lucien besorgt und gesellte sich mit seinem Geschirr zu uns. Normalerweise saß er an Nevans Tisch.

»Sie haben mir eine Tüte alles verschlingender Würmer in meinen Unterschenkel gekippt.«

Tamira verzog das Gesicht. »Hoffentlich hast du es verkraftet.«

»Gerade noch so. Mrs Whitfield hat mich nicht mal gewarnt.

Alles hat furchtbar gebrannt und mein Bein wurde quasi von innen durchlöchert.«

»Ih, ich hasse diese Viecher auch!«, sagte Daisy, plötzlich aus Tamiras Haaren kletternd.

»Gerade du als ein geborenes Naturwesen magst deine Kollegen nicht?«

»Die sind zu schleimig und pinkeln dir dein schönes Kleid voll. Solche Flecken bekommt man nicht raus.«

»Ich habe noch keine Nahri ihre Wäsche waschen sehen«, antwortete Arlinn erheitert.

»Wir waschen sie auch nicht. Wir reiben sie mit Erde ein.«

Lucien spuckte beinahe sein Wasser wieder ins Glas. »Sauberer seid ihr dadurch nicht.«

Wir schauten uns abwechselnd an, bis wir in Gelächter ausbrachen und die Aufmerksamkeit des Nachbartisches bekamen. Sie straften unsere amüsante Runde mit Blicken und peinlich berührt verstummten wir.

»Ihr seid zu laut.« Nevan schlenderte mit einem Teller zu uns.

Ich zuckte zusammen. Seit unserer letzten Begegnung hatte sich die Spannung zwischen uns verdichtet. Ich fühlte mich zwar unbehaglich in seiner Nähe, aber er hatte den Ausraster verdient, egal was meine Vernunft jetzt behauptete. Ich krallte mich an der Tischkante fest und erwartete einen unpassenden Spruch von ihm. Er rückte einen freien Stuhl zur Seite und setzte sich neben Arlinn. Sie beobachtete mich und ich nahm aus dem Augenwinkel ihre hochgezogenen Brauen wahr.

Aus Luciens Kehle kam ein Knurren. »Lässt du dich auch wieder blicken?«

»Muss ich.« Er legte sein Besteck ordentlich hin. »Morgen ist unsere Prüfung.«

»Die bestehst du schon«, stöhnte Arlinn. »Warum machst du dir solche Gedanken um diese dumme Prüfung? Du kannst sie in drei Monaten wiederholen.«

»Weil meine Zeit begrenzt ist«, antwortete er und schaute an mir vorbei. Seine Mimik konnte ich nicht deuten, aber die Augenringe sprachen von schlaflosen Nächten.

»Mir geht es ähnlich«, sagte Tamira. »Ich möchte so schnell wie möglich alle bestehen, um als Kandidatin für den Rat in Betracht gezogen zu werden.«

Deswegen lernte sie bis in die Nacht hinein und schrieb jede noch so kleine Information auf. Sie wollte an der sagenumwobenen Auswahl teilnehmen. Der Rat nahm alle paar Jahre einen Studenten in seinen Reihen auf, damit ein anderes Mitglied austreten und sich anderen Dingen widmen konnte. Niemand wusste, wann, wo und wie diese Auslese stattfand. Es kursiert jedoch das hartnäckige Gerücht von einer baldigen Vorprüfung für eine solche Auswahl in Escarun.

Lucien beugte sich vor, um Tamira besser zu sehen. »Interessant. Ein Seltaris ohne Insignie will in den Rat aufgenommen werden.«

»Was dagegen?«, fragte sie kratzbürstig.

»Ich bewundere nur deine Entschlossenheit. Das hat sich bisher noch niemand getraut. Der Rat ist für seine strengen Anforderungen bekannt.«

»Ich denke, du wirst es schaffen. Die nötige Stärke, um dich durchzusetzen, hast du jedenfalls«, sagte Arlinn.

»Ja, genau! Tamira zieht immerhin mich groß«, rief Daisy und flatterte aufgeregt auf und ab.

Tamiras Augen füllten sich mit Stolz und zur selben Zeit breitete sich in mir eine Wärme aus. Eine, die leise durch den ganzen Körper Wellen schlug. Sie glaubten an sie. Sanft legte ich meine Hand auf ihren Unterarm. »In meiner Welt haben schon einzelne Personen die gesamte Ordnung auf den Kopf gestellt und sie zum Guten gewandt. Das wäre doch gelacht, wenn du nicht in den Rat kommen würdest.«

Jetzt erst fiel mir Nevans Desinteresse auf. Er beteiligte sich nicht am Gespräch, stattdessen schaute er ausdruckslos in den Saal hinein.

Arlinn stupste ihn mit dem Ellenbogen an. »Sag du auch mal etwas.«

Er ließ sich nicht beeindrucken. »Was wollt ihr von mir hören?«

»Zur Abwechslung etwas Gutes«, flüsterte sie unnachgiebig.

Er neigte den Kopf und fixierte mit seinem trägen Blick mich, statt Tamira. »Ich wüsste nicht, was.«

Meinte er jetzt unsere Situation oder wusste er wirklich nicht, was er zu Tamira sagen sollte? Es wäre ein Leichtes gewesen, ihr Glück zu wünschen, aber er blieb stur. So wie bei mir. Wir hatten noch ein Hühnchen zu rupfen, mehr denn je forderte ich eine Erklärung.

»Kümmere dich nicht um mich«, sagte Tamira geduldig. »Du hast sicher deine eigenen Träume, die du mit aller Kraft erreichen willst.«

Er presste die Lippen zusammen, aber neben dieser bedürftigen Reaktion fiel kein weiteres Wort.

»Ich bitte um Aufmerksamkeit!«, riss uns Professorin Sharpwood aus unserer Unterhaltung heraus. Wir schauten alle möglichst interessiert in ihre Richtung. »Wir wollen Ihnen heute ganz besondere Gäste vorstellen.« Sie hob das Glas. »Das ist Mr Suthove, der Offizier der vierten Garnison, und sein Unteroffizier und Spezialist für Ausbildung, Mr Marquard.«

Die Studenten im Saal wurden unruhig. Ein Herr mit einem hellen Dreitagebart, vermutlich um die vierzig, begrüßte uns. »Vielen Dank für Ihre Einladung. Wie jedes Jahr suchen wir neue Kandidaten für den Schutz von Arendor. Wir werden Sie bei den Prüfungen genau beobachten und beurteilen, ob Sie infrage kämen.« Er bedeutete dem jüngeren Mann neben ihm, dass er aufstehen sollte. »Mr Marquard wird Ihnen dabei zur Seite stehen. Er wird Ihre Fragen beantworten und die Ausbildung im Camp leiten, sobald Sie sich entschließen, ein Teil unserer Garnison zu werden.«

»Es wird mir eine Freude sein«, sagte Mr Marquard und verbeugte sich. Das rotbraune Haar hatte er zu einem lockeren Zopf gebunden. An seiner Augenbraue saß eine tiefe Narbe, die ich erst bemerkte, als er wieder aufrecht stand.

»Lassen Sie uns nun mit dem Essen beginnen. Wir werden unsere Kräfte für den morgigen Tag brauchen«, sagte Professorin Sharpwood und nippte an ihrem Glas.

Die Küchengehilfen servierten das Essen. Mit dem Luftelement und fließenden Handbewegungen ließen sie die Gerichte hinein schweben und stellten drei weiße Keramiktöpfe auf jeden Tisch. Dampf kräuselte sich unter den Abdeckungen hervor. Als die Bediensteten aus der Ferne elegant die Deckel anhoben, stieg heißer Nebel empor und beschlug die umliegenden Gläser. Vor mir waren lange Bohnen, gebratene Kartoffeln und Fleisch in einer dunklen Soße angerichtet. Nach der üblichen Showeinlage der Luftherrscher regierte eine ungemütliche Stille an unserem Platz. Angesichts Nevans einsilbiger Antwort war es nicht verwunderlich. Er tanzte aus der Reihe wie ein schwarzes Schaf. Nicht nur optisch. Um uns wurden die Gespräche lauter und wir versanken in unseren gefüllten Tellern.

»Das ist ja gar nicht auszuhalten.« Daisy schoss hervor. Sie knabberte an einer Bohne. »Muss ich wieder Clown spielen?«

Tamira knirschte mit ihrem Messer. »Erinnere mich bloß nicht daran. Du hast mein Kissen mit Farbe beschmiert und sahst wie ein Regenbogen aus.«

»Ich wollte nur schöne Abdrücke machen«, resignierte sie.

Tamira streichelte mit den Fingerspitzen über ihren winzigen Kopf. »Das nächste Mal nimmst du wieder Papier.«

Daisy nickte und kaute zufrieden weiter. Wir mussten ihr wie bockige Kinder vorkommen, die sich nach einer Kleinigkeit nichts zu sagen hatten. Ich hätte mehr von meiner Insignie berichten können, aber beim Essen über Maden zu erzählen, die sich in die Haut bohrten? Das schmackhafte Gericht würde wieder auf den Tellern landen.

Ich stocherte mit meiner Gabel in einer Kartoffel herum, bis Mr Marquard an unseren Tisch kam.

»Hey Zarek!«, begrüßte Lucien ihn. »Du bist aufgestiegen, wie ich sehe.«

»Ich habe gehofft, dass es wesentlich länger dauert. Der Sohn eines erfolgreichen Kriegsherren zu sein, hat zu viele Vorzüge.« Er zog sich einen Stuhl vom Nachbartisch zu unserem. »Und wie steht es bei dir? Wie läuft dein Training?«

»Ich bin ganz zufrieden und werde morgen auch mein Glück versuchen.«

»Dann sehe ich deine Fortschritte.« Seine gräulichen Augen huschten zu Arlinn. »Du bist damals ohne Verabschiedung gegangen. Ist etwas vorgefallen, dass du dich vorzeitig hier eingeschrieben hast?«

»Das würdest du nicht verstehen. Ich musste raus aus der Stadt und weg von allem«, antwortete sie bissig. »Und was tust du hier wirklich? Es ist seltsam, dass du ausgerechnet dort bist, wo wir sind. Reichte dir die Elementarhochschule meines Onkels nicht?«

»Ich leiste nur meine Arbeit als neuer Unteroffizier. Die alte Position war für meinen Geschmack überholt. Diese erfordert in der Ausbildung der Rekruten mehr Hingabe, die ich gerne für sie aufbringe. Es wurde einfach wieder Zeit dafür.«

»Dann beglückwünsche ich dich, aber spar dir den Rest. Mehr wirst du von mir nicht hören«, sagte sie mit einem abschätzigen Unterton.

Verwegen grinste er, dann wandte er sich mir zu. »Wer ist eure neue Freundin?«

»Mein Name ist Shary«, antwortete ich, bevor mir jemand zuvorkam.

»Wie ungewöhnlich. Dann bist du also der Mensch, der in den Reihen der Seltaren speist und den Rat auf den Kopf stellt.«

Ich rollte mit den Augen. »Wieso könnt ihr das alle sofort erkennen? An meiner Kleidung liegt es nicht.«

Er lachte auf. »Schätzchen, dich umgibt eine vollkommen andere Energie. Schließlich bist du keine Magiebegabte.« Hatte er mich gerade Schätzchen genannt? Noch so ein Kerl, der sich für den Größten hielt.

Nevan schnaubte rüde. »Pass auf, dass sie dich nicht vom Stuhl schubst.«

»Eine Frau, die mir Grenzen aufzeigt, gefällt mir.« Zarek grinste und ich durchstach unabsichtlich meine letzte Kartoffel. Wer war der Anmaßendere von beiden? Die Entscheidung, wer meinen Teller als erstes ins Gesicht geklatscht bekam, war schwierig. Unteroffizier hin oder her. Er war arrogant und das reichte mir.

Arlinn donnerte ihre Gabel hin, als ob sie gleich selbst aufspringen wollte.

Ein Fußtritt unter dem Tisch war hörbar. »Sie ist keine dieser Frauen«, sagte Lucien betont.

»Das wird sich noch herausstellen.« Mr Marquard lächelte mich an. »Wir sehen uns bei der Prüfung. Ich erwarte gute Ergebnisse.« Er erhob sich und wanderte gemütlich den langen azurblauen Teppich hinunter.

Mein Besteck rutschte mir aus der Hand. Selbst vor überheblichen Typen machte diese Welt nicht halt. Seine breiten Schultern strotzten vor Männlichkeit und mit Sicherheit fanden viele Frauen ihn sehr anziehend.

Lucien pikste ins Fleisch. »Ich entschuldige mich für sein Verhalten. Er ist zu jedem weiblichen Wesen etwas ...«, er machte eine Pause, »direkt.«

»Kaum zu glauben, dass er ein Unteroffizier ist.«

»Seine Familie ist seit Hunderten von Jahren in der Garnison vertreten. Es ist sein Erbe«, verkündete Arlinn und nippte an ihrem Orangensaft.

»Deine Familie und seine waren doch vor langer Zeit verfeindet, oder irre ich mich?«, fragte Lucien.

»Sie waren es. Ich habe damit nichts mehr zu tun.« Sie schob ihr Haar verbittert zur Seite. Luciens Worte trafen offenbar einen wunden Punkt.

Er schreckte hoch. »Ich vergaß.«

»Sei still und iss auf!«, zischte sie mit bebenden Lippen.

»Jawohl, Kommandantin!«, antwortete er mit seiner kindlichen Art und fuhr dabei durch sein welliges Haupthaar. Er hatte sich nicht gestylt.

Jeder konnte diesen Abend in die Tonne verfrachten. So eine miese Stimmung hatte ich noch nie erlebt. Lucien war ins Fettnäpfchen getreten, Arlinn wiederum aus irgendeinem Grund eingeschnappt. Nevan hielt sich fein überall raus. Tamira ließ nichts anmerken, aber das verkrampfte Trippeln mit dem Fuß unter, dem Tisch sagte mir alles. Selbst Daisy erhob ihre piepsige Stimme nicht. Ich ertrank in ihrer Verstimmung und aß stumm meinen Teller leer. Wenn nicht bald ein Wunder geschah, brach zwischen uns ein Streit aus, dessen Ursache nicht nachverfolgbar war. Manches schien weit in der Vergangenheit zu liegen.

Nach dem Essen stand jeder für sich auf und stellte sein Geschirr auf dem Wagen neben der niedrigen Bühne ab. Erst verschwand Nevan, dicht gefolgt von Arlinn, Lucien und Tamira, bis ich allein am Tisch saß und mein Glas betrachtete.

»Alles in Ordnung bei Ihnen?« Professorin Sharpwood gesellte sich zu mir.

»Es geht zurzeit nur drunter und drüber«, antwortete ich leise.

»Das liegt an der Prüfungszeit. Die Studenten sind angespannt und möchten ihr Bestes geben.«

Das bezweifelte ich stark. Unsere Auseinandersetzung hatte weder mit Stress zu tun noch mit den den Prüfungen. Mit verletzten Gefühlen schon eher.

»Gibt es Neuigkeiten bezüglich meiner Heimreise?«, lenkte ich ab.

»Es gestaltet sich schwierig, weil wir nicht genau wissen, auf welche Weise Sie durch die Insignie kamen.« Sie zupfte am Ärmel eine Fluse ab. »Der Rat hofft, sich ein besseres Bild der Lage machen zu können, wenn Sie die Elementarprüfung ablegen.«

Ich konnte ihr erzählen, dass Nevan mich länger im Visier gehabt hatte und unbedingt mehr von meiner Welt wissen wollte. Seine Beweggründe wollte ich jedoch erfahren, bevor ich ihn dem Rat auslieferte. Unter Umständen hatte er plausible Gründe. Irgendetwas musste dahinterstecken. »Was, wenn der Rat keine Lösung findet?«

Sie atmete langsam aus. »Wo es eine bestimmte Form der Magie gibt, gibt es immer auch eine, welche sie aufhebt. Es muss demgemäß eine Insignie geben, die Ihre Rückkehr ermöglicht.«

»Sind Sie sich sicher?«

»Sie schaffen das schon.« Sie tätschelte meine Schulter. »Ihre Kraftinsignie scheint jedenfalls gut zu funktionieren.«

Erinnerungen wurden wach. »Sie wissen gar nicht, wie schmerzvoll das Verfahren war.«

»Der Lautstärke Ihrer Schreie nach zu urteilen …? Es klang fürchterlich.«

Meine Wangen röteten sich. »War ich so laut?«

Sie nickte. »Jetzt gehen Sie am besten auf Ihr Zimmer und ruhen sich aus. Die nächsten Tage werden anstrengend«, sagte sie und ließ mich wieder alleine. Sie schien kein herzloser Seltaris zu sein, wie ich anfangs gedacht hatte. Nicht jeder Professor interessierte sich für Belange seiner Studenten und sorgte sich um sie. Das galt in meiner Welt ebenso wie hier.

Daraufhin trank ich den letzten Rest meines Wassers und spazierte aus dem Saal. Der Mond stand direkt über mir und die Sichel bewegte sich auf ihre Vollendung zu. Eine kühle Brise tanzte in den jugendlichen Baumkronen. In einem Gebüsch hörte ich eine Grille zirpen und in einem Korridor Gelächter. Die angespannte

Atmosphäre im Saal war hier draußen nicht existent. Mir gingen Professorin Sharpwoods Worte nicht aus dem Kopf. Es gab eine gegenteilige Magie, die mich zurück nach Hause bringen konnte. Womöglich eine andere Insignie, doch ich bekam nur häppchenweise Informationen über diese mysteriösen Gegenstände. Mit Elementarmagie kannte ich mich inzwischen besser aus, weil ich Tamiras Kurse besuchte und mit Arlinn am Nachmittag lernte.

Tief atmete ich die Nachtluft ein. Die Seltaren ohne Machtinsignien durften ohnehin nicht alles erfahren. Das gesamte Wissen stand bloß für Insignienträger zur Verfügung. Dabei waren es nicht sie, die Alltagsinsignien herstellten, Städte bauten, für Handel sorgten und das gesamte Magiesystem aufrecht erhielten, sondern die reinen Elementarherrscher. Diese Gegenstände mussten unvorstellbar mächtig und gefährlich sein, wenn ihre Träger trotzdem so viele Privilegien genossen. Mehr als ich ahnte.

»Du hast mich nicht verraten«, erklang eine vertraute Stimme.

Ich erschauderte bei Nevans Anblick. Mit seinen schwarzen Haaren ging er mit dem Schatten eine Symbiose ein. An der Außenmauer lehnend, durchbohrte er mich mit seinem Blick. Wie lange stand er schon dort und beobachtete, wie ich gedankenverloren durch den Hof schlenderte?

»Noch nicht«, antwortete ich peinlich berührt.

»Das ist mir zu unsicher.« Er trat von der Wand weg. »Ich möchte, dass du es auch weiterhin niemandem erzählst.«

»Du meinst bis morgen. Nach der Prüfung sollte es dir doch egal sein.«

Sein Gesicht zeigte keine Regung. »Nein. Es ist mir nicht egal. Du sollst nur dein Mundwerk halten.«

Er gab mir wieder Befehle, nur leider hatte ich schon Arlinn und Tamira davon berichtet. Ob Lucien es wusste, konnte ich nicht beurteilen. Aber der Buschfunk in Escarun funktionierte anscheinend prächtig. Daher hätte es mich nicht gewundert, wenn sie es ihm erzählt hatten.

»So läuft das aber nicht. Wenn ich deine vorherigen Ausflüge nicht verraten soll, musst du mir Antworten liefern.«

»Was für welche?«, fragte er entnervt und setzte sich in Bewegung.

»Zum Beispiel, wo du die letzten Tage gewesen bist.«

»Verzeih mir, aber dieses Wissen steht dir nicht zu.«

Für wie blöd hielt er mich eigentlich? Am besten wäre es, wenn ich vor seiner geliebten Prüfung jedem verriet, was für ein verlogener Kerl er in Wahrheit war. Aber was für ein Licht warf das auf mich? So ganz unschuldig war ich nicht. Hätte ich Professorin Sharpwood sofort gesagt, was ich wusste, würden wir jetzt keine sinnlose Diskussion führen. Stattdessen schützte ich ihn aus unerfindlichen Gründen immer noch. Das alles war so absurd!

»Es reicht mir mit deinen Geheimnissen«, platzte es aus mir heraus. Er stand jetzt direkt vor mir. Ich spürte seine Körperwärme, wich einen Schritt zurück und legte die Hand verschüchtert auf meinen Oberarm.

»Du solltest Lucien lieber nicht vertrauen und dich nicht in Angelegenheiten einmischen, die deinen Horizont übersteigen. Er ist außerhalb der Akademie eine andere Person.«

»Wer bist du außerhalb dieser Mauern? Ein netter Kerl? Wohl kaum.«

Sein Kiefer spannte sich an. »Ihr Menschen seid so ...«

Ich presste die Lippen fest aufeinander. Es reichte mir. Mir etwas vernünftig zu erklären, war ihm unmöglich. Härtere Maßnahmen mussten her, egal ob ich selbst tiefer in seine Geheimnisse hineingezogen wurde oder nicht. »Wenn ich keine Antworten bekomme, muss ich dein falsches Spiel beenden, auch wenn ich nicht weiß, welches du spielst.«

»Du willst wissen, wo ich die Tage war? Immer in deiner Nähe!«, fauchte er und streifte absichtlich meine Schulter.

Ein Schauer überkam meinen Arm, meinen Oberkörper und wanderte herunter zu meinen Füßen. Mein Atem stockte. Hinter mir schlug Nevan die Tür der Eingangshalle zu. Erleichtert und gleichzeitig unter Strom befühlte ich die Stelle, an der er mich berührt hatte, mit den Fingerspitzen. Seine kurze Berührung hatte das Aufflimmern eines Gefühls verursacht, welches ich bisher niemals kennengelernt hatte. Es hinterließ eine undurchdringbare Leere. Wie konnte er angeblich immer in meiner Nähe sein, obwohl ich ihn nie sah? Und was sollte der Vorwurf, dass Lucien eigentlich eine andere Person war? Ich schüttelte den Kopf. Vermutlich wollte er nur von seinen eigenen krummen Dingen ablenken. Lucien war nämlich der Letzte, dem ich so etwas zutraute.

Die Prüfung der Macht

Stimmengewirr drang durch die Tür. Studenten verließen ihre Zimmer und eilten zum Treppenhaus. Das war der erste Vormittag, an dem der Flur mal nicht ruhig war, sondern die warme Luft vor Aufregung pulsierte. Es war der gefürchtete Prüfungstag.

»Ich bin gespannt, wie sich unsere Jungs schlagen werden«, sagte Tamira und kämmte ihre sturen Haare.

Mutig von ihr, Lucien und Nevan so zu betiteln. Zumal Nevan mehr fort als anwesend war. Ich knöpfte mir meine Bluse zu. »Sie werden es schon hinbekommen.«

»Ich hoffe es. Vor drei Monaten war der Trainingsplatz eine einzige Schlammlawine, weil jemand seine neue Kraft unterschätzt hat.«

»Dieser knochentrockene Untergrund?« Ich konnte mir nicht vorstellen, dass dieser Boden mal feuchter als eine Staubwüste gewesen sein sollte.

Sie kicherte. »Sie haben garantiert bessere Vorkehrungen getroffen. Noch so ein Desaster käme nicht gut.«

Die Professoren erlaubten uns, bei der Prüfung anwesend zu sein, weil wir mehr über die Machtinsignien erfahren oder mehr Furcht entwickeln sollten. Hoffentlich mit großem Abstand. Unter einer Erdlawine lebendig begraben zu werden, stellte ich mir entsetzlich stickig vor.

Eine melodische Klingel ertönte. Das kleine Kästchen über der Tür begann zu leuchten. »Liebe Teilnehmer der heutigen Insignienprüfung, bitte begeben Sie sich unverzüglich zum Trainingsplatz.

Die Vorbereitungen sind abgeschlossen. Zuschauende Studenten dürfen auf den aufgebauten Tribünen Platz nehmen. Danke für Ihre Aufmerksamkeit. Ich wünsche Ihnen einen erfolgreichen Tag.« Ich starrte auf den verzierten Kasten, welcher noch nachglühte.

»Das kleine Ding kann Durchsagen machen?«

»Natürlich. Jeder Raum hat eine Übertragungsinsignie«, antwortete Tamira geduldig. Alltagsinsignien konnten anscheinend auch sehr schlichte Gegenstände sein. Wie oft war ich wohl an einer vorbeigelaufen?

Tamira öffnete die Tür. »Dann wollen wir uns mal die besten Plätze sichern.«

Die Seltaren auf dem Korridor waren alle verschwunden und die Stille, die jetzt herrschte, war beinahe beängstigend. Um eine gute Sicht zu ergattern, hätten wir früher aufstehen müssen, aber Tamira lernte jedes Mal bis tief in die Nacht und war wie Daisy unmöglich aus dem Tiefschlaf zu holen. Dornröschen wäre Stolz auf die beiden gewesen.

»Sind nicht alle besetzt?«

Sie grinste verwegen und nahm meine Hand. »Warte ab. Ich kenne einen besseren Ort.«

Wir gingen ins zweite Obergeschoss und in Richtung der Krankenstation. Auf dem Weg spürte ich mein Arrangement mit der Insignie. Sie schmiegte sich mit einer Leichtigkeit um den Muskel und federte ihn ab. Ich selbst kam mir dabei nicht anders vor, nicht urplötzlich geheilt oder als könnte ich Bäume ausreißen. Alles war so geblieben, wie es zuvor gewesen war. Ein wenig ernüchternd, wie ich fand.

Tamira stutzte verblüfft. »Du läufst anders als gestern.«

»Ich schätze, das liegt an der Gewöhnung. Es fühlt sich nicht mehr fremd an.«

»Hast du schon herausgefunden, welchen Nachteil sie hat?«

Ich schüttelte mit dem Kopf. »Nein. Allerdings weiß ich auch nicht, wie man so was bemerkt.«

»Das wirst du noch«, sagte sie leise und erhöhte den Druck ihrer Hand. Ihrem Tonfall nach erwartete mich eine Erfahrung, die ich nicht erleben wollte.

Ich schluckte und traute mich nicht, danach zu fragen. Ich würde es früh genug erfahren.

»Einen guten Morgen, Mrs Whitfield«, begrüßte Tamira die Krankenschwester.

Im Laufschritt eilte sie uns voraus. »Ihr wollt sicher vom Balkon zuschauen, oder?«, fragte sie.

Vor der Station warteten ungeduldig andere Studenten, die anscheinend die gleiche Idee hatten.

»Wenn noch Stehfläche vorhanden ist«, sagte Tamira mit dünner Stimme.

»Der Balkon ist groß genug für euch alle. Aber hoffentlich seid ihr mir nicht im Weg.«

»Wir werden Sie nicht stören, versprochen.«

Mrs Whitfields Augenbraue zuckte nach oben. »Wie alle drei Monate.« Sie schloss die Tür mit einem kräftigen Rütteln auf.

Die Seltaren stürmten nach vorne, rissen die Verandatür auf und versammelten sich an der Balustrade. Wir folgten. Von hier oben hatte man einen wunderbaren Blick auf das ganze Feld. Wie ich befürchtet hatte, war die Tribüne bis auf den letzten Platz belegt. Ich entdeckte Rabije, die sich lautstark darüber beschwerte, dass ihr jemand in den Rücken trat. Als ich mich zur Seite umdrehte, sah ich Arlinn, die sich ohne eine Begrüßung zu uns gesellte. Diesmal hatte sie ihre Haare zu einem Pferdeschwanz gebunden. Ich erkannte sie kaum wieder, aber die Frisur stand ihr ausgesprochen gut.

»Gleich geht es los«, murmelte Tamira in mein Ohr.

Unten, an einem provisorischen Tisch, saßen Mr Suthove und Zarek neben den Professoren. Zwei Ratsmitglieder waren anwesend, schlossen sich der Unterhaltung aber nicht an. Die erbarmungslose Sonne ließ keinen Tau an den Blättern hängen und unter ihren Kapuzen musste es mindestens doppelt so heiß sein wie unter meiner Uniform. Ob sie die Mäntel jemals auszogen? Angeblich dienten sie zum Schutz ihrer Angehörigen, weil sie so anonym blieben und der Ruf der gesamten Familie durch ihre Arbeit keinen Schaden nehmen konnte. Manche gingen sogar so weit, dass sie ihren Tod vortäuschten, damit sie in Ruhe das Amt antreten konnten. Sie trugen außerdem keine eigenen Namen, sondern die der entsprechenden Edelsteine auf der Brust. So konnte man sie besser auseinanderhalten, sofern sie vor einem standen.

Mein Kopf ruckte hoch, als jemand einen Gong anschlug. In einer Reihe betraten jetzt die Studenten den Trainingsbereich. Wenn ich richtig zählte, waren es vierundzwanzig. Jeder trug ein auffälliges Schmuckstück oder eine Waffe in der Hand. Auf der Stelle entdeckte ich Nevan und, zwei bewaffnete Seltaren weiter, Lucien, der zu uns hochschaute.

»Da jetzt alle versammelt sind, erkläre ich Ihnen den Ablauf der Prüfung«, verkündete ein Ratsmitglied und erhob sich. Der Stimme nach war es Beryll, die Frau mit dem weißen Kristall. Sie wies hinter sich. »Die Sanitäter stehen am Rand für Sie bereit und bei schwerwiegenderen Verletzungen ist Mrs Whitfield zur Stelle.«

Ich blickte über die Schulter. Die Krankenschwester bereitete hinter uns gewissenhaft verschiedene Gegenstände vor. Die Stele lag neben einem gefalteten Tuch und einer Glaskaraffe mit einer zähflüssigen dunklen Brühe. Andere kleine Behälter waren mit blauen Flüssigkeiten befüllt. Ich konnte keine Spritzen und auch keine gefährlich wirkenden Geräte ausmachen. Wenn ich es nicht besser gewusst hätte, hätte ich das ganze Zeug für Requisiten eines schlechtbezahlten Theaterstücks gehalten.

»Es wird vier Durchgänge mit jeweils sechs Personen geben«, erklärte das Ratsmitglied weiter. »Bitte stellen Sie sich, wenn Sie aufgerufen werden, auf die Markierungen. Professorin Sharpwood leitet diesmal die Prüfung. Vertrauen Sie auf ihre Fähigkeiten und ihre Erfahrung. Selbstverständlich achten wir auf Ihr Wohlergehen und werden sofort einschreiten, falls etwas Unvorhergesehenes passiert.« Sie sog die Luft scharf ein. »Lasst uns die Prüfung der Macht beginnen!« Sie hob die Hand und ließ zwei Finger vorschnellen. Der Gong ertönte erneut.

Professorin Sharpwood betrat den Platz. Die kurzweiligen Gespräche verklangen. Sie hielt einen Stab mit goldenen Riemen und roten Steinen in der Hand. Vom Balkon sah er schmächtig und zerbrechlich aus, aber gleichzeitig umgab ihn eine Aura, die vor Stärke strotzte. Der Untergrund knisterte unter ihren Pumps, als ob sie auf Glasscherben laufen würde. Mir huschte ein Schmunzeln über die Lippen. Das harte Auftreten war ihr Markenzeichen. Einige der Studenten äfften das Geräusch nach und verstummten wieder, als ein anderer Professor sie ermahnte.

»Ihre Schuhe sind immer wieder der Kracher«, meinte Tamira und erntete zustimmendes Gelächter in unserer Reihe. Nacheinander wurden Namen aufgerufen und ich hoffte, dass unsere Jungs nicht unter ihnen waren. Als erste Gruppe anzufangen, war immer unangenehm. Man wurde ins kalte Wasser geworfen und konnte nicht von den vorherigen Gruppen profitieren. Zumindest war es mir in Sportprüfungen so ergangen. Doch dies war eine magische Welt und keine fröhliche Veranstaltung mit bunten Preisen.

Lucien und Nevan wurden nicht aufgezählt. Erleichtert atmete ich auf. Die Prüflinge platzierten sich wie angeordnet auf die Markierungen. Sie zogen ihre Klingen aus den Scheiden, hoben ihre Stäbe und berührten sacht ihre Halsketten oder Armreife. Für eine gefestigte Haltung stellten sie sich schulterbreit hin. Anscheinend wussten sie, was gleich passierte. Die Nervosität kochte in der Atmosphäre. Professorin Sharpwood blieb exakt in der Mitte der sechs Seltaren stehen. Sie stampfte mit ihrem Stab auf den Boden. Eine kleine Staubwolke zog mit dem Wind davon.

»Sind Sie bereit?«, fragte sie und jeder Student nickte. Keiner brachte einen Ton heraus.

»Apophis, zeige dich!«, erklang ihre Stimme kraftvoll und hallte von den Wänden wider. Am unteren Ende des Stabs tauchten plötzlich dunkle Schemen auf. Zischende Schlangen, ohne materielle Form, umhüllten die Professorin. Sie stampfte noch einmal auf. Jetzt schlängelten sie sich auf die Studenten zu. Jeder der sechs Seltaren wurde von jeweils einem Schemen attackiert. Sie schlichen um die Füße und mit jeder Wendung stiegen sie empor. Keiner der Studenten wehrte sich, keiner schrie auf oder schlug den Gegner mit der Waffe in die Flucht – niemand.

»Wieso bewegt sich keiner?«, fragte ich besorgt. Meine Knie fingen unweigerlich zu zittern an.

»Pst, ich will das sehen«, zischte Arlinn und hielt den Blick eisern auf den Platz gerichtet.

Auf eine Antwort von Tamira konnte ich auch nicht hoffen. Sie krallte die Fingernägel ins Geländer und schien selbst an der Prüfung teilzunehmen. Eine Zuckung ihrer Hand und meine Aufmerksamkeit glitt wieder nach unten. Die Schemen krochen in die Atemwege der Studenten. Zwei von ihnen röchelten, jemand versuchte zu husten, ein anderer tippelte einen Schritt nach vorn, der fünfte riss den Kopf nach oben und der letzte ging auf die Knie, als der Schatten vollständig in ihm abtauchte. Seine silbrige Klingespitze hing am Boden. Sich auf sie stützend, gelang es ihm, wieder auf die Beine zu kommen. Ein anderer Seltaris schwankte, aber auch er fing sich und festigte seine Position erneut. Diese Schemen machten irgendetwas mit ihnen. Der fünfte Student keuchte. Der dunkle Schatten entwich aus seinen Augenhöhlen und riss die Lebensgeister des Jungen mit. Er fiel und etwas unter seiner Haut bröckelte dunkel hervor.

Professorin Sharpwood zog ihren Handlanger zu sich zurück. »Bringt ihn aus dem Kreis! Sofort!«, brüllte sie.

Das Publikum hielt den Atem an. Zwei Sanitäter mit roten Armbinden eilten dem Jungen zur Hilfe und zogen ihn an den Schultern vom Schauplatz weg. Der Dritte kippte wie ein Holzbrett um. Seine Augen waren weit aufgerissen und starrten leer in den Himmel. Angst kroch mir in die Kehle.

Auch er wurde aus dem Kreis gebracht. Schließlich schrie ein Mädchen entsetzlich auf. Sie zitterte am ganzen Körper und kratzte sich mit ihren langen Fingernägeln die Wangen auf. Blut quoll hervor und tropfte herunter, dennoch wirkte sie wie in eine Trance versunken. Mir wurde bewusst, dass es bei dieser Prüfung keine Vorteile gab, wenn man als Letzter aufgerufen wurde. Jetzt zierten tiefe Kratzer die Arme der Studentin. Sie schrie wieder auf und ein Sanitäter packte sie von hinten. Er schleifte sie trotz heftiger Gegenwehr aus dem Kreis und brachte sie ins Gebäude. Man hörte noch Gewimmer, dann kehrte Ruhe ein.

Die drei übrigen Teilnehmer standen wie festgefroren auf ihren Markierungen. Mit geschlossenen Augen hielten sie verzweifelt ihre Insignien fest.

Das Publikum war aufgewühlt. Leise Gespräche drangen an mein Ohr. »Sie werden es schaffen.«

»Abwarten. Es ist noch nicht vorbei«, mahnte jemand auf dem Balkon und behielt recht.

Ein weiteres Mädchen verlor die Fassung, riss sich den Kragen auf und schnappte nach Luft. »Verflixt, ich war so nah dran!«, fluchte die Studentin unter schweren Atemzügen.

Professorin Sharpwood bat sie aus dem Kreis. Einen Augenblick später öffnete der vorletzte Seltaris in der Gruppe die Augen. Er betrachtete sein Rapier und grinste. Die Waffe schimmerte bläulich und merkwürdige Symbole blitzten auf der Klinge.

»Der Erste in dieser Runde«, sagte Arlinn neben mir. »Er hat den Bann gebrochen, obwohl er am Anfang geschwächt hat.«

Gleich darauf erwachte der andere aus seiner Starre. Siegesgewiss hob er die Faust nach oben und sein Handreif begann in einem hellen Gelb zu funkeln.

Professorin Sharpwood nickte den beiden zu. Ein tosender Applaus überkam die Tribüne. Die Professoren klatschten mit und wir taten es ihnen gleich. Meine Anspannung fiel mir von den Schultern ab. Endlich war die Runde vorbei. Wieso hatten die Professoren uns das Zuschauen erlaubt? Selbst das bloße Ansehen von hier oben war nervenaufreibend und grausam. Ich würde garantiert tagelang keinen Appetit mehr haben und das war erst der Anfang der Prüfung. Ich hatte Furcht davor, was noch geschehen konnte.

Die beiden Gewinner gaben sich einen Handschlag und bejubelten sich.

»Damit ist die erste Gruppe durch«, verkündete Beryll. »Kommen wir zur zweiten, sofern niemand am Tisch etwas dagegen einzuwenden hat.« Sie blickte um sich und keiner widersprach ihr.

»Was tun diese Schemen, wenn sie in den Körpern sind?«, fragte ich, bevor die nächsten Namen aufgerufen wurden und mir niemand antworten konnte, weil alle in die Prüfung vertieft waren.

»Sie finden die tiefsten Ängste der Teilnehmer heraus und verursachen Halluzinationen. Die muss man allein besiegen, um die zweite Macht zu erwecken«, erklärte Arlinn.

»So viel Aufwand, nur für eine Erweiterung der Kräfte. Ich würde meinem schlimmsten Feind nicht dafür begegnen wollen«, sagte ich mit angsterfüllter Stimme.

»Du brauchst es auch nicht. Nicht jeder ist so mutig, wie du gerade miterlebt hast.«

Tamira hakte sich unter meinen Arm. »Ich bin mir nicht sicher, ob ich es könnte. Man muss sich aber vor Augen führen, dass du eine zweite Magieform erlernen kannst, wenn dein innerer Feind fällt.«

Für meinen Geschmack reichte das nicht. Ich konnte mir nicht einmal vorstellen, was meine tiefste Angst war. Vielleicht einsam zu sterben, aber ob diese Angst groß genug für eine zweite Kraft war? Wohl kaum. Schließlich war ich ein Mensch und wir wurden seit Anbeginn unserer Zeit von Furcht gelenkt. Der sichere Alltag blendete sie bloß aus und so schlummerte sie friedlich im Unterbewusstsein.

Plötzlich erklangen Luciens und Nevans Namen und ich dachte nicht mehr darüber nach, wer oder was mein Feind war, sondern ihrer.

»Dann haben sie es schnell hinter sich«, wisperte Arlinn und streichelte über ihre Narbe.

»Hoffentlich, ohne eine Verletzung davonzutragen«, sagte Tamira zögerlich.

Meine Luftröhre schnürte sich zu. Die Vorstellung, dass Lucien sich die Haut aufkratzte oder ohnmächtig würde, war fürchterlich. Was mit Nevan passierte, war mir egal. Er konnte mir mit seinen Geheimnissen gestohlen bleiben. Ein merkwürdiges Gefühl stach mir in die Seite. Mit einem Kopfschütteln nahm ich der verirrten Empfindung den Wind aus den Segeln und widmete mich dem Geschehen.

Die sechs Teilnehmer nahmen ihre Plätze ein. Tamira drückte mir den Arm gegen meine Brust. Ihr waren die Jungs in so kurzer Zeit wichtig geworden. Kein Wunder, wir hingen auch jeden Tag zusammen. Beim Essen, beim Lernen, in den Pausen und sogar am Abend kurz bevor die Nachtruhe anbrach. Auch Arlinn sah ich die Anspannung an, wodurch meine eigene im Magen wuchs.

»Sind Sie bereit?«, fragte Professorin Sharpwood und die Studenten nickten mit gezogenen Insignien.

Sie stampfte wie bei der ersten Gruppe, mit dem Stab auf den Boden und es erschienen Schemen, die sich zu ihren Opfern schlängelten. Lucien und Nevan ließen die Schatten ihre Pflicht erfüllen. Sie zeigten keine Abwehrmechanismen und schwankten nicht. Ich musste zugeben, dass beiden die Entschlossenheit sehr stand. Das fiel nicht nur mir auf. Ein Mädchen neben uns schmachtete sie an.

»Wieso müssen die beiden so furchtbar eigensinnig sein?«

Arlinn grinste. »Sie sind mehr als nur eigensinnig. Sie sind das Schlimmste, was einem passieren kann.«

Tamira wechselte einen Blick mit mir und wir kicherten gemeinsam los. Sie brachte es auf den Punkt. Diese Kerle sorgten für ständiges Chaos. Wo Nevan eine tückische Ruhe verursachte, musste der andere einen draufsetzen und regelrecht gegenwirken, was oft mehr Schaden anrichtete, als dass es der Situation half. Sie waren so gegensätzlich und doch auf ihre Weise gleich.

Ein Junge warf sich auf den Boden und schlug wild um sich. Unser Lachen verstummte schlagartig. Beinahe hätte er Lucien mit sich gerissen und ihn zu Fall gebracht. Ein Sanitäter schritt jedoch zum richtigen Zeitpunkt ein und konnte ihn fortbringen. Ich stieß meinen angehaltenen Atem aus und auch Arlinn atmete erleichtert durch.

»Muss das immer so nervenaufreibend sein?«, stöhnte sie. »Ich dachte erst, Lucien läge am Boden und nicht er.«

»Bald haben sie es geschafft«, beruhigte ich sie. Innerlich sah es in mir ganz anders aus. Meine Nerven waren bis zum Äußersten gespannt. Diese ganze Prüfung war ein Tauziehen zwischen Hoffen und Verzweifeln. Man wollte, dass alles glimpflich ablief und dennoch kippten die Studenten vor den Augen um. Niemand wusste, welchen Gefahren sie ausgesetzt waren oder gegen welchen Feind sie kämpften.

»Seht mal, ihre Insignie!« Tamira zeigte auf ein kurzhaariges Mädchen, welches unten an der Prüfung teilnahm.

Arlinn hielt sich an die Brüstung fest. »Oh nein. Bitte nicht. Nicht schon wieder.«

Die Insignie des Mädchens leuchtete ungewöhnlich stark auf. Die Ketten um ihren Arm lockerten sich und die Enden streiften den Boden.

»Wenn sie es nicht unter Kontrolle bringt ...« flüsterte Tamira, schluckte und krallte sich an meinen Arm. Sie zerdrückte ihn fast.

»Dafür ist es zu spät«, sagte Arlinn mit dem Blick zum Himmel. Über der Gruppe tauchten unheilvolle Wolken auf. Meine Haut kribbelte und Elektrizität hing in der Luft. Einzelne Haare klebten an meinen Wangen. Die statische Aufladung war enorm. Ein winziger Stromschlag zuckte Tamira und mich auseinander. Die Professoren sprangen von ihren Plätzen weg.

»Bereitet euch vor! Das wird ungemütlich!«, rief Mr Suthove. »Zarek, kümmern Sie sich um die Studenten im zweiten Stockwerk.«

Die Gewitterzelle über dem Trainingsplatz wuchs stetig. Professorin Sharpwood biss sich auf die Lippe und brüllte schließlich los: »Miss Kinbec! Halten Sie Ihre Insignie im Zaum, sonst gibt es ein Unglück, das wir nie vergessen werden!«

Doch das Mädchen rührte keinen Finger. Kleine Blitze schossen durch die Wolken. Aus der Schwärze über uns schlug ein gewaltiger Lichtfunke direkt in die Insignie des Mädchens ein. Der Untergrund vibrierte und schleuderte alle Teilnehmer der Prüfung meterweit zurück. Schreie drangen an meine Ohren. Arlinn zog mich in die Hocke und nahm mich schützend in den Arm. Meine Finger verkrampften sich in ihrem Rücken. Das konnte niemand überleben, nicht einmal die Seltaren. Ich sah vor mir, wie ich auf der Veranda lag und mein Geist aus dem Körper entwich. Mum würde nie erfahren, wie ich gestorben war, und Sam würde ohne eine Schwester aufwachsen.

Arlinn zählte die Sekunden. »Fünf, vier, drei, zwei, eins.« Sie holte mich in die vermeintliche Realität zurück. Wieder wanderte ein Stromschlag zu meinen Füßen hinab. Es folgte ein tosender Donnerknall.

»Was passiert gerade?«, krächzte ich in der Hoffnung, dass sie mich trotz der Lautstärke verstand.

»Ihre Insignie ist zu mächtig für sie.« Sie atmete mir in die Halsbeuge. Es dröhnte wieder. Das Klingeln in meinen Ohren hörte nicht auf. Tamira griff um meine Taille. Ich spürte ihre kalten Hände an meiner Bluse. »Wieso ausgerechnet ein magisches Gewitter?«, wimmerte sie.

Sie hatte genauso viel Angst wie ich. Meine Beine schlotterten und ich schreckte bei jedem Einschlag zusammen. Wenn uns ein Blitz traf, würde es vorbei sein. Wir rückten dichter zusammen. Bei der Ansprache der Professoren hatte es geheißen, dass uns nichts passieren würde, aber wieso tat keiner etwas? Ein unbegabter Mensch zwischen all der Magie zu sein, fühlte sich so erniedrigend an. Ich klammerte mich weiter an Arlinn, denn sie war die Einzige von uns, die Magie besaß und uns schützen konnte.

Mit einem Mal war es für ein paar Sekunden ruhig. Nur ein lautes Summen war wahrnehmbar. Zögerlich blickte ich hoch und riss die Augen auf. Zarek stand mit einer Art Lanze auf der Reling und wirbelte diese geschickt umher. Blitze wurden abgeleitet und verfehlten unsere Sicherheitszone. Er beschützte uns tatsächlich. Wir standen auf und sahen die Tribüne von fünf Professoren umstellt. Sie bildeten zusammen eine Blase aus Reflexionen und schirmten somit den Groll des Himmels ab. Egal, in welche Richtung ich schaute, überall zischten Hunderte Blitze umher. Das Mädchen, welches dieses Chaos heraufbeschwor, lag bewegungslos am Boden. Professorin Sharpwood versuchte, ihr die Insignie zu entreißen, doch es schmetterte sie jedes Mal zurück. Sie hielt den Stab schützend über ihren zerzausten Kopf. Noch ein Blitz schlug in die Ketten ein. Die Intensität war diesmal weniger bedrohlich, aber die Luft brannte weiterhin. Jedes noch so kleine Härchen stand senkrecht. Die Professorin stampfte mit letzter Kraft den Stab auf den Boden und ließ die Schemen los.

»Sie müssen sich beruhigen, Miss Kinbec!«, brüllte sie mit bebender Stimme.

Die Schatten schlossen die Insignie des Mädchens ein und tauchten noch mal in ihre Atemwege hinab. Sie hustete stark. Es donnerte ein weiteres Mal. Was jetzt passierte, wussten nur Professorin Sharpwood und das Mädchen. Es vergingen Minuten. Eine aufgestaute Stille herrschte über unseren Köpfen. Jeder Student blickte mit erwartungsvollem Gesicht auf die beiden.

Dann endlich ergab sich die bedrohliche Wolke. Ein klarer Himmel tauchte auf und es kehrte Ruhe ein. Trotzdem war jeder einzelne Professor noch in Alarmbereitschaft. Sie beobachteten die Umgebung und standen im wahrsten Sinne des Wortes unter Strom. Mit Mühe hielten sie den Schild aufrecht. Keiner wagte eine abrupte Bewegung. Vögel zwitscherten wieder, doch niemand traute der Friedlichkeit des warmen Tages. Bis Professorin Sharpwood ihren Stab fallen ließ und zu der Studentin eilte. Die Professorin zog sie an sich und streichelte ihr das Haar. Mit einem Kopfnicken bestätigte sie den anderen, dass sie am Leben war. Die Schemen hatten ihre Insignie entkräftet. Fassungslos und jauchzend umarmten die Seltaren ihre Sitznachbarn.

Zareks Lanze schimmerte im Licht. »Es ist vorbei«, sagte er. »Beinahe wäre die Sache böse ausgegangen. Ihr hattet Glück, dass ich zur Stelle war.« Er sprang von der Balustrade ab, landete wie ein Falke auf der Waffe und rutschte seitlich von ihr ab. Keine einzige Schramme zog er sich zu.

»Das ist also ein Unteroffizier«, kommentierte Tamira rege. Ihr war keine Spur von Furcht mehr anzusehen.

»Mit dem Luftelement kann er ziemlich viel anstellen. Er hat die Luft manipuliert, um uns vor den Blitzen zu schützen und mit der Machtinsignie hat er die überschüssige Energie abgeleitet. Das erfordert viel Können«, antwortete Arlinn.

Zarek besaß also das Element Luft. Erstaunlich, dass er bei seiner breiten Statur mühelos vom Balkon absprang und federleicht landete, anstatt wie Lucien zu Boden zu rauschen, dem etliche

Knochenbrüche beim Aufkommen drohten. Neben den Machtinsignien sollte man die Elemente keineswegs unterschätzen.

»Los! Bringt Sanitäter her!«, rief Zarek und als ich hinsah, hielt er einen Studenten fest. Es war Lucien, der schlaff in seinen Armen lag. Sein Gesicht war kreidebleich und die bläulichen Lippen stachen hervor.

Zarek schüttelte ihn. »Du wirst nicht von uns gehen!«

»Nein, bitte nicht.« Ich schluchzte laut mit der Hand vor dem Mund. Er durfte nicht tot sein. Er durfte nicht!

»Wir müssen wenigstens noch einmal Louduns Oberstadt unsicher machen. Das hast du mir versprochen!«, brüllte Zarek vorwurfsvoll und griff ihm in den Nacken.

Luciens Mundwinkel zuckte lächelnd nach oben, er flüsterte etwas und verlor wieder das Bewusstsein. Er war dem Tod entkommen.

Arlinn schlug auf die Reling. »Dieser Mistkerl! Ich habe für einen Moment gedacht, er sei gestorben.«

Tamira fiel mir in die Arme. Meine und ihre Tränen vermischten sich Wange an Wange. Er hatte uns einen furchtbaren Schrecken eingejagt. Niemals hätte ich gedacht, dass die Prüfung so ausgehen würde, nur weil eine Teilnehmerin ihre Insignie nicht fest in der Hand behielt.

»Die Sanitäter werden ihn hochbringen.« Arlinn legte mir die Hand auf die Schulter. Das Blut stieg in ihre eiskalten Finger zurück und sie wurden wieder warm. Wir waren kurz davor gewesen, ein guten Freund zu verlieren, trotzdem zeigte sie sich uns gegenüber stark. Ich dagegen klammerte mich an Tamira, obwohl wir Lucien beide kaum kannten. Arlinn hätte in Tränen zerfließen sollen, nicht wir.

Jeder Verletzte bekam erste Hilfe, Wunden wurden geheilt und betreut. Die gesundeten Studenten sammelten ihre weggeschleuderten Insignien wieder auf. Nur Luciens Dolch, Nevans Klinge und die Kette des Mädchens rührte niemand an.

»Wie steht es um Mr Barrymore?«, fragte Professorin Sharpwood zwei Sanitäter, die sich um Nevan kümmerten.

Ich schluckte, als die Sicht auf ihn frei wurde. Seine Haut war an vielen Stellen verbrannt. In der Kleidung klafften Löcher und die linke Gesichtshälfte war mit Brandblasen übersät.

»Er wacht nicht auf. Sein Herz schlägt, aber das Bewusstsein kehrt nicht zurück«, sagte einer der Sanitäter. »Wir müssen ihn zur Krankenstation bringen. Unsere Mittel reichen nicht aus.«

»Mr Marquard!«, rief die Professorin Zarek herbei. »Bringen Sie ihn hoch. Er benötigt schnell eine professionelle Behandlung. Apophis hat ihm zu sehr zugesetzt.« Sie fasste Nevan an die Stirn. »Unverzüglich!«, setzte sie hinzu.

Er nickte noch auf dem Weg zu ihr. Ohne weitere Worte verfrachtete er Nevan auf seinen Rücken und sprang auf die Veranda. Wir gingen zur Seite. Ich hielt die Luft an. Nevans Verletzungen sahen aus der Nähe noch scheußlicher aus.

Zarek brachte ihn ins nächstgelegene Bett und Mrs Whitfield war sofort zur Stelle. Sie zog sein Hemd vorsichtig aus und begutachtete die Wunden am Oberkörper. Ein abstraktes Tribaltattoo am Oberarm zog sich bis zu seinem Herzen und stach sauber hervor.

»Ich kann vorerst nur das Fieber senken. So gewinnen wir zumindest Zeit«, sagte sie hastig, flößte ihm ein Fläschchen blauer Flüssigkeit ein und deckte ihn zu. »Jemand muss bei ihm bleiben, falls er aufwacht.«

»Es sieht ernst aus. Wenn er nicht zu Bewusstsein kommt, können sie ihn nicht heilen. Die Heilinsignien funktionieren nur, wenn der Patient es auch will«, sagte Arlinn.

Meine Kehle brannte. »Er wird nicht sterben, oder?«

»Das entscheidet sein Lebenswille.«

Jetzt kamen die anderen verletzten Studenten auf die Station. Darunter auch Lucien. Die Betreuer legten sie sorgsam in die Betten und Mrs Whitfield schlug stöhnend die Hände über dem Kopf zusammen.

»Irgendetwas muss immer bei der Prüfung schiefgehen.« Sie richtete ihr Halstuch. »Es gehen alle aus dem Raum, die hier nichts zu suchen haben. Eine Person pro Patient darf bleiben. Sie dürfen nichts anfassen und vor allem: mir nicht im Weg stehen«, befahl sie mit ungewohnter strenger Tonlage. Ihr liebliches Gesicht versteinerte sich zu einer Maske. Sie zückte ihre Stele und versorgte jeden Seltaris einzeln.

»Ich gehe zu Daisy. Sie müsste gleich aufwachen«, sagte Tamira und raste mit geducktem Kopf aus dem Raum. Vermutlich wollte sie nicht zwischen all den Verletzten stehen und hilflos zusehen.

Mir ging es auch nicht anders. Einige Vorhänge waren zugezogen, aber das milderte die drückende Atmosphäre nicht. Regungslos verblieb ich neben Nevan und starrte zu Lucien. Er sah wesentlich besser aus. Seine Hautfarbe war vollständig zurückgekehrt. Die Arme waren zerschrammt und einzelne Brandwunden waren zu erkennen, aber nichts Lebensbedrohliches. Er hatte Glück gehabt.

»Arlinn«, flüsterte er mit spröden Lippen.

Sofort wich sie von meiner Seite und hielt zart seine Hand. Ihre Finger kreuzten sich. »Du alberner Mistkerl. Hör auf, mir so einen Schrecken einzujagen!«

Er hustete trocken. »Was Besseres hast du nicht zu sagen, Steinprinzessin?«

»Jetzt komm mir nicht mit alten Spitznamen«, sagte sie und schüttelte lächelnd den Kopf. Ihr Zopf löste sich etwas. »Du bist beinahe gestorben und denkst an alte Zeiten?«

»Es waren mit dir die schönsten.«

Sie strich ihm eine Strähne von der Stirn. »Es werden weitere folgen, versprochen.«

Ein kleines Schmunzeln überkam mich. Sie war furchtlos, stark und bildschön und Lucien brauchte eine führende Hand. Arlinn war für ihn maßgeschneidert. Wenn nichts aus ihnen wurde, verstand ich die Welt nicht mehr.

Mrs Whitfield eilte herbei. »Rede nicht so viel. Schone dich«, wies sie ihn an und legte die Heilungsinsignie an die betroffenen Stellen. Seine Arme gesundeten innerhalb von Sekunden. »Die Blitzeinschläge haben sich auf den inneren Magiefluss ausgewirkt. Für einen Moment haben sie einen Teil der Energie aufgenommen und in die Luft abgeleitet«, erzählte sie. »Ich gebe dir noch eine Tinktur mit, damit sich alles in Ruhe regenerieren kann.«

Er nahm das kleine Fläschchen entgegen und versuchte aufzustehen. »Danke, Mrs Whitfield. Ich bin Ihnen was schuldig.«

Sie lachte. »Deine Liste wird länger und länger. Pass beim nächsten Sprung besser auf, das reicht mir schon.«

Arlinn griff Lucien stützend unter den Arm. »Ich helfe dir«, flüsterte sie. Er grinste schelmisch.

»Bleibst du bei Nevan?«, fragte sie. »Ich muss diesen Trottel auf sein Zimmer bringen. Sonst stellt er etwas Dummes an.«

Meine Zähne knirschten. Ich sollte auf Nevan achtgeben? Den Kerl, der für meinen Geschmack zu viele Geheimnisse auf dem Rücken trug und mir Befehle erteilen wollte? Er gehörte längst bei Professorin Sharpwood verpfiffen. Ich hätte sofort zu ihr gehen und es hinter mich bringen können, dann wäre es mit seinem Versteckspiel vorbei gewesen und man hätte ihn vielleicht von der Akademie verwiesen. Er hätte mich auf ewig verflucht. Nicht, dass es mir etwas ausgemacht hätte, aber er lag bewusstlos im Bett. Er konnte sich nicht gegen die Anschuldigungen wehren und wenn sein Zustand anhielt, starb er mir noch weg. Das würde ich mir nicht verzeihen und meine Granny hätte es niemals zugelassen, das ein Verletzter allein blieb. Egal, wie ich es drehte oder wendete, Nevan verdiente den Tod nicht.

»Ich werde hier sein«, sagte ich und nickte ihr zu.

Sie half Lucien vorsichtig zur Tür. Er nutzte diese Gelegenheit und zog Arlinn näher zu sich. Er klebte an ihr und nicht einmal Magneten hätten sie auseinanderzerren können.

Ich wandte mich Nevan zu. Die Brandwunde an seiner Wange sonderte gelbliches Sekret ab und sein Haar war völlig zerzaust. Ich hörte ihn leise atmen. Luciens Bett wurde augenblicklich von dem bewusstlosen Mädchen belegt, welches das Chaos verursacht hatte. Mrs Whitfield schob den Vorhang zu und trat an Nevans Seite. Sie befühlte seine Stirn.

»Wie geht es ihm?«, fragte ich.

»Sein Fieber ist etwas gesunken, seine Wunden sind jedoch ungewöhnlich entzündet. Das ist gar nicht gut.«

Das Stadium seiner Verletzungen war für die kurze Zeit weit fortgeschritten, das sah selbst ich als Laie. Schweißperlen bildeten sich auf seinem Gesicht. Er kämpfte.

»Können Sie nichts für ihn tun?«

»Leider nicht. Selbst das starke Kraut aus Selentia hat kaum Wirkung gezeigt. Die Pflanzen von dort können die eigene Magie auffrischen. Das hat Nevan etwas Zeit verschafft, aber sein Fieber sollte längst verschwunden sein. Wenn er in der nächsten Stunde nicht aufwacht, erliegt er seinen Verletzungen.«

Großflächige Wunden konnten auch den Seltaren zum Verhängnis werden. So robust waren sie im Endeffekt doch nicht. Aber wieso versorgte Mrs Whitfield die Wunden nicht weiter? Wartete sie darauf, dass er aufwache, oder hatte sie keine passenden Mittel in ihrer Wunderkammer?

»Desinfizieren Sie doch seine Verbrennungen«, schlug ich vor.

»Auf eure Art?« Sie dachte sichtlich nach. »Wir wissen nicht, wie genau Menschen ihre Wunden versorgen und ob ihre Methoden bei uns ebenso funktionieren.«

Ich musste an Mums spezielle Creme für Verbrennungen und Sonnenbrand denken. Auf der Gebrauchsanweisung standen so viele Pflanzen, dass ich sie mir nie im Leben merken konnte. Die Salbe kühlte im Sommer, wenn ich es mit dem Fußball spielen übertrieben hatte. Sie bewirkte wahre Wunder und am nächsten Tag spürte ich kein Brennen auf der Haut mehr. Doch ich bezweifelte, dass sie für die Schwere von Nevans Verbrennungen das richtige Mittel wäre.

»Habt ihr keine Flüssigkeit oder Salbe für Notfälle wie diesen?«

»Unsere einzige Tinktur gegen diese Form der Bewusstlosigkeit wurde beim letzten Unfall eines Kurses aufgebraucht. Sie ist sehr selten und man bekommt sie nur in geringen Mengen. Zwei Tropfen zu viel auf der Stirn können den Patienten für längere Zeit schlaflos machen. Es dauert Wochen, bis so eine Lieferung eintrifft. Wir behandeln beinahe alles mit Magie, weil sie der Auslöser der meisten Krankheiten ist.«

Meine Stirn kräuselte sich. Sie verließen sich zu sehr auf ihre Insignien und deren Kräfte. Sie wussten nicht einmal, dass andere Stoffe genauso gut wirken konnten. Sie sollten wenigstens Alkohol haben. Klar, es dauerte seine Zeit, bis er wirkte, aber besser, als dumm daneben zu stehen und nichts zu unternehmen.

»Dann muss Nevan es auf die schmerzliche Tour erfahren. Uns stirbt er nicht weg«, sagte ich und stand schwungvoll von der Bettkante auf. »Bringen Sie mir Alkohol, Verbände und etwas zum drunter legen! Wir machen es auf die alte Art meiner Welt.«

Mrs Whitfield stutzte. »Alkohol?«

»Den besten und stärksten, den man hier bekommen kann. Er wird hoffentlich seine Wunden desinfizieren.« Ob das bei den Seltaren wirkte, wusste ich nicht. Ich würde jedoch kein Mittel unversucht lassen. Er sollte miterleben, wie ein nutzloser Mensch ihm das Leben rettete. Dieser Kerl kam mir nicht davon. Sobald er wieder gesund war, hatte er noch genügend Zeit, die Wahrheit auszuplaudern.

Es dauerte nicht lange, bis Mrs Whitfield mir eine längliche Karaffe brachte. »Eigentlich ist das ein Weinbrand aus Mr Suthoves Unterkunft«, gestand sie.

Neben ihr stand Zarek, der sich mit verschränkten Armen vor

mir aufbaute. »Willst du ihn betrunken machen oder ihm weitere Schmerzen bereiten?«

Ausgerechnet er musste sie begleiten! »Sein idiotisches Leben retten.« Ich riss der Krankenschwester die Flasche aus der Hand. »Ihr habt ihn nicht gestohlen, oder?«

»Nun ja ...«, räusperte sie sich. »Auf die Schnelle konnte ich keinen auftreiben und Offizier Suthove war so freundlich, nicht in seinem Zimmer zu sein.«

»Ich halte nichts von der Sache, das wissen Sie«, sagte Zarek.

»Sehen Sie es als eiliges Experiment. Mehr als dazulernen können wir nicht.«

»Ihr wisst wirklich nicht, was Alkohol bei Verletzungen bewirkt?«

Beide schüttelten den Kopf, während ich die erste Watte mit dem Weinbrand befeuchtete.

»Heutzutage benutzen wir Jodsalben für Wunden mit Infektionsgefahr. Der Alkohol hat denselben Effekt. Er tötet die Keime, die sich angesammelt haben und hält die Stelle steril«, erklärte ich ihnen. »Auch wenn es anfänglich sehr brennt, wird es Nevan helfen.«

Mrs Whitfield schaute genau auf meine Hände. »Können wir dir von Nutzen sein?«

Zarek schnaubte. »Er wird sterben, egal was ihr mit ihm anstellt. Sein Magiehaushalt ist aufgebraucht.«

»Er braucht nur mehr Zeit!« Meine Stimme bebte und züngelte zur Kehle hinunter.

»Die wir ihm geben werden«, antwortete Mrs Whitfield mir entschlossen.

Er hob beschwichtigend die Hände. »Ihr Frauen wisst schon, was ihr macht. Ich halte mich da raus. Allerdings muss ich den verschwundenen Weinbrand erklären. Lasst etwas übrig und bringt ihn rechtzeitig zurück, bevor Mr Suthove die ganze Akademie mit seinen Launen auf den Kopf stellt.«

»Entweder der Alkohol oder Nevan«, verteidigte ich meine Sache. Dieser Unteroffizier war kein großer Menschen- oder eher Seltarenfreund. Unter seiner Regie wollte ich als Soldat nicht kämpfen. Er schickte bestimmt seine Lakaien in den Tod, nur um selbst vom Schlachtfeld zu fliehen und als Held gefeiert zu werden. Sogar ein teuflisches Lachen konnte ich mir vorstellen. Die Narbe quer über die Augenbraue bis zur Stirn passte zu diesem Bild eines rücksichtslosen Kerls, der plötzlich ganz still geworden war. Trotzdem hörte ich ein leises Brummen.

»Tupfen Sie den Eiter ab«, sagte ich zu Mrs Whitfield, die geduldig auf meine Anweisung wartete.

Zusammen versorgten wir die große Wunde an Nevans Wange. Ich legte ihm ein Stück in Weinbrand getränkter Watte auf die Stelle und wickelte es mit einer Schicht Baumwollverband um seinen Kopf. Das Haar strich ich ihm aus dem Gesicht. Es war samtweich und besaß keine Nuance von Braun oder anderen Tönen. Es war schlicht schwarz. Ihn aus der Nähe zu betrachten, fühlte sich eigenartig an. Obwohl ich ihn seinem Schicksal überlassen konnte, versorgte ich die Wunden und hielt meinen Feind am Leben. Gäbe es nicht so viele Ungereimtheiten bei dem, was er sagte und wie er sich verhielt, könnte ich ihn sogar mögen.

Ich schlug die Decke zurück und starrte auf seine größte Brandwunde. Sie breitete sich von seiner Schulter bis hin zum unteren Teil seiner Rippen aus. Kleine Bläschen saßen vereinzelt an den Rändern und schienen nicht aufgeplatzt zu sein. Sein Tattoo und auch sein Bauch waren nicht betroffen.

»Das Tattoo habe ich schon mal gesehen«, erklang Zareks Stimme hinter mir. »Viele Familien verewigen ihre vergangenen Siege auf der Haut und ich habe beim letzten Feldzug ein ähnliches Zeichen sehen können.«

Mrs Whitfield verdrehte ihre Augen. »Einige der Patienten haben Tattoos. Das ist hier nichts Ungewöhnliches.« Sie schob ihn hinter den Vorhang. »Lassen Sie uns bitte unsere Arbeit erledigen. Sie kriegen die Karaffe zurück, sobald wir fertig sind.«

»Ich befürchte, das wird etwas dauern. Die Verbände müssen regelmäßig gewechselt und die Watte neu benässt werden, bis er mit Ihrer Insignie geheilt werden kann«, sagte ich kühl.

»Das wird niemals funktionieren, weil er kein Mensch ist, sondern ein Seltaris«, beharrte Zarek. Wir wickelten Nevans Rippen mit der zweiten Schicht ein und ignorierten Zareks Ahnungslosigkeit. Der Weinbrand war Nevans einzige Chance, Zeit zu gewinnen. Sein Leben sollte an erster Stelle stehen und nicht der Offizier, der ohne seinen Schlaftrunk schlechte Laune bekam.

»Sie tun das Richtige«, bestätigte Mrs Whitfield meine Gedanken und legte die restlichen Verbände über Nevans Seite. »Als Unteroffizier einer großen Garnison ist Mr Marquard an den Tod gewöhnt. Wir dagegen kämpfen für das Leben und nehmen jede Möglichkeit wahr, es zu behüten.«

Sie zauberte mir ein Lächeln ins Gesicht. Das machte eine gute Krankenschwester aus. In dieser Welt und in meiner.

»Mrs Whitfield?«, drang eine fremde Stimme durch den Behang. »Sie ist aufgewacht. Wir brauchen die Heilinsignie.«

»Kann ich Sie allein lassen?«, fragte sie mich mit besorgtem Blick.

»Natürlich. Sie haben noch andere Patienten, die auf Ihre Hilfe warten.«

Wie auf Kommando flüchtete sie in den nächsten Bereich. Sie konnte nichts mehr für Nevan tun und ich genauso wenig. Er musste diesen Kampf allein führen und ihn gewinnen wollen. Erschöpft setzte ich mich auf einen harten Stuhl und behielt seine Atmung im Auge. Wie ein sanfter Wellengang hob seine Brust sich und flachte wieder ab. Der Anblick beruhigte mich und ich vergaß für eine Weile den Ärger zwischen uns.

Wie ein Phoenix aus der Asche

»Du solltest essen und trinken«, weckte mich Tamira aus dem Schlaf. In der Krankenstation war es immer ruhiger geworden, sodass ich auf dem Stuhl eingenickt sein musste. Peinlich berührt wischte ich mir den Speichel vom Kinn. Tamira stellte ein Tablett mit fein geschnittenem Gemüse, einem Sandwich und einem Glas Wasser auf dem Beistelltisch ab.

Daisy flog geradewegs auf Nevan zu und begutachtete skeptisch den Verband auf der Wange. »Das duftet merkwürdig.«

»Das ist Weinbrand, nichts für kleine Pseudofeen«, sagte ich und biss vom Sandwich ab.

Tamira schluckte merklich, als sie die übrigen Verbände sah. »Wie geht es ihm?«

»Solange er atmet, ist alles in Ordnung.«

»Die Prüfung war eine Katastrophe. Entschuldige, dass du das miterleben musstest.« Sie nahm sich eine geschnittene Gurke und biss ein Stück ab.

»Dich trifft keine Schuld«, entgegnete ich. »Keiner kann etwas dafür. Es war ein Unfall.« Einer, den ich nie vergessen würde. Welches Mädchen konnte schon Blitze heraufbeschwören, wie Zeus es tat? Schon allein bei der Erinnerung zuckte ich zusammen.

»Ich höre noch die Einschläge. Ich habe seit Kindesbeinen panische Angst vor Gewittern. Es war wie ein wahrgewordener Albtraum für mich.« Tamira versuchte, das Zittern ihrer Hände zu unterdrücken, allerdings gelang ihr das schlecht. Sie hatte sich abseits der Prüfung unfreiwillig ihrer Angst stellen müssen. Wenn ich das gewusst hätte, hätte ich sie direkt in unsere Mitte genommen.

Ich umarmte sie. »Jetzt ist es vorbei. Du bist sicher.«

»Noch ein magisches Gewitter halte ich nicht durch.«

»Da sind wir schon zu zweit«, sagte ich und wir lachten auf Kommando gemeinsam los. Es bereitete mir ein warmes Gefühl, ihr strahlendes Lächeln zu sehen. Dann fühlte ich mich weniger alleine in einer Welt, die mir fremd und gleichzeitig vertraut war. Sie gab mir den Halt, den ich brauchte.

»Was wird aus der Prüfung?«, fragte ich und kontrollierte noch mal Nevans Verbände.

»Sie wird am Anfang des nächsten Semesters nachgeholt. Es kam eine Durchsage. Hast du die nicht mitbekommen?«

»Mein Schlaf war wahrscheinlich zu tief. Wie spät ist es?«

Sie schaute auf ihre Uhr. Eine Alltagsinsignie. Unter einer Glaskuppel schwebten kleine Lichter. Lesen musste man sie wie eine Sonnenuhr. Etwas, was ich mir aneignen sollte, wenn ich Tamira früher aus dem Bett jagen wollte. Mir waren unsere unkomplizierten Uhren mit Ziffern deutlich lieber.

»Es ist beinahe vierzehn Uhr.«

Ich verschluckte mich am letzten Bissen des Sandwiches. »Was? Ich habe über drei Stunden geschlafen?« Im gleichen Augenblick prasselten Euphorie und Erleichterung auf mich ein. Das bedeutete, dass meine laienhaften Bemühungen bei Nevan wirkten. Seine Wunden waren steril und entzündeten sich nicht mehr. Er hatte ausreichend Zeit. Nevan würde überleben!

»Sieht so aus«, schmunzelte sie.

»Dann müssen wir uns bald auf ein anderes Desaster vorbereiten.« Ich deutete mit einem Nicken auf meinen unfreiwilligen Patienten.

»Hast du etwa vor, Nevan doch beim Rat anzuschwärzen?«

»Ich hatte es eigentlich geplant, aber da die Prüfung jetzt verschoben wird ...« Ich hob die Schultern.

»Er ist undurchsichtig, aber ein herzensguter Seltaris. Er hat vielleicht eine andere Erziehung genossen, doch das ist bei Insignienträgern nicht unüblich. Geheimnisse gehören zu ihnen wie der Morgen zum Tag.«

Ich schluckte. »Welche Geheimnisse?«

»Besonders die Nachteile der Machtinsignien behalten die Familien für sich. Denn wer die Schwäche einer Machtinsignie kennt, kann sie zu seinem Vorteil nutzen und sogar den Familienruf ruinieren.«

»Du meinst also, dass er gute Gründe hat?«

»Ob sie gut sind, weiß nur er, aber wir kennen ihn ja auch kaum. Oder weißt du, was er ständig macht?«

Ich hielt kurz die Luft an. Sie lag nicht ganz falsch. Seit wir uns das erste Mal im Stall gesehen hatten, stritten wir ununterbrochen und versuchten nicht, damit aufzuhören. Nevan machte es mir allerdings auch nicht leicht. Er diskreditierte mich, wich mir aus oder antwortete so geschickt, dass ich auf andere Gedanken kam. Zwischendurch erfuhr ich über Umwege nur wirres Zeug, was mehr Fragen aufwarf, als Antworten zu liefern. Ich musste definitiv Genaueres über die Insignien herausfinden. Wie sie funktionierten und was sie bewirkten. So würde ich vielleicht eher hinter Nevans Geheimnisse kommen und könnte auch diese Welt besser verstehen. Arlinn und die anderen hatten während der Nachhilfe gesagt, dass Seltaren ohne Insignien nur das Nötigste über die Machtinsignien wussten, weil sie niemals selbst eine besitzen konnten. Das Warum erschloss sich mir entweder nicht oder ich war zu sehr damit beschäftigt gewesen, mich der Langeweile hinzugeben.

»Vielleicht mag ehr disch nuhr« Daisy flatterte mir taumelnd entgegen. Sie roch nach Alkohol und ihre Kleidung war nass.

Tamira fasste sich an die Stirn. »Oh nein, Daisy! Du hast doch nicht den Brand probiert?«

»I-Ich habe dosch nuhr einen Trupfen prubiert. Darf man dasch nischt?«

»Wie konntest du überhaupt in die Karaffe klettern? Sie war zu.«

Sie kicherte. »Habsch geöffnet und dann gebädet! Der Schaulm hat mir gefählt, sonst warsch ganz flett ... äh nett.«

Der Deckel lag neben der Karaffe und es rannen Weinbrandtropfen den Hals hinab. Wir waren zu sehr in unser Gespräch vertieft gewesen, um Daisys Abenteuer zu bemerken. So wie sie aussah, hatte sie viel Spaß gehabt.

»Dich sollte man jetzt besser ausnüchtern«, antwortete ich mit einem unterdrückten Lachen und streichelte ihr feines Haar.

Sie staunte. »Oho! Däine Finger sind soooo rieschig.«

»Was wird bloß aus dir?« Tamira stemmte die Hände in die Hüften.

Ich setzte die Nahri ab.

Sie lümmelte sich in Nevans Kopfkissen und gähnte. »Lasch misch für ain paar Sekolnden meine Äugleinis schlieschen.«

»Ich sollte den Wein zurückbringen, bevor sie noch einen Schluck trinkt.« Ich drehte den Verschluss zu. »Hast du Zarek gesehen? Er war die ganze Zeit hier, als wir Nevan versorgt haben.«

Tamira schüttelte ihre Lockenmähne. »Selbst Arlinn und Lucien habe ich nicht gesehen. Ich dachte, sie wären bei dir.«

»Arlinn hat ihn auf sein Zimmer gebracht.«

»Dort habe ich nachgesehen, nachdem ich in Arlinns Zimmer gewesen bin. Lucien war nicht dort und das Bett war ordentlich.«

»Merkwürdig. Ich dachte, er braucht noch Ruhe, bis seine Magie wiederhergestellt ist.«

»Irgendwas stimmt nicht«, sagte sie misstrauisch.

Vermutlich hatten sie sich einen anderen Platz gesucht, wo sie ungestört sein konnten. Seltsam war es dennoch. »Die beiden werden bestimmt zum Abendessen wieder auftauchen.«

»Du hast recht. Sie in ganz Escarun zu suchen, wäre vergebliche Mühe.« Sie strich ihren Rock glatt. »Ich werde Daisy in ihren Kokon setzen, dort kann sie schneller ausnüchtern.« Mit feinfühligen Fingern nahm sie Daisy hoch und vergrub sie im Haupthaar. Sofort kuschelte Daisy sich ein, bis nur noch ihre Flügelspitzen herausschauten.

»Weißt du, wo Mr Suthoves Unterkunft ist?«, fragte ich. »Wenn Zarek sich nicht finden lassen will, werde ich die Karaffe selbst zurückstellen.«

»Sie ist auf dieser Etage. Bei den Gästezimmern im rechten Korridor. Die Türen sind mit Namen versehen. Du kannst sie nicht verfehlen.«

Wir umarmten uns zum Abschied. »Pass bitte auf dich auf«, flüsterte sie mir noch zu und verließ daraufhin die Station. Weshalb machte sie sich Sorgen? Ich lag nicht bewusstlos im Bett wie Nevan, der bald aufwachen konnte. Seine Atmung war regelmäßig und stabil. Ich sollte die Karaffe zurückbringen, bevor der Offizier wütend wurde und Zarek vielleicht doch Ärger bekam. So wie er geklungen hatte, wurde Mr Suthove ungemütlicher als ein Orkan am Meer. Wenn ich die Karaffe einfach zurückstellte, würden alle zufrieden sein und niemand nahm meinetwegen Schaden.

Der Flur, in dem sich Mr Suthoves Unterkunft befand, war wie ausgestorben. Wie Tamira es beschrieben hatte, hingen Namensschilder an den Zimmertüren. Mit der Glaskaraffe in der Hand schlich ich durch den verdunkelten Korridor. Es lag etwas Beängstigendes in der Luft. Jeder Schritt kam mir entsetzlich laut vor. Ich fühlte mich wie ein Verbrecher, welcher gleich zum Schafott geführt wurde. Die Akademie hatte mehr Gäste als erwartet. Vorsichtig las ich die Nachnamen auf den Türen. Einige konnte ich nicht einmal aussprechen.

Nach der siebzehnten Tür verlor ich die Geduld. »Welche ist es bloß?« Es konnte doch nicht so schwer sein, ein verflixtes Zimmer zu finden. Vielleicht war es am Ende des zweiten Ganges? Ich blieb stehen. Unsicherheit kroch in meine Knochen. Pass auf dich auf, hallte mir Tamiras Satz durch die Gedanken. Was wäre, wenn Mr Suthove auf mich wartete und mich beschuldigte, den Weinbrand gestohlen zu haben? Konnte ich mich gegen einen Offizier wehren? Überhaupt, wieso war dieser Korridor so gruselig? Auf den ersten Blick wirkte er wie jeder andere, aber irgendetwas stimmte hier nicht. Ich sollte zur Station zurückkehren und auf Zarek hoffen. Das Ganze gefiel mir nicht. Sein Offizier, seine Verantwortung!

Gerade als ich eine Kehrtwende machen wollte, drückte mich etwas gegen die Wand. Ich wollte aufschreien, doch eine eiskalte Hand lag auf meinem Mund. Sie machte mich mühelos bewegungsunfähig. Selbst mein Tritt gegen das fremde Schienbein beeindruckte die Mauer aus Muskeln nicht. Lange rotbraune Haare fielen an meiner Wange herunter. Sie dufteten leicht rauchig.

»Sei still, Menschenfrau!«, raunte mir der vermeintliche Angreifer erzürnt ins Ohr. Es war Zarek, der mich mit seinen Augen fixierte. »Was machst du hier?«

Konnte er sich das nicht denken? Das Gefäß in meiner Hand war nicht zu übersehen. »Ich wollte die Karaffe zurückbringen«, wisperte ich, so verständlich, wie es unter seiner Hand ging.

Er lugte um die Ecke. »Dafür ist gerade nicht die Zeit.«

»Wieso?«, fragte ich.

Irgendwo hinter mir ertönte eine dunkle Stimme. »Wann sind die Vorbereitungen abgeschlossen?«

Das ungute Gefühl wuchs ins Unermessliche und kratzte in meiner Brust.

»Sie verzögern sich. Unser Vorhaben ist heute Vormittag leider gescheitert«, antwortete jemand dumpf.

Er meinte doch nicht die Prüfung? Mein Hals war trocken. Die Anspannung herunterzuschlucken oder gar zu blinzeln traute ich mich nicht, jedes kleine Geräusch konnte das Gespräch übertönen. Außerdem kannte ich die Klangfarbe dieser Stimme. Nur woher?

»Sie sind überflüssig wie der Rest ihrer unvollkommenen Sorte. Bringen Sie mir schnell gute Neuigkeiten, sonst platzt unser allzu wichtiges Übereinkommen.« Der bedrohliche Tonfall versetzte mich in eine Starre. Ein Schauder zog mir in den Nacken hoch.

In diesem Moment war ich froh, dass Zarek bei mir war. Er strahlte eine Sicherheit aus, die mich trotz seiner unbehaglichen Nähe etwas beruhigte. Schließlich war das besser, als wenn ich allein hier stünde, mich an der Wand festkrallte und mich durch eine Dummheit verriet.

»Ja, mein Fürst«, antwortete der andere unterwürfig, ohne dass ich Stolz aus seiner Stimme heraushörte.

Ich konnte es ihm nicht verdenken. Dort sprach das pure Böse. Mein halbverdautes Sandwich würgte ich wieder herunter. Es vergingen Minuten, in denen kein Wort fiel und ich mich weiter an der Wand festkrallte. Dann schritt jemand langsam den Flur hinunter.

Zareks Anspannung schien sich zu lösen, doch er entfernte sich nicht von mir. Meine Schultern waren zwischen seinen Armen gefangen. Wenigstens konnte ich den Mund wieder öffnen und musste nicht länger den salzigen Schweiß seiner Hand auf meinen Lippen schmecken.

»Was war das?«, fragte ich aufgebracht.

Er zögerte und kämpfte sichtlich mit seinem Gewissen. Immer wieder holte er Luft, ohne etwas zu sagen. Das Verhalten kannte ich. Ich hatte eine Frage gestellt, die er nicht beantworten wollte. Nevan und Zarek waren sich in einem weiteren Punkt ähnlich, abseits ihrer Arroganz.

Ich sah erbarmungslos in silbrige Augen. »Der Unfall während der Prüfung war geplant«, las ich laut von seinem Gesicht ab. Auch wenn ich mir nicht sicher war, wie eine losgelassene Kette als Attentat gelten konnte.

»Du solltest es nicht wissen.«

»Nun tue ich es doch. Und, was willst du dagegen machen?«

»Du gefällst mir immer besser«, sagte er und schmunzelte.

»Lass dein Gehabe sein. Das zieht nicht bei mir.«

Er zupfte mir eine unsichtbare Fluse vom Kragen ab. »Nun, jemand könnte unsere Position missverstehen.«

Die Karaffe donnerte gegen seine Brust. »Das ist mir gerade so was von egal. Ich will wissen, was vor sich ging!«

Er trat zurück und schnalzte mit der Zunge. »Du bist eine Herausforderung«, brummte er. »Aber du solltest dir lieber bald eine Insignie oder was auch immer suchen, das dir die Rückkehr in deine Welt ermöglicht. Es wird hier bald sehr ungemütlich werden und niemand wird sich um ein Menschenmädchen kümmern können.«

Natürlich wusste er davon und wich meiner Frage wieder aus. Es ging um etwas Großes, was selbst ich sah, die von allem keine Ahnung hatte. Aber wenn zwei Personen unter so vielen Professoren und dem Rat so etwas zustande brachten, dann waren wir in Gefahr. Unweigerlich kaute ich auf der Unterlippe. Die Stimme hatte gedämpft geklungen, daher hatte ich sie nicht erkannt. So ein Mist! Unter anderen Umständen hätte ich sie vielleicht zuordnen und jemanden an den Pranger stellen können, doch egal wie sehr ich mich anstrengte, ich erinnerte mich nicht.

Zarek setzte seinen Weg mit der Karaffe fort.

»Wieso bist du ihm nicht gefolgt?«, rief ich ihm hinterher.

Er winkte mit dem Gefäß. »Danke für den Weinbrand, Schätzchen. Wir sehen uns!«

Und wieder bekam ich keine Antwort. Seit ich auf dieser Akademie war, ging es nur darum, mir möglichst viel zu verheimlichen. Sie dachten, sie konnten mich damit beschützen, aber das Gegenteil war der Fall. Je weniger ich wusste, desto mehr nagte es an mir. Jetzt wurde mir bewusst, dass ich die Sache selbst in die Hand nehmen musste. Bevor es unbehaglich wurde, wie es Zarek mir unter die Nase gerieben hatte. Ich sollte mit Nevan reden. Er schuldete mir Antworten und da ich sein Leben gerettet hatte, bekäme ich sie dieses Mal auch. Mit gestählter Brust kehrte ich zur Station zurück, in der Hoffnung, dass er aufgewacht und an sein Bett gefesselt war.

Im Raum flatterten die Vorhänge im Wind. Jemand hatte die Verandatür geöffnet und die warme Luft des Nachmittags waberte herein. Mein Blick wanderte zum Bett, wo Nevan lag – liegen sollte. Dieser Idiot! Mit seinen unbehandelten Verletzungen sollte er das Bett nicht verlassen! Allerdings konnte er nicht weit gekommen sein. Seine Verbände lagen verstreut am Boden und führten nach draußen auf den Balkon. Blut haftete am Türgriff. Ich folgte der Spur. Er stand nicht an der Balustrade, sondern unten, auf dem leergefegten Trainingsplatz mit seiner Klinge in der Hand. Was machte er da? Die Brandwunden mussten ihm doch höllische Schmerzen bereiten. Wie versteinert stand er mit blankem Oberkörper dort. Kein Muskel zuckte, nur der auffrischende Wind fächerte sein Haar umher.

»N-Nevan!«, rief ich fuchsig.

Er ließ sich nicht aus der Ruhe bringen und festigte seinen Stand. Seine Klinge glühte merkwürdig. Er bewegte sie in Richtung Himmel. Ich wollte ihn anbrüllen, ihn wieder ins Bett schleifen und fesseln, doch winzige Funken entfachten das ganze Schwert zu einem Feuertornado. Er wuchs bis zur Spitze empor. Die Flammen weiteten sich mehr und mehr aus. Sie brachten meine Zunge zum Schweigen.

»Simurgh, erscheine mir!«, erklang Nevans Stimme voller Inbrunst. Aus dem wilden Feuer entfalteten sich zwei Flügel. Ein Wesen schlüpfte wie aus einem Ei und stieg erhaben aus seinem Nest. Den langen feurigen Hals beugte es. Die Schwingen rauschten. In drei Partien mit langen Federn teilte der Schweif sich auf und der Schnabel war in Glut getaucht. Vor mir flog ein Phoenix aus den alten Legenden meiner Welt. Meine Haut knisterte und ich spürte die Vibration der Flügelschläge des majestätischen Vogels in meinen Knochen. Jedes Luftpartikel flirrte um mich. Bestimmt stand mein Mund weit offen, aber der Anblick war wunderschön und beängstigend zugleich. Das Feuer reichte von einem tiefen Rot über ein helles Gelb bis hin zu einem Violett. Eine Abenddämmerung aus Flammen. Unbeschreiblich. Das konnte nicht einmal meine Kamera festhalten.

Sein Kopf und Nevans Stirn berührten sich sanft. So eine liebevolle Geste hatte ich nicht erwartet. Dann drehte der Phoenix den Kopf zu mir. Seine Augen funkelten wie ein Sonnenuntergang am Meer. Sie sahen mich an. Nein, sie blickten durch mich hindurch. Ich stolperte zwei Schritte zurück und erschrak vor seiner Anziehungskraft. Er schaute mir in die Seele. Nun galt Nevans Aufmerksamkeit mir. Er kniff die Augen zusammen. Meine Anwesenheit kam ihm ungelegen. Zumindest waren seine Wunden vollständig verheilt, nicht einmal eine Narbe war zurückgeblieben. Meine Sorgen waren unberechtigt. Der Phoenix tauchte während eines kurzen Schlags des Schwertes in die Klinge ein. Der Vogel verschwand in all seiner Pracht. Nur noch ein kleines Nachglühen erkannte ich von hier oben.

»Nach dem Abendessen im vierten Gemeinschaftsraum«, forderte Nevan mich mürrisch auf.

Hätte ich den atemberaubenden Phoenix nicht kennen lernen dürfen oder war es, weil ich sein Leben gerettet hatte? Stöhnend setzte ich mich auf den Boden, während er ins Gebäude verschwand. Still betrachtete ich die schneebedeckten Berge. Die Kraft der Insignien war unglaublich. Sie konnten sogar Wesen beherbergen, die bei uns in Geschichten vorkamen. Für mich war Nevans Schwert bloß ein Stück Metall gewesen, aber der Anblick des Feuervogels übertraf alles, was ich bisher gesehen hatte. Diese Welt überraschte mich immer wieder, genau wie Nevan.

Das Abendessen war ungewohnt einsam. Nur vereinzelnd saßen Studenten auf ihren Plätzen. Selbst Professorin Sharpwood war nicht anwesend. Professor Garditon rückte als einziger Professor seinen Stuhl auf der Bühne zurecht. Gespräche fanden kaum statt und sofern sich jemand traute, waren sie so leise, dass man kein Wort verstand. Lucien und Arlinn waren nicht erschienen und Nevan suchte sich meilenweit von unserem Tisch entfernt einen Platz. Es lag ein Schleier über der Akademie. Man wurde von ihm eingesogen und verschluckt, als käme ein Unwetter am Horizont auf. Leider entsprach das sogar der Wahrheit. Der angebliche Unfall war ein Vorbote dessen. Beinahe wäre ich in die Hände derer gefallen, die Unheil über Escarun bringen wollten. Tamira hatte ich von der Sache mit Zarek und der seltsamen Stimme nichts erzählt. Sie hatte auf mich wie eine zerbrechliche Libelle gewirkt, während sie Daisy in ihrem Rausch umsorgte. Ich wollte sie nicht weiter belasten. Und auch jetzt war sie in ihrer eigenen Welt versunken. Sie beobachtete verträumt die Umgebung und von ihrer sonst so fröhlichen Art war nichts zu erkennen.

»Liebe Studenten. Der Vorfall von heute Mittag hat Spuren hinterlassen. Einige sind für heute nach Hause gegangen, um sich zu erholen. In den nächsten Tagen wird es wie gewohnt mit dem Unterricht weitergehen«, berichtete Professor Garditon etwas unbeholfen. Er beruhigte die Gemüter nicht.

Die aufgetischte Suppe war zähflüssig und mit undefinierbarem Gemüse bestückt. Es schwammen kleine Kräuter und Möhrchen in der Mitte. Ich mochte sie gar nicht betrachten oder gar essen. Tamira schien sich nicht dafür zu interessieren. Sie schaufelte das Zeug regelrecht in sich hinein. Ich dagegen löffelte das Dickflüssige heraus und ließ die orangen Stücke liegen. Schon in meiner Welt konnte ich sie nicht leiden und diese schmeckten nach bitterer Erde.

Eine knallende Tür hinderte mich daran, den letzten Bissen runterzuwürgen. Zarek stürmte direkt auf mich zu und sein Gesicht sagte mir teuflischen Ärger voraus.

Professor Garditon räusperte sich. »Schön, Sie hier zu sehen, Mr Marquard, wollen Sie sich nicht …«

»Entschuldigt die Störung, ich muss Miss Evergarden bitten, mit mir zu kommen.«

Von Bitten konnte keine Rede sein. Er zerrte mich am Arm hoch. »Wieso musst du mich dabei anfassen?«, fragte ich fauchend und versuchte, seine Hand abzuschütteln, doch der Griff war zu stark.

Zarek zog mich hinter sich her. »Sonst fliehst du vor Mr Suthove. Er hat ein Wörtchen mit dir zu reden.«

»Aus welchem Grund?«, keifte ich zurück, was ihn nicht davon überzeugte, mir zu antworten.

Am Ende des Saals erhaschte ich einen Blick auf Nevans überraschtes Gesicht. So einen Ausdruck hatte ich noch nie bei ihm gesehen. Sogar Tamira erwachte aus ihrer Gedankenwelt. Jeder Seltaris flüsterte seinen Sitznachbarn etwas zu. Alle Augen waren auf mich gerichtet. Diese Situation bot Gesprächsstoff für die Gerüchteküche der Akademie. Ich ahnte bereits das Schlimmste auf dem Anschlagbrett in der Eingangshalle.

Während wir den Weg über die überdachte Brücke zum Gästeflügel nahmen, überlegte ich, in welche Ecke ich mich verkriechen könnte. Dabei wusste ich nicht, was der Offizier von mir wollte. Vermutlich ging es um die beiden Verdächtigen, die ich zufällig mit Zarek belauscht hatte. Etwas anderes konnte ich mir nicht vorstellen. Sogar die Karaffe war rechtzeitig zurück an Ort und Stelle gewesen.

Zarek schubste mich ins Zimmer des Offiziers und ich fiel fast über das Pult, das mittig auf einem alten Teppich stand. Ich rieb mir den Unterarm. »So behandelt man keine Dame!«, tadelte ich ihn.

Er hob sein Kinn. »Den Eindruck machst du mir aber nicht.«

Papierstapel wuchsen rechts und links in die Höhe. Am Fenster stand Mr Suthove mit verschränkten Armen und blickte angsteinflößend auf mich herab. Ich konnte das Zittern meiner Beine nicht unterdrücken. Die Rüstung verstärkte seine übermächtige Autorität. An den Schultern hafteten Panzerungen, die sich über den gesamten Brustkorb zogen. Veredelt mit tiefen Schraffuren und überlappenden Fächern klackerte sie bei der kleinsten Bewegung des Oberkörpers. Mit seinem ergrauten Haar und den kalten Augen wirkte er wie ein unbeugsamer Fels, der einsam in der Brandung kämpfte. Jeder Fehltritt konnte mich den Kragen kosten.

»Ich komme gleich zum Punkt, Miss Evergarden.« Seine Miene verfinsterte sich weiter. Er öffnete den Unterschrank, holte die Glaskaraffe hervor und stellte sie entschlossen auf den Tisch. »Was sehen Sie?«

Mit einem flüchtigen Blick segnete ich die Flasche ab. »Ist das eine Fangfrage?«

»Eine was?« Eine Falte zwischen den Augenbrauen kräuselte sich. »Egal. Was haben Sie mit meinem Weinbrand angestellt?«

Ich sah zu Zarek, der mit den breiten Schultern zuckte. Entnervt stieß ich einen Atemzug aus. Er wollte seinen eigenen Kopf retten, statt mich zu unterstützen. Toller Weiberheld.

»Wir mussten ihn verwenden, um das Leben eines Studenten zu retten. Ohne Ihren Weinbrand wäre er tot.«

Er lachte herzhaft auf. Ein Zahn blitzte silbrig hervor. »Wie bitte? Selbst wenn Sie die Wahrheit sagen, wie sollte ein Getränk jemandem das Leben retten? Sie scherzen wohl.«

Zarek erklärte ihm nichts. Natürlich, warum sollte er auch seine Hände schmutzig machen? Vermutlich dachte Mr Suthove, ich hätte den Weinbrand gestohlen. Meine Fingernägel bohrten sich in meine Oberarme. »Ein alter Trick der Menschen«, antwortete ich zynisch.

»Achten Sie auf Ihre Wortwahl.« Er schüttelte die Karaffe vor meiner Nase. »Und wie erklären Sie die feinen grünen Haare und die winzigen Blätterknospen in meinem Wein?«, brüllte er schließlich los.

Daisys Badeurlaub hatte wohl seine Spuren hinterlassen. Tamira und ich waren nachlässig gewesen. Wir hätten den Weinbrand vorher kontrollieren und die Unreinheiten entfernen sollen. Meine Stimme klang dünn. »Das war wegen ... einer Nahri.«

»Er ist wegen Ihnen ungenießbar!« Die Karaffe zerschellte mit einem einzigen Wurf an der Wand. Tausende Splitter flogen umher und verteilten sich klirrend auf dem ganzen Fußboden. Der gute Weinbrand bahnte sich seinen Weg. Mir entwich ein Aufschrei. Jetzt wusste ich, wie Zarek „unangenehm" definierte. Dieser Offizier war hochgradig aggressiv. Jemand schlug die Tür ganz auf und eilte in den Raum hinein. Für einen Moment wünschte ich, es wäre Lucien oder Arlinn, doch Nevan stand im Geschehen.

»Sie wurden nicht reingebeten.« Mr Suthove schoss etwas haarscharf an mir vorbei. Das zischende Geräusch betäubte für einen kurzen Moment mein rechtes Ohr. Ich wirbelte herum und sah noch Nevans erhobene Faust. Rauch zog von ihr weg.

»Sie steht unter dem Schutz der Akademie. Wenn sie auch nur eine Glasscherbe getroffen hätte, wäre nicht nur ich aufgetaucht.«

Das war nicht Nevan, der dort sprach. Er würde mich nie verteidigen oder sich in meine Angelegenheiten einmischen, um mir zu helfen. Ungläubig musterte ich ihn. Seine Augen zeigten, dass es ihm ernst war. Sie versprühten, wie damals an der Kapelle, eine ungeheure Energie. Dieses Mal galt der Blick jedoch nicht mir, sondern dem Offizier.

»Setzt du dich gerade für mich ein?«

Er ignorierte meine Frage. »Ohne ihren Einsatz wäre ich an meinen Verletzungen gestorben.«

Woher wusste er das? Er war doch bewusstlos gewesen!

»Also wollt ihr beide für den Schaden aufkommen?«, fragte Mr Suthove abfällig. »Es ist absurd zu glauben, dass dieses Gesöff heilsame Kräfte besitzt.«

Mein Blut fing zu brodeln an. Ihm konnte man nichts recht machen und schon gar nicht erklären, dass Alkohol Wunden desinfizierte. Egal, was wir anstellten, er wollte uns kein Wort glauben.

»Richtig angewendet, tut es genau das«, erwiderte ich trotzdem.

Endlich mischte sich Zarek ein. »Mein Offizier, ich kann es bestätigen. Mr Barrymore lag im Sterben.«

Mr Suthove stemmte wütend die Hände auf das Pult. »Sie wussten davon?«

»Es war offensichtlich, dass ihm niemand helfen konnte. Ich habe ihn schließlich in die Station gebracht.«

Er zog die Augenbraue hoch. »Und wie sind die Blätter in die Flasche gekommen?«

»Eine Nahri ist uns entflohen. Der Weinbrand gefiel ihr und sie hat darin gebadet«, erzählte ich, als das Geschehen bildlich vor mir aufblitzte. Fast hätte ich losgeprustet.

Der Offizier war kurz davor zu explodieren und sog scharf die Luft ein. »Das finden Sie also witzig? Dafür bekommen Sie eine angemessene Strafe, die Sie mit Sicherheit nicht belustigen wird.«

»Oberoffizier Suthove, ich erinnere Sie ungern, aber das sind Studenten und keine Soldaten Ihrer Garnison«, sagte Zarek.

»Sie bekommen natürlich eine mildere Strafe.« Sein Lachen klang alles andere als freundlich. »Sie werden sich solange in meine Dienste stellen müssen, bis ich eine bessere Antwort bekomme.«

Er wollte uns als Lakaien? Wie stellte er sich das vor? Nevan war nicht der Typ für Befehle und ich würde es keine Sekunde aushalten, diesen angriffslustigen Offizier zu bedienen, oder was immer er uns sonst auftragen wollte.

Ich biss die Zähne zusammen und bevor ich etwas Dummes sagen konnte, fuhr Nevan dazwischen: »Ich nehme die härtere Bestrafung für uns beide auf mich.«

Etwas erschauerte in mir. Wieso wollte er jetzt unbedingt den Helden spielen und die andere Strafe haben?

»Oh, interessant. Sie wollen sich meiner Insignie ergeben?«

»Wenn Sie es befehlen.« In seiner Stimme lag keine Unsicherheit.

»Sie gefallen mir. Nicht nur Ihre Opferbereitschaft, sondern auch Ihr Hochmut. Sie würden einen wunderbaren Soldaten abgeben«, sagte Mr Suthove und tippte mit seiner Hand auf den Tisch.

Nevans Unterwürfigkeit war mir vollkommen fremd. Ich konnte nicht anders, als ihn anzustarren. Unterschiedliche Gefühle pulsierten durch meine Adern. Ich wollte ihn verachten und verraten, aber jetzt kam mir nur eine Frage in den Sinn: Wieso tat er das für mich?

»Mr Marquard, bringen Sie das Mädchen raus. Das ist nichts für jungfräuliche Augen.«

»Was haben Sie vor?«, fragte ich noch, doch Zarek packte mich bereits am Arm und schleifte mich vor die Tür. Statt einer Antwort vom Offizier erhielt ich eine andere.

»Lass es gut sein. Es reicht, wenn einer von uns dafür aufkommt«, sagte Nevan stur und änderte die Blickrichtung nicht.

Zarek zerrte mich weiter aus dem Raum. Ich konnte nicht darauf antworten. Meine Verwunderung war zu groß und das Pochen meines Herzens zu stark.

Erst als wir die Tür geschlossen und uns paar Meter entfernt hatten, kam ich zur Besinnung. »Wieso hast du nicht die ganze Wahrheit erzählt?«, fuhr ich Zarek an.

»Wer hätte ahnen können, dass eure Nahri im Weinbrand badet? Außerdem habe ich meine Anstellung für dich riskiert. Wenn er herausgefunden hätte, dass ich ihn bestohlen habe, wäre ich sofort degradiert worden.«

Ich hatte es gewusst. Er dachte wirklich nur an seine Ehre. Zarek mochte zwar gute Absichten haben, aber für seine Taten geradezustehen, gehörte nicht zu seinen Tugenden. Hätte er dem Offizier erklärt, was geschehen war, wäre die Situation jetzt eine andere.

»Nevan trifft nicht die geringste Schuld und er bekommt jetzt die Strafe.«

»Er weiß, was er tut, Schätzchen.«

Er wollte mich beruhigen, aber das ungute Gefühl nahm überhand. Ich richtete den Blick auf die Tür. »Was passiert mit ihm?«

»Das möchtest du nicht wissen.«

Meine Fäuste ballten sich. »Ihr mit euren Geheimnissen und Dingen, die ich nicht wissen muss oder soll. Es reicht! Ich bin niemand, der die Wahrheit nicht erträgt.«

»Du willst die Wahrheit?« Energisch drehte er sich auf einem Fuß um. »Er wird gezwungen, auf die Fragen vom Oberoffizier genaustens zu antworten. Wenn er das nicht zu seiner Zufriedenheit tut, wird er höllische Schmerzen in Mr Suthoves magischem Bannkreis erleiden.«

Die Luft blieb mir im Hals stecken. Das war mehr als nur brutal. »Das ist Folter!«

Zarek zeigte sich unbeeindruckt. »Was denkst du, wo du hier bist? Hier werden viele Dinge anders geregelt. Das sollte dir eigentlich klar sein.«

»In Escarun ist mir nie so etwas untergekommen. Ich werde es sofort den Professoren erzählen!«, protestierte ich.

Er lachte. »Der Offiziersrang ist im Gegensatz zu dem der Professoren höher und die Vergabe obliegt einzig dem Rat, der die Akademie leitet. Nevan traf für sich die klügere Wahl, indem er auch dich daraus hielt und Mr Suthoves eigene Tadelung abfängt. Du solltest ihm dafür danken.«

»Ja, aber …« Ratlos hielt ich inne, denn in meiner Brust wuchs ein zementschwerer Stein heran. Ich hatte geglaubt, dass Escarun zivilisiert und nicht im Mittelalter steckengeblieben war, zumindest gesellschaftlich nicht. Aber die Folter eines Studenten, der noch dazu nicht an der Sache beteiligt gewesen war? Das überstieg jeden Funken Menschenverstand. Egal, ob Nevan keine weitere Aufmerksamkeit vom Rat haben wollte – er hätte mit mir die mildere Strafe abarbeiten sollen, anstatt diese Qualen auszuhalten. Allein die Vorstellung schmerzte, wie Mr Suthove Nevan zwang, auf seine Fragen nachvollziehbar zu antworten, die wir bereits beantwortet hatten. Schließlich waren Heilungsinsignien nicht zum Vergnügen da.

»Wir sind das harmloseste Volk in Mythnoir. Er kann immer noch lügen«, wisperte Zarek und setzte seinen Weg fort.

Das änderte gar nichts. Wie oft konnte Nevan eine plausible Geschichte auftischen, damit der Oberoffizier zufrieden war? Wenn er wusste, was er hören wollte, waren es vielleicht zwei und das wäre einmal zu viel.

Mit der Hand auf meinem Brustkorb folgte ich Zarek in die Eingangshalle. Zwischen uns fiel kein weiteres Wort. Das Gespräch fortzuführen, hätte auf beiden Seiten nicht viel gebracht. Jeder hing seinen eigenen Gedanken nach und hatte für den anderen keine Energie mehr. Stattdessen betrachtete ich das magische Kugelsystem. Es schwebte wie zuvor seelenruhig in seinen Bahnen und diente zur Stabilisierung der verschiedenen Schutzinsignien, welche Escarun vor Unheil bewahren sollten. Was aber innerhalb des Schutzes geschah, entzog sich den Regeln und konnte von jedem, der Zutritt hatte, ausgenutzt werden. Das war die Schwachstelle der Akademie. Seltaren waren keine unfehlbaren Wesen, die für winzige Begebenheiten wie einen cholerischen Oberoffizier eine Regel niederschrieben.

Mir gelang es nicht, Nevans Aufopferung in meinem Kopf auszublenden, und ich stieß meinen schweren Atem aus. Ich würde heute Nacht keinen Schlaf bekommen. Er war ein arroganter Typ, der zu viele Heldengeschichten las. Am liebsten wollte ich zurück ins Zimmer stürmen und ihn von diesem Irrsinn abhalten, aber das wäre das Dümmste, was ich mir je geleistet hätte. Mein Selbsterhaltungstrieb hielt mich zurück. Früher oder später würde seine

Starrköpfigkeit mehr als Verletzungen fordern, das stand fest.

»Was heute geschehen ist, bleibt unser Geheimnis. Alles davon«, mahnte mich Zarek unnachgiebig und kehrte mir den Rücken zu. Das war ein Befehl, keine Bitte. Ein Regelbruch hätte für mich weitreichende Konsequenzen und bei Zarek erwartete mich bestimmt kein harmloser Putzdienst.

Dann machte mein Herz einen Sprung. Tamira stand am Treppenaufgang zu den Schlafräumen. Nie war ich so erleichtert gewesen, sie zu sehen. Ich fiel ihr direkt in die Arme.

»Was ist passiert? Wofür verdiene ich die Umarmung?«

Eine Strähne ihres Haares kitzelte an meiner Nase. »Einfach so. Ich bin froh, dass es dich gibt.«

Sie war die einzige Person, bei der ich nicht befürchtete, dass sie mir etwas verheimlichte oder aus Eigennutz handelte. Keine meiner bisherigen Freundschaften war in einer so kurzen Zeit entstanden. Ihr würde ich definitiv nachtrauern, falls ich nach Hause zurückkehrte. Aber das stand auf wackeligen Stelzen. Ich musste an zuverlässigere Informationen kommen, bevor mir alles um die Ohren flog.

Einsame Klavierklänge

Wie erwartet schlief ich in dieser Nacht nicht besonders gut. Mir gingen die Bilder vom Vormittag, das Gespräch und Nevans Heldentat nicht aus dem Kopf. Wieder und wieder wälzte ich mich hin und her, trank zwischendurch einen Schluck Wasser, spähte aus dem Fenster und ersehnte die Sonne am Horizont. Ob Nevan nach seiner Strafe im Gemeinschaftsraum gewartet hatte? Ich war sofort mit Tamira ins Zimmer gegangen, weil ich mir nicht vorstellen konnte, dass er nach seiner Bestrafung einen Plausch mit mir abhalten wollte. Falls er es für wichtig gehalten hätte, hätte er mich aufsuchen können. Das hatte er jedoch nicht getan und ich wollte erstmal nicht mit ihm sprechen.

Ich sank in das Kissen. Ausgerechnet er setzte sich für mich ein, dabei wollte ich ihn benutzen, um an weitere Informationen zu gelangen. Gab es hier keine Bibliothek? Die Akademie war so riesig, es wäre ein leichtes Unterfangen gewesen, fünf Bibliotheken in einem Flügel unterzubringen, aber bisher war ich in keine gestolpert. Welchen Teil der Akademie hatte ich bisher nicht besucht? In der obersten Etage befanden sich die Schlafräume, im Nordflügel residierten Seltaren mit Elementarmagie, im Ostflügel die ohne, der Westflügel war für Freizeitbeschäftigung gedacht und beherbergte die Cafeteria. Im Südflügel wurden die Insignienträger unterrichtet, dort setzte normalerweise kein Elementarherrscher einen Fuß hinein. Lucien kam nach seinen Kursen zu uns, nicht wir zu ihm. Ich sollte direkt an der Quelle nach Informationen suchen – bei den Insignienträgern. Sobald die Sonne aufging, würde ich mich aus dem Zimmer schleichen. Dann durchkämmten die Erdherrscher-Professoren das Gebäude nicht mehr nach Vibrationen und keiner konnte behaupten, ich wäre eine Regelbrecherin. Schließlich musste ich mehr über Mythnoir erfahren, damit ich schnellstmöglich Sam und Mum umarmen und rechtzeitig aus Escarun verschwinden konnte.

Leise zündete ich die kleine Laterne an, setzte mich an den Schreibtisch, kramte Tamiras Unterlagen heraus und arbeitete mich zum ersten Mal in die Materie der Magie ein. Ich würde sie nie anwenden können, aber sie hatte mich hierher geführt, also würde sie mich auch eines Tages zurückbringen. Irgendwie musste ich meine Zeit sinnvoll nutzen, wenn ich nicht schlafen konnte.

Der erste Sonnenstrahl wärmte mir die Wange. Das Buch für Feuerkünste lag unter meinen Ellen, die Laterne war erloschen und meine Augen fühlten sich sandig an. Ich war während des Lesens mehrmals eingeschlafen. Die Lektüre unterhielt mich leider nicht genug, um wach zu bleiben. Eintönige Sachtexte lagen mir schon in der Menschenwelt nicht. Zügig zog ich den Pyjama aus, wusch mich und schlüpfte in die Uniform. Noch ein kurzer Blick auf Tamira, die friedlich ihren Traum träumte, und dann schloss ich mit vorsichtigen Fingerspitzen die Tür.

Das Dachfenster des Turms war geöffnet. Vogelgezwitscher drang in die einsame Stimmung des Korridors ein. Schleichend nahm ich die Treppe ins Erdgeschoss. Das schwächere Bein verursachte, seit ich die Kraftinsignie hatte, keine Probleme mehr, obwohl die Nachwirkung nie aufgetreten war. Ich fragte mich, ob ich überhaupt eine hatte oder ob die Seltaren mir mit Absicht Angst einjagten. Mit Sicherheit musste ich die Insignie abgeben, bevor ich wieder nach Hause zurückkehren konnte.

Der Südflügel der Akademie glich wie erwartet allen anderen Fluren. Nur ein einziges Detail fiel mir ins Auge: In unserem Flügel gab es gewöhnliche Türen, ohne jeglichen Schnickschnack, doch hier sahen sie unterschiedlich aus. Manche waren mit einfachen Verzierungen bestückt, andere bestanden sogar aus Wurzeln, edlem Holz oder ganzen Edelsteinen.

Meine Füße trieben mich weiter ins feindliche Gebiet, bis ich an eine Ecke kam. Vorsichtig lugte ich in den angrenzenden Flur. Die zwei Typen von gestern hatten mir gereicht und gerade bei meiner Geheimmission kämen sie mir nicht gelegen. Noch immer ließ mich die Erinnerung nicht in Ruhe. Die gesamte Nacht hatte ich die Stimme in meinem Kopf abgespult, aber ich konnte sie nicht zuordnen. Ich war mir nicht einmal sicher, ob ich sie wiedererkennen würde, wenn ich sie erneut hörte.

Niemand war zu sehen, nur die gähnende frühmorgendliche Leere tanzte vor mir. Erleichtert schlich ich weiter. Nach einer weiteren Biegung fiel mir eine Doppeltür mit der Inschrift Insignienträger-Bibliothek auf. Ich wusste es! Es gab kein Schulgebäude ohne eine vernünftige Bücherstube. Unter dem Schriftzug stand noch etwas – Zutritt nur für Seltaren mit Machtinsignien. Sie hatten die Bibliothek für Seltaren ohne Insignien verboten? Ich verdrehte die Augen. Tamira hatte recht, Insignienträger besaßen zu viele Privilegien. Sie hüteten ihre Geheimnisse vor reinen Elementarherrschern sehr sorgfältig. Zumindest jenes Wissen, das vom Rat erlaubt wurde. Denn ich war mir sicher, dass der Rat wesentlich mehr wusste, als seine Mitglieder preisgeben wollten. Es war seit jeher so gewesen. Wer eine Machtposition besaß, verteidigte diese um jeden Preis und in Mythnoir stand Wissen an erster Stelle. Aber ein Mensch war kein Seltaris. Niemand konnte mir etwas vorwerfen. Ich grinste und fasste den Griff an. Die Verzierungen der doppelseitigen Tür leuchteten bläulich und pulsierten bis zur Klinke. Sie öffnete sich fast von allein.

Der Geruch von Papier stieg mir in die Nase. Drei Etagen aus Regalen thronten über meinem Kopf. In der Mitte standen edle

Sitzgelegenheiten und in jedem Gang hing ein Gemälde an der Wand. Das war keine Schulbibliothek, das war eine Schlossbibliothek! Wohin ich nur sah, waren Bücher, Papyrusrollen oder Hefte. Jedes Büchersortiment wurde stolz vertreten. Von Geschichte bis hin zu Legenden und sogar Aufzeichnungen über die Erde. Eine schier unendliche Auswahl. Ich streifte mit den Fingern über Buchrücken. Gang um Gang glitten sie über ebenmäßige, schroffe und wellige Oberflächen. Einige fielen beinahe auseinander, als ich sie behutsam berührte. Ich kratzte mich am Kopf. Ich konnte schlecht jedes Einzelne lesen und Jahre zwischen den Regalbrettern verweilen. Also hielt ich an, vertraute auf mein Bauchgefühl und zog ein Buch über den Asphar heraus. Der Einband schien wenig abgegriffen zu sein.

Der Asphar ist ein durch Magie erschaffener Schlund. Er endet auf dem Kontinent Arendor an der Walugaküste und reicht bis zu den Wüsten von Asmondal, bevor er am Meeresgrund weiter verläuft. Er entzieht jegliche Elementarmagie und trennt das Land der Seltaren vom dämonischen Reich. Genaue Tiefe unbekannt. Jedoch kann er an manchen Stellen über dem Ozean gefahrenlos und ohne Elementarberaubung überquert werden. Früher nannte man eine Magieberaubung anfänglich eine Seuche, die ausschließlich umliegende Dörfer und Städte des Asphars betraf. Doch es wurde bewiesen, dass dieser auch auf die kommenden Generationen von Seltaren großen Einfluss hat, obwohl sie nicht im direkten Kontakt mit ihm standen. Hier vermutet man, dass der Schlund eine ausgedehnte Auswirkung auf die Umwelt hat. Nicht selten geschehen unerklärbare Wetterphänomene in der Nähe ...

Ich hörte Klavierklänge aus der oberen Etage der Bibliothek und sah vom Buch auf. Seltsamer Standort für ein Musikinstrument, denn es gehörte eigentlich in einen Saal oder in einen Musikraum. Die Töne waren sanft und anmutig, wie kleine Regentropfen, die während des Hochsommers auf Blätter fielen. Neugierig stieg ich eine der zahlreichen Wendeltreppen hoch und lauschte ihnen. Es war eine Ewigkeit her, dass ich Musik gehört hatte. Sie fehlte mir. Zuletzt hatte ich *Seven Nation Army* von *The White Stripes* gelauscht und immer wenn es zu still wurde, summte ich den Song. Rockmusik war mir lieber, aber meine Ohren freuten sich über jeden harmonischen Klang.

Als ich die Etage betrat, sog ich erschrocken die Luft ein. Zwischen all den Bücherregalen saß Nevan mit geschlossenen Augen und spielte dieses melancholische Stück. Elegant flogen seine Finger über die silbrigen Tasten. Fasziniert vom Anblick näherte ich mich. Das Instrument ähnelte einem Piano ganz aus Glas. Muschelartig windeten sich die Pfeiler und Beine um den Hauptteil des Flügels. Sie verliehen dem fragilen Konstrukt einen märchenhaften Charme. Seidene Saiten glitten in die Tiefe und vibrierten bei jedem Ton, der behutsam ertönte. Nevan schien völlig in der Musik aufzugehen. Es war sogar niedlich, wie er mit seinem Oberkörper den Takt verfolgte. Leise bewegte ich mich weiter voran und versuchte, ihn nicht zu stören. Schließlich öffnete er nach dem zweiten Refrain die Augen und sah mich erschrocken an. Er beendete sein Spiel mit einem falschen Tastenanschlag.

»Nein, nein. Spiel ruhig weiter. Ich habe seit langem keine Musik mehr gehört«, sagte ich leicht lächelnd.

»Ich wollte schon längst aufhören.« Er schloss die Abdeckung. »Wie bist du ... Wieso bist du hier?«

»Ich habe gedacht, dass ich hier mehr Informationen über eure Welt finde. Die Lektionen, die mir Arlinn gibt, drehen sich nur um Gesellschaftslehre der Seltaren oder Elemente.«

»Was erhoffst du dir hier zu finden? Es haben nur Insignienträger Zutritt zur großen Bibliothek«, belehrte er mich.

»Und du solltest eigentlich Arlinns Aufgabe übernehmen«, entgegnete ich ihm.

»Ich habe andere Dinge zu erledigen, als dich ständig mit unnützem Wissen zu füttern.«

»Wieso hast du dich dann für mich eingesetzt? Du hattest mit der Sache am wenigsten zu tun.«

Ein ungewohnt freundlicher Ausdruck legte sich in seinem markanten Gesicht nieder. »Ohne deine Behandlung läge ich jetzt im See der Stille. Ich war dir etwas schuldig.«

»Aber doch nicht so«, brüllte ich fast und konnte meine Unruhe nicht verbergen.

»Hättest du lieber für Mr Suthove die Sklavin gespielt?«

»Nicht wirklich, aber dich den Schmerzen seiner Insignie zu überlassen, war auch nicht richtig.«

Er erhob die Hand und streckte sie nach meiner Wange, doch er zog sie wieder zurück. »Ihr Menschen seid sonderbare Wesen«, sagte er schließlich nur.

Still blickte ich ihn an. Hatte er mich wirklich berühren wollen? Der Morgen glitzerte in dem besonderen Blau seiner Augen, wie kleine Saphire, welche das Licht durchbrachen. Wenn ich ihn länger ansah, dann wusste ich erst recht nicht, was ich von der Sache halten sollte. Er war in diesem Augenblick ein anderer für mich. Fast schon zerbrechlich, wie ein Blütenblatt im Wind.

»War es schlimm? Was hast du ihm erzählt?«, fragte ich leise und wünschte, er hätte die Hand nicht zurückgezogen.

»Mach dir darüber keine Gedanken. Es ist nicht viel passiert.«

»Das klang aus Zareks Mund ganz anders.« Ich musterte ihn weiter ungläubig, bis jemand die Treppe erklomm und mich aus der Blase riss, die uns plötzlich umschlossen hatte.

Das blonde Haar kam mir bekannt vor. »Shary, was machst du hier? Wie bist du an der Wächterinsignie vorbeigekommen?« Lucien stand mit aufgerissenen Augen vor mir. »Ohne eine Machtinsignie oder einer Erlaubnis kann man diese Schwelle nicht übertreten.«

Er war zurück, doch richtige Freude verspürte ich nicht, denn seine Erscheinung jagte mir einen Schrecken ein. Mit den Schatten unter seinen Augen ähnelte er eher einem Gespenst als einem lebendigen Wesen. Seine Haut schimmerte bläulich. Entweder hatte er eine entsetzliche Nacht oder eine schöne mit Arlinn hinter sich.

»Diese Tür kam mir gleich komisch vor. Allerdings steht auf dem Schild nichts von Menschen. Und wie du weißt, besitze ich keine Magie.«

»Seltsam ist es dennoch«, sagte er angestrengt. »Jedenfalls darfst du nicht hier sein. Wenn einer der Professoren dich entdeckt hätte, wärst du längst keine Spionin mehr.«

Nevan trat einen Schritt zurück und griff nach seiner Insignie. »Sie macht mir so oder so wieder Ärger.«

Da war er wieder, derselbe arrogante Typ wie vorher. Und ich dachte, er wäre endlich zur Vernunft gekommen. Zu früh gefreut. »Du machst den meisten Unsinn, nicht ich«, sagte ich mit verschränkten Armen.

Lucien tauschte einen verdächtigen Blick mit Nevan aus, als dieser die erste Treppenstufe betrat. Und für eine Sekunde trafen sich auch unsere Blicke. In seinem lag etwas Unheilvolles und trotzdem war die schillernde Blase noch existent, bis er außer Reichweite war.

Das metallische Schließen der Tür ließ Luciens Schultern sinken. »Du solltest ihm nicht vertrauen. Er ist jemand vollkommen anderes.«

Jetzt beschuldigten sich beide, sie seien in Wahrheit andere. Was sollte ich davon halten? Wer log wen an? Ich hatte gedacht, Nevan sei der Sündenbock, aber nach der ganzen Sache von gestern wusste ich nichts mehr. Er hatte mich wieder überrascht.

Ich zögerte mit meiner Antwort. »Das Gleiche hat er auch über dich gesagt.«

»Das sieht ihm ähnlich, aber ich verheimliche nichts vor euch, nicht so wie er vor uns.«

Meine Augenbraue schnellte nach oben. Dabei war sein Verschwinden mit Arlinn selbst mehr als verdächtig. »Was ist nach der Prüfung passiert? Ihr wart nicht mehr auffindbar.«

Er verlagerte sein Gewicht und sein Blick streifte nervös umher. »Nichts Bedeutendes.« Diese Worte huschten ihm zart über die Lippen. Jemandem etwas zu verschweigen, lag ihm nicht. Er war ein offenes Buch. Sie hatten definitiv eine Nacht außerhalb der Akademie zusammen verbracht.

»Das sah für mich nicht danach aus«, sagte ich und stupste ihn in die Seite.

Er blieb stehen und durchdrang mich mit seinem Blick. »Es ist wirklich nichts geschehen. Wir dachten, es wäre besser, wenn wir für einen Tag nach Hause zurückkehren und uns erholen.«

»Und dafür seid ihr einfach ohne Nachricht gegangen?« Ich klang fast wie meine Mutter, die ihre Detektivarbeit leistete.

»Nach dem Chaos in Escarun war es unmöglich, irgendetwas zu bewerkstelligen. Erst die Durchsage vom Rat hat die Stimmung etwas beruhigt. Wo warst du in der Zeit?«

»Ich musste auf unser schwarzes Schaf aufpassen und ihm sein absurdes Leben retten«, sagte ich räuspernd.

»Schlauer Zug«, witzelte er und verstummte. In meinen Kopf verstrickten sich hunderte Fäden zu einem Wollknäuel. Lucien war anders. Es war nicht seine Art, etwas Entscheidendes zwischen den Zeilen zu verschleiern. Hatte er Angst vor meiner Reaktion oder hatte er einen Blitz zu viel abbekommen? Ich wusste es nicht.

»Ob das so klug war, stellt sich bald heraus«, murmelte ich, doch Lucien stapfte regelrecht neben mir her. Ihn direkt auszufragen, wäre aussichtslos. Er würde mir ausweichen, so wie er seine angespannten Lippen aufeinanderpresste und die Arme steif an die Seiten drückte. Ihn beschäftigte etwas anderes, als seine womöglich neue Freundin oder die gescheiterte Prüfung.

»Warte auf mich«, erklang plötzlich Arlinns Stimme. Sie eilte uns hinterher. Lucien hatte sich mindestens so sehr erschrocken wie ich.

»Bei den Seraphen, ruf bitte leiser. Ich war konzentriert.«

»Entschuldige, du hast einen Zug früher bekommen und ich konnte nicht bis nachher warten.« Um ihr Handgelenk funkelte ein goldener Armreif mit rötlichen Steinen und einer Kette, die mit einem Ring an ihrem Zeigefinger befestigt war. Das Schmuckstück sah sehr kostbar und alt aus. Eine Machtinsignie, nahm ich an. Sie lächelte verwegen und musterte mich. »Was machst du hier?«

»Mich im Insignienflügel verkriechen und mich als Spionin ausgeben«, sagte ich zynisch und verschränkte die Arme.

Arlinn schaute Lucien und wieder mich an. »Verstehe. Wie ich ihn kenne, wollte er die morgendliche Stille genießen.«

»Natürlich erfolglos.« Er zog sie beiseite und strafte mich mit einem unterkühlten Ton. »Geh schon vor. Wir holen dich gleich ein.«

Wieder zog ich die Augenbraue hoch. Hier lief etwas ganz gewaltig schief. »Wenn ihr Zeit für euch braucht, sagt es einfach. Niemand steht euch im Wege.«

Lucien holte Luft, um auf meine Aussage zu reagieren, aber Arlinn unterbrach ihn. »Lass sie«, flüsterte sie harsch und hielt mich nicht zurück.

Ich schlenderte unbeirrt den Flur entlang und wunderte mich, wieso sie daraus ein Ding machten, als hätten sie nicht schon genug Geheimnisse auf ihrem Rücken.

Sadistische Akademie

In den vergangenen Tagen waren die übrigen Studenten zurückgekommen und gingen wieder ihrem Alltag nach. Ich hatte das Gefühl, der Unfall wäre nie passiert. Alle waren in ihren Klatsch vertieft, wer mit wem was am Laufen hatte, wer die stärkste Fähigkeit besaß oder wer das Feuer durch den Hörsaal schoss und dabei die Gardinen anzündete. Ab und zu schnappte ich kleine Häppchen an Informationen auf wie den Schulverweis des Blitzmädchens, was natürlich für mehr Verwirrung in den Reihen der Studenten sorgte. Aber sie glaubten an das Urteil des Rates und dachten, es sei eine Sicherheitsvorkehrung. War es vielleicht auch, doch richtig erschien es mir nicht.

Ich trottete mit Tamira zum Schauplatz der bevorstehenden Elementarprüfung. Meine Kehle war trocken und die Muskeln angespannt. Nach und nach füllten die Studenten in ihren kurzen Sportsachen den Platz. Sie bestanden aus einer dunklen beigen Stoffhose und einem schlichten T-Shirt. Hinter uns stand die Tribüne. Dort saßen Seltaren aus allen Stufen. Einige lehnten an der Schulmauer, andere kamen zu spät. Nur die Veranda der Krankenstation blieb diesmal leer. Mrs Whitfield hielt einsam an der Balustrade Wache. Sie sah besorgt aus und hatte vermutlich Angst, dass etwas noch Schlimmeres passierte. In unserer Nähe unterhielten sich Zarek, Mr Suthove und Professorin Sharpwood sorglos darüber, welche Gruppe das beste Ergebnis erzielen würde. Ihr Gelächter stach unter den vielen leisen Gesprächen besonders hervor.

Ich konnte den Oberoffizier kaum ansehen, nachdem er Nevan vermutlich aus reinem Vergnügen gefoltert hatte. Schließlich hatte er das auch für mich getan, obwohl niemand ihn darum gebeten hat. Dabei mussten wir einiges aus dem Schussfeld schaffen und uns nicht ständig beim Abendessen verstohlen ansehen, als wären wir vierzehn und hätten keine Ahnung, wie so was funktionierte. Außerdem gelang mir meine frühmorgendliche Wanderschaft zur Bibliothek nicht mehr, weil Lucien praktisch Wache an der Wächterinsignie hielt. Er schien wie ein anderer für mich. Selbst Arlinn hielt sich bedeckt und sagte bloß das Nötigste, was sie zwar immer getan hatte, aber jetzt schwang etwas in ihrer Stimme mit und ich hielt es für Vorsicht.

Was mich jedoch mehr beunruhigte, waren die fünf anwesenden Ratsmitglieder. Eingehüllt in ihre dunklen Kapuzen machten sie dem Himmel Konkurrenz. Jeden Moment konnte es zu regnen anfangen, doch keiner von ihnen machte Anstalten, sich irgendwo unterzustellen. Sie waren Statuen, die darauf warteten, geformt zu werden.

Eine Tür stieß gegen die Wand. Rabije kam elegant mit ein paar anderen Mädchen auf den Platz. Ihre kurze Hose reichte knapp über den Hintern und das Shirt lag hauteng an. Sie zog sämtliche Blicke auf sich. Ich verdrehte die Augen. Selbst das blieb mir hier nicht erspart. Zumindest lockerte ihre Ankunft die düstere Stimmung auf.

»Sobald alle Studenten sich hier versammelt haben, beginnt die Prüfung der Elemente«, eröffnete Professor Garditon unterkühlt die Ansprache.

Mit Tamira reihte ich mich an der länglichen weißen Markierung ein. Ihr Haar war zu einem lockeren Pferdeschwanz frisiert. Ich hatte ihr zur Hand gehen müssen, sonst wäre aus dem Schopf ein Vogelnest mit Löchern geworden und diesen Anblick wollte ich jedem ersparen. Daisy hatte wie jeden Tag ihre Baukünste an Tamiras Haaren demonstriert.

Rabije stieß mich mit der Schulter an. »Ich hoffe, du hast fleißig trainiert.«

»Ich komme zumindest über die Kletterwand.«

»Das will ich hoffen. Es wäre zu schade, wenn du vorher schlapp machen würdest.« Ihr Zynismus war nicht zu überhören.

Tamira fixierte sie. »Halt dich bitte zurück. Die Prüfung ist für alle wichtig.«

Sogar für mich. Die Ratsmitglieder waren vermutlich meinetwegen gekommen, um irgendeinen Hinweis darauf zu erhaschen, wie sie mich nach Hause bringen konnten. Sonst wären sie nicht hier gewesen, denn die Elementarprüfung war die niedrigste Form des ersten Verfahrens der Magie. Keiner von ihnen interessierte sich dafür, wer welches Element erweckte. Wer keine Begabung hatte, konnte den Parkour, aber nicht die vier Rätsel bewältigen. Das stand in einer von Tamiras Notizen. Wie sollte ich diese Prüfung schaffen? Sollte ich sie überhaupt bestehen? Keiner hatte mir verraten, was ich machen sollte.

Professor Garditon verteilte bunte Bändchen. Unsere Gruppe bekam die Farbe Orange. »Das sind keine Insignien, oder?«, fragte ich mit einem mulmigen Bauchkribbeln.

Tamira lachte. »Natürlich sind das Insignien. Sie messen unseren Magiefluss.«

In meinen Augen waren es nur Armbändchen, aber beim Betrachten erinnerten sie mich an eine anfänglich harmlose Insignie. Bänder und Ketten waren mir hier nicht geheuer. Zögerlich legte ich das Band an und erwartete den ersten Schmerz. Ich sah die Krankenstation vor mir und wie ich schreiend die Prozedur über mich ergehen ließ. Ich öffnete die zugekniffenen Augen. Glück gehabt, es war nichts geschehen.

»Hast du gedacht, dass sie sich an dich bindet?« Rabije neigte grinsend den Kopf.

»Man kann nie wissen«, flüsterte ich und blickte von ihren wohlgeformten Wangenknochen weg.

Zu meiner Überraschung lehnte Nevan an der Mauer und scharrte mit einem Fuß den Boden auf. Selbst er beehrte unsere Prüfung, obwohl er keine Anwesenheitspflicht hatte. Er schien jedoch nicht wirklich begeistert zu sein. Seit einigen Tagen kursierte das Gerücht, dass er eine zweite Macht besaß und jetzt zur Elite der Akademie gehörte. Bestimmt war sein Feuervogel nicht ungesehen geblieben, immerhin war dessen Erscheinung überwältigend gewesen.

Tamira zischte. »Pst, seid leise! Wegen euch verpasse ich die Einführung.«

Professor Garditon strafte uns mit einer hochgezogenen Augenbraue. »Sie erwartet dieses Mal weder der Parkour noch die üblichen Rätsel. Wir mussten den Verlauf aufgrund der letzten Geschehnisse etwas anpassen.« Unruhe nahm unsere Reihe gefangen. »Seien Sie unbesorgt. Wir lassen nicht zu, dass so etwas noch einmal geschieht. Die Veränderungen sind eine reine Vorsichtsmaßnahme.«

Kein sonderlich gutes Zeichen. Sie brachen ihre langgehegte Tradition. Das hieß, dass sie die Schuldigen nicht gefasst hatten. Ich hoffte nur, sie taten jetzt das Richtige. Trotzdem zitterten meine Knie. Ich hatte keine Angst vor der Prüfung, sondern was geschehen würde, wenn die Täter wieder etwas geplant hatten.

Professor Garditon schritt zu Professorin Sharpwood, dem Oberoffizier und zwei anderen Ratsmitgliedern auf die Wiese. Gemeinsam verfolgten wir das Geschehen. Professorin Sharpwood brach den Boden auf, Professor Garditon fügte Samen und Wasser hinzu und die Ratsmitglieder glänzten mit ihrer Magie. Sie erschufen dort eine Art riesiges Wurzelwerk. Fein geflochten aus Borke und Geäst. Mit jeder Windung knarzte es beängstigend. Das Bauwerk ähnelte einem Dschungel, der seit Jahrhunderten nicht betreten worden war. In der Höhe von zehn Metern thronte eine Fläche. Professor Garditon verteilte mit fließenden Bewegungen

Wasserpfützen in eingelassene Kuhlen. Ich erinnerte mich an Arlinns Elementkurs. Einige machtvolle Herrscher konnten eine Verbindung zwischen zwei oder mehreren Wasserquellen herstellen und sehen, was auf der anderen Seite geschah. Mit den richtigen Alltagsinsignien sogar dadurch kommunizieren. Ein Wasserherrscher wäre somit der perfekte Spion. Vielleicht war er derjenige, den ich belauscht hatte? Es hatte auf dem Korridor allerdings kein Wasser gegeben, nicht einmal ein paar Tropfen. Obendrein konnte ich mir nicht vorstellen, dass der Professor etwas mit der Sache zu tun hatte. Welchen Vorteil hätte er auch durch eine solche Katastrophe?

»Ich schätze, das wird die Aufgabe sein«, unterbrach Tamira meine Gedanken.

»Eine gewaltige«, fügte ich knapp hinzu.

Professorin Sharpwood stützte mit ihrer Erdkunst einige Pfade, auf denen wir bestimmt entlang laufen sollten, bis wir auf der höchsten Ebene ankamen – ohne Absicherung oder Geländer. Mir wurde schon beim Anblick schwindelig. Zwei Ratsmitglieder und Mr Suthove wanderten auf den Pfaden hoch, als wären es Brücken aus Beton, völlig unbeeindruckt davon, wie manche Wurzeln schwankten. Professor Garditon schien mit seinem Part zufrieden zu sein, denn er schlenderte lächelnd zurück.

»Studenten der Unterklasse«, rief er uns zusammen. »Hinter mir befindet sich Ihre Prüfung. Hier sind Orientierungssinn, Durchhaltevermögen und Zusammenarbeit gefragt. Sie werden in Gruppen starten. Versuchen Sie, bis an die Spitze zu kommen und drei Insignien ans Ziel zu bringen.«

Rabije störte seinen Vortrag mit einem Lachen. Uninteressiert zupfte sie an ihrem Oberteil und raunte einer Freundin etwas zu. Sie schlug Rabije auf die Schulter.

»Miss Fargloth? Ist meine Stimme wichtig genug, um meinem langweiligen Vorwort zu folgen?«

Ihre Miene versteinerte sich. »Natürlich. Deswegen bin ich hier.« Ihre Freundin flüsterte ihr etwas ins Ohr, doch ihr Gesicht blieb regungslos.

Der Professor hob für eine Sekunde die Augenbraue, setzte seine Ansprache aber fort. »Mit jeder Gruppe verändern wir die Wege. Wer diese verlässt oder aus irgendwelchen Gründen bewegungsunfähig ist, fällt durch die Prüfung.« Er betrachtete uns mit einem konzentrierten Blick, als suche er einen Freiwilligen. Wieder störte ihn das Geplapper von Rabije und ihrer Freundin. Professor Garditon wandte sich um und wurde fündig. »Miss Fargloths Gruppe fängt an, dann können Sie sich zügig lustigeren Dingen widmen.«

Sie schaute zu uns rüber und legte beide Hände spitz aneinander. Eine schwache Entschuldigung. Ich wollte sie schütteln, denn mein Körper war noch nicht bereit, dieses Konstrukt zu bewältigen, das mir akrobatische Künste abverlangte.

Ich stöhnte auf. »Konntest du dich nicht zusammenreißen?«, flüsterte ich harsch, während wir die Wiese betraten.

»Entschuldige, aber er hat feuchte Handabdrücke an seiner Hose.« Sie kicherte erneut. »Auf beiden Pobacken.«

Ich verkniff mir, das zu überprüfen. Tamira hatte weniger Disziplin. Sie wagte eine Drehung. »Die erste Gruppe zu sein hat nur Vorteile«, sagte sie amüsiert.

Sie meinte definitiv Nachteile. Wir wussten nicht, was uns in diesem Dschungel aus knorrigen Hölzern erwartete. *Indiana Jones* würde sich mit Leichtigkeit hineinstürzen und mit seinem Schatz herausspazieren, dachte ich. Unter diesen Umständen konnte ich nicht bestehen. Ich gab einen hervorragenden Eiswürfel in der Arktis ab und keine brauchbare Abenteuerin. Rabije schien weniger Probleme zu haben. Sie stolzierte über den Rasen, als wäre sie gerade einer heißen Quelle entsprungen.

Professorin Sharpwood wartete an einem der Eingänge. »Sie werden getrennt an verschiedenen Plätzen starten.«

»Ich nehme die rechte Seite«, winkte Tamira ab, dicht gefolgt von Rabije, welche die linke Hälfte wählte.

Die Professorin zuckte mit dem Mundwinkel. »Ich wünsche Ihnen viel Glück.«

Von ihr hätte ich aufmunternde Worte lieber gehört. Sie leitete viele unserer Kurse und hatte mich in meinem schwächsten Moment erlebt. Ein *Sie schaffen das* wäre angebrachter gewesen, denn Glück war ungern mein Begleiter. Aber es musste reichen.

Eine Wurzel schlängelte auf meine Füße zu. Ich schluckte und tastete mit den Schuhspitzen vorsichtig die Rinde ab.

»Jetzt steigen Sie schon auf«, drängelte Professorin Sharpwood.

Für sie musste es kindisch aussehen, wie ich mich verunsichert an die Transportmöglichkeit wagte. Tamira und Rabije waren mutiger und standen bereits auf ihren Plätzen. Sie warteten. Ich hatte zwar keine Höhenangst, aber dieses Konstrukt atmete und lebte. Es konnte mich schubsen oder mir ein Bein stellen, wenn es schlecht gelaunt war. Ich sah mich um, aber mir bot sich keine bequemere Lösung. Mit einem winzigen Schritt begann meine Fahrt hoch hinaus. Holprig brachte mich die Wurzel zum vorgesehenen Startpunkt der Reise. Geräusche von klappernden Hölzern erklangen von allen Seiten.

Als meine Wurzel endlich zum Stillstand kam, glitt meine Aufmerksamkeit nach unten. Der Abgrund war tief und ich verlor den Boden als einzigen Anhaltspunkt. Meine Augen huschten in jede Richtung. Die Wurzeln ließen kein Licht mehr durch und der Drang, meine Finger ins Holz zu graben, war allgegenwärtig. Das war ein Gefängnis und keine Prüfung!

Eine Wurzelwand öffnete rechtzeitig ihr Maul, bevor meine Nägel die erste Schicht abkratzen konnten. Schummriges Licht beleuchtete spärlich den Pfad. Ich wusste nur eins: Er musste nach oben zu der Plattform führen. Mein Haar strich ich hinter die Ohren, dann atmete ich einmal tief ein und setzte mich in

Bewegung. Jedes Auftreten ging mit einem Knarzen einher. Rinde bröckelte an den Rändern ab. Es roch modrig. An den Kreuzungen hielt ich inne, um den richtigen Pfad herauszufinden. Ein schwieriges Unterfangen, wenn der scheinbare Weg nach oben, mich wieder nach unten führte. Ein Labyrinth aus verknoteten Schlangenrücken käme dem gleich. Meistens vertraute ich auf mein Bauchgefühl, was ich unter der Anspannung meines Körpers jedoch kaum fühlte. Jedes Geräusch ließ mich hochschrecken. Besonders ein zischendes Knarzen. Es näherte sich mir und instinktiv beschleunigte ich, wenn es meine eigenen Schritte übertönte.

An einer weiteren Gabelung führten zwei Wurzeln erkennbar hinauf. Tageslicht schien hindurch. Auf der nächsten Etage wurde es hoffentlich freundlicher. Ich nahm das rechte Geäst und größere Abstände waren einsehbar. Beruhigende Luftzüge wehten durch mein Haar. Sogar mein geliebtes Lockenköpfchen turnte etwas weiter vor mir.

»Tamira!«, rief ich und sie brauchte nicht lange, um meiner Stimme zu folgen.

Sie strahlte genauso, wie ich es tat. »Das ist der reinste Irrgarten«, fluchte sie.

»Wo bist du schon gewesen?«

»Ich bin außen entlang gegangen, in der Hoffnung, dass ich eine bessere Übersicht bekomme. Nur es sieht so aus, als ob die Hauptstränge in der Mitte verlaufen. Deshalb beschloss ich, zurückzukehren und nach dem Größten zu suchen.«

»Meinst du, dass dieses Chaos nach einem Plan gebaut wurde? Du hast gesehen, wie sich Wurzeln verschoben haben, oder?«

Sie kletterte zu mir herüber. »Es ist ein Organismus, aber auch er hat einen festen Grundriss, den er befolgen muss. Demnach sollten wir nicht willkürlich handeln, sondern mit Bedacht.«

Ich reichte ihr die Hand und zog sie hoch. »Ein Organismus also. Damit kenne ich mich etwas mehr aus als mit Magie.«

Sie grinste, doch bevor sie antworten konnte, drang ein entsetzlicher Schrei an unsere Ohren. Borke fiel in die Tiefe. Rabije musste weiter über uns sein.

»Verschwinde!«, brüllte sie immer wieder. Es hörte sich nach einer Verfolgungsjagd an.

»Los, wir müssen zu ihr«, forderte Tamira und wählte nach kurzer Überlegung einen Weg aus, der sich mir nicht erschloss. Trotzdem folgte ich ihr. Wir sollten ja zusammenarbeiten und uns nicht einzeln hochkämpfen.

»Lass deine Griffel von mir!«, krächzte Rabije, diesmal näher.

Nach kurzer Zeit erreichten wir ihre Etage und erhaschten einen Blick auf die Situation. Ein kalter Schauer fuhr über meine Haut. Die Rinde schob sich wie zwei Kontinentalplatten übereinander, flaute wie eine Welle ab und schnappte wieder zu. Rabijes Fersen konnten dem nur knapp entrinnen. Es folgte ein unangenehmes Grollen.

»Was hat sie wieder angestellt?«, fragte ich, während Tamira sich weiterhin bemühte, ihr zu folgen.

»Rabije! Du musst einen Pfad nach oben finden«, rief sie.

»Bist du blind? Ich werde hier verfolgt von ... von einem Ding!« Sie sprang über eine Wurzel.

»Du bist näher am Ziel als wir. Versuch dich zu konzentrieren!«

»Das sagst du so leicht! Ihr werdet ja auch nicht von Holzzähnen attackiert!« Die Rinde verfehlte sie haarscharf. Rabije konnte einfach keinen Abstand gewinnen. Bald würde sie vor Erschöpfung zusammenbrechen und womöglich fallen.

Ich hielt an. »Wir müssen ihr irgendwie helfen. Allein wird sie es nicht schaffen.«

»Was schlägst du vor?«, fragte Tamira.

»Spring auf eine andere Wurzel oder kletter irgendwo rauf!«, wies ich Rabije an. Ihr Zopf schwang hektisch umher. Sie hörte mich und suchte nach einer passenden Stelle. Zum ersten Mal machte sie, was ich ihr sagte. Heute geschahen Wunder, wenn auch nur kleine.

»Und wir suchen weiter nach dem Ausgang. Dann weiß sie, welchen Pfad sie nehmen muss.«

Tamira nickte und schaute konzentriert zur Plattform. Rund drei Etagen fehlten uns noch. Ich fragte mich, wo die Hauptstränge waren. Es mussten gewaltige Wurzeln sein, denn um dieses dreidimensionale Labyrinth zu halten, brauchte es mehr als nur die Erdbolzen, die Professorin Sharpwood angebracht hatte. Es musste ein Xylem im Hauptstrang geben, das uns zur Spitze führte. Jede Pflanze und jedes Wurzelgewächs hatte ein Xylem, um Wasser auch in das kleinste Blatt zu transportieren. Sähen wir dieses Kunstwerk von weitem, könnten wir es schneller ausfindig machen. Langsam verlor ich den Mut und obwohl sich meine Haut eiskalt anfühlte, war ich verschwitzt.

So wie Tamira schwitzte und hechelte, kostete es sie viel Energie, ständig zu klettern, zu laufen und aufzupassen, dass sie nicht fiel. »Ich finde nichts, was uns helfen könnte.«

»Such weiter nach dem Hauptstrang! Es muss einen geben.«

Rabije rettete sich auf eine andere Wurzel und hockte fast weinerlich dort. Hoffentlich kreuzte das Ungestüm nicht unseren Weg. Das wäre mein sicherer Untergang. Wir gingen noch ein Stück, bis sich Tamira an die Nasenspitze fasste. »Nur Wasser«, kommentierte sie.

»Hast du Wasser gesagt?«, fragte ich und betrachtete die Wurzel über uns. Sie schien etwas robuster gebaut zu sein. »Tamira, schau mal. Das ist einer der Hauptstränge!«

Ihr resignierter Gesichtsausdruck wandelte sich innerhalb von Sekunden in einen glitzernden. »Ja, das ist einer. Wir sind gerettet!«, jubelte sie und legte eine leidenschaftliche Drehung hin.

Auch in mir erwachte die Euphorie. Tamira zeichnete mit ihrem Finger die Route in die Luft, mit der die Hauptwurzel verbunden war. Schon packte sie meine Hand. »Los, ich weiß, wo wir langgehen müssen.«

Nach etlichen Windungen und einem halben Marathon erreichten wir die letzte Etage. Die Plattform war zum Greifen nahe.

»Wir müssen Rabije verraten, welchen Weg sie nehmen muss«, sagte ich und schaute hinab.

Sie saß zusammengekauert an ihrer sicheren Stelle. Das Monster war nirgends zu entdecken.

»Kannst du mich verstehen?«, rief ich ihr zu.

Ihr Kopf ruckte hoch. »Nein, gar nicht.«

»Gut. Siehst du links oberhalb vor dir die dicke Wurzel?« Ich deutete darauf, obwohl es Rabije wenig nutzte. Planlos suchte sie, aber wenigstens stimmte die Richtung. »Dahin musst du kommen. Folge ihr. Sie bringt dich zur Plattform.«

»Wehe, du führst mich in mein Verderben!«

»Du kannst ja selbst den Weg finden und zur Ameisenkönigin werden.«

»Echt witzig!«, brüllte sie hoch.

Tamira unterdrückte ein leises Kichern. Gemeinsam beugten wir uns über den Rand der Rinde und leiteten Rabije durch das Labyrinth. Trotz unserer Hinweise verlief sie sich einige Male. Anweisungen zu folgen war nicht ihre Stärke und sie fluchte ununterbrochen. Zum Glück war das hier keine Welt, in der es Zaubersprüche gab, sonst wäre ich längst am höchsten Turm von Escarun festgebunden gewesen, während Krähen über mich herfielen.

Als wir uns gegenüberstanden, deutete Rabijes Mimik auf vieles hin, nur nicht auf Erleichterung. »Ihr könntet euch ruhig deutlicher ausdrücken.«

»Besser zuzuhören wäre angebrachter gewesen«, erwiderte ich.

»Streit bringt uns jetzt gar nichts. Wir sind fast da«, sagte Tamira schlichtend, doch Rabije schnaubte gehässig.

In ihren Augen brodelte es nahezu. Unser Schlagabtausch würde in eine zweite Runde gehen.

Schließlich betraten wir zu dritt die Plattform. Sie war fein geflochten und neigte sich wie eine Schale nach unten. Auf einem Podium lagen unzählige Insignien. Manche von ihnen funkelten prachtvoll, andere wiederum waren alltägliche Gegenstände. Sogar ein Besen war dabei.

»Und wir sollen drei von ihnen zurückbringen?«, fragte ich, um sicherzugehen, dass meine Erinnerung mich nicht täuschte.

Rabije stürmte nach vorn. »Klingt einfach.«

»Wenn du mich fragst, zu einfach. Mich würde es nicht wundern, wenn wir gleich alle von dem Ungeheuer gejagt werden, weil wir seine Beute haben.«

»Wir werden es herausfinden. Ohne sie werden wir jedenfalls nicht bestehen«, sagte Tamira und kehrte mir den Rücken zu.

Ich hatte ein mulmiges Gefühl in der Magengegend. Irgendetwas würde passieren, das lag auf der Hand. So einfach ließen uns die Professoren nicht bestehen.

Rabije und Tamira betrachteten die Insignien genau, ohne eine in die Hand zu nehmen. Jede von ihnen konnte gefährlich, nützlich oder unbrauchbar sein. Rabije wählte eine Schatulle aus Silber und Tamira eine Feder. Ich umrundete das Podium und blieb an einem kleinen Stab hängen. Auf ihm waren zarte Gravierungen zu erkennen und er war handlich genug, um problemlos mit ihm wegzurennen, falls das Ungeheuer noch einmal darüber nachdachte, eine Jagdsession zu veranstalten.

»Shary! Nicht diese!«, brüllte Tamira.

Aus Schreck nahm ich den unscheinbaren Stab trotzdem und bildete mir sogar ein Aufblitzen der Schnitzereien ein.

Sie und Rabije schauten mich mit aufgerissenen Augen an. Sie gaben mir das Gefühl, etwas Falsches getan zu haben. Aus der Richtung der Akademie hörte ich einen lauten Aufruhr.

»Aber ... aber du solltest eigentlich ...«, stotterte Rabije und schluckte. »Wie ist das möglich? Wie kannst du eine Machtinsignie einfach an dich nehmen, ohne jeglichen Schaden?«

»Wovon sprichst du? Er sieht nicht aus wie eine Waffe und schon gar nicht wie ein Schmuckstück.«

Rabije wich zurück. »Wie kannst du den Unterschied nicht erkennen?«

»Entschuldige.« Tamira ließ die Hände sinken, die sie vor den Mund geschlagen hatte. »Wir haben versäumt, dir zu erklären, dass die meisten Machtinsignien an jemanden gebunden sind. Außenstehende können sie ohne eine Übertragung nicht berühren. Wir werden entweder weggeschleudert oder eine Zeit lang gelähmt.«

Wut kochte in meine Adern. Schon klar, dass ein Mensch nicht in diese Welt gehörte, aber wenigstens die Eckdaten sollte ich wissen, damit ich nicht aus Versehen starb. Anscheinend war ich ihnen doch nicht wichtig. Ich umschloss den Stab fester und an meinen Fingern spürte ich die Vertiefungen der Gravierung. »Ich lerne hier alles über Elemente und welche Auswirkungen sie haben können, aber nichts über Insignien, die an jeder Ecke lauern. Wie soll ich dann als Magieunbegabte erkennen, dass dieser Stab eine Machtinsignie ist?«

»Wieso fragst du uns das?«, pfefferte Rabije zurück. »Wir sind keine Menschen.«

Tamira rüttelte uns wach. »Leute, der Boden lockert sich!«

Das Korbgeflecht sprang auf und peitschte uns entgegen. Wir waren zu sehr mit uns beschäftigt gewesen und hatten die Umgebung vernachlässigt. Ein lächerlicher Anfängerfehler. Augenblicklich schoss meine letzte Energie hoch.

»Weg hier!«, rief Rabije und gemeinsam begannen wir zum Hauptstrang zu rennen. Das nachgiebige Geflecht machte es uns nicht leicht voranzukommen. Immer mehr brach weg. Nur mit Mühe erreichten wir durch Springen die rettende Wurzel.

»Überhaupt nicht übertrieben oder so«, keuchte Rabije und stützte sich mit der Schatulle auf ihren Oberschenkel.

Schweißtropfen perlten auf meiner Stirn. »Ich habe es euch gesagt. Es passiert noch etwas.«

»Ja, jetzt noch einiges mehr«, sagte Rabije und sah mich skeptisch an.

Hinter uns fiel das Gewebe in die Tiefe. Nur das Podium blieb wie eine Krone unberührt. Dann erfasste eine Vibration meinen Körper. Alles bebte und schlängelte sich erneut in verschiedene Richtungen.

»Oh nein, das sieht gar nicht gut aus«, wisperte Tamira. »Wir müssen raus und zwar schnell!«

»Mit oder ohne Plan?«, fragte ich gehetzt, während wir den Hauptstrang hinunter stürmten.

»Wir sollten solange wie möglich auf diesem Pfad bleiben!«

Ich kam mir wie in einem Karussell vor. Jede Wurzel, die mein Blickfeld kreuzte, war dabei, auf die gegenüberliegende Seite zu wollen. Selbst unsere schien in Bewegung zu sein. Sie blätterte an den Rändern rasant ab.

»Sie wird nicht mehr lange halten«, warnte ich und kurz darauf schrie Tamira. Panisch drehte ich mich um.

Sie war über eine Unebenheit gestolpert. Die Wurzel bockte hoch. Mein Herz stoppte. Tamira griff nach mir, aber ich erreichte ihre Finger nicht. Ohne vorher einen festen Stand zu haben, stürzte sie in den Abgrund.

»Nein, Tamira!«, rief ich runter. Es erklang ein Echo. Tränen schossen in meine Augen. Ich sah ihre feuerrote Mähne nirgends. Nicht sie! Bloß nicht sie!

»Ich bin hier«, schallte es auf der anderen Seite hoch.

Zu meinem Erstaunen glühte die Feder in ihrer Hand. Sie fiel nicht, sondern schwebte sacht auf einem anderen Pfad. Sie wedelte mit der Insignie. »Habt immer eine Feder dabei.«

»Oh Gott, ich dachte, du …«

»Keine Zeit für Gespräche«, unterbrach sie streng. »Du musst laufen!«

Und wie ich das musste! Tamira würde schon irgendwie allein hinausfinden. Die Borke zerfiel weiter und Rabije war ohne einen

Hauch von Teamgeist weitergesprintet. Sie verdiente wirklich den Titel *Miststück*.

Die Neigung der Wurzel und mein auflodgerndes Temperament verschafften mir einen Bonus. Das Gewicht verlagerte ich beim Laufen gezielt nach vorne, um weniger Kraft zu verbrauchen und über Unebenheiten zu springen. Ich erreichte die fünfte, die vierte und die dritte Etage, bis das Licht rapide abnahm. Das verschlungene Geäst verlor seinen Bewegungsdrang. Es kam zum Stillstand, was mich nicht beruhigte. Es knarzte verdächtig. Jetzt erst spürte ich, wie meine Beine zitterten, das Shirt an meinem Rücken klebte und der Stab mir beinahe aus der Hand glitt. In der Ferne sah ich eine vertraute Gestalt.

Als ich näherkam, erkannte ich sie. Rabije lehnte an einer Wurzel und blickte düster drein. »Du hast lange gebraucht. Ich stehe hier schon seit einer halben Ewigkeit.«

»Mache dir nicht die Mühe«, keuchte ich.

»Anscheinend komme ich nicht selbst aus diesem Drecksloch raus.«

»Ach, für eine Eskorte bin ich dir gut genug?«

»Du hast eine fremde Machtinsignie in deiner Hand, ohne zu wissen, wie mächtig dich das macht!«

Misstrauisch betrachtete ich die Schnitzereien. »Und? Was bringt das, wenn ich sie nicht benutzen kann?«

Sie seufzte. »Du hast wirklich keinen blassen Schimmer.«

Aus dem Schatten beugte sich etwas vor. Ich blinzelte. Es bewegte sich weiter. Ich blinzelte erneut. Nein, das bildete ich mir nicht ein. Eine Hand kroch neben Rabije aus dem Stamm heraus. Jede Horrorfilm-Produktion würde an ihren Effekten sparen, wenn sie diesen dünnen knorpeligen Ast sah. Ich bekam kein Wort heraus und stammelte vor mich hin.

Rabijes Augenbrauen schnellten nach oben. »Was hast du?«

»Dreh dich bitte nicht um.«

Die Hand tippte ihre Schulter an. Rabijes Wimpern schlugen angsterfüllt auf und wie in Zeitlupe drehte sie den Kopf zur Seite. Die knorrige Wurzel griff mit ihren Klauen nach ihr. Rabije blieb nichts anderes übrig, als wegzurennen. Egal in welche Richtung. Sie legte den Sprint des Jahrhunderts hin und ich blieb geschockt stehen. Statt ihr zu folgen, visierte die Kreatur mich an und wollte mich packen, doch ich duckte mich rechtzeitig weg. Mit dieser Haltung huschte ich unter dem Strang hindurch und eilte Rabije nach. Die Hand zischte nach dem misslungenen Angriff und folgte mir.

»Diese Akademie ist sadistisch!«, rief ich verbittert und wich nicht gerade mit Eleganz aus. Wo zum Teufel war der Ausgang? Nichts kam mir bekannt vor und auch das Tageslicht verschwamm im oberen Teil des Labyrinths. Hinter mir kreischte es wiederholt. Ich sah nach links, denn Rabije hatte einen anderen Weg eingeschlagen. Sie war gestürzt und eine willkommene Beute.

»Hinter dir!«, warnte ich, aber meine Stimme drang nicht zu ihr durch.

Die grässliche Hand griff bereits nach ihrem Zopf. Mit wedelnden Armen verteidigte sie sich, doch dadurch verfing sie sich nur noch mehr. Solange dieses Ungeheuer abgelenkt war, konnte ich verschwinden, aber dann wäre ich nicht besser als Rabije. Zwist hin oder her. Es lag nicht zufällig ein Stein oder ein spitzer Gegenstand in meiner Nähe? Natürlich nicht. Wenn ich nur gewusst hätte, wie dieser Stab funktionierte, dann hätte ich das Monster in Späne zerhacken können. Rabije klammerte sich mit beiden Beinen am Strang und rutschte ab. Schließlich sanken ihre Hände. Ihr Kampfgeist war aufgebraucht. Die Wurzel schlängelte und zischte vor Freude.

Ich packte den Stab und nahm meinen Mut zusammen, stürmte auf die Wurzel zu und schlug mit gesamter Kraft auf sie ein. Das Geräusch einer Axt erklang. Noch einmal. Winzige Bruchstücke flogen umher, aber die besessene Hand interessierte sich nicht für meine Bemühungen. Verärgert schlug ich noch härter zu. »Du lässt sie in Frieden!«

Wie aus dem Nichts zuckte Rabijes Kopf hoch. In ihren Augen loderte ein roter Funke. Es schossen Flammen aus ihren Fingerspitzen und die Hand wich schockiert zurück. Sie fing Feuer. Rabijes Element war erwacht.

»Was machst du noch hier?«, fauchte sie. »Du solltest längst draußen sein. Ich komme hier klar.«

»Bist du dir sicher?«, fragte ich und wich ihrer Feuersbrunst aus.

Sie öffnete die Schatulle und saugte die Flammen samt der Hand ein. Angestrengt schloss sie diese wieder und hielt sie mit den Händen zu. »Einmal stärker als eine Machtinsignie zu sein, ist ein seltenes Privileg in Mythnoir. Ich wäre dumm, wenn ich diesen Augenblick nicht nutzen würde.«

Verwundert über ihre Aussage, starrte ich sie an. Gegen diese Schatulle und ihr magisches Feuer kamen keine Hölzer oder gruseligen Hände an.

»Lauf! Ich weiß nicht, wie lange ich sie geschlossen halten kann.«

Ich nickte und rannte mit Puddingfüßen weiter. Der Felsen in meinen Magen verschwand nicht, aber wenigstens konnte ich Rabije ermutigen, weiter zu kämpfen. Alles andere wäre zu viel verlangt gewesen. Ich befürchtete schon, dass ich noch eine Weile im Unterholz herumirren würde, bis ich an den Punkt gelangte, an dem ich auf allen vieren kroch. Soweit kam es jedoch nicht. Ich sah Licht. Eine Wand schob sich weg. Die Professoren zeigten einmal Mitleid mit einem völlig ausgelaugten Mädchen.

Das Grün stach in meinen Augen. Ich war mehr als nur erschöpft, ich war ein durchnässter Zombie, der nur noch eins wollte: In der Badewanne mit einem Schaumberg einschlafen und nie wieder aufwachen. Das war keine Prüfung. Es war ein B-Movie-Horrortrip – mit einem Unterschied: alles war wirklich passiert.

Hoffentlich hatten wir ihnen eine einmalige Vorstellung geliefert. Denn keine Magie der Welt würde mich wieder da hineinbringen. Nie wieder.

Der Stab rutschte aus meiner verkrampften Hand. Ich sah plötzlich, wie Nevan, Lucien, Arlinn und Professorin Sharpwood aus der Menge traten. Sie waren vom Trainingsplatz zur Wiese gezogen, wahrscheinlich um einen besseren Blick auf uns zu werfen. Sogar eine Glasleinwand mit Wasser für die Zuschauer hatten sie aufgestellt. Auf dem Bild war Tamira zu erkennen. Sie benutzte ihre Feder geschickt, um auf die unterste Ebene zu gelangen. Der Oberoffizier am Tisch wirkte distanziert und zeigte mir sein unausstehliches Grinsen, was natürlich niemand außer mir bemerkte. Stattdessen stritten die Ratsmitglieder lautstark über etwas und beachteten nicht einmal Tamiras Bemühungen.

Ich dagegen wollte bloß noch irgendwem in die Arme fallen. Wer es war, war mir egal. Er sollte mich festhalten und mir sagen, dass alles nur ein schlechter Traum gewesen war und ich nach Hause konnte. Meine Kraft reichte nicht mal aus, um über etwas anderes nachzudenken. Ich schwankte und mir wurde schwindelig. Ein Schmerz schoss durch meinen Unterschenkel. Er wanderte blitzartig durch jeden Muskel und hinterließ eine brennende Spur. Ich schrie auf, sackte in die Knie und mein Gleichgewichtssinn versagte. Die Schulter krachte seitlich auf den Boden. Noch eine Schmerzwelle durchflutete meinen Körper. Ich wollte mich krümmen und festhalten, doch die Arme gehorchten mir nicht mehr. Stattdessen kroch Panik in meine Glieder. Meine Beine, Finger, selbst meine Zunge ... kein Muskel befolgte meinem Befehl, jeder Versuch wurde ignoriert. Meine Stimmbänder waren taub, als hätte ich keine Kehle mehr. Angst zerrte an mir.

Lucien und Arlinn blieben stehen. Sie machten keinen Salto auf mich zu, sondern wichen zurück. Tolle Freunde hatte ich.

Doch Nevan setzte sich in Bewegung. Seine kräftigen Schritte hörte ich gedämpft auf der Erde. Er hob sanft meinen Kopf an und zog ihn auf seinen Schoß.

»Shary, kannst du mich hören?« In seiner Stimme lag Besorgnis. War das der Nevan, der sich als Held aufspielen wollte? Er strich mir eine Strähne aus dem Gesicht. Seine Fingerspitzen waren warm und prickelten auf der Haut. Und wieder war da das Gefühl, welches ich nicht einordnen konnte.

Professorin Sharpwood beugte sich über mich. »Sie ist wach. Wir müssen sie schleunigst in die Krankenstation bringen, bevor sie das Bewusstsein verliert.«

Schnell wanderten Nevans Hände unter meine schlaffen Kniekehlen. Seine Stärke und der feste Stand verblüfften mich. Er hob mich federleicht hoch. Ich wollte zappeln und mich wehren, aber kein Signal erreichte die Nervenenden. Die Spielfäden waren nicht mehr meine. Hilflos umfing mich Nevans leichter Zitronenduft. Der modrige Geruch der Wurzeln verflog. Immer wieder streichelte er mit dem Daumen über meinen Oberarm. Sobald er damit aufhörte, würde ich mit Sicherheit das Bewusstsein verlieren, denn es verstärkte mit jedem Mal das seltsame Gefühl. Wie eine Vorahnung legte es sich nieder. Eine, die ich unter verwirrten Schmetterlingen nicht so einfach abschütteln konnte.

Höflichkeitsabstand

Ich lag in einem Bett auf der Krankenstation. Die Vorhänge waren zugezogen und draußen fand der Tumult der Prüfung statt. Ein einsames Staubkörnchen flirrte vor mir. Der Drang, es wegzuwischen, war groß, aber ich konnte mich nicht bewegen. Ich wusste nicht einmal, wie viel Zeit vergangen war, seit mich Nevan hergebracht hatte und eilig wieder verschwunden war. Mir gehorchten nur meine Augenlider, mehr als blinzeln konnte ich nicht. Der Rest war leblos und langweilte sich zu Tode. Gelegentlich flößte mir Mrs Whitfield schlückchenweise Wasser ein, was meinen unstillbaren Durst nicht befriedigte. Ich wollte die ganze Kanne auf Anhieb austrinken. Sie stand auf dem Beistelltisch und lockte mich mit ihren Reflexionen an der Zimmerdecke. Meine oberflächlichen Wunden hatte Mrs Whitfield mit der Stele geheilt, aber ich konnte mich immer noch nicht bewegen. Vermutlich, weil diese Lähmung entweder verzögert vom Stab kam oder der Nachteil meiner Kraftinsignie war. Sie tippte auf Letzteres, da Machtinsignien ihre Wirkung zum Schutz bei der ersten Berührung entfalteten. Beides konnte man nicht mit Magie oder einer Pflanze aus Selentia behandeln, sondern mit Zeit. Das war die gute Nachricht. Es ging vorüber – bis dahin musste ich das unerträgliche Jucken meiner Nase aushalten.

Die Tür schleifte über den Dielenboden. Ein Luftzug wehte heulend hindurch. Ich konnte den Kopf nicht drehen, um nachzusehen, wer eintrat. Bestimmt war es die Krankenschwester, die wieder nach mir schauen und meine ausgetrocknete Kehle befeuchten wollte. Sie war nicht allein gekommen. Ich hörte die Schritte von verschiedenen Personen. Das klang nicht nach einer ausgelassenen Teeparty, sondern nach einem Sturm.

»Sie können sie nicht mitnehmen!«, schrie plötzlich Beryll und ein Schreck durchfuhr mich.

»Wir haben alle gesehen, was passiert ist. Sie ist eine größere Bedrohung, als wir geahnt haben. Besser jetzt, da sie bewegungsunfähig ist und niemand auf sie Acht gibt«, sagte Emerald. Ich hörte ihre Mäntel flattern und ein mulmiges Gefühl hallte in mir mehr und mehr nach.

»Nur wenn sie in die falschen Hände gerät. Sie jetzt mitzunehmen, würde unsere Angst vor ihr signalisieren«, sagte die jüngere Stimme. Es war Achat.

»Und wer garantiert uns, dass die Dämonen nicht bereits von ihr wissen? Der Unfall war eindeutig inszeniert.«

Moment mal – Dämonen? Die Stimmen, die ich auf dem Korridor gehört hatte, waren die von Dämonen? Oh Gott, dank Zarek war ich der schlimmsten Gefahr in ganz Arendor von der Schippe gesprungen.

»Auch dafür haben wir nicht genug Beweise. Es könnte auch jemand aus unseren Reihen gewesen sein. Escarun ist die beliebteste Akademie im Land. Unser Ruf steht auf dem Spiel.« Aus Achats Stimme zitterte die Furcht hervor.

»Alle Anhaltspunkte deuten auf unseren Feind hin. Außerdem steht sie unter unserem Schutz und solange wir diese Akademie leiten, wird ihr nichts geschehen.«

»Das Menschenkind kann nicht ewig in der Akademie verweilen«, erwiderte Opal.

»Wir können sie auch nicht nach Hause schicken. Es gibt keine bekannte Insignie, die mächtig genug wäre. Sie muss bei uns bleiben.«

»Ich schlage vor, das Kind in die Elite zu bringen. Mit seiner Fähigkeit könnte es das gesamte Land verändern.«

Es gab nichts, was mich zurückbrachte? Nichts? Keine Magie in Mythnoir? Keine dämliche Insignie? Die Enttäuschung sickerte durch meine Glieder. Alles war umsonst gewesen. Ich hatte die süße Hoffnung auf meiner Seite gehabt, doch jetzt war die Schonfrist vorbei. Jeder Gedanke verkeilte sich zu einem *Ich will das nicht*. Ohne das Gefühl von Sicherheit erst recht nicht.

Emerald zögerte. »Als ein fester Bestandteil unseres Volkes?«

»Es wird eine Zeit dauern, bis sie vollständig akzeptiert wird, aber sie könnte die Krise aufhalten und zu unseren Gunsten wenden. Die Lösung liegt direkt vor uns. Wir müssen sie nur erkennen«, sagte Achat freundlich. »Außerdem kann das Mädchen nicht die Einzige mit dieser Fähigkeit sein. Gewiss gibt es andere wie sie.«

»Da sie durch die Finstersphäre gekommen ist, ist es sogar wahrscheinlich, dass wir ausschließlich solche Menschen hierher ziehen können«, schlussfolgerte Beryll.

Meine anfängliche Trauer tauchte in einen Lavastrom aus Wut. Sie wollten mich benutzen, um ihr Problem zu beseitigen? Jede Faser in mir sträubte sich. Nein! Ich wollte keine Marionette sein. Ich würde nicht zulassen, dass weitere Menschen ihre Heimat verloren, nur weil sie die Machtinsignien berühren konnten. Dieser Rat war egoistisch! Ohne Rücksicht auf Verluste verkündeten sie ihr Urteil über fremde Leben. Über Familien wie meine, die vor ihren eigenen Problemen standen.

»Dann sollte die Finstersphäre weiter unter Gewahrsam gehalten werden«, schlug Emerald vor.

Ich wollte aufschreien, diesen Vorhang wegreißen und ihnen meine Meinung entgegen brüllen. Ich hasste alles hier! Die Lähmung, meine Kraftinsignie, das Bett, die Reflexionen an der Decke, meine trockene Kehle, die überflüssigen Tränen, die vielen Geheimnisse und die albernen Mäntel der Ratsmitglieder.

Eine weitere Person stürmte ins Zimmer. »Was habt ihr vor?«

»Sie haben hier nichts verloren, Lucien«, antwortete Achat bissig.

»Der Rat sollte nicht in der Krankenstation verweilen und über heikle Dinge diskutieren. Ich dagegen besuche nur eine Freundin.« Luciens Worte lösten eine längere Stille aus. Selbst hinter dem Vorhang spürte ich die Spannung pulsieren.

»Den Rat einfach anzusprechen, gehört auch nicht zu den Tugenden eines Studenten«, ermahnte Emerald.

»Also ich sehe hier keinen, der ausplaudern könnte, dass ich ungehalten mit dem Rat sprach«, erwiderte Lucien und bildlich schwebte sein verschmitztes Grinsen vor mir.

»Wir verschieben unsere Unterredung auf später«, brummte Achat und verließ mit den anderen Mitgliedern den Raum.

Es dauerte ein paar Sekunden, ehe Lucien den Vorhang beiseiteschob und somit mehr Licht zu mir schickte.

»Ich erwische dich an einem Tiefpunkt«, sagte er entschuldigend und wischte mir sanft eine Träne von der Wange. Das Gefühl von Vertrautheit überschlug sich in meinem Bauch und milderte die Wut und die Trauer ein wenig ab.

»Sie wussten nicht, dass du wach bist, aber egal was sie gesagt haben, wir finden eine Lösung.«

Die gab es nicht. Nicht mehr. Der Rat hatte meine Hoffnung getilgt, ausgespuckt und hinfort gewischt. Das saubere Laken mit Erbrochenem zu besudeln, wäre jetzt ein leichtes Unterfangen für mich gewesen. Besonders als zukünftiges Reparaturwerkzeug ihrer Fehler. Dabei wollte ich bloß einen Weg nach Hause finden. Einen Weg, der selbst in einer magischen Welt nicht existierte.

Der Lärm drang nicht mehr zur Krankenstation vor. Die Prüfung schien vorbei zu sein. Lucien verschwand aus meinem Sichtfeld. Ich hörte, wie er auf dem Stuhl Platz nahm. Seine Anwesenheit verschaffte mir auf eine andere Art ein Unwohlsein. Nichts war von seiner Gelassenheit übriggeblieben. Sie war wie eine falsche

Linie ausradiert worden. Ein Kribbeln unter den Haarwurzeln drang wie winzige Stecknadeln in mein Bewusstsein. Es wanderte in die Arme. Ich spürte meine Finger wieder und leider auch die Erschöpfung. Sie drückte mich nieder.

»Wasser«, keuchte ich und hob den Kopf.

Lucien nahm sofort das Glas in die Hand und hielt es an meine spröden Lippen.

Ich schluckte mit kräftigen Zügen. »Noch mehr«, forderte ich.

Er füllte das Glas noch einmal. Das fließende Geräusch klang wie Musik in den Ohren.

Ich riss es ihm aus der Hand und trank mit zwei Zügen aus.

Er schmunzelte. »Du scheinst ganz schön ausgetrocknet zu sein.«

»Mrs Whitfield hatte anscheinend was Besseres zu tun, als an meinem Bett zu sitzen und mich zu betreuen. Ich bin vor Langeweile fast gestorben.«

Er schenkte ein drittes Mal nach. »Du hast es überlebt.«

»Gerade so«, antwortete ich hastig, bevor das Wasser meine Lippen benetzte.

»Ich habe gehört, dass der Rat dich nicht wegschicken möchte.«

Ich nickte und betrachtete das Glas zwischen meinen Händen.

»Alle haben gesehen, wie du den Stab genommen hast. Nie zuvor konnte jemand die Übertragung einer Machtinsignie umgehen. Es ist also nicht verwunderlich, dass sie dich behalten wollen. In dir steckt unfassbar viel Potenzial.«

»So viel, dass sie mich fast aus der Krankenstation entführt hätten.«

»Auf längere Sicht wäre das unklug gewesen, weil sie somit deine Fähigkeit bestätigt und Unruhe verbreitet hätten. Dein Glück war, dass in dem Moment, wo du den Stab losgelassen hast, der Nachteil deiner Kraftinsignie wirkte. Es könnte auch eine verspätete Rückstoßreaktion gewesen sein und das schwächt die Bedenken der Studenten ab.«

»Trotzdem habe ich den Stab angefasst und ihn mit mir getragen. Das reicht in meinen Augen für die Gerüchteküche von Escarun«, erwiderte ich mit Elan.

»Eine Konsequenz bleibt eine Konsequenz. Wenn es anders geschehen wäre, würde jeder Angst vor dir haben.«

Betrübt richtete ich meinen Blick gegen die kahle Wand. Von Gerüchten hatte ich genug und für mich wog etwas viel schwerer als mögliche falsche Tatsachen. »Der Rat meinte, sie hätten keine Insignie für mich gefunden und wollen sogar weitere Menschen auf die andere Seite bringen.«

»Damit bringen sie Arendor in Gefahr. Es würde alles nur noch schlimmer und komplizierter werden«, sagte er und ballte seine Faust auf dem Oberschenkel.

»Was soll ich tun? Ich kann mich nicht ewig hier verstecken.«

Lucien lehnte sich vor. »Ich weiß nicht, ob es dich tröstet, aber es gibt vielleicht eine Chance, wie du nach Hause kommen kannst.« Sofort fing er meine Aufmerksamkeit ein. »Loudun besitzt mehrere Arten von Archiven. Als kleiner Junge schlich ich mich mit Arlinn in eines hinein und war fasziniert von der Größe und Vielfalt. So sehr, dass sie uns gefunden haben und wieder rausbrachten. Später, als ich die richtigen Befugnisse aufgrund meiner Machtinsignie bekam, fiel mir eine Karte in die Hände, die den Standort und die Funktion mancher Insignien zeigt. Es existiert eine, die den Träger zu seiner Heimat führt.«

»Das sagst du mir erst jetzt?«, preschte es aus mir heraus.

»Durch ihren aktuellen Besitzer wechseln die Aufenthalte ständig. Demnach kann die Heimkehrinsignie überall sein. Sogar im verbotenen Königreich der Dämonen, in Selentia oder im Ewigen Wald. Selbst wenn wir sie finden, gibt es keine Garantie, dass sie mächtig genug ist, dich zwischen den Welten zu bewegen. Ich wollte dir keine falschen Hoffnungen machen.«

»Wieso weiß der Rat nichts von dieser Insignie?«

Er zuckte mit den Schultern. »Vermutlich haben sie größere Probleme, als eine unscheinbare Insignie zu suchen.«

»Das heißt, ich muss wirklich diese Mauern verlassen.« Die Vorstellung machte mir Angst. In einer vollkommen fremden Welt mit anderen Regeln und Gesetzen umherzuziehen und mich Gefahren auszusetzen, die mir unbekannt waren, klang nicht nach einem lustigen Ausflug.

»Wir werden dich nicht allein lassen«, sagte Arlinn, während sie aus dem Schatten trat.

Ich schreckte hoch. »Seit wann stehst du schon dort?«

»Nicht sehr lange, ich bin gerade durch die Tür gekommen«, sagte sie und sprach weiter: »Du bist ein wichtiger Teil unserer schrägen Clique geworden und wir Seltaren knüpfen Freundschaften für die Ewigkeit.«

Lucien bejahte und grinste. »Ein kleines Abenteuer kommt uns immer sehr gelegen, so wie damals in der Unterstadt von Loudun. Uns wirst du nicht mehr los.«

»Du vermasselst uns doch eh alles«, meinte sie schmunzelnd.

»Sagt die, die gegen jedes Schienbein getreten hat, damit wir flüchten und dich am nächsten Tag befreien konnten. Das verlief nicht immer günstig für uns.«

Ich unterdrückte ein Kichern. »Ihr wart damals Rebellen, nicht wahr?«

»Wenn es sein musste. Nicht immer sind Regeln optimal auf das Leben zugeschnitten. Man erschafft notgedrungen eigene, wenn diese einen im Stich lassen.«

»Umso wichtiger wird es sein, dass du aus dieser Welt kommst. Bevor ganz Mythnoir von dir erfährt und die Ordnung angesichts der Finstersphäre wieder auf den Kopf stellt.« Lucien atmete tief durch, nachdem er diese Worte sprach. Er war angespannt und ich bekam einen winzigen Eindruck davon, was ich auslösen konnte. Nicht nur hier, sondern auch zu Hause.

»Soweit wird es niemals kommen. Du bist zu negativ«, antwortete sie ihm und trat einen Schritt beiseite. »Wie es aussieht, wird die Krankenstation jetzt überrannt.«

»Daisy! Warte auf mich«, schrillte es vom Flur wie auf Arlinns Kommando ins Zimmer hinein. Ihre Erdherrscherfähigkeiten erschienen mir manchmal wie eine Weissagung, von der ich eine Gänsehaut bekam.

Die Nahri flog direkt vor meine Nase. »Ich habe es gewusst. Du bist anders!«

Lächelnd schob ich sie aus meinem Gesicht. »Das war ich doch schon immer.«

»Tut mir leid. Ich wollte dich vorher besuchen, aber die Professoren ließen mich nicht gehen.« Tamira hechelte und ihre zerzausten Haare standen in allen Richtungen ab. Die Reise durch den Wurzeldschungel schien ein voller Erfolg gewesen zu sein.

»Hast du bestanden?«, fragte ich prompt.

»Ja, habe ich. Es war knapp, weil mich eine gruselige Wurzel verfolgt hat, aber im letzten Augenblick erwachte mein Luftelement und ich konnte fliehen«, erzählte sie stolz und gleichzeitig mit dem breitesten Lächeln, was ich je bei ihr gesehen hatte. Ihre Befürchtung, keine Magie zu besitzen, hatte sich nicht bewahrheitet.

Ich hatte vermutet, dass sie Feuer beherrschen würde, doch sie durfte weiterhin an der Akademie bleiben und ihren Traum verwirklichen. Das allein zählte.

»Sie macht mir Konkurrenz«, motzte Daisy und stemmte ihre kleinen Hände in die Hüften.

»Keine Sorge.« Tamira stupste gegen ihren Arm. »Fliegen kannst nur du.«

Arlinn stützte sich auf die Bettkante. »Dagegen waren die vier Rätsel der vergangenen Prüfungen harmlos. Wir konnten zum Schluss nicht mehr hinsehen.«

Lucien wechselte einen verdächtigen Blick mit Arlinn. Eine kurze Stille schwebte zwischen ihnen. »Nach der Prüfungsphase findet am letzten Tag des Semesters eine große Party statt, wenn ihr wollt, seid ihr eingeladen.«
»Seid ihr die Gastgeber?«, fragte ich skeptisch.
Lucien antwortete zögerlich. »So etwas in der Art. Es ist eine Tradition, die das höhere Semester organisiert. Es gibt Musik, zahlreiche Spiele und Wettbewerbe.«
»Es ist eine kleine Willkommensparty für Studenten, die weiter an der Akademie lernen dürfen«, berichtete Arlinn nachträglich.
»Gibt es dort auch Nektar für mich und meine Nahrifreunde?«
»Für euch stellen wir extra frischen bereit.«
»Ihr wisst gar nicht, wie mühsam das Sammeln ist!« Mit wedelnden Armen flog sie durch die Krankenstation und freute sich lautstark über ihr baldiges Festmahl.
Tamira lachte. »Also, wenn ihr Daisy so begeistern könnt, begleite ich sie gerne. Irgendjemand muss ja auf sie aufpassen.«
»Was ist mit dir?«, fragte Arlinn mich. »Ich hätte sogar ein passendes Kleid für dich.«
»Nein, bitte keine Kleider. Eure kurze Schuluniform reicht mir schon.«
»Schade, mit deiner schlanken Figur hättest du wunderbar in ein rotes Chiffonkleid gepasst.«
Ich lächelte lasch. Besonders rot trug ich sehr ungern.
»Für die Party suche ich dir etwas Bequemeres aus dem Schrank«, sagte Tamira rettend. Sie wusste bereits, wie unwohl ich mich in Kleidern und Röcken fühlte, obwohl ich mich schon ein wenig daran gewöhnt hatte, weil das Wetter in Mythnoir eher warm als kalt war. Trotzdem vermied ich flatterige Stoffe aus Prinzip.
»Oh, sieh mal an«, ertönte Daisys Stimme von weit her. »Der verlorene Retter kehrt zurück!«
»Wir gehen dann besser«, sagte Lucien und warf mir einen unmissverständlichen „*Du darfst ihm nicht vertrauen*"-Ausdruck zu.

Ich segnete seine Flucht mit Arlinn ab, während Tamira ahnungslos den Kopf neigte. Ich musste ihr dringend alles erzählen, auch, was ich mit Zarek belauscht hatte. Langsam verstand ich nichts mehr und sie vermutlich noch weniger.

»Ist schon gut, wir treffen uns im Zimmer«, vertröstete ich sie.

»Okay«, sagte sie einsilbig und verließ mit einer Brise den Raum. Daisy flatterte ihr hinterher.

Nevan schob den Vorhang ganz beiseite und blieb stehen. Ich spannte meine Finger am Glas an und wich seinem Blick aus. Irgendetwas hatte sich verändert, denn er machte mich nervös. Auf eine neue, verwirrende Art, die mir nicht passte.

»Du hast draußen ein ganz schönes Theater veranstaltet.«

»Ich hatte keine Wahl«, flüsterte ich und erwartete die nächste Runde des Gefechtes zwischen Nevan und mir.

»Wieso ausgerechnet der Stab vom Oberoffizier? Dort lagen maximal zwei gebundene Insignien und du suchst dir die beste davon aus.«

Ich zückte mit den Achseln und war nicht sonderlich überrascht, dass der Stab Mr Suthove gehörte, so wie er mich auf der Wiese angelächelt hatte. Das war sein Werk. »Keine Ahnung. Hättet ihr mir beigebracht, wie man sie unterscheidet, hätte ich ganz sicher nicht meine Prüfung oder gar mein Leben für ein Stück Holz riskiert.«

»Ich schätze, das können wir nicht. Wir spüren die eingebundene Magie in den Insignien. Bei manchen mehr, bei anderen weniger und keiner kann dich das lehren. Du musst es fühlen.«

Was ich gerade fühlte, verunsicherte mich zunehmend. Ich traute mich nicht einmal, für einen Moment in sein Gesicht zu sehen, stattdessen betrachtete ich lieber die Wand oder das Wasserglas in meinen Händen.

Seine Finger fuhren über die Stuhllehne. »Es gehörte zu deiner Prüfung. Vermutlich wusste er, welche Insignie du wählst.«

»Das wundert mich nicht«, meinte ich leicht gereizt. »Der Rat hat mein Zuhause mit Sicherheit genaustens untersucht und Mr

Suthove irgendetwas von meiner Vorliebe für Pflanzen und Stöcker erzählt, damit er seine Machtinsignie dazu legt.«

»Gut möglich. Der Stab erschien dir schließlich vertraut«, antwortete er karg. »Aus diesen Grund gab mir der Rat die Aufgabe, dich in der Insignielehre zu unterweisen. Sie sind mir vorhin auf dem Flur begegnet.«

»Den Gefallen wirst du ihnen aber nicht tun, oder?«

Er schleifte den Stuhl näher ans Bett und setzte sich. Die Dielen hatten hörbar einen Kratzer mehr. »Ich muss dich enttäuschen. Diesmal werde ich ihre Anweisungen befolgen.«

»Kann das nicht ein anderer machen? Es gibt genügend Studenten in dieser Akademie.«

Er schnaubte. »Nur leider haben sie mich nach meinen Vergehen im Visier.«

»Das hättest du dir vorher überlegen sollen ... Mehrmals.«

»Ich weiß.« Er legte seine Hand neben meinem Bein ab. Trotz des Höflichkeitsabstandes spürte ich seine Wärme durch die Laken. »Aber ich konnte mich gegen die Faszination eurer Welt nicht wehren.«

Nun sah ich ihm doch ins Gesicht. War das die Antwort, die ich suchte? Seine Mundwinkel waren versteinert und trotzdem entflammte in mir etwas. Diese Augen verbargen so viel, wie sie ausstrahlten. Erzählte er mir die Wahrheit oder hatte er etwas Spezielles in meiner Welt gesucht? Was mochte das gewesen sein? Zweifelsohne waren es keine Blumentöpfe oder Pferdeställe.

Ich zog die Decke hinunter. »Das soll ich dir glauben?«

»Ob du mir glaubst oder nicht, es ändert nichts an der Situation«, murrte er. »Jedenfalls darfst du jetzt in die große Bibliothek.«

»Zumindest etwas«, sagte ich und stand vom Bett auf.

Er machte keinen Platz, sodass ich ihm regelrecht auf die Füße treten musste, um an ihm vorbeizukommen. Nach ein paar Schritten überkam mich ein Schwindelgefühl. Ich drohte zu kippen. Rechtzeitig umfasste er schützend meine Taille. Sofort kroch mir wieder das seltsame Gefühl die Glieder hoch.

»Du solltest nicht so schnell aufstehen«, wisperte er an meinem Ohr und ließ mich schlagartig los.

Ich taumelte gegen die Bettkante. »Nicht gerade rücksichtsvoll, mich durch die Gegend zu schubsen«, erwiderte ich und hielt mich am Pfosten fest.

»Wo wolltest du auch hin? Nach einer Insignienlähmung braucht der Körper genügend Zeit, um sich zu regenerieren.«

Ich wollte aus dem Raum flüchten. Seine Nähe verursachte ein Chaos in mir, das ich nicht verstand und bevor ich einen Fehler beging, musste ich einen klaren Kopf bekommen. Am besten allein, in meinem eigenen Bett. »Ist es verboten, sich in seinem Zimmer auszuruhen?«

»Nein, aber ...«

»Spar dir deine Erklärung«, unterbrach ich ihn. »Lass mich vorbei.«

Mit einem widerwilligen Zischen trat er zurück. »Ich erwarte dich morgen Abend in der Bibliothek!«, rief er mir hinterher, nachdem ich aus der offenen Tür schritt.

Der eigensinnigste Kerl, dem ich je begegnet war, wollte mit mir lernen. Das ich nicht lachte! Ich hatte Besseres zu tun, nämlich die Heimkehrinsignie zu finden. Wo auch immer diese war oder wie sie aussah, ich würde sie in den Händen halten und keine Sekunde zögern, sie zu benutzen. Jetzt hatte meine Hoffnung endlich einen Namen, trotz der schwierigen Bedingungen, die mir der Rat auferlegen wollte. Ich sollte ein Teil ihres Volkes werden und ihre bescheuerte Krise beenden. Gut überlegt hatten sie sich das beim Gespräch nicht. Und überhaupt, worum ging es da? Sie sprachen ständig in Rätseln, als wäre die Sache vom FBI unterzeichnet worden. Wenn sie mich benutzen wollten, mussten sie mich eines Tages einweihen, ansonsten tappte ich ewig im Nebel von Unklarheiten.

»Nun sag schon, was habt ihr alle? Ihr benehmt euch wie kleine Kinder, denen das Spielzeug weggenommen wurde«, fragte Tamira, sobald ich unser Zimmer betreten hatte.

»Ich weiß selbst nicht, wie das zusammenhängt oder ob überhaupt ein Zusammenhang besteht«, fing ich an zu erzählen und ließ keine Details aus. Je mehr ich die letzten Ereignisse beschrieb, desto unruhiger wirkte sie.

»Zarek wird nicht gefallen, dass ich dir davon erzähle, aber er hat mir genug Ärger eingebracht, indem er sich aus der Sache mit der Karaffe geschlichen hat.«

»Zarek und du haben zwei Verdächtige belauscht und du sollst es niemandem erzählen? Dann die Sache mit deiner Gabe, die der Rat für ihre Zwecke missbrauchen will? Sie vermuten sogar, dass die Dämonen hinter den Angriff stecken?«, fragte sie und stöhnte.

»Du ziehst Ärger magnetisch an. Nicht nur mit Nevan.«

»Die Liste wird vermutlich länger, je mehr Zeit ich in Escarun verbringe.«

»Kann schon sein, aber aus Lucien und Arlinn werde ich auch nicht schlau. Es ist kein kleines Geheimnis, sonst wäre ihr Verhalten uns gegenüber normal. Ich denke, es hat etwas mit ihren Insignien zu tun. Ganz sicher!« Sie stampfte wie ein Kobold im Kreis umher und ballte ihre Hände zu Fäusten. »Wenn ich nur irgendeine Machtinsignie hätte, dann ... dann!« Ihr Rock flatterte unnatürlich hoch.

Sofort sprang ich vom Bett. Lose Papierblätter flogen durch den Raum. Der Luftzug rauschte um meine Ohren. Die Gardinen zappelten am Fenster und Tamiras Haar loderte wie Feuer. Sie hatte ihr Element nicht unter Kontrolle.

»Tamira, bitte beruhige dich. Egal, was hier gespielt wird, keiner von ihnen kann sein Geheimnis auf ewig bewahren.«

Sie schwankte, dann löste sich die Anspannung ihres Körpers merklich. Der Wind flaute ab. »Sie werden uns auch nicht einweihen. Insignienträger sind dafür zu selbstverliebt«, flüsterte sie abwesend. Dann drehte sie hektisch den Kopf und sah mich mit großen Augen an. »Ich habe meine Kräfte unterschätzt.«

Pinsel, Hefte und Blätter lagen verteilt auf dem Boden. Das Tintenglas auf dem Tisch war umgekippt und das einzige Bild im Zimmer war heruntergefallen.

»Ich glaube auch«, sagte ich lächelnd. »Wir erzählen einfach, dass Daisy dieses Chaos angerichtet hat.«

»Professorin Sharpwood hat schon seit dem letzten Mal keine Lust mehr, uns zu tadeln«, feixte sie und wie ein eingespieltes Team stellten wir die Sachen an ihre ursprünglichen Plätze zurück. »Ob die Professoren von den Geschehnissen wissen?«

»Von den Dämonen vielleicht schon, nur nicht, in welchem Ausmaß sie uns intrigieren und wen der Rat insgeheim noch verdächtigt«, antwortete ich ihr. »Wobei ich gern wüsste, was Nevan darüber denkt. Nach seinen Aktionen glaube ich, dass er kein schlechter Kerl ist.«

»Wie du es mir beschrieben hast, besitzt er wirklich ein paar gute Seiten«, kicherte sie los. »Wer weiß, was dort noch Schönes zum Vorschein kommt.«

»Du verstehst mich falsch. Ich hatte nicht vor ...«, ruderte ich zurück und wischte die ausgelaufene Tinte auf. Das wäre noch die Höhe! Er und ich? Nein, niemals käme ich auf die Idee!

»Das würde mich auch wundern. Ich habe dich nämlich anders kennengelernt. Du lässt dich nicht einfach beeindrucken.«

»Es wäre Schwachsinn. Wie soll das überhaupt funktionieren, sobald ich in meiner Welt bin?«

Doch das Kribbeln in meinen Bauch bestätigte ihren unterschwelligen Verdacht. Es reichte nicht, dass Nevan ständig in meinem Kopf herumspukte, jetzt musste er das auch noch überall sonst tun. Röte kroch mir in die Wangen. »Ich habe in Escarun keine Paare gesehen. Habt ihr richtige Partnerschaften?«, fragte ich und versuchte, den Fokus von mir abzuwenden.

»Natürlich, bei einigen Völkern sieht es allerdings anders aus. Die Najaden leben in Gemeinschaften zusammen und sind etwas freier in ihrer Wahl, im Gegensatz zu uns, die wir monogam leben. Wir zeigen ungern öffentlich, wen wir lieben.«

»Wie steht es um dich? Gibt es da jemanden?«, fragte ich schmunzelnd, denn sie spielte gedankenverloren an einer Locke. Das tat sie nur, wenn sie etwas ansprechen wollte, sich aber nicht traute.

»In meinem Dorf gab es jemanden, aber unsere Pfade trennten sich vor etwa drei Jahren. Ich hatte gehofft, ihn hier wiederzusehen. Bescheuerte Traumvorstellung, oder?«

Mums Stimme hallte in meinem Kopf wider und erzählte mir eine ihrer Lieblingsweisheiten. Ich vermisste ihre Zitate nicht, aber die bedeutsamen hatte ich mir eingeprägt und wenn sie jemanden aufheiterten, umso besser.

»Manchmal werden Träume wahr, wenn wir es am wenigsten erwarten.«

»Du scheinst dich etwas mehr mit dem anderen Geschlecht auszukennen«, stichelte sie wieder.

»Die sind nicht anders als in meiner Welt. Es gibt solche, die beeindrucken, solche, die nicht wissen, was sie machen sollen, und solche, die nur mit dem Kopf durch die Wand wollen.«

»Das kann man von mir auch behaupten. Ich gehörte zumindest damals zu der zweiten Kategorie und habe mich nicht getraut, die Wahrheit zu sagen. Jetzt ist es zu spät. Wir wurden vertrieben, wie jeder Seltaris am Rand des Asphars. Die Zusammenkunft der Loge hat das Grenzgebiet damals aufgrund der unnatürlichen Wettervorkommnisse erhöht. So wurden wir getrennt.«

Ich erinnerte mich an den Asphar. Ein gewaltiger Schlund, welcher den Kontinent in zwei Hälften teilte und obendrein sehr gefährlich zu sein schien. Er war der Auslöser dafür, dass viele Kinder ohne Magie geboren wurden und ältere ihre Magie verloren, falls sie ihm zu nahe kamen. Er war der reinste Albtraum für die Seltaren, abseits von ihren dämonischen Nachbarn.

»Was ist diese Loge?«, fragte ich.

»Die Ratsmitglieder jeder Akademie gehören zur Loge. Mit einigen Königshäusern bilden sie das Fundament der Gesetze, entscheiden über politische Verträge und segnen Gerichtsentscheidungen ab«, murmelte Tamira und richtete zum vierten Mal die Gardinen.

Ich folgte ihrem Blick aus dem Fenster. Unten auf dem Hof schlichen die letzten Studenten mit gepackten Taschen nach Hause. Ein fremdes Schluchzen drang durch das geöffnete Fenster und erfüllte mich ebenso mit Schwermut. Eine Trauerveranstaltung wäre fröhlicher gewesen, sie wirkten wie fremdgesteuert. Niemand sah zurück. Ihr Blick war felsenfest am Boden angekettet.

»Ich kämpfe auch für die, die kein Element besitzen. Unser halber Kurs hat es nicht geschafft. Es wird Jahr für Jahr schlimmer«, sagte Tamira mit einem Mal deutlicher.

»Ihr habt mir nie erzählt, was mit denen geschieht, die nicht bestanden haben.«

»Sie werden von der Akademie verwiesen und müssen sich ihrem Schicksal stellen. Manche von ihnen werden von der Familie ausgestoßen oder gar ersetzt.«

Mir blieb die Luft weg. »Sie werden wirklich von ihrer eigenen Familie verstoßen?«

»Im schlimmsten Fall landen sie in den Straßen von Loudun. Im besten Fall arbeiten sie in einem der niedrigen Königshäuser und leben dort unter teils fragwürdigen Bedingungen, ohne Perspektive auf eine andere Stellung.«

Die Seltaren nahmen wirklich keine Rücksicht auf unterschiedliche Voraussetzungen. Das hatte der Rat mir schon bewiesen, aber dass selbst Unbegabte einfach aussortiert wurden, ohne eine Chance auf ein selbstbestimmtes Leben, war verabscheuenswert.

»Der einzige würdige Platz ist also bei der Dienerschaft ...« Ich schüttelte den Kopf.

»Das ist noch freundlich ausgedrückt«, sagte sie und verstummte. Ihre weichen Gesichtszüge waren verhärtet.

Tamira steckte ihre Ziele hoch, aber sie entsprangen aus dem Herzen. Sie strebte nicht nach Macht, sondern nach Veränderung für die Elementarherrscher und für diejenigen, die keine weitere Chance bekamen. Ich beneidete sie um ihren aufrichtigen Ehrgeiz.

»Dann wird es Zeit, dass jemand etwas daran ändert«, sagte ich und erntete ein sanftes Lächeln.

Am nächsten Tag schritt ich über den Korridor zur Bibliothek, ohne mich verstecken zu müssen. Ich durfte jetzt hier sein. Seit ich die gebundene Insignie genommen hatte, verfolgten mich neugierige Augenpaare, wohin ich auch ging. Es war eine Wohltat gewesen, eine Woche nicht das Gesprächsthema Nummer eins zu sein, aber dann musste meine absolut seltene Fähigkeit hinzukommen. Fehlte nur noch, dass mir Laserstrahlen aus den Augen schossen und ich einen Rückwärtssalto mit Feuerringen hinlegte. Gab es keine Insignie, die meine Herkunft verbergen konnte? Ich war kein Zirkusobjekt, welches zum Spaß vor ihren Nasen tanzte!

Ich zog den Kopf ein und stürmte über den Flur. Abgesehen davon hatte ich mich in den vergangenen Stunden dazu durchgerungen, an Nevans Abendkurs teilzunehmen. Nicht, weil ich begann, ihn mehr zu mögen, als mir lieb war, sondern weil mir der Kurs eine gute Möglichkeit bot, mehr über Escarun, die Insignien und diese Welt zu erfahren. Eine so gewaltige Bibliothek war eine Schatzkammer an Informationen, die ich sicher brauchte, sobald ich mich auf den Weg zur Heimkehrinsignie begab. Und das tat ich am besten, bevor die Akademie und der Rat mich ganz verschluckten. Als Erstes stand der Besuch der Hauptstadt auf meiner langen Liste.

Vor der Tür schüttelte ich meine Nervosität ab und vergrub sie in meiner inneren Schachtel für unnötiges Zeug. Die Klinke glühte auf und ich durfte eintreten. Der Kronleuchter hoch oben an der gewölbten Decke schickte gleißendes Licht zu mir und blendete meine Sicht.

»Du kommst spät«, begrüßte mich Nevan mit seinem typischen arroganten Unterton.

Ich blinzelte in den Raum hinein. An einem Fensterplatz saßen Lucien und Arlinn und hielten Abstand zum Rest der Studenten, die sich zwischen den Büchern verkrochen. Arlinn hatte ihre Insignie von ihrem Onkel geerbt und musste die Nachhilfe von Lucien im Anspruch nehmen. Er wäre mir lieber gewesen, als der düster schauende Nevan in seiner finsteren Kleidung. Der Rat hatte wie immer keinen Sinn für harmonische Teambildung.

»Geht das nicht freundlicher?«, sagte ich gereizt und nahm mir einen Stuhl.

Arlinn rückte zu mir auf. »Er ist schon den ganzen Tag furchtbar übellaunig.«

»Ist er das nicht ständig?«

Wie ein Schatten tauchte Nevan hinter mir auf und knallte einen Stapel Bücher auf den Tisch, der daraufhin wackelte. »Deine Lektüre für diese Woche.«

Ich starrte auf vier vergilbte Wälzer. »Ist das dein Ernst? Meinst du, ich hätte nichts Besseres zu tun, als den ganzen Tag in meinem Zimmer zu hocken?«

»Nein, außer du möchtest gern meine eigenen Aufzeichnungen von Unterricht durcharbeiten.«

»Mr Morton wirst du auch noch kennenlernen«, sprach Lucien mich an. »Er kennt keine Barmherzigkeit gegenüber seinen Studenten.«

Ich stöhnte auf. »Schlimmer kann es nicht mehr werden.«

Arlinn blätterte in ihrem Heft. »In zwei Wochen ist die Party und dann haben wir drei Wochen Freizeit, bis das nächste Quartal beginnt. Die paar Tage schaffst du noch.«

Doch die Zeit reichte nicht aus, um sich auf eine Reise vorzubereiten. Ich benötigte Unterstützung, die ich ungern erbitten wollte, aber allein in einem fremden Land, ohne einen Penny in der Tasche, ohne Anhaltspunkte, war ich verloren. Am Ende lauerte mir noch ein Dämon auf und verspeiste mich. Da waren mir die geheimniskrämerischen Seltaren lieber. »Ihr müsst mir einen Gefallen tun.«

Lucien durchschaute mich auf Anhieb. »Du willst wirklich nach der Insignie suchen?«

»Etwas anderes bleibt mir nicht übrig. Der Rat hat einen anderen Plan für mich und er lautet nicht: Bringt den Menschen zurück.«

»Ihre Entscheidung steht noch nicht fest, sonst würden sie dich in die Konferenz bitten«, antwortete Arlinn.

»Sie klangen nicht gerade uneinig.«

Nevan knirschte mit den Zähnen. »Draußen warten Gefahren, denen jemand wie du nicht gewachsen ist.«

Er saß dicht bei mir, weshalb sich unsere Knie fast berührten. Ich musste aufpassen, dass ich ihn nicht versehentlich anschrie.

»Deswegen kommen Lucien und Arlinn mit«, fauchte ich. »Ich will kein Werkzeug sein, welches man beliebig durch die Finstersphäre schicken kann. Schließlich möchte ich hier verschwinden, auch wenn ich dafür in der Bibliothek übernachten und die Sache selbst in die Hand nehmen muss.«

»Nehmen wir an, die Insignie wäre stark genug und schafft den Übergang zur Erde, dann kann der Rat dich und vermutlich andere Menschen trotzdem eines Tages durch die Finstersphäre zu uns manifestieren. Wie man es dreht und wendet, es macht keinen Unterschied«, sagte Lucien und schlug sein Buch zu.

»Dann müssen wir die Kugel vorher zerstören. Oder wäre das ein Problem?«

»Der Rat hat sie sofort unter Verschluss gebracht. Dort einzubrechen wäre unmöglich, außer ...« Nevan musterte mein Gesicht und die eingesperrte Anspannung entfleuchte aus ihrem Schachtelgefängnis. »Außer jemand könnte, ohne aufgehalten zu werden, durch die Wächterinsignie gehen.«

»Zufällig bin ich vor meiner Prüfung ohne einen Kratzer in die Bibliothek spaziert«, sagte ich und wandte schnell den Blick von ihm ab.

»Wollt ihr euch im Ernst dem Rat widersetzen?«, fragte Arlinn stirnrunzelnd.

Luciens Kopf ruckte hoch. »Wir tun das Richtige. Wenn weitere Menschen mit Sharys Fähigkeit in unserer Welt auftauchen, dann weiß es bald das ganze Land und die Dämonen würden uns nicht in Ruhe lassen. Ein weiterer Krieg würde ausbrechen und es beträfe nicht nur unsere, sondern auch die Menschenwelt. Das weißt auch du.«

Ich schluckte den berechtigten Gedanken an einen Krieg, den ich verursachen könnte, herunter. »Ein dementsprechend kleines Opfer, um beide Welten vor ihrem zukünftigen Leid zu bewahren.«

Arlinn zögerte eine Sekunde und seufzte. »Ich mische mich ungern in solche Angelegenheiten ein, aber ihr habt womöglich recht. Trotzdem bleibt noch die Zerstörung einer Insignie. Wie wollt ihr das anstellen?«

»Man benötigt eine gewaltige Menge Magie, mindestens aus der dritten Machtstufe, und weitere erfahrene Insignienträger«, erklärte Nevan beiläufig.

»Wir kümmern uns später darum. Das Wichtigste ist, die Sphäre aus der Wächterinsignie rauszubringen, damit der Rat sie nicht missbraucht, wenn wir unterwegs sind«, sagte Lucien.

»Und wann wollt ihr das bewerkstelligen?«, erkundigte sich Arlinn.

»Müssen bei euch die Gastgeber die ganze Zeit auf der Party sein? Das wäre der perfekte Zeitpunkt für einen Diebstahl der Gerechtigkeit«, schlug ich vor. Wer konnte einer Party im trostlosen Escarun widerstehen? Nirgends hatte ich einen Hauch von Musik gehört, außer Nevans Tastenanschläge, die ich in meinem Kopf nachts wieder und wieder abrief. Das Rockkonzert in Glasgow allerdings auch.

Arlinn und Lucien wechselten einen längeren Blick miteinander. »Schön, wir sorgen dafür, dass keiner den Saal verlässt, wenn ihr an diesem Abend durch das Kellergewölbe schleicht.«

»Ihr?«, fragte ich. »Ich soll mit ihm in die Katakomben? Bist du dir sicher?«

Lucien lehnte sich an die Tischkante und flüsterte: »Wir haben keine Wahl. Er kann …«

Nevan räusperte sich. »Er meint, weil ich die zweite Machtstufe besitze und er nicht. Ausnahmsweise stimme ich ihm zu. Ich bin deine beste Möglichkeit, aus den Gewölben zu entkommen.«

Mir gefiel die Aussicht nicht, mit ihm allein durch ein dunkles, altes Gemäuer zu kriechen. Mir wurde schon bei der Vorstellung unwohl im Magen. Schon jetzt gelang es mir kaum, dem Gespräch zu folgen, wenn er dabei war. Wie sollte eine Insignienentführung funktionieren, wenn ich mich nicht auf das Wesentliche konzentrieren konnte?

»Unter einer Bedingung«, druckste ich herum und versuchte, nicht allzu sehr wie ein nervöses Huhn zu wirken. »Du lässt mich in Frieden. Ich spaziere selbst dort hinein, hole allein die Insignie und bringe sie weg.«

»Solange du mir nicht im Weg stehst ...« Er blätterte uninteressiert in seinen Aufzeichnungen herum. Ich wollte kontern, aber mit einem halben Auge las ich eine Textpassage. Sie handelte von einem Krieg zwischen vier Völkern.

»Hätten wir das bald?«, drängelte Lucien. »Wir sollten unserem Schützling in zwei Wochen alles beibringen, was wir wissen, falls etwas schiefgeht und Shary auf sich gestellt ist. Bis dahin halten wir die Füße still und warten, wie der Rat entscheidet.«

Nevan schob meine Lektüre zu mir herüber und machte mir verständlich, dass ich eine Zeit lang nur in abgenutzten Wälzern verbringen würde. Meine absolute Lieblingsbeschäftigung, seit ich hier angekommen war. Ich stöhnte und griff zum ersten Kapitel der *Entstehungsgeschichte der Grundlagen*. Trockenes Thema. Satz für Satz arbeitete ich mich durch und schrieb mir ein paar Notizen auf, bis mich die Müdigkeit einholte und ich erschöpft in unser Zimmer zurückkehrte.

Ein Beschluss zum Trotzen

Anfangs war es mir schwergefallen, mich an die Angewohnheiten der Seltaren zu gewöhnen. Besonders an das Frühstück. Crêpes, gefüllte Teigtaschen, süßliche Suppen, Honigkuchen oder gezuckertes Obst mit einem triefenden Sirup, so viel wie das Diabetesherz begehrt, reihten sich stolz vor mir aneinander. Mein kleiner Bruder hätte die gesamte Theke inspiziert und einen Berg von allem verschlungen. Bisher hatte ich hier nie Bacon, Rühreier oder Porridge gesehen. Ebenso wenig wie Kaffee oder Kakao. Ich vermisste einiges, aber nicht das ekelige Kantinenessen vom College und nach mehreren Probierrunden hatten es mir die Cupcakes doch angetan. Wieder grinsten mich die Heidelbeeren auf ihnen an. Dazu nahm ich oft einen frischen Kräutertee, wie auch an diesem Morgen.

Ich schaute nach einem freien Platz. Seit die Elementarprüfung vorbei war, gab es für die Studenten bloß noch ein Thema: ihre neuen Fähigkeiten. In einer Ecke spielten sie eine Schnitzeljagd auf vorgefertigten Brettern. Feinfühlig bauten sie aus Erde kleine Häuser, Bäume oder Hindernisse, aus Wasser die Wege, mit Luft trafen sie auf aus feuerbestehende Kaninchen, Rehe und Wölfe. »Gefallen!«, rief ein Student. Es war ein beliebtes Spiel namens *Verderben in vier Stufen*. Einige wirbelten zu angeberisch mit ihren Elementen herum und verursachten das eine oder andere Missgeschick am Brett. Bei einer Niederlage gingen dünne diamantartige Plättchen umher. Das war die Währung in Mythnoir. Man nannte sie Ignas und sie besaßen in der Mitte ein Loch zum Auffädeln. Offensichtlich wurde auf die Standhaftigkeit der Elemente gewettet. Wie das Spiel genau funktionierte, wusste ich allerdings nicht. Doch ich befürchtete, dass die Professoren Wetteinsätze in Escarun missbilligten. Noch war keiner von ihnen anwesend.

Abseits davon entdeckte ich Tamira allein am Tisch sitzen. Sie verteilte versehentlich ihre Crêpes auf dem Boden und fluchte. »Wieso haben alle ihr Element unter Kontrolle, nur ich nicht?«

»Das wirst du noch. Bleib geduldig«, sagte ich tröstend, setzte mich an ihren Tisch und biss in meinen Heidelbeercupcake. »Sieh dir Rabije an, sie lässt ständig die Tischdecke anbrennen oder den Typ an der Theke, der versucht seine Gabel zu nehmen, die rutscht ihm dauernd weg.«

Einige konnten ihre Schwierigkeiten nicht verbergen und zeigten, wie viel Mühe es kostete, Elemente im richtigen Augenblick einzusetzen. Beinahe wie unterdrückte Gedanken oder Gefühle, die nicht in sorgsam gepflegten Schachteln bleiben wollten. Nevan und Lucien betraten gemeinsam den Frühstücksbereich. Nevans wuscheliges schwarzes Haar war handtuchtrocken und verlieh ihm einen anziehenden Charme. Es machte ihn in meinen Augen sympathisch. Lucien war herausgeputzt und jede seiner Gesten sah ehrfürchtig aus. Sie waren zwei attraktive Männer, wohlgemerkt Seltaren, wobei Nevan so viele Facetten hatte, dass ich nie wusste, wo ich bei ihm stand. Mal rettete er mich, dann kläffte er mich an und verschwand für Tage ohne ein Wort. Er machte mich insgeheim wahnsinnig.

»Sind sie wieder Freunde?«, fragte Tamira neugierig.

»Vermutlich, wenn sie zusammen hier auftauchen.« Vorstellen konnte ich es mir nicht, aber als wir gestern über unsere Pläne gesprochen hatten, waren wir uns ziemlich einig gewesen. Mein zerstreutes Starren auf Nevans Rücken blieb nicht unbemerkt. Er drehte sich mit dem Teller um. Ausdruckslos schnellte seine

Augenbraue hoch. Wieso sah er mit feuchtem Haar so gut aus? Das war nicht fair. Ich gab mir Mühe, ihn für seine Vergehen zu hassen, trotzdem konnte ich seinen erbarmungslosen Augen nicht entkommen. Sie durchbohrten mich wie damals an der Koppel, nur waren sie hier viel lebendiger. Sie flackerten und erfüllten mich mit einer eisigen Wärme. Wenn ich Nevan nicht auswich, war es tatsächlich um mich geschehen. Er hatte mich mit seiner Selbstlosigkeit bei Mr Suthove und der zärtlichen Art, mich zu tragen beeindruckt, als die anderen zu lange gezögert hatten. Verdammt! Ich war noch das vierzehnjährige, naive Mädchen von früher. Ich duckte meinen Kopf und widmete mich dem Rest meines Cupcakes. Der Appetit war mir jedoch vergangen, mein undankbarer Magen schnürte sich zu. Nevan war nicht gerade mein Traumtyp. Er hatte Eigenschaften, die mir nicht gefielen, und generell ging er mir mit seinem Gehabe auf die Nerven.

»Er bringt dich ganz schön durcheinander«, kommentierte Tamira mein kindisches Verhalten.

»Seit dem ersten Augenblick stellt er mein Leben auf den Kopf. Wortwörtlich.«

»Ihr solltet euch aussprechen, bevor ihr nicht mehr die Möglichkeit habt. Die Anspannung zwischen euch ist unerträglich.« Sie schlenderte zur Theke und ließ mich mit meinen Gedanken am Tisch sitzen.

So weit war es also schon. Jeder ahnte bereits, was zwischen uns los war, aber solange Nevan sich mit seiner Erklärung zurückhielt, konnten wir nicht miteinander umgehen. Entweder stritten wir oder versanken in einer gefährlichen Stille. Dort die richtigen Sätze zu finden, glich einem Fallschirmsprung. Es brauchte einen Stupser in dieselbe Richtung von uns beiden, aber bis es soweit käme, sah ich mich schon nicht mehr in Mythnoir.

Ich schlürfte den letzten Rest aus der Tasse und betrachtete seufzend den Cupcake. Noch immer kriegte ich keinen Bissen herunter. Dann trat Professorin Sharpwood an meine Seite.

»Der Rat möchte Sie sehen.«

Ich zuckte zusammen. Auf diese Gelegenheit hatte ich gewartet. Ich wusste, was mich begrüßen würde: Die große Ankündigung, dass sie kein Ticket nach Hause für mich hatten und mich zu ihrem Spielball umformen wollten. Aber sie hatten nicht mit einer sturen Evergarden gerechnet. Gewappnet folgte ich ihr aus dem Saal.

»Sie waren bei der Prüfung sehr bemerkenswert«, sagte sie, während wir das Schauspiel des Tores bewunderten. Der Honigduft schwirrte um uns.

»Sie hat uns einiges abverlangt«, antwortete ich gelassen. Das war untertrieben. Jeder von uns war an seine Grenzen gestoßen und am Ende vor Erschöpfung beinahe zusammengeklappt. So was schimpfte sich beliebteste Akademie in Arendor! Sie achteten weniger auf das Wohl ihrer Studenten, als sie uns glaubhaft machen wollten.

»Ich habe eine Bitte an Sie«, fing sie warnend an. »Das, was Sie hören werden, könnte Ihnen nicht gefallen. Bleiben Sie ruhig. Ihre Reaktionen waren in der Vergangenheit nicht gerade vorbildlich.«

Ich lachte hart auf. Und wie ich mich vorbildlich benehmen würde! Der Rat konnte mich nicht zügeln. Ich würde ihnen beibringen, wie stark und unbeugsam Menschen waren und dass sie nicht nach ihrer gehässigen Nase tanzen würden.

Alle fünf Mitglieder saßen erhaben auf ihren Thronen. Die Professorin trat beiseite. Der Geruch von altem Papier stieg in meine Nase, doch die Wut verhinderte, dass ich mich darauf konzentrierte.

»Sie wissen, weshalb wir Sie zu uns gebeten haben?«, ertönte Berylls Stimme.

Ich nickte und wartete auf den richtigen Moment, meine angestauten Gefühle freizulassen.

»Ihre Fähigkeit ist absolut einmalig und verdient Respekt. Wir wissen jedoch nicht, wie ausgereift Ihre Gabe ist. Daher wollen wir Sie hierbehalten und weiter beobachten.«

War zu erwarten, dennoch fragte ich nach: »Was ist mit Ihrem Versprechen, mich nach Hause zu bringen, weil ich angeblich eine Gefahr darstelle?«

Emerald röchelte. »Das sind Sie noch immer, aber wir haben uns sehr lange darüber unterhalten und sind überzeugt, dass Ihr Nutzen die Gefahr aufwiegt.«

»Natürlich versuchen wir weiter, Ihnen einen Weg nach Hause zu ermöglichen. Ihre Rückkehr verzögert sich nur«, sagte Achat und seine Lippen verzogen sich hörbar zum Lächeln.

So ein Schwachsinn! Jeder mit einem Funken Verstand würde sofort begreifen, worum es hier in Wahrheit ging.

Meine Fingernägel bohrten sich in die Handflächen. »Das heißt, ich muss solange bleiben, bis ihr euch dazu entschließt, mich nicht mehr zu brauchen?«

»Nein, Menschenkind. Es bedeutet, ein Teil von uns zu sein, bis wir eine Möglichkeit haben, dich zurückzubringen. Du wurdest ausgeschlossen, weil wir nicht geglaubt haben, dass in dir eine oder sogar mehrere Fähigkeiten stecken könnten. Dir steht jetzt das Wissen der Elite unserer Akademie zu und du wirst lernen, mit Insignien umzugehen«, erklärte mir die dunkle Stimme von Spinell und er strich unmerklich über den matten rötlichen Stein.

Ich hörte das Talent für Manipulation aus seinem Tonfall heraus. Der Rat hatte mich sogar als Eindringling betrachtet, obwohl ihre Insignien die Schuld trugen.

Ich verschränkte die Arme. »Und Sie wollen keine weiteren Menschen nach Escarun bringen?«

»Wie kommen Sie darauf?«, fragte Beryll. Sie neigte den Kopf zum jungen Achat, genau wie die anderen.

Sein Schmunzeln wurde breiter. »Sie weiß alles.«

»Hören Sie zu, Miss Evergarden. Sie sind ganz bestimmt nicht die Einzige mit der Fähigkeit, sich der Übertragung zu widersetzen. Wir haben die Sphäre in Sicherheit gebracht, damit nicht erneut ein Mensch in unserer Welt auftaucht. Wenn Sie sich jedoch weigern, mit uns zu arbeiten, finden wir eine Methode, Ihnen oder einem anderen Familienmitglied Leid zuzufügen. Es gibt viele Wege, auf ein Schicksal Einfluss zu nehmen. Unterschätzen Sie die Macht der Insignien nicht.«

Sie drohten mir tatsächlich. Unfassbar! Jetzt zeigten sie ihre dreckigen Absichten, verborgen unter ihren sicheren Mänteln. Es brauchte nur einen Windstoß von Tamira und sie würden keine großen Urteile mehr verkünden. Ich hatte gewusst, was mich erwartete und jetzt war der Augenblick gekommen, meinen Zorn vor ihre Füße zu schmeißen. Ich hatte genug gehört.

»Unterstehen Sie sich!«, zischte Professorin Sharpwood. Sie ahnte, was in mir hochkochte.

»Auf gar keinen Fall!«, brüllte ich und stapfte zum Tresen. »Jeder in diesem Rat ist ein verlogener, feiger Heuchler, der sich unter einem Mantel versteckt und groß aufspielt, weil er es kann! Ihr habt keinerlei Verständnis für ein Mädchen, das nur nach Hause will. Stattdessen wollt ihr mich für eure eigenen Taten verantwortlich machen. Badet sie gefälligst selbst aus!«

Ein gekränktes Stöhnen tobte im Gericht. Ich spürte eine innere Ruhe. Endlich war es raus.

»Das ist unerhört, niemand beleidigt den Rat«, murrte Emerald und zupfte am Saum seines zerknitterten Kragens, während Opal auf seine Armlehnen schlug und krachend den Raum verließ.

Die Professorin zog mich weg. »Was haben Sie sich dabei gedacht? Sie können nicht den wichtigsten Personen von Arendor solche Unverschämtheiten an den Kopf werfen!«

Ich riss mich von ihr los. »Sie haben gerade hautnah miterlebt, dass ich es kann.« Und ich bereute keine Sekunde davon. Sie hatten es verdient und was wollten sie groß dagegen machen? Ich war ihnen zu wichtig, sie brauchten mich und meine irrsinnige Fähigkeit.

Achat reagierte gelassen. »Sie hat Mut, aber leider verschwendet sie ihre Energie damit.«

Das weibliche Ratsmitglied seufzte. »Wir richten eine Ausgangssperre ein. Unter anderem dürfen Sie keinen Unterricht besuchen oder an Veranstaltungen teilnehmen. Wir wollten Ihnen den Aufenthalt so angenehm wie möglich machen, aber Ihr Verhalten ist inakzeptabel!«

Sie wollten mich einsperren aufgrund der Wahrheit, die ungezügelt über meinen Lippen kam? Das war die Höhe! »Von mir aus sperren Sie mich ein und entziehen mir jedes weitere Recht, aber eins werdet Ihr mir nie wegnehmen: meinen Stolz!«

Sie schlug mit den Händen auf den Tisch. »Damit die Langeweile, Sie in den Ferien nicht einnimmt, haben wir mit Mr Suthove und Mr Marquard gesprochen. Sie wären bereit, Ihnen einen gesonderten Posten in der Garnison zu geben, damit Sie lernen, sich zu beherrschen. Der Offizier hat nämlich eine Beschwerde eingereicht und Sie standen nicht gerade glanzvoll dar. Er nimmt sich der Sache gerne an.«

Meine drei Wochen mit dem cholerischen Offizier und Zarek zu verbringen, würde schlimmer als eine Kaffeefahrt mit ekeligem Zwiebeltee enden. Nur zu gut, dass ich was anderes vorhatte.

»Ihr denkt, die beiden können mich beeinflussen, damit ich ein Schoßhündchen werde?« Ich kräuselte meine Stirn. »Mit Sicherheit werde ich euch enttäuschen.«

Achat hob seinen Kopf. »Das werden wir sehen, bisher haben Sie uns überrascht.«

»Sie können gehen und Ihre freie Zeit in der großen Bibliothek nutzen. Besinnung würde Ihnen gut bekommen«, sagte Beryll und schob ihre Unterlagen zusammen.

Wir hatten uns nichts mehr zu sagen. Mit einem vernichtenden Blick kehrte ich ihnen den Rücken zu. Ich war bereit, meinen eigenen Weg zu gehen. Nie wieder würde ich den schäbigen Ratsraum oder Escarun betreten. Falls nötig, sogar ohne die Hilfe meiner Seltarenfreunde.

»Es geschieht nur zu Ihrem Besten«, hörte ich die dunkle Stimme hinter mir sagen, bevor Professorin Sharpwood mir folgte und wir zusammen durch die Pforte schritten.

Ich presste meine Lippen aufeinander. Sie machten ihre Anordnung wahr und wollten mich zur Vernunft bringen, meinen Willen brechen. Am liebsten hätte ich sofort die Akademie verlassen, aber bis zur Party musste ich mir mehr Wissen über Mythnoir aneignen. Ich konnte mein Handy nutzen, um die wichtigsten Seiten zu fotografieren, oder eine Landkarte aus der Bibliothek mitnehmen. Mein Akku sollte die nächsten Wochen halten, da ich ihn bloß ein Mal beansprucht hatte.

»Kann ich kurz mit Ihnen sprechen?«, fragte mich die Professorin.

Meine Füße ließen sich nicht von ihr beeindrucken. Wutentbrannt stolzierte ich weiter.

»Sie sind sauer, das verstehe ich. Jedoch agiert der Rat nicht ohne Grund. Er will das Beste für unser Reich und Ihre Fähigkeit bietet eine Lösung, die wir zuvor nicht hatten.«

»Zwischen mich benutzen wollen und mich benutzen können liegt ein Unterschied«, prustete ich.

»Sie verstehen nicht, worum es geht. Sobald die Ferien beginnen, wird Mr Suthove Ihnen zeigen, wie Sie die Gabe einsetzen können und das wird Ihre Welt ebenfalls verändern.«

»Meine? Ganz sicher zum Schlechteren, wenn ihr unsere Familien für eure Zwecke auseinanderreißt und dann eine Mutter oder ein Vater um ihr verschwundenes Kind trauert. Das ist barbarisch und hat nichts mit einer Lösung zu tun!«

»Manchmal muss man für das Wohl der anderen ein Opfer bringen«, erwiderte sie überraschend leise. Ein trauriger Ausdruck zierte ihr Gesicht. Sie wusste anscheinend, wie es war, ein geliebtes Familienmitglied zu verlieren. Weshalb unterstützte sie mich dann nicht? Lag ihr das so wenig am Herzen?

Dann entdeckte ich Lucien, Tamira und Nevan unter den vielen wartenden Studenten. Das frühmorgendliche Licht brach durch das bunte Fensterglas in der Eingangshalle. Schlieren aus Farben verteilten sich auf dem Fußboden.

»Vertrauen Sie mir, Sie sind in besten Händen«, verabschiedete sich Professorin Sharpwood und nahm den Weg zu ihrem Büro.

Ich seufzte. Gerade das fiel mir in Escarun schwer. Ich könnte nie jemanden vertrauen, der zwischen Gut und Böse keinen Unterschied sah und egoistisch handelte.

»Wir machen es«, sagte ich und stürmte an Lucien und Tamira vorbei.

Letztere lief mir stutzig nach. »Was haben sie gesagt?«

»Das erkläre ich dir später«, sagte ich und zog die Tür zum Hof auf. Ich kam nicht weit. Eine unsichtbare Mauer hielt mich im Gebäude fest. Sie schimmerte wie eine Seifenblase.

»Wir müssen wohl noch etwas zerstören«, meinte Nevan und berührte den edlen Schild. Dann griff er hindurch. Wie gerne wollte ich den Schild zertrümmern und dem Rat zeigen, dass mich nichts aufhalten konnte. Aber leider hatten sie ihre Mittel und Wege.

»So wollen sie mich also einsperren. Mit einer Insignie, die nur mich festhält.«

»Interessant, dass du sie nicht überwinden kannst. Vermutlich, weil sie auf dich geprägt wurde, genauso wie deine Kraftinsignie«, mutmaßte Lucien und schloss die Tür wieder, bevor ich sie wirklich in Einzelteile zerlegte. Wir nahmen einen längeren Weg in Kauf.

»Wie können sie ohne meine Zustimmung eine Insignie auf mich prägen lassen?«

»Mit genügend Magie und deinem Studentenstatus. Du unterliegst dem Rat, dem die gesamte Akademie gehört. Sobald man ein Zimmer im oberen Bereich bezieht oder am Unterricht teilnimmt, wird man ein Teil von Escarun.«

Das war beinahe unheimlich, als wenn das ganze Gemäuer lebte und seine eigenen Entscheidungen traf. »Ist dann die ganze Schule eine Insignie?«, hakte ich nach.

»Das Gebäude steht unter dem Schutz vieler Insignien. Sie bilden einen unsichtbaren Schild und schützen uns vor möglichen Gefahren. Wenn man diesen Ort verlässt, gelten diese Regelungen nicht mehr. Sonst wäre jede Fliese oder jeder Stein eine eigene für sich.«

Tamira zupfte an meinem Ärmel. »Selbst mir war das Ausmaß nicht bewusst.«

»Das verstehe ich auch nicht. Wieso wissen reine Elementherrscher so wenig über Insignien, abgesehen von Alltagsinsignien?«

»Besonders eine Machtinsignie zu besitzen, heißt, Verantwortung zu übernehmen. Nur du als Träger weißt, wie mächtig deine ist und welche Auswirkung sie auf andere Personen besitzt. Außerdem kann man sie nur an die nächste Generation weitergeben und somit den Familiensitz aufrecht halten«, sagte Lucien mit belegter Stimme.

»Also können Machtinsignien nur an die ersten geprägten Familienmitglieder und deren Nachfahren weitergegeben werden?«

»Ja, genau. Das ist der Grund, warum viele Elementherrscher wenig über Machtinsignien wissen. Das Wissen ist nicht offiziell verboten, aber die Loge hat vor hundertzehn Jahren angeordnet, keine direkten Angehörigen davon in Kenntnis zu setzen, um sie zu beschützen.«

»Ich wünschte, es gäbe noch freie Insignien. Ihr mit euren Geheimnissen geht mir nämlich auf die Nerven«, nörgelte Tamira.

»Eine ungebundene Insignie findet man nur selten, meist werden sie bewacht oder sind unerreichbar«, antwortete Nevan, während wir weiterschlenderten.

»In all den Jahren hat es keiner geschafft, sich eine zu ergattern?«, staunte sie.

Er nickte. »Heutzutage sind reine Elementherrscher dafür zu schwach. Die wahrscheinlich letzte Machtinsignie, die entdeckt wurde, liegt versteckt in einem Gebirge und wird von einem Drachen bewacht. Er verspeist jeden, der ihm zu nahe kommt.«

»Was?«, rutschte es mir heraus. »E-ein Drache?« Noch eine Kreatur, die in unseren Geschichten existierte! Jeder Fantasieliebhaber würde dafür töten, jemals einen zu Gesicht zu bekommen. Ich gehörte nicht dazu. Viel lieber wollte ich schreiend wegrennen, noch bevor ich einen am Himmel sah. So ein Vieh wollte ich mir nicht antun. Auf gar keinen Fall!

»Es ist eine riesige Echse mit Flügeln«, verspottete er mich.

»Das weiß ich auch«, sagte ich und verdrehte die Augen. Der alte Nevan war hervorgekrochen und ich bekam seine Arroganz prompt wieder ab.

Tamira lächelte mich schelmisch an. »Wir sollten langsam in unseren Kurs.«

»Sie haben mir aus irgendwelchen absurden Gründen verboten, den Unterricht weiter zu besuchen«, vertröstete ich sie. Tamiras Wissbegierde stand ihr ins Gesicht geschrieben. Aber zwischen all den Studenten, die uns beobachteten, als wären wir Popstars, konnte ich ihr nichts erzählen. Wir wurden bereits belauscht.

Lucien schulterte seine Tasche. »Weil die Gemüter nach deiner Prüfung zu aufgeheizt sind. Deshalb ist es auch nicht verwunderlich, dass jeder uns anstarrt.« Das letzte Wort betonte er besonders stark, damit jeder im Umkreis von zehn Metern es hörte und sich höflich abwenden konnte.

»Willkommen in meiner fantastischen Welt«, gab ich zynisch zurück.

»Wir sollten auch los«, sagte Nevan zu Lucien. Er nahm keine Rücksicht und war schon den halben Weg vorausgeeilt.

»Ich bin in der Bibliothek, denn das ist der einzige Ort, wo ich offiziell sein darf«, flüsterte ich und sah ihnen hinterher. Meine

Stimme war zum Rufen nicht bereit. Insgeheim hoffte ich, dass sich einer von ihnen umdrehe, doch sie gingen unbeirrt ihrer Wege. Ein Gefühl von Einsamkeit pochte in meiner Brust. Ich gehörte auch nach Wochen nicht hierher und das war okay. So würde uns der Abschied voneinander leichter fallen.

Mit dem Handy in der Hand betrat ich die Bibliothek. Kein Seitenrascheln oder Zuklappen von Buchdeckeln ertönte zwischen den eindrucksvollen Mauern. Das leise Dröhnen des Raumes nahm ich dennoch wahr. Es pulsierte in der Luft. Ich schlich an den Regalen vorbei und schaute mir jeden Buchrücken genau an. Der *erste König von Rifmar*, *Aula der Sandberge* oder *Zeremonien von Pethea*. Nichts, was mich auf der Reise voranbringen würde. Ich suchte nach einem Atlas, nach einer Karte oder Ähnlichem.

Reihe für Reihe überflog ich die Ansammlung von unsortierten Büchern. Erstaunlich, wie viel Geschichte sie hier stehen hatten. Die Welt musste genauso alt wie unsere sein, aber durch mir unbekannte Geschehnisse hatte sie sich vollkommen anders entwickelt. Magie war allgegenwärtig und ersetzte teilweise moderne Technik. Insignien konnten vor allem Fluch und Segen zugleich sein. Jeder hatte Respekt, beinahe Furcht vor den Nachteilen der Insignien, und wenn ich ehrlich war, traute ich mich nicht, das linke Bein stark zu beanspruchen. Allein beim Gedanken an das gigantische Wurzelwerk zitterten meine Knie. Wenn ich das zu Hause jemandem erzählte, würden sie mich für komplett durchgeknallt halten. Das Video mit Daisy war mein einziger Beweis für die Existenz der Parallelwelt. Grandpa und Mum würden es hundertprozentig als einen Trick abstempeln. Granny würde mich nur belächeln und mir den Kopf tätscheln. Der Einzige, der mir vielleicht Glauben schenken würde, wäre Sam. Aber mit seinen Kinderaugen sah alles magisch und fantastisch aus. Ihm könnte ich jeden Schrott erzählen und er würde ihn glauben. Eins stand fest, mit diesem Geheimnis zu leben, würde nicht leicht werden. Mein gesamtes Leben würde sich ändern. Ich müsste meiner Familie eine dramatische Lüge auftischen und die Wahrheit mit ins Grab nehmen. So oder so lag meine Zukunft, und die anderer Menschen, in der Hand von Magie.

Erfolglos streifte ich durch die Bibliothek. Irgendetwas Brauchbares musste doch in den endlos hohen Etagen zu finden sein. Stattdessen fiel mir ein Buch über Dämonen in die Hände. Ein Student hatte es nicht richtig ins Regal geschoben. Der Umschlag war marode und abgegriffen. Neugierig schlug ich die ersten Seiten auf. Einige Textpassagen waren markiert:

Sie führen Manipulationsmagie, Illusionsmagie und Gestaltwandlermagie aus. So wie die Seltaren können sie nur eine einzige Magieform anwenden. Manipulationen wirken nur, wenn Körperkontakt besteht und wenn der Betroffene nicht weiß, aus welchem Grund er manipuliert wird. Die Dauer hängt vom Befehl und Magiehaushalt des Anwenders ab. Wer grundsätzlich einen starken Geist besitzt, kann sich dem widersetzen.

Eine ganzheitliche Illusion ist eine zeitaufwendige Prozedur. Der Anwender bestäubt die Umgebung flächendeckend mit einer silbrigen Partikelschicht. Dadurch entsteht ein eigener Raum, dessen Reflexionen eine beliebige Illusion erschaffen. Kleinere Illusionen sind kurze Zeit möglich.

Gestaltwandler dagegen transformieren sich in eingeprägte Tierformen. Sie können maximal drei Formen beherrschen. Die Dauer der Wandlung hängt vom Magiehaushalt ab.

Meine Augen hingen bei Manipulation fest. Jetzt wurde mir bewusst, wie die Dämonen das Mädchen dazu gebracht hatten, ihre Insignie fallenzulassen. Eine Berührung und sie hatten ihr einen Befehl aufgezwungen, den sie ausführte. Absolut unheimlich und unglaublich. Die Seltaren hatten nicht umsonst Angst vor ihnen und schützten ihre Städte. Ich schüttelte den Kopf, denn ich war nicht hier, um in irgendwelcher Lektüre zu stöbern und den Problemen der Seltaren auf den Grund zu gehen, an denen ich ohnehin nichts ändern konnte. Falls mir kein Atlas in die Hände sprang, wollte ich nach einzelnen Gegenden oder Städten in den Büchern suchen. Nach und nach sammelte ich hilfreich klingende Bücher und blätterte mich durch Stadtgeschichte, Reiseberichte und wichtige Gesetze.

Einige Zeit war vergangen und ich hörte im halbdämmernden Zustand leise Schritte um meinem Tisch. Der Schlaf hatte mich wieder überrollt. Nie würden mich Bücher so fesseln können, dass ich freiwillig wach blieb. Durch mein müdes Blinzeln erkannte ich Nevans Fingerspitzen. Er strich über die offengelassenen Bücher und klappte sie zu. Seine Sanftheit verblüffte mich. Mein Herz machte unweigerlich Purzelbäume. Am liebsten wollte ich so berührt werden, doch es wäre falsch gewesen. Für mich war nichts in Mythnoir von Dauer und außerdem handelte es sich um Nevan. Ein undurchsichtiger Kerl, der nichts Gutes im Schilde führte.

»Du kannst gern aufwachen«, teilte er mir ruppig mit. »Ich räume dir nicht hinterher.«

»Das verlangt auch keiner«, erwiderte ich und reckte meinen Kopf. Woher wusste er, dass ich wach war?

»Wie ich sehe, hast du dir viel unnötiges Zeug angesehen, anstatt deine Pflichtlektüren durchzuarbeiten.«

»Mein Ziel ist es auch, die Insignie zu finden und nicht in eurer abenteuerlichen Welt aus überaus gefährlichen Grundbausteinen der Magie sesshaft zu werden.«

Er zog das Dämonenbuch zu seiner Tischkante hin. »Das hat noch weniger mit deinem Ziel zu tun als andere unspektakuläre Themen«, sagte er und betrachtete die markierten Stellen.

»Wenn du die gelben Unterstreichungen meinst, die waren vorher da. Ich habe nur ein bisschen im Überflüssigen geblättert.«

»Du suchst wieder nach Streit«, sagte er genervt.

Er half mir nicht bei der Suche, aber er gehörte zu unserem *Zerstöre-die-Finstersphäre*-Plan. Ihn jetzt zu verärgern, wäre unvorteilhaft und würde das gesamte Vorhaben gefährden.

»Ich suche eine Landkarte oder so was in der Art. Aber es ist unmöglich, hier etwas zu finden«, antwortete ich mit einem unterdrückten Zischen.

»Du hast deine kostbare Zeit verschwendet. Karten sind nicht in der Bibliothek, sondern im Geografieraum, den Flur runter.«

Ich rückte den Stuhl nach hinten und räumte energisch die Bücher zusammen. »Welche normale Schule legt extra einen Raum für Karten an?«

»Anscheinend unsere normale magische Akademie.«

»Nach dem Maßstab meiner Welt ist hier alles außergewöhnlich«, sagte ich und schnalzte leise mit der Zunge. Der Bücherstapel in meinen Händen wog Tonnen. Ich übertrieb es mit der Informationsansammlung. Hätte es hier Internet gegeben, wäre ich längst auf dem Weg gewesen und bekäme morgen keine Rückenschmerzen. Natürlich hätte ich die Bücher einzeln wegbringen können, doch dann hätte ich Nevans Anwesenheit länger ertragen müssen, als mir gut bekommen wäre. Er verstärkte meine Nervosität ins Unermessliche.

Zu allem Übel legte er das Dämonenbuch oben auf den Stapel und blockierte mein Sichtfeld.

»Musste das sein?«, fauchte ich.

»Das eine Buch mehr oder weniger macht bei der Menge keinen Unterschied«, sagte er als ob ich Luft in meinen Armen stemmte.

»Jeder andere würde mir helfen. Ich werde Lucien gleich fragen, wenn er hier auftaucht.«

Er schnaubte und nahm mir zu meiner Überraschung den ganzen Stapel bis auf die letzten drei Bücher ab. »Damit das klar ist, ich bin nicht jeder.«

Er verschwand zügig zwischen den Regalen und ich blieb stocksteif stehen. Was war das denn gewesen? Ich hatte mir mehr Widerstand von ihm erhofft. Lag es an Lucien? Die beiden hatten sicher miteinander geredet, wenn sie ihre Fehde auf Eis gelegt hatten. Trotzdem wusste ich nichts Genaues, weil keiner von ihnen mit der Sprache herausrückte.

Ein dumpfes Holzkratzen drang leise aus der Richtung, in die Nevan mit den Büchern verschwunden war. Ich folgte ihm mit den übrigen drei in meiner Hand. »Deine Entscheidungsfreudigkeit kam plötzlich. Wieso?«, fragte ich und klang hoffentlich gelassen. Vielleicht konnte ich mehr in Erfahrung bringen.

Er sah mich zwischen zwei Regalbrettern an. »Es wäre schade für die Bücher, wenn sie runterfallen und zerfleddern.«

»Du findest sie wichtiger als unser Vorhaben? Geschweige denn, mich bei der Suche zu unterstützen?«

»Ihr habt meine Zusage einfach angenommen, weil ich zufällig am selben Tisch saß«, brummte er.

»Du hattest von Anfang an keine Wahl. Ich erinnere dich ungern, aber ich habe dich nicht beim Rat angeschwärzt. Ich könnte es allerdings noch nachholen.«

»Ich bin kein Hund, der schwanzwedelnd jemandem folgt, der Befehle erteilt.«

Er stellte die Bücher für mich zurück. Er half, wenn auch unfreiwillig, bei unserem Plan mit. Sich selbst zu widersprechen, stand ihm. »Eine passende Beschreibung für jemanden wie dich«, sagte ich grinsend.

Er lehnte sich mit verschränkten Armen an eines der Regale in meinem Gang und versperrte mir den Weg. »Das findest du lustig?«

»Du sähst bezaubernd mit Hundeohren aus«, neckte ich und wurde ernster. Er lenkte mich vom eigentlichen Thema ab. Ich setzte alles auf eine Karte und nahm meinen Mut zusammen. »Lucien hatte recht, du bist keine vertrauenswürdige Person.«

»Wie bitte?«, platzte es aus ihm heraus. »Ich habe dich vor ihm gewarnt. Er verfolgt seine eigenen Pläne, die übrigens nicht die allerrosigsten sind.«

Er fing wieder mit seinen Anschuldigungen an, aber Luciens distanziertes Verhalten machte mich auch weiterhin stutzig. Das Gleiche galt für Nevan, er war allerdings von Anfang an zwiespältig gewesen.

»Ich habe bemerkt, dass er sich verändert hat«, sagte ich vorsichtig und biss mir auf die Unterlippe. »Was weißt du über ihn, was ich nicht weiß?«

»Jeder Einzelne trägt eine Bürde mit seiner Machtinsignie. Und davon abgesehen, zögert niemand, weitere gefährliche Geheimnisse zu besitzen. Sei dir dessen immer bewusst, Shary.«

Wieder wich er einer meiner Fragen aus. »Mit Sicherheit hast du viel mehr zu verbergen als er. Schon allein aufgrund der Tatsache, dass du nachts durch die gesamte Akademie schleichst, ohne eine wahrnehmbare Vibration zu verursachen, findest du nicht?« Er zeigte keinerlei Reaktion, also stellte ich die Frage direkter. »Aus welchem Grund hast du ständig meine Welt besucht?«

Sein Blick verdunkelte sich und er kam mit langen Schritten näher. In seiner Präsenz lag etwas Bedrohliches und das war so enorm, dass mein Fluchtinstinkt versagte. Nevan drückte mein Handgelenk gegen das Regal und es fielen zwei Wälzer aus den oberen Reihen herunter. Ich drehte den Kopf zur Seite und kniff die Augen zu. Jeden Moment erwartete ich ein Inferno aus Feuer, welches mich umschließen und verbrennen würde, aber nichts geschah. Stattdessen überschwemmte mich das seltsame Gefühl unter dem bestimmten Griff. Ich spürte Nevans heißen Atem an meiner Schläfe. Etwas kroch mir in die Kehle und ließ meine Zunge verkalken. Nevan jagte mir keine Angst ein, sondern entfachte mit einem Funken meinen gesamten Körper.

»Du bist ein sturer Mensch, der beschützt werden muss«, raunte er mir ins Ohr und ich öffnete die Lider.

Ich konnte jede seiner Poren, jede seiner Wimpern und jede noch so kleine Bewegung seiner Pupillen erkennen.

»Vor was beschützen?«, fragte ich mit zitternder Stimme. Was war mit mir los? Ich hätte ihn mit der anderen Hand wegschubsen können, aber sie krallte sich lieber an meiner Bluse fest. Unvermeidlich erlag ich seiner Anziehung. Sein herber Zitrusduft umfing mich und schwächte meine Widerstandskraft. Seine farblosen Lippen würden sich mit meinen perfekt ergänzen. Sie waren leicht geschwungen und glänzten matt. *Wie sie wohl schmecken, wenn wir ...* Wo schaute ich hin? Er sah doch, dass ich seine Lippen anstarrte!

Zaghaft öffnete er sie. »Vor ihnen.«

Seine Hand entwich meinem Griff und unsere Nähe verblasste mit einem Sonnenstrahl, tief zwischen den abendlichen Wolken. Nevan sprang zurück und knallte mit dem Rücken gegen die andere Seite des Regals. Er zuckte zusammen und rauschte aus dem Gang. Nachdem ich von seiner Wärme befreit war, sackten meine Knie ein. Ich hörte noch, wie er mit einem Stoß die Bibliothekstür hinter sich schloss. Alleine und mit noch mehr Fragen als zuvor, schlug mein Herz unter meiner geballten Hand. Wieso sollte mich Lucien in Gefahr bringen? Oder meint er den Rat? Was ging in Wahrheit in dieser Akademie vor? Und wieso wollte mich Nevan überhaupt beschützen? Ich atmete tief durch. Leider war ich keinen Schritt weiter. Er war störrisch, und sobald er sich mir näherte, war ich ihm unterlegen. Großartige Voraussetzungen für die nächsten Wochen meiner Ausgangssperre, wo ich ihn jetzt als freiwilligen Tutor hatte.

Folgenreicher Aufbruch

»Du willst wirklich nach Loudun reisen?«, fragte mich Tamira. Ihr Blick war betrübt.

»Das ist der reinste Wahnsinn!«, fiepte Daisy und betrachtete meine gepackte Tasche auf dem Bett.

»Es ist besser als hierzubleiben und ein Werkzeug des Rates zu werden. Außerdem erwarten mich der Offizier und Zarek in den kommenden drei Wochen. Die haben garantiert ganz andere Pläne mit mir.«

»Lass mich dich begleiten. Ich kann dich nicht gehen lassen, nicht meine liebste Freundin«, sagte Tamira und zog ihre perlenbesetzte Haarnadel wieder raus. Sie bereitete sich auf die Party vor und huschte im Abendkleid durch das Zimmer. Daisys bestand bloß aus Rosenblättern und einer kleinen weißen Feder am Halssaum. Tamira hüllte sich in einen violetten Stoff ein, der in alle Richtungen sanft schimmerte. Gerne hätte ich mit ihnen und den anderen den Punsch geleert und die ganze Nacht durchgetanzt, aber es rief die Pflicht.

»Du musst hierbleiben«, erwiderte ich stur. »Was ich vorhabe, verstößt gegen die Auflagen des Rates, und du möchtest sicher deinen Traum weiterverfolgen.«

»Deine Pläne sind viel wichtiger als meine. Sie verhindern Chaos und noch mehr Ungerechtigkeit, was ich vielleicht nie schaffen werde.«

»Deine sind viel weitreichender. Ich betreibe bloß Schadensbegrenzung und außerdem will ich nicht, dass du wegen eines

Menschen deinen Platz an der Akademie verlierst. Bleibe bitte hier. Ich brauche jemanden, dem ich zur Not in Escarun vertrauen kann.«

Sie nickte verhalten. »Ich halte dir trotzdem den Rücken frei, falls etwas passiert.«

Ich lächelte. »Danke.« Meine Hand lag auf der Klinke, doch ich zögerte, sie herunter zu drücken.

»Shary?«, erklang Tamiras weiche Stimme hinter mir. »Wenn du den Wind spürst, denke an mich und an unsere gemeinsame Zeit. Versprich es mir.«

Meine Finger rutschten ab. Ich musste sie noch einmal umarmen. Tamira war für mich eine Freundin, die mich im Durcheinander unterstützt und aufgebaut hatte. Einzig durch ihr offenherziges Lächeln und ihre unverkennbare Art. Dasselbe galt für Daisy. Es machte mir unendlich viel Spaß, mit ihnen zusammenzuwohnen und gemeinsam die Kurse zu besuchen, mehr als ich am Anfang geglaubt hatte.

»Ich verspreche es.«

Daisy schmiegte ihren zarten Körper zwischen uns. »Grüß meine Kollegen dort draußen von mir.« Auch in ihren Kulleraugen sammelten sich kleine Perlen.

»Kennen sie dich denn?«

»Natürlich. Wir sind schließlich Nahris«, sagte sie und flatterte angeberisch.

Ich hielt mit meiner Fingerkuppe ihre Hand. »Einverstanden. Du passt bitte auf unser Lockenwunder auf.«

»Das ist meine Lieblingsbeschäftigung!«

Unweigerlich zuckten meine Mundwinkel. Das verstand sie sicherlich falsch, aber ich beließ es lieber dabei. Sie weiter weinen zu sehen, nahm mir beinahe die Willenskraft, das Zimmer zu verlassen. Die Abendsonne hüllte sie in ein warmes Orange. Glitzernde Staubkörnchen schwirrten umher. Sie standen in einem Meer aus

Hunderten kleiner Sternen. Das Rot der Locken entflammte sanft und Flügel aus purem Gold strahlten. Es war ein Foto für die Ewigkeit, welches ich tief in meinem Inneren aufbewahren würde.

Tamira wischte über ihre feuchten Wangen. »Bleib standhaft und mutig.«

»Du auch«, wisperte ich und betrat den Korridor, bevor die Tür leise ins Schloss fiel. Bei jedem Schritt schluckte ich mein schweres Herz erneut herunter. Es war die richtige Entscheidung, sie hierzulassen. Tamira sollte Mythnoir beweisen, dass auch vermeintlich Schwächere eine gewaltige Stimme hatten und diese zu nutzen wussten. Daisy würde sie dabei kräftig unterstützen, selbst mit verschmierter Ölfarbe im Gesicht. Ihre Silhouetten in meinen Gedanken würden im Laufe der Zeit verblassen, aber nicht die Güte, die sie ausstrahlten. Sie würde ewig in mir nachklingen.

Es war also soweit. In den letzten Wochen hatte ich die gesamte Bibliothek auseinandergenommen. Jede winzige Info über die Städte und Gefahren, die auf der Strecke lagen, hatte ich mir aufgeschrieben oder abfotografiert. Und sobald die Party vorbei war, käme Lucien mit Arlinn nach. Niemals würden sie mich ohne Begleitung in die Welt entlassen. Es beruhigte mich, denn hinter der Hauptstadt Loudun waren das Land und der Luftraum unwegsam. Nur selten fuhr der Zug bis zum letzten Dorf vor dem Ewigen Wald durch. Windströme trugen ihn und mit einer Insignie verstärkte sich seine Leitfähigkeit. All das klang für mich kaum vorstellbar. In einem Buch waren meterlange Abteile mit hunderten Passagieren abgebildet gewesen und Lucien hatte darüber geschmunzelt, wie neugierig ich ihn ausgefragt hatte. Was allerdings mit Nevan war, wusste ich nicht. Er besorgte mir gelegentlich Nachschub an Büchern, doch die meiste Zeit ignorierte er mich. Zu meinem Glück, denn ich konnte meine innere Schachtel nicht geschlossen halten. Eine kurze Berührung reichte und ich schmolz wie ein Stieleis im Sommer. Am besten blieb er auf Abstand. Für uns beide.

Arlinn wartete mit Lucien am Eingang der Brücke im zweiten Stockwerk. Sie trug ein langärmeliges schwarzes Kleid, das Haar hatte sie hochgesteckt. Lucien hatte einen legeren grauen Anzug gewählt. Mir hatte Tamira eine dunkle Hose und eine Rüschenbluse geschenkt, an der vorne eine kleine Schleife saß. Ich wollte unauffällig bleiben, obwohl mir die Teilnahme an der Veranstaltung verboten worden war. Schließlich wussten die Studenten nichts vom Urteil des Rates.

Arlinn musterte mich aus dem Augenwinkel und begrüßte beiläufig einen Gast. »Die Getränke findest du an der Fensterfront beim Liliengesteck.« Der Student bedankte sich, nickte und schlenderte über die geschmückte Lichterbrücke. Sie war behängt mit den eingeschlossenen bunten Sporen, die ich bei meinem ersten Unterricht bewundert hatte. Noch immer wusste ich nicht, zu welcher magischen Pflanze sie gehörten.

»Ihr habt euch reichlich Mühe gegeben.«

Lucien feixte. »Arlinn bestand darauf. Sie war besessen von einem Abend ganz im Stil der Jahrtausendwende.«

»Was heißt hier ‚bestand darauf‘? Du hattest keine bessere Idee.«

Das klang nach einer aufgeheizten Stimmung. Ich stellte meine Tasche an der Wand neben ihnen ab. »Es sieht trotzdem bezaubernd aus«, versuchte ich dem Gezanke entgegenzuwirken.

Arlinn streichelte über die Narbe an ihrem Hals. »Danke schön. Bis du Loudun erreichst, begegnen dir mit Sicherheit noch atemberaubendere Dinge. Ich bin gespannt, wie du reagieren wirst, wenn dich schon kleine Sporen faszinieren.«

Lucien schaute nervös auf seine Uhr. »Nevan lässt sich wieder Zeit.«

»Er taucht bestimmt gleich in einer Ecke auf. Wenn man ihn brauchte, war er bisher immer zur Stelle.«

Er schürzte die Lippen, blieb jedoch stumm. Er glaubte nicht daran, genauso wenig wie ich.

»Das wage ich zu bezweifeln. Außerdem wäre es mir lieber, wenn mich jemand anderes begleitet. Nevan ist unausstehlich.«

»Ich kann dich auch begleiten, Schätzchen«, drängte sich Zarek zwischen uns. »Falls du meine Gesellschaft mehr bevorzugst als seine.«

Meine Nackenhärchen standen senkrecht. Anschleichen gehörte anscheinend zu seiner Ausbildung. »Deine? Ganz bestimmt nicht. Das letzte Mal ging alles angesichts des Verlusts deiner Komfortzone den Bach runter.«

»Das klingt nicht nach einem lustigen Abend. Was habt ihr vor?«, hakte Zarek bestimmend nach. »Egal, was es ist, es wird nicht funktionieren.«

Schweigen brach über uns herein. Keiner bewegte einen Muskel oder riskierte einen falschen Atemzug.

»Kannst du bitte einfach über die Brücke gehen«, fauchte Arlinn und zeigte mit einer Handbewegung auf den Eingang. Ihre Insignie klirrte.

Zarek ignorierte sie und schaute Lucien direkt an. »Du hast eine Verantwortung, vergiss das nicht.«

»Ich habe alles im Griff«, murrte er.

Zarek stampfte durch den Bogen und fasste eine der Glaskugeln an. »Ich freue mich auf die kommende Zeit, Shary. Das wird bestimmt sehr unterhaltsam mit uns.« Verschiedenste Farben beleuchteten seinen Rücken und ich erahnte sein Grinsen.

»Wird garantiert lustig!«, rief ich und wurde leiser; »Ich dachte, er sei abgereist, nachdem die Prüfungen vorbei waren?!«

»Er macht sich Sorgen um die Gäste. Die letzte Party kam nicht gut an.«

Arlinns Blick verriet mir, dass etwas nicht stimmte. Sie verschränkte die Arme und stupste Lucien mit dem Ellbogen an. »Wird es nicht langsam Zeit, mit der Sprache rauszurücken?«

»Nicht, bevor wir Gewissheit haben«, erwiderte er.

»Wovon redet ihr?«

»Zarek hat gestern zu tief ins Glas geschaut und wilde Sachen von der Front erzählt. Nichts Besonderes«, sagte Lucien gelangweilt, was mich stutzig machte.

Bevor ich irrsinnige Vermutungen anstellte und sie mit keinem teilen konnte, ergriff ich die letzte Chance auf eine Erklärung für ihre Geheimniskrämerei. »Euer Verhalten der letzten Wochen war mehr als merkwürdig. Das wisst ihr, oder? Ich bin nicht auf die Ohren oder Augen gefallen.«

»Wir erklären es dir, sobald du sicher aus der Akademie gekommen bist«, vertröstete mich Lucien.

In meiner Magengrube tobte ein ungutes Gefühl. Mein Mund war trocken. »Also versteckt ihr keine großen Insigniengeheimnisse?«

»Nein und vielleicht ist es auch gar nicht so schlimm, wie wir vermuten. Mach dir keinen Kopf.«

Ich seufzte laut und musste wieder auf eine Antwort warten. Trotzdem wollte ich noch eines wissen. »Bin ich außerhalb der Veranstaltung außer Gefahr?«

»Solange du bei Nevan und im Gewölbe bleibst«, belehrte mich Arlinn. Lucien erinnerte mich an unseren Fluchtplan. »Es gibt unten einen Seitenausgang, der dich in den Hinterhof führen sollte. Nimm bitte den, wenn du die Finstersphäre hast.« Er hatte den Ausgang entdeckt, als er nach einer sicheren Fluchtmöglichkeit gesucht hatte. So vermieden wir den direkten Sichtkontakt mit den Professoren, die alle zur Party eingeladen worden waren. Man konnte nie vorsichtig genug sein und das war der effektivste Weg, um Escarun schnellstens zu verlassen. Ich stimmte ihnen wortlos zu.

Arlinn strich mir über den Handrücken. »Achte darauf, dass du immer eine Lichtquelle bei dir hast. Es gibt Gerüchte, dass Personen ohne Licht dort unten verschwunden sind und erst wiedergefunden wurden, als man diese aktiv im Gewölbe suchte.«

»Zur Not habe ich mein Handy und zufälligerweise steht noch ein Leuchtemännchen an meiner Seite. Was soll da schief gehen?«

Lucien zeigte mit dem Kinn an mir vorbei. Ich drehte mich nicht um, denn ich wusste, wer mich dort anstarrte, als wäre ich die Beute eines Raubtieres.

»Konntest du nicht früher oder hast du uns mit Absicht warten lassen?«, presste Arlinn hervor.

»Keins von beidem«, entgegnete Nevan unbeeindruckt.

Lucien schob den Ärmel über die Uhr. »Unsere Gäste warten. Wir müssen unsere Ansprache halten.«

Arlinn umarmte mich zum Abschied. Sie duftete nach Vanille und Jasmin. »Dann sehen wir uns in ein paar Stunden am Bahnhof.«

»Seid ihr auch vorsichtig.« Mehr brachte ich nicht über die Lippen.

Sie wendete sich Nevan zu. »Wenn Shary etwas passiert, halte ich mich nicht mit meiner Insignie zurück.«

»Ich muss mehr Angst vor ihr haben als vor dir. Sie wird garantiert etwas vermasseln.«

Konnte er nicht ein Mal freundlich sein?

»Super, dann wirst du wieder zum Sündenbock für meine glorreichen Taten«, sagte ich zynisch. Ich war nicht bereit, die ganze Nacht mit ihm im Kellergewölbe zu verbringen und die Akademie zu verlassen. Allerdings gab es keinen anderen Ausweg. Als Allererstes ging es um das Wohl der Menschen und nicht um meine Familie und mich. Ich würde dort draußen solange suchen, bis ich die Heimkehrinsignie fand und die Finstersphäre zerstört war. Nicht eher würde ich ruhen.

Mit einem kurzen Blick kündete ich meine Bereitschaft zum Aufbruch an. Nicht einmal Nevan konnte meine Entscheidung noch beeinflussen. Seine miese Laune prallte an mir ab. Er legte die Hand auf das Heft seiner Klinge. Ich schulterte meine Tasche und folgte dem schwarzgekleideten Nevan ins Gewölbe.

Das Feuer in seiner Hand glimmte auf. Wir befanden uns unterhalb von Escarun. Keine Laterne kennzeichnete den Weg. Nur unsere fahlen Schatten folgten den groben Steinschichten. Ein Windzug heulte uns ein Lied vor und Unbehagen kehrte in meinen Magen zurück. Nevans Schritte hallten von den Wänden wider und von rechts erklang Geplätscher. Abzweigungen gab es mehr als genug. Er könnte mich absichtlich in eine Falle locken und falls ich entkäme, würde ich mich in dieser Schwärze verirren. Ich krallte mich am Riemen meines Rucksacks fest. Ich musste den anderen mein Vertrauen schenken und auf unsere merkwürdige Freundschaft pochen. Andernfalls würde Mythnoir mein Gefängnis sein, mit dem machtversessenen Rat als Wärter.

Wir stießen nach ein paar Minuten auf ein klobiges Gitter mit einem Schloss. Es versperrte uns den Weg ins Innere. »Und nun?«, fragte ich leise, in der Befürchtung die Mission abbrechen zu müssen.

Nevan zückte einen Schlüssel aus seiner Brusttasche. Seine Kontur glänzte schwach. »Du musst ihn umdrehen, sonst kommen wir nicht rein.«

»Wieso ich?«

»Hast du nichts gelernt?«, seufzte er. »Das Gitter und der Schlüssel sind ein Teil der ganzen Insignie, die an jemanden gebunden ist. Ich kann zwar den Schlüssel nehmen aber nicht das Tor öffnen.«

Es konnten sogar mehrere Gegenstände zu einer einzigen Insignie gehören und ich hatte keinerlei Begabung, diese zu fühlen. Woher wusste Nevan überhaupt, dass er diesen einen Schlüssel brauchte? Vermutlich hatten die Seltaren auch hierfür ein Gespür. »Hast du ihn etwa dem Rat gestohlen?«

»Das tut nichts zur Sache. Wichtig ist, dass wir die Sphäre bekommen und den Schild unschädlich machen.« Skeptisch betrachtete ich seinen vom Feuer erleuchteten resignierten Ausdruck. Er hatte definitiv zu viel kriminelle Energie. Ich selbst war jedoch auch kein weißes Schäfchen. Was ich beging, waren Einbruch, Diebstahl und Flucht. Also nicht viel besser als einen kleinen, wichtigen Schlüssel vom Rat zu besorgen.

»Na schön, wenn wir schon so weit sind.« Ich schob den Schlüssel in das Schloss. Mit einem Knirschen öffnete sich das Gitter und bewegte sich gemächlich bis zum Anschlag weiter. Es schien mich auf eine gruselige Art willkommen zu heißen.

»Was machen wir mit dem Schlüssel?«, fragte ich, während Nevan versuchte, diesen zu berühren.

Seine Hand wurde mit einem hellen Blitz zurückgeschlagen. Erschrocken starrte ich ihn an. Er gab sich keine Blöße, nicht einmal der Hauch von Schmerz stand ihm ins Gesicht geschrieben. Er schüttelte nur sein Handgelenk. »Lassen wir ihn stecken. Wir brauchen ihn nicht mehr.«

Die Hand hätte gegrillt sein sollen, doch nicht einmal Schmauchspuren oder Blasen waren zu erkennen. Waren alle Seltaren so übermenschlich oder lag es an seiner Insignie? Mit jedem zügigen Schritt klimperte sie an seinem Gürtel. Ich fragte mich, ob der Phoenix etwas von der Außenwelt mitbekam. Beim gemeinsamen Lernen hatte Lucien Arlinn erklärt, dass Insignien mit einer Gestalt eine besondere Verbindung zum Träger haben konnten. Sie nannten sie Mythiks. Nevans damaligen Geste nach zu urteilen, hatten die zwei eine innige Freundschaft. Ich hielt es sogar für möglich, dass der Phoenix ihn vor Verbrennungen schützte und heilte, wenn er die Insignie trug. Das erklärte zumindest seinen makellosen Oberkörper auf dem Hof.

Wir erreichten einen größeren Raum mit fünf Kammern. Das Konstrukt ähnelte einer Pharaonengrabstätte. Mit einem kurzen

Schnippen verteilte sich Nevans Flamme in den Laternen und sprang wie ein Federball zur nächsten.

Ich tat so, als ob mich das nicht sonderlich beeindruckte, und lugte in die einsehbaren Kammern. »Ich schätze, hier sind wir richtig.«

In jeder befanden sich die verschiedensten Gegenstände: von goldenen Vasen bis hin zu verzierten Kristallen. Alles glänzte und schimmerte im schwachen Dunst, und ließ einen erahnen, wie prachtvoll diese Dinge bei Tageslicht wären.

Ein sandiges Schleifen ertönte, als Nevan innehielt. »Nicht ganz, die wichtigsten Insignien sind hinter dieser Wächterinsignie.«

»Sicher?«, fragte ich ihn aus reiner Vorsicht. »Hier steht jeder Meter voll.«

»Willst du jede Kammer einzeln durchsuchen oder deinen hübschen Kopf einschalten?«, fragte er höhnisch.

Auch wenn er das nicht ernst meinte, stockte mir kurz der Atem. »Wenn es sein muss, drehe ich jedes Körnchen um.«

Er runzelte die Stirn. »Sieh nach, dann ersparst du mir eine Menge Arbeit.«

Wahrscheinlich hatte er recht. Ich dachte nicht gründlich genug nach. Die wertvollsten Insignien befanden sich hinter einer zweiten Schutzvorrichtung, sodass wirklich niemand ohne Befugnis sie an sich nehmen konnte. Außer natürlich von mir.

»Ich gehe ja schon, Mister Bulldogge«, sagte ich.

Er zog die Augen zu Schlitzen zusammen und ihm entwich ein leises Knurren.

Die Wächterinsignie hielt mich nicht auf und ich konnte den Raum ungehindert betreten. Das spärliche Licht hüllte die Ecken in dunkle Schemen ein. Eine Staubschicht kitzelte in meiner Nase. Bilderrahmen, alte Sockel, Bücher, eine Brustpanzerung, Stiefel, Schmuckstücke, Säbel und Enterhaken lagen in einsehbare Kästchen. Ein protziger Kronleuchter baumelte von der Decke und ein Teppich, der bestimmt einmal flugtauglich gewesen war, stand zusammengerollt an der Wand. Gefühlt befand ich mich in einer abenteuerlichen Rumpelkammer und nicht in einem Schutzkämmerchen mit wichtigen Insignien aus Escarun.

Schließlich entdeckte ich die Finstersphäre. Sie lag wie auf dem Präsentierteller in einer Kuhle in der hinteren Wand. »Ich habe sie gefunden«, rief ich mit angespannter Stimme.

»Mach jetzt bloß keinen Fehler!«, warnte er. »Hast du etwas zum Bedecken dabei?«

»Dafür reicht mein Denkvermögen gerade noch aus«, entgegnete ich und nahm das Handtuch aus meinem Rucksack. Vorsichtig warf ich es über die Kugel, damit mein Körper nicht reingezogen wurde. Das Risiko wollten wir nicht eingehen. Einmal gefangen, käme ein Mensch von selbst nicht mehr heraus. Mit zittrigen Fingerspitzen hob ich die bowlingkugelschwere Sphäre an und verstaute sie am Boden des Rucksacks. Sogleich fiel eine Last von mir ab. Endlich befand sie sich in meinem Besitz. Jetzt konnte sie niemand mehr missbrauchen und wir konnten den Plan fortsetzen. »Was als Nächstes?«, fragte ich Nevan, der mit verschränkten Armen auf mich wartete. Sein Schatten fiel in die Kammer hinein.

»Dort müssen irgendwo dünne durchsichtige Platten, Seiten oder eine kleine Tafel mit deinem Namen liegen.«

Zuerst sah ich nichts, auf das diese Beschreibung passte, doch dann fiel mein Blick auf den kleinen Schreibtisch neben der Tür. Dort standen Bücher in mehreren eingelassenen Wandfächern. Ich nahm das Erste aus der beschaulichen Reihe. Es hatte keinen Titel, nur eine wunderschöne, hell leuchtende Verschnörkelung mit einem mir unbekannten Symbol auf der Vorderseite. Das Lesebändchen vereinfachte mir die Suche nach der aktuellsten Seite. Allerdings fiel mir das Entziffern der Wörter schwer, weil hier keine einzige Lichtquelle war.

»Schieb dein Feuer her. Es wäre nicht schlecht, wenn ich etwas sehen könnte.«

»Ich kann keine Magie durch die Wächterinsignie tragen. Auch wenn wir eine Laterne benutzen, wurde diese mit meinem Feuer entzündet. Nur jemand, der Zutritt hat, darf seine Begabung anwenden«, erklärte er und stichelte daraufhin wieder. »Du machst deinem Menschdasein alle Ehre. Das stand in der sechsten Lektion der Insignienlehre, die du sicher nur überflogen hast.«

Nicht einmal die dritte Lektion hatte ich in den vergangenen Tagen geschafft. Außerdem hatte Nevan mir diese nur vor die Nase gelegt und war ohne eine Anweisung gegangen. Lucien hatte mir manchmal zur Seite gestanden, aber sein Augenmerk lag auf Arlinn. Sie war seine Schülerin, nicht ich.

»Wenn du ein besserer Mentor gewesen wärst, wüsste ich es«, sagte ich und nahm die restlichen Bücher aus den Fächern.

Seine Kiefermuskeln waren angespannt. Die Vorhaltung, dass ich dumm und zu nichts zu gebrauchen war, konnte ich nicht mehr hören. Aus seinem Mund klang alles verächtlich. Was war mit *„ein Mensch, der beschützt werden muss"*? Oder galt das jetzt nicht mehr? Mit meiner Tasche auf dem Rücken trug ich die Bücher ins Licht, aus der Wächterinsignie hinaus. »Dann schaffe ich mir ohne dich Licht.«

Auf dem kalten Boden kniend, setzte ich den Rucksack ab und schlug einige Bücher am Lesezeichen auf. Nevan stand dicht hinter mir und scharte mit seinem Fuß auf einer Stelle herum. Ich strapazierte seine Geduld, aber er musste warten. Nach und nach blätterte ich feinsäuberlich notierte Listen und Regelwerke durch. In einem waren sogar das Volk der Dämonen, verbotene Insignien und deren Besitzer aufgeführt. Darunter fand ich auch das Mädchen, das die Akademie beinahe mit ihrem Donner zerstört hatte. Also dienten einige der Bücher zum Schutz des Geländes. Unbegreiflich, dass Wörter auf den richtigen Seiten so eine Macht besaßen. Ich war mir sicher, dass der Rat eine falsche Entscheidung getroffen hatte. Das Mädchen war mit Magie manipuliert worden und hatte somit keine Kontrolle über seinen Körper gehabt. Es trug keinerlei Schuld an den Ereignissen. Seufzend legte ich das Buch zu den anderen und griff zum nächsten. Das Bändchen führte mich auf Seite fünfundsiebzig. Und dort stand, in einer weiblichen Handschrift geschrieben, endlich mein Name. Etliche vorherige Namen waren durchgestrichen. Mein Herz schlug höher. Bald konnte ich das Gewölbe hinter mir lassen.

»Wie deaktiviere ich den Schild?«, fragte ich ungeduldig.

Nevan hockte sich neben mich und betrachtete mit einem konzentrierten Blick die Liste. »Anscheinend muss man den Namen nur durchstreichen.« Er fuhr mit dem Zeigefinger über die anderen Namen. Die Insignie hielt ihn nicht davon ab. »Stand auf dem Tisch ein Tintengläschen mit einer speziellen Feder?«

Ich eilte zurück zum Pult und tastete halbblind die kratzige Oberfläche ab. Nichts, was sich nach einem Glas anfühlte. Dann glitten meine Hände unter den Tisch und ich ertastete Schubladen. Energisch öffnete ich die erste, in der sich Blätter, Papierstapel, ein Heft, Tintenhalter und Füller befanden. In der zweiten wurde ich fündig. Ein Gläschen mit schwarzer Tinte und einer hellen, goldumrandeten Feder. Das musste es sein!

Als ich wieder aus der Kammer kam, lehnte Nevan an der Wand. Seine Haare waren durchgewühlt. »Hast du sie?«

»Nur eintauchen und durchstreichen?«

Er nickte und überließ mir den Vortritt.

»Auf Nimmerwiedersehen!«, sagte ich siegesgewiss, während ich die Tat vollbrachte. Endlich! Endlich kam ich fort von Nevan, dem Rat und den Offizieren, fort aus Mythnoir. Ich brachte alle Bücher an ihren ursprünglichen Standort zurück und schloss erleichtert die Wächterinsignie. Damit war der Plan erfolgreich abgeschlossen. Ich hätte sogar Nevan nicht gebraucht, wenn ich etwas besser vorbereitet gewesen wäre.

Er löschte mit einer flachen Handbewegung die Flammen in den Laternen und zeitgleich tauchte in der anderen Hand eine weitere auf. Langsam sollte ich mich daran gewöhnen, aber allein das Betrachten von Elementherrscherkräften entsprach für mich nicht der Wirklichkeit, sondern einer verzerrten Form derer, die ich noch immer nicht begriff.

Mit dem Rucksack auf meiner Schulter folgte ich dem stillen Nevan in den zweiten Gang, der sich endlos ins Ungewisse erstreckte. Die Abmachung war, dass er mich sicher aus dem Gewölbe führte und nicht weiter. Ich schluckte plötzlich. Nach dem Gitter hatten Studenten keinen Zutritt und er konnte das Gitter von allein nicht aufmachen. Wir waren bereits mehrere Male abgebogen und er lief zielstrebig voraus. In welche Richtungen waren wir an den Gabelungen gegangen? Die Letzte war links, dann gerade aus ... rechts ... nein, es war rechts und dann links. Zwecklos, selbst mit einer Karte würde ich mich hier unten verlaufen.

»Woher kennst du den richtigen Weg?«, fragte ich vorsichtig.

»Ich folge meiner Flamme«, antwortete er spröde.

Meine Sehnen spannten sich. Ich hatte nie davon gelesen, dass Feuerherrscher ihre Flammen nutzen konnten, um den Weg aus einem Labyrinth zu finden. Höchstens, dass sie kleinste Bewegungen des Windes in ihrem Feuer spürten, damit sie dem entgegenwirken konnten.

»Wie funktioniert das? Folgst du den Luftzügen, die durch die Gänge heulen?«, fragte ich weiter.

»So etwas in der Art«, kam es von ihm prompt und nach einigen Metern erkannte ich die üblichen Laternen der Akademie an den Wänden.

Meine Sorgen lösten sich in Luft auf. Nevan führte mich wie versprochen hinaus, nicht in irgendein Verderben. Doch mit einem Mal schmiss er seine Flamme in eine der Laternen und drehte sich zu mir um. Sein intensiver Blick verhieß nichts Gutes. Aufgrund der Enge des Ganges konnte ich ihm nicht ausweichen und setzte einen Fuß hinter den anderen. Er drängte mich geschickt in eine

Sackgasse und trieb mich weiter, bis ich die Steinwand an den Fersen spürte. Ich erstarrte.

»Was soll das?«, fuhr ich ihn an. Das war der falsche Zeitpunkt für Nähe. Sicherlich wusste er seit unserer Bibliotheksbegegnung, wie hoffnungslos ich mich aufführte, wenn er seinen Höflichkeitsabstand verringerte. Ich war in diesem Augenblick sein Opferlamm.

»Lass uns weitergehen«, sagte ich stockend. Was Besseres fiel mir nicht ein? Er drängte mich doch extra vom Ausgang weg. Verdammt, das durfte nicht wahr sein!

»Noch nicht«, hauchte er an meiner Wange und zupfte an meiner Blusenschleife.

Ich klebte felsenfest an der Wand. Dabei reichte ein Schritt aus. Ein einziger! »Kannst du mir etwas mehr Platz machen?«

Er folgte der Bitte nicht. Stattdessen schob er die Hand in mein Haar. Das seltsame Gefühl breitete sich unter der Nervosität aus und meine Lippen zitterten. Er ließ von der Schleife ab und strich über meinen Hals. Dann küsste er sanft meinen Mundwinkel und entfachte tausende Funken in mir. Er wich keinen Millimeter vor oder zurück, sondern verharrte an der Stelle. Der halbe Kuss löste in mir alles aus, nur nicht eines – den Willen, ihn wegzuschubsen. Ich krallte mich an seinem Shirt fest. Ich wollte diesen Moment auskosten. Nur noch ein bisschen länger. Unter meinen Fingerspitzen fühlte ich kräftige Herzschläge. Sie wummerten wie meine eigenen. Der Riemen des Rucksacks rutschte von meiner Schulter und er fiel zu Boden. Nevan schreckte unerwartet auf und ließ von mir ab. Ein Seufzer überkam mich. Der Kuss war nichts Halbes und nichts Ganzes gewesen, trotzdem stellte er meine vorherigen in den Schatten. Sofort kroch mir die Kälte des Gewölbes wieder in den Rücken.

»Wenn ich mich nicht irre, wolltest du so etwas damals in der Bibliothek.«

Irritiert über seine Aussage, würgte ich meine Enttäuschung hinunter. »Sollte das ein Scherz sein?«

»Nein«, antwortete er und kam wieder näher.

»Was war das dann?«

Er griff neben mich und hob den Rucksack auf. »Verzeih mir.« Seine Stimme klang dünn. »Es geschieht zu eurem Besten.« Er wandte sich ab und bevor ich realisierte, was er meinte, zog er eine Flammenwand zwischen uns.

Lichterloh peitschte sie vor meinem Gesicht und zwang mich an die Mauer zurück. Angstgelähmt presste ich mich an sie. Ich saß in der Falle! Durch das Flimmern des Feuers erkannte ich den Rucksack in Nevans Händen. Was hatte er vor? Er konnte doch nicht ... Die Sphäre und ein Buch blitzten hervor. Wann war das Buch in meine Tasche gelangt? Viel wichtiger war: Was hatte er mit der Sphäre vor? Ich biss mir auf die Innenseite meiner Wange. Für einen Augenblick hatte ich geglaubt, dass er sich wirklich für mich interessierte und meine Befürchtungen nicht wahr wurden, doch alles hatte zu seinem Plan gehört. Mich in die Ecke zu drängen, an die Sphäre zu kommen und mich jetzt mit einer meterhohen Feuersbrunst festzusetzen.

»Du verdammter Mistkerl!«, brüllte ich. »Du hast mich benutzt. Jede Kleinigkeit hast du sorgfältig geplant!«

»Ich lasse dir den Rest hier. Lebe wohl, Menschenkind«, verabschiedete er sich.

Er ließ mich einfach stehen. Mit zwei Insignien in den Händen war er verschwunden. Mit der Finstersphäre, die ich zerstören wollte. Und jetzt war sie unerreichbar geworden.

Ich schrie meinen Zorn mit aller Kraft heraus: »Ich hasse dich!« Und besonders mich. Meine Wut auf mein eigenes Versagen war größer als auf die Tatsache, dass er mich benutzt hatte. Hätte ich nur ein wenig mehr nachgedacht, dann stünde ich jetzt womöglich in unserem Wohnzimmer und würde mit Grandma gemütlich einen Tee trinken.

Ich trat gegen die Mauer und versuchte, einen klaren Kopf zu bekommen, aber sie gab keinen Zentimeter nach. Mein Fuß schmerzte vergeblich. Ich hatte mich brav ausnutzen lassen. Wenn ich ihn jemals wiederfand – und das würde ich – würde ich keine Sekunde zögern und ihm seinen verdammten Kopf abschlagen! Etwas anderes verdiente er nicht.

Ich sah ins Feuer. Nur ein Trottel würde durchwaten und Verbrennungen riskieren. Es hatte den ganzen Gang erfasst und unerträgliche Hitze peitschte mir ins Gesicht. Außerdem käme niemand auf die Idee, nach einer gescheiterten Diebin zu suchen. Alle waren auf der Party und Nevan spazierte seelenruhig aus Escarun. Ich konnte nur den Flammen dabei zusehen, wie sie fröhlich umher tanzten, als wäre keine einzige Welt zerbrochen. Das Knistern übertönte mein bitteres Schluchzen. Ohne Aussicht auf Rettung und ohne die Finstersphäre war mein Plan kläglich gescheitert. Familien trauerten bald um ihre Kinder und es würde meine Schuld sein. Als Werkzeug der Seltaren war ich auf ewig verdammt.

Nach ein paar Minuten ließ die Feuersbrunst nach. Vereinzelt loderten kleine Feuerstellen und wiesen mir den Weg aus dem Backofen. Sie spendeten nicht viel Licht. Ich rappelte mich hoch, denn mein Handy war die letzte Chance, das Labyrinth aus eigener Kraft zu verlassen und nicht in die Fänge der Offiziere zu geraten. Der Rucksack stand angelehnt an der Wand. Panisch setzte ich einen Fuß vorwärts. Ich spürte die Hitze durch den Schuh, doch sie war aushaltbar.

Mit einer Hand tastete ich meinen linken Unterschenkel ab. »Bitte enttäusche mich jetzt nicht, Kraftinsignie«, sagte ich. So atmete ich die schwüle Luft ein und rannte los. Wie heißer Sand brannte die Wärme durch die Schuhsohlen. Der Korridor streckte sich vor meinen Augen ins Unermessliche und ich beschleunigte die Schritte, bis ich auf einen kühlen Untergrund trat und anhielt.

Sofort griff ich in den Rucksack und ertastete die Jacke, eine Flasche Wasser und drei Sandwiches. Dann das Handy. Erleichtert wischte ich mir den Schweiß von der Stirn. Ich schaltete das Handylicht an und leuchtete in den Gang hinein. Kalte Schatten fielen von den Wänden. Gruseliger als die knorrige Hand in der Prüfung konnte mein Ausflug in die alten Gemäuer nicht werden. Zumindest einen Versuch gab ich mir, ehe der Akku schwand und ich mich blind durch die Korridore bewegen musste. Ich schlug eilig eine Richtung ein. In mir tobte der Hurrikan des Jahrtausends. Der allmählich schwächer und leiser wurde, je mehr Abzweigungen ich nahm. Die groben Steinschichten kamen mir plötzlich bedrohlicher vor. Die Geräusche lauter. Die Akkuanzeige zeigte siebenundvierzig Prozent an und ich entdeckte keine Laternen mehr. Hastig drehte ich mich, schaute nach links und rechts, aber jeder Korridor sah gleich dunkel aus.

Ihr Blut an meinen Händen

Zusammengekauert, mit dem Kopf auf der Brust, saß ich ohne jegliches Zeitgefühl an irgendeiner Mauer. Es waren Stunden vergangen, seit das Feuer im Gang erloschen war. Das Handy zeigte vierundzwanzig Prozent Akku an und fraß weiter meinen Glauben, je aus dem Gewölbe herauszukommen. Ich hatte mich restlos verlaufen. Ich war mit dem Handylicht durch die Gänge geirrt und hatte ein Blatt Papier zerrissen, um die Wege zu markieren, die ich bereits gelaufen war. Aber das nützte nichts, weil ich sie nicht wiederfand. Womöglich bewegten sich die Gänge oder taten irgendetwas Magisches, um meinen Verstand zu verwirren.

Meine Faust schlug gegen den harten Boden. Der Schmerz an den Fingerknöcheln war nichts im Vergleich zu meinem Versagen. Mit gefletschten Zähnen geisterten der Offizier und Zarek vor mir. Sicherlich empfingen sie mich mit Freuden, sobald mich jemand in diesem Drecksloch fand und ich die verschwundene Finstersphäre erklären musste. Etwas Gutes hatte dieses Szenario jedoch. Nevan bekam seine gerechte Strafe, denn diesmal würde ich ihn nicht in Schutz nehmen.

Irgendetwas strich über meine Kopfhaut und ich fasste mir genervt ins Haar. Hoffentlich war es keine Spinne, denn die hingen hier an jeder Ecke und jagten mir mit ihren fahlen Schatten ständig einen Schrecken ein. Doch meine Finger zogen ein kleines Blatt hervor. Verwundert betrachtete ich die zarte Aderung im Licht meines Handys. Daisy musste es bei der Verabschiedung in mein

Haar geschmuggelt haben. Eine Geste der Nahris, wenn ihnen jemand wichtig war. Als würde Daisy vor mir flattern, hoben sich meine Mundwinkel. Die Kleine war unverbesserlich, selbst im dunkelsten Gewölbe zauberte sie mir ein Schmunzeln ins Gesicht. Zur Aufbewahrung schob ich es in meinen Schuhschaft und hoffte, dass es nicht zerbrach. Im Rucksack würde es mir bloß verloren gehen. Geschenk blieb Geschenk, egal was es war.

Dann zuckte ich hoch. Etwas bewegte sich seicht an meinem Rücken. Der Stein vibrierte. Litt ich schon unter Wahnvorstellungen? Ich presste die Hände gegen das Gemäuer und hielt den Atem an. Mir durfte nicht einmal das Tropfen an der nächsten Ecke entgehen. Die Bewegung wurde stärker und durchdrang mich wie ein kühler Windzug an einem Sommertag. Sand rieselte von der Decke. Irgendetwas passierte in der Akademie und es waren keine Studenten, die zu ausgiebig feierten. Ich legte mein Ohr an die Mauer. Ich hörte Schritte. Viele von ihnen. Ein Beben erschütterte das Gewölbe und sogleich folgte ein entsetzlicher Schrei von draußen. Panisch blickte ich durch den Gang. Ich musste ganz nah am Ausgang sein.

Klingen prallten im Freien aufeinander. »Dämon!«, kreischte jemand. »Du ...«, japste der Student weiter. Seine Furcht drang durch meine Knochen.

Ich bildete mir das Ansetzen des Schwertes und einen sauberen Kehlkopfschnitt ein. Er war verstummt. Ich schlug mir die Hand vor den Mund und unterdrückte ein Schluchzen. Was mich oben erwartete, war tausendmal schlimmer. Dämonen griffen die Akademie an! Sie hatten jemanden getötet, der ihnen im Weg gestanden hatte. Die Schreie klangen, als stünden selbst die Töne vor dem Tod höchstpersönlich.

Weitere Aufschreie zwangen mich, mit dem Zittern aufzuhören. Was, wenn die Dämonen das Gewölbe fanden? Es würde definitiv aus für mich sein. Sogar wenn ich hierblieb, war es aus. Wenn mich jemand von den Seltaren fand, war es aus. Selbst wenn ich jetzt den Ausgang finden würde, war es aus. »Wieso geschieht das alles?«, fragte ich das alte Gemäuer und raufte mir die Haare. Dabei wollte ich doch nur zurück nach Hause.

Die Erde bebte erneut und Steinchen bröckelten von den Wänden ab. Ich zog meine Füße enger zu mir und machte mich klein. Ob Tamira, Daisy, Arlinn und Lucien geflüchtet waren oder ein Versteck gefunden hatten? Eine Zeit lang konnte ich im Dunkeln bleiben und den Angriff abwarten. Entweder entwickelte ich in dieser Zeit einen besseren Plan oder ich starb irgendwann trotz der Flasche Wasser an Dehydrierung, weil ich Nevan einmal zu sehr vertraut hatte. Eigentlich hoffte ich darauf, das Ausharren würde etwas ändern und die Situation weniger Wirklichkeit werden lassen, aber draußen verstummten immer mehr die Schreie. Stattdessen drang finsteres Gelächter bis zu mir vor und ließ mich das Schlimmste befürchten. Sie hatten ein leichtes Spiel mit uns. Wir waren einfache Studenten und keine kampferprobte Armee. Dann ruckte ich den Kopf hoch. Ich hörte zwei Stimmen. Den Inhalt des Gespräches konnte ich nicht entschlüsseln, zu sehr beanspruchte das widerliche Lachen mein Gehör. Aber sie waren hier bei mir, unter der Erde. Mit letzter Entschlossenheit richtete ich mich auf und stürmte blind los. Ich sah mich nicht um, sondern lief weiter und weiter. Ausschließlich den Sand, der unter meinen Schuhsohlen wegrutschte, nahm ich wahr. Alles andere blendete ich aus. Bloß nicht in die Arme der Dämonen! So orientierte ich mich an den Wänden und versuchte, die Entfernung zu den Stimmen zu vergrößern, woraufhin ich in der Dunkelheit goldaufblitzende Schlangenaugen erblickte und anhielt. Professorin Sharpwoods Insignie! Ihr Mythik war mir im Gedächtnis geblieben.

»Weiter hinten ist eine Studentin«, schallte es. »Ich kümmere mich um den Eingang. Bringen Sie das Mädchen hier raus.«

Professor Garditon eilte mit einer Laterne um die Ecke. Seine Kleidung war verschmutzt und wies zahlreiche Löcher auf. »Miss Evergarden ... Was um Himmelswillen machen Sie hier unten?«

»Das zu erklären, könnte etwas dauern«, rief ich verlegen.

»Keine Zeit für längere Unterhaltungen. Escarun ist gefallen. Einige konnten das Gelände verlassen und sind den Dämonen entkommen. Sie hatten Glück, dass Professorin Sharpwood Apophis auf Patrouille geschickt hat, denn sonst wären Sie hier unten verloren gewesen. Die Mauern reagieren auf Licht. Wenn man zu lange hier unten verweilt, findet man den Ausgang nicht mehr«, erzählte er gehetzt, während wir in die entgegengesetzte Richtung liefen.

»So was Ähnliches hatte ich vermutet«, gestand ich. »Aber wie konnten die Dämonen Escarun angreifen?«

»Es gibt Verräter in den Reihen unseres Kollegiums. Jemand hat die wichtigste Schutzinsignie der Akademie in seinen Besitz gebracht. Ein Buch, das hinter der Wächterinsignie sicher versteckt war.«

Meine Finger krallten sich am Riemen des Rucksackes fest, den Nevan freundlicherweise stehen gelassen hatte. Dieser Idiot steckte mit den Dämonen unter einer Decke! Daran gab es keinen Zweifel. Sogar das offengelassene Gitter hatte zu seinem Plan gehört und er hatte es geschafft, mich für seine Dämonenfreunde auszunutzen. Bestimmt bekam er irgendeine bescheuerte Belohnung dafür. Auf mir lasteten hunderte Tode und das Ende der Akademie. Auf mir und meiner verfluchten Fähigkeit allein. Zorn füllte mein zerpflücktes Herz aus, wie Lava brodelte es unter meiner Rippe.

Apophis zischte laut auf. Sie war uns gefolgt und schlängelte abwechselnd zwischen uns hin und her.

»Sie warnt uns«, meinte Professor Garditon.

Aus der Richtung, aus der wir gekommen waren, krachten Steine aufeinander. Der Boden vibrierte und ich kämpfte für einen Augenblick um mein Gleichgewicht. Die Schlange bewegte sich blitzartig zum Geschehen zurück.

»Ich hoffe, der Professorin geht es gut.«

»Sie tut ihr Bestmögliches. Konzentrieren Sie sich auf Ihr eigenes Leben«, tadelte er mich und zog das Tempo an. In seinen Schritten lag Unmut. Ich glaubte nicht, dass die Dämonen mächtig genug waren, um eine Schicht Gestein zu durchbrechen. Ihre Magie bezog sich auf den Geist und nicht auf Manifestation. In Kombination mit ihren Insignien hätten die Seltaren ihnen ebenbürtig sein müssen. Aber so wie es aussah, war das wohl nicht der Fall. Ich biss mir auf die Unterlippe.

»Nein. Nein. Nein!« Ein Wasserfilm überzog Professor Garditons Augen. Er wendete seine Wasserherrscherfähigkeiten an. Durch geschickt platzierte Wasserpfützen erkannte er, was hinter uns geschah. »Sie sind auf dem Weg zu uns. Professorin Sharpwood konnte den anderen Ausgang versperren. Nun liegt es an mir, diese Kreaturen unter die Erde zu bringen.«

Das hatte ich befürchtet. »Wie weit ist es noch?«, krächzte ich. Meine Stimme gehorchte mir nicht mehr.

»Es müsste gleich ...« Er verstummte und spreizte die Finger. Es sah aus, als würde das Wasser direkt aus den Kuppen fließen. »Laufen Sie, Miss Evergarden!«, brüllte Professor Garditon. »Verstecken Sie sich und bleiben Sie am Leben! Sie sind die einzige Hoffnung für unser Volk!«

Noch bevor ich begriff, was er da sagte, schubste er mich weiter. Eine Welle spülte und riss mich wie ein Blatt im Wind nach vorne. Diesem Sog konnte ich mich nicht entziehen. Ich presste den Rucksack vor meine Brust, damit er im Schatten meines Körpers nur Spritzer abbekam. Ihn fest umklammernd, vergrub ich mein Gesicht im Leder. Ehe ich keinen festen Stand hatte, würde ich ihn nicht loslassen. Der Rucksack war meine zerbrechliche Hoffnung, diese Welt eines Tages zu verlassen.

Die Flut ebbte langsam ab. Meine gesamte Kleidung war durchnässt und jeder Stofffetzen triefte. Erst war es Feuer, welches mich beinahe getötet hatte, und jetzt war es Wasser. Eiseskälte überzog meine Haut. Ein Rauschen überfiel den Gang, als ob ein Wasserfall von allen Seiten über mich hereinbrach. Hinter mir krachte das Gewölbe mit einem tosenden Sprudeln ein. Ich musste hier raus! Ohne mich nochmal umzudrehen, wischte ich mir Tränen von den Wangen. Meine innere Schachtel quillte über, doch die Aussicht auf den Ausgang trieb mich voran.

Ich entdeckte nach wenigen Metern die Tür, von der Lucien erzählt hatte. An der Klinke glänzte ein heller Kristall. Er leuchtete schwach, als ich den Griff mit schwerem Atem herunterdrückte. Ich war draußen. Ich hatte es geschafft, der ersten Hölle lebendig zu entfliehen.

Ein fahler Schleier verhüllte den Mond und zeigte nur schwach seine Konturen. Die Tür fiel hinter mir zu und ging eine Symbiose mit der Wand ein. Mit vorsichtigen Schritten nahm ich Abstand. Niemand war zu sehen. Der Hof lag unter einer feinen Aschedecke begraben, die der Wind bereits abtrug. An einst blütenstehenden Büschen brannten Feuer und spendeten schauriges Licht. Der Boden glich dem eines Minenfeldes. Das idyllische Bild von vergangenen Tagen verblasste vollständig in meinem Kopf. Ich erinnerte mich nur mit Mühe, wie es vor dem Angriff gewesen war. Was hatte ich nur getan? Die Halle … sie war vollständig aufgerissen! Die Kuppel war zusammengefallen, die Kugeln des Schutzsystems von Escarun waren zerbrochen und ein einziger Träger hielt das Hauptdach noch aufrecht. Sobald ihm jemand einen Stupser verpasste, würde das restliche Gerüst einstürzen. Bunte Glassplitter lagen überall verteilt und glitzerten. Sie boten einen fürchterlichen Kontrast zu Leid und Zerstörung. Noch nie hatte ich so eine Brutalität gesehen. Ich musste weitergehen und schluckte meinen Unmut herunter.

Zwischen den Ziegeln und Steinen lagen Leichen. Eine Blutlache floss vor meinen Füßen. Sie führte zu einem Studenten. Er lag kopfüber auf einer halben Mauer und starrte mit toten Augen ins Leere. Seine Kehle war zerfetzt worden. Tiefe Rillen zeichneten sich neben ihm ab. Er musste vergeblich gegen den Dämon gekämpft haben, als er sich auf ihn gestürzt hatte. Übelkeit kroch ungehindert meine Speiseröhre hoch. Ich schaffte es noch hinter eine umgekippte Säule, bevor mein Magen sich entleerte. Es wäre besser gewesen, wenn ich nicht hingeschaut, mir nicht jede einzelne Leiche eingeprägt und sie mit meinen Kursmitschülern verglichen hätte, doch ich konnte nicht anders.

»Es tut mir so leid«, flüsterte ich in die Stille hinein, aber keiner von ihnen würde mir je antworten können.

Ich spähte um eine Ecke und entdeckte nichts als ziehende Rauchschwaden. Über diesen kleinen Hof war ich zum Saal gegangen, wenn die Brücke mit Seltaren belegt gewesen war. Arlinns Sporen schwirrten leuchtend umher und zeigten keine Angst vor dem Elend. Sie flogen unbeirrt weiter und entkamen spielend mit dem Wind. Ich wollte eine von ihnen sein, doch die Schwerkraft kettete mich mehr denn je am Boden fest. Mir blieb nichts anderes übrig, als die kratzige Luft einzusaugen und zur nächsten Mauer loszustürmen.

»Das war viel zu einfach. Ich dachte, ich würde mehr Spaß haben«, hörte ich eine raue Stimme sagen.

Ich kniff die feuchten Augen zusammen. Inmitten der Asche durchsuchten zwei Personen die toten Opfer. Beide besaßen schwarze Hörner auf den Köpfen, muskulöse Körper und stechende, in dunkle gehüllte blaue Augen. Nur die Frisur unterschied sie aus dieser Entfernung voneinander. Es waren eindeutig Dämonen. Wenn sie mich erwischten, landete ich als Beilage auf ihren Tellern. Schweißperlen tropften von meiner Stirn. Ich musste mich an ihnen vorbei schleichen. Das halbhohe Geländer gab mir nicht genügend Deckung. So hockte ich mich auf den Boden, spähte vorsichtig um die Ecke und sah ihre Hörner aus dem Schatten ragen.

»Hey Brüderchen«, rief der Dämon mit dem zur Hälfte kahlrasierten Kopf dem Langhaarigen zu. »Fang!« Eine Insignie wirbelte durch die Luft.

Er fing den Würfel mit seinen Fingerspitzen auf. »Bist du des Wahnsinns, Izzanul? Jede Insignie könnte kostbar sein!«

»Pah, die eine weniger würde unsere Königin nicht vermissen. Wir haben bereits genug.«

»Du weißt, was sie von uns fordert.«

»Natürlich und du bist daran nicht ganz unschuldig«, ermahnte Izzanul seinen Bruder.

Er seufzte. »Ich tue mein Möglichstes, aber meinst du nicht, wir haben alles, was wir benötigen?«

»Nicht so ungeduldig. Wir sollten unseren Rundgang erledigen. Hier könnte noch etwas rumfleuchen«, antwortete er mit einer beunruhigenden Vorfreude in der Stimme. Währenddessen schlitzte er jemandem die Stirn auf und ergötzte sich am vergangenen Leid seines Opfers. Er leckte sogar das Blut ab und mich überkam erneut Übelkeit.

Der andere Dämon strich seine glatten Haare nach hinten. »Seit wann folgst du denn den Regeln? Es sieht dir gar nicht ähnlich, den folgsamen Sohn zu spielen.«

»Manche machen selbst mir eine Freude und einmal die Rollen zu tauschen, hat auch seinen Reiz, findest du nicht?«

»Ausnahmsweise, weil ich den Ruhm ernte, der mir rechtmäßig zusteht.« Offenbar gierten sie beide nach Anerkennung. Sie überboten sich gegenseitig mit miesen Charakterzügen.

Izzanul schmunzelte und wies nickend auf den nächsten Korridor. »Nach diesem bin ich wieder der Hinterhältigste von uns dreien.«

Anscheinend wollte sein Bruder genau das nicht hören, denn er schnaubte verächtlich. Daraufhin setzten sie sich in Bewegung und bogen in den Nordflügel der Akademie ab.

Beruhigt stieß ich den angehaltenen Atem aus und schlich in die entgegengesetzte Richtung. So sahen also waschechte Dämonen aus. Ich hatte mir tierische Kreaturen mit langen Klauen und gebückter Haltung vorgestellt, aber von weitem wirkten sie überraschend menschlich, abgesehen von ihren Hörnern. Je länger ich auf dem Gelände blieb, desto größer war die Wahrscheinlichkeit, in ihre Hände zu fallen. Es wäre ein Wunder, wenn sie die Einzigen auf Patrouille waren.

Die Gänge waren eingestürzt und vorherige Ausgänge nun sorgfältig mit Steinen blockiert. Es schien, als säße ich in einer Falle. Und so führte ich mich auch auf, wie eine zuckende Maus. Ich irrte durch Ruinenfelder aus Felsen und unterdrückte nur mit Not meine Tränen. Eine schmerzhafte Gewissheit staute sich in mir auf. Es war mein Fehler gewesen. Die leblosen Körper, die Blutlachen, die toten Augen würden mich auf ewig verfolgen. Als eine Schachfigur in Nevans Plan war ich für dieses Desaster mitverantwortlich. Wie hatte ich bloß die Signale übersehen können? Sie waren direkt vor mir gewesen! Für seine Verhältnisse hatte er sich viel zu freundlich verhalten und sich zu einfach von unserem Plan überzeugen lassen.

Nach einigen Abzweigungen erkannte ich aus dem Augenwinkel ein sorgfältig geschlagenes Loch zum Vorhof. Jemand hatte gezielt Kraft angewendet und einen Durchgang geschaffen.

Der Eingang von Escarun erschien mir gigantisch. Bevor ich zum Tor rannte, schaute ich mich gründlich um. Gekippte Baumstämme und verkohlte Sträucher boten mir Schutz. Meine Zähne knirschten. Es war ein offenes Gelände mit zu wenig Versteckmöglichkeiten, um nicht mit Bedacht vorzugehen. Mein Blick schweifte weiter. An einer zerstörten Säule neben der Eingangstür saß eine Gestalt. Leuchtend rote Haare stachen aus Asche und Staub hervor. Ich blinzelte.

Vorsichtig bewegte ich mich an der Wand entlang. Jeder Meter führte mich in die Ewigkeit. Nach und nach erkannte ich Details. Tamiras Kleid schien keine Blutflecken zu haben, die Haarnadel lag neben ihr. Sie saß einsam und friedlich an der Säule, als ob sie auf jemanden wartete. Doch je näher ich ihr kam, desto mehr fixierte ich die Brust. Atmete sie noch? Oder war sie bereits ...? Der Gedanke verschlug mir den Atem und die Hoffnung schwand aus meinem Herzen.

»Tamira?«, flüsterte ich und nahm ihr Gesicht in die Hände. Ihre Augen waren geschlossen, die Lippen bläulich verfärbt und die Haut eiskalt. Ich legte die Hand an ihren Hals, suchte nach dem Puls. Nur ein einziges Pochen genügte. Nur eins! Aber da war nichts, kein gleichmäßiges Klopfen unter ihrer Haut, kein Leben. Panisch schnappte ich nach Luft. Tränen tropften auf das Kleid, was sie mir vor wenigen Stunden stolz gezeigt hatte. Meine schlimmste Befürchtung saß vor mir. Ich tastete noch einmal nach, aber das Ergebnis blieb dasselbe.

Ungläubig kniete ich vor Tamira. »Was war mit deinem Traum, eines Tages dem Rat zu zeigen, dass man Insignien nicht unbedingt braucht?«, fragte ich schluchzend. »Du wolltest doch so viel erreichen ...« Ich nahm ihre schlaffen Hände in meine. In ihren Adern weilte kein Funken Lebensfreude mehr. Das angeschlagene Herz in meiner Brust zerfiel zu Staub. »Es hätte mir gereicht, wenn du friedlich weiterlebst, vielleicht eines Tages deinen Schwarm wiederfindest, glücklich bist und wunderbare Kinder großziehst, und jetzt?« Bist du tot ... Ich traute mich nicht, es laut auszusprechen«. Tränen überrannten meine Stimmbänder. Jede Faser meines Körpers wog das Hundertfache. Ich fühlte mich so verdammt schwach und hilflos. Wenn ich nur ein wenig mehr aufgepasst hätte, anstatt mich von Nevan beeindrucken zu lassen. Die Zeichen waren überdeutlich gewesen und ich hatte sie ignoriert. Zorn mischte sich in der endlosen Tiefe meiner eigenen Schwermut. Ich konnte anscheinend nur weglaufen oder wie ein kleines Kind weinen. Er hatte von Anfang an gesagt, ich sei ein nutzloser Mensch. Damit hatte er immerhin recht behalten.

Der Mond schob die Wolkendecke beiseite. Verschwommen erkannte ich zwei Schatten an der umgekippten Säule. Jetzt war es mir egal, wenn die Dämonen mich auch umbrachten. Mein Leben war genauso unwichtig, wie das der anderen Studenten. Niemand konnte mich mehr von Tamira trennen.

»Geht weg! Ihr kriegt sie nicht!«, fauchte ich und umarmte ihren Körper, als ob sie noch atmete und beschützt werden musste.

»Wir sind es nur, Shary!« Arlinn legte die Hände um meine Taille und zog mich vom Boden hoch. Meine Beine hielten die Last meiner Gefühle und Gedanken nicht aus, sodass sie mich unter den Armen stützen musste.

»Sie ist nicht bei sich, Arlinn«, meinte Lucien und hob sanft meinen Kopf an.

Arlinns Wärme schlüpfte durch meine klamme Kleidung. »Natürlich ist sie das nicht! Wir müssen sie schleunigst von hier fortbringen, bevor die Dämonen rausfinden, was Sache ist.«

»Was ist mit Tamira?«, wisperte ich und versuchte, ihre Hand oder wenigstens eine Schulter zu erreichen. Trotz meiner Bemühung griff ich nur die Luft, weil mich Arlinn langsam von ihr wegschleifte.

Lucien strich mir eine Haarsträhne hinters Ohr. »Wir können sie nicht mitnehmen.«

»Sie ist auch eure Freundin. Ihr könnt sie nicht hierlassen!«, schrie ich beide gleichzeitig an. Ich konnte nicht fassen, dass sie mich ohne Tamira fortbringen wollten.

Arlinn hielt krampfhaft meine Arme fest. »Wir haben sie genauso verloren und uns fällt das Ganze auch nicht leicht. Trotzdem hat deine Sicherheit Vorrang! Wir können unserer Trauer jetzt nicht nachgeben.«

Mein Blick vereiste an meinen Händen. Tamiras lauwarmes Blut tropfte von ihnen. Offensichtlich war sie am Rücken verwundet worden und verblutet. Ich, ihre beste Freundin, hatte ihr in der schwersten Stunde nicht zur Seite gestanden. Hätte ich die Verbrennungen im Flammenmeer riskiert, wäre sie garantiert noch am Leben gewesen.

»Ich trage sie, bis sie sich beruhigt hat«, sagte Lucien und legte Arlinn eine Hand auf die Schulter. »Du hast die stärkere Insignie, deshalb solltest du deine Kräfte sparen, falls wir kämpfen müssen.«

So wechselte ich, dem Schicksal ergeben, meinen Schaffner und ließ mich auf seinem warmen Rücken tragen. Zur Gegenwehr fehlte mir jegliche Kraft, denn sie war mir mit Tamiras Tod vollständig entzogen worden. Ich fühlte nichts mehr, keine Wut, keinen Kummer, keine Angst, nicht einmal Schuld peitschte mir durch die Brust. Mein Geist war eine leere Hülle und trieb ziellos im Vakuum.

Der Verrat unter Freunden

»Sie haben nur Elementarherrscher und ein paar schwächere Insignienträger beseitigt. Die unbrauchbaren Insignien haben sie mitgenommen«, brummte Lucien. Ich war aufgrund seines gemächlichen Ganges auf seinem Rücken eingenickt und erst jetzt aufgewacht. Erschöpft blinzelte ich. Blätter raschelten in den Kronen der Ahorne und in der Ferne erklang der Ruf einer Eule. Eine friedliche Stimmung im Gegensatz zu der im zerstörten Escarun, welches sich hinter uns befand.

»Was wollen sie mit den Insignien? Sie sind vollkommen wertlos für sie. Die Gefangennahme der talentierten Träger kann ich noch nachvollziehen.« Arlinn richtete die Frage mehr an sich selbst als an Lucien.

»Sie hatten das Buch des Schutzes bei sich und haben es mitgenommen, nachdem Escarun zerstört und die meisten gefangen wurden.«

»Sie müssen es umgeschrieben und gegen uns benutzt haben, damit wir sie nicht richtig angreifen konnten. Aber wie ist es in ihren Besitz gelangt?«

»Das war meine Schuld.« Meine Stimme klang dünn. »Nevan hat es mir untergeschoben und als er die günstige Gelegenheit sah, hat er mich eingesperrt und es an sich genommen. Die Finstersphäre ist auch in seinem Besitz.«

Lucien schnalzte mit der Zunge. »Ich wusste, dass etwas mit ihm nicht stimmte, aber mir fehlten Beweise. Er hat an jedes Detail gedacht, was ihn hätte verraten können.«

»Oder er ist selbst ein Dämon«, äußerte Arlinn ihren Verdacht und streckte den Kopf zum Himmel.

»Nein. Er hätte niemals die Schutzmagie brechen können, egal wie mächtig seine eigene ist. Sie hält alle Dämonen von der Akademie fern. Einige Städte haben denselben Schutz und es ist nie zuvor etwas Derartiges geschehen.«

Die Lage war so verzwickt, dass ich Kopfschmerzen bei dem Gedankenkarussell bekam. Glücklicherweise hielt es auch das Bild von Tamira und den anderen leblosen Körpern fern.

»Die einzige Erklärung wäre, dass Nevan einen Pakt mit den Dämonen eingegangen ist.«

»Aber was war mit dem Angriff während der Prüfung?«, fragte ich. »Wer würde sich selbst in Lebensgefahr begeben? Hätte er nicht lieber ausgesetzt, anstatt teilzunehmen?«

»Warum hast du da die Dämonen im Verdacht?« Arlinn schaute mich verblüfft an.

»Es liegt für mich spätestens jetzt auf der Hand. Außerdem habe ich direkt nach der Prüfung mit Zarek ein Gespräch zwischen zwei Verdächtigen belauscht, und es klang sehr nach Erpressung. Er wollte, dass ich es niemandem erzähle.«

»Dieser Heuchler! Zarek hat mir nicht die ganze Wahrheit verraten, dabei musste ich die Party organisieren, um die Studenten in Auge zu behalten«, knurrte Lucien und setzte mich ab.

Die gefallenen Blätter unter mir knisterten. »Es tut mir leid. Wäre ich nicht zur Elementarprüfung angetreten, wüsste niemand von meiner Fähigkeit und Escarun würde noch stehen.«

»Gib dir nicht die Schuld dafür, Shary.« In Arlinns Ausdruck lag Schmerz vergraben. »So wie es ausschaut, war es unvermeidlich. Eines Tages hätten sie einen Weg gefunden und wir stünden vor derselben Katastrophe.«

»Sie wollten bestimmt nur unsere Insignien. Aber aus welchen Gründen? Ohne eine familiäre Übertragung können die Dämonen sie nicht nutzen. Außer sie haben einen Weg gefunden, ihnen ihre Magie zu entwenden oder sie zu umgehen. Sie könnten sogar jemanden mit deiner Fähigkeit haben.«

Bei seinem letzten Satz kroch ein ungutes Gefühl in mir hoch. »Du meinst einen Menschen?«, hakte ich verunsichert nach.

Lucien musterte meine zerbrechliche Gestalt, wie den Heiligen Gral in einer Glasvitrine. »Es wäre nicht abwegig. Nach deinem Auftauchen halte ich mittlerweile alles für möglich.«

»Pst!«, mahnte Arlinn und hielt den Arm schützend vor uns. »Da vorne ist ein Dämon. Sein Herzschlag ist unregelmäßig«, flüsterte sie, bevor wir an einer umgestürzten Eiche in Deckung gingen.

Die Schatten des Waldes begünstigten unsere Position. Die Hörner des Dämons liefen wie bei einem Stier spitz nach vorne und an seiner Schulter klaffte eine tiefe Wunde. Anscheinend hatte ein Seltaris ihm ordentlich zu schaffen gemacht, jedoch verhinderte das keine seiner ausschweifenden Bewegungen. Wie ein Dirigent schwang er die Hände, aus denen helle Partikelschwärme glitten und den Wald einhüllten. Es sah wunderschön aus, daher vergaß ich beinahe, dass es sich um einen Dämon handelte.

»Was macht er dort?«, fragte ich, nachdem ich die Faszination abgeschüttelt hatte.

»Er wirkt einen Illusionskreis an dieser Stelle, womit er uns erstens in die Irre führen und uns zweitens jederzeit ausfindig machen kann«, erklärte mir Lucien leise. »Wir können nicht durch, solange er seine Magie einsetzt.«

»Ich könnte ihn überwältigen«, schlug Arlinn vor und erntete unsere entsetzten Blicke.

Luciens Kehle schwoll an. »Nein, ihr ... du musst unter allen Umständen bei Shary bleiben. Ich werde gehen.«

»Wie willst du das bewerkstelligen? Deine Insignie hat bisher keine zweite Macht und du hast keine Begabung entwickelt«, erinnerte sie mit einem drohenden Unterton.

Mir schossen die Bilder vom Gewölbe durch den Kopf und ich dachte daran, wie sich zwei Professoren für mein Entkommen geopfert hatten. Noch ein Selbstmordkommando ertrug ich nicht.

»Aus welchen Gründen beschützt ihr mich? Eure Akademie ist wegen meiner Dummheit gefallen und mit ihr hunderte Seltaren. Ihr solltet euch retten, statt ständig einen wehrlosen Menschen. Wäre mein Tod nicht eine Erleichterung für euch?«

»Schlag dir den Gedanken aus dem Kopf. Glaub mir, du bist das alles wert«, sagte Lucien und packte meine Schulter. »Egal, was jetzt passiert, ihr müsst nach Loudun gelangen. Dort seid ihr eine Weile in Sicherheit«, befahl er streng.

»Was in aller Magie hast du vor? Du bringst dich um!«

Er stand entschlossen von seiner Position auf und machte keine Anstalten, eine Antwort auf meine Frage zu liefern. Arlinn schnappte nach seiner Hand. »Lucien, lass mich das erledigen. Spiel nicht den Helden.«

»Du weißt, wo du mich findest«, sagte er und wanderte gemächlich mit der Hand am Gürtel zu dem Dämon hinüber. Jeder noch so unaufmerksame Trottel hätte die knackenden Äste unter seinen Sohlen bemerkt. Bei jedem Knacksen zuckte ich zusammen und erwartete, seine offene Kehle vor mir liegen zu sehen, wie die von all den anderen Studenten in der Halle.

»Lu …«

Arlinn presste mir ihre Hand vor den Mund. Meine Tränen liefen über ihre Finger. Hinter mir bebte ihre Brust. Lucien stürzte sich in den Tod, wenn sie nichts unternahm. »Mach irgendwas!«, versuchte ich zu flüstern, doch es war zu spät für ihn.

Er geriet in das Sichtfeld des Dämons. Sofort fuhr sein Gegner die silbrigen Krallen aus. Die Partikel flüchteten aus dem Wald und der Mondschein erreichte wieder den Boden.

»Sieh einer an, da traut sich jemand etwas«, erklang die raue Stimme des Dämons.

Lucien zog den Dolch aus der Scheide und stellte ihn zur Schau. Die Klinge leuchtete grün und kryptische Symbole blitzten hervor. Der Dämon riss die dunklen Augen auf und die Kampfhaltung verwandelte sich in eine Pose, die etwas Ehrfürchtiges an sich hatte. »Prinz Lucien Talon Favereau, folgen Sie mir«, sagte er und klang beinahe traurig, ihm nicht die Kehle aufschlitzen zu dürfen.

Bei seinem Titel und der Tatsache, dass der Dämon ihn nicht angriff, gefroren meine Adern. Lucien war ein ... Prinz. Ein Prinz, der nicht vom Feind angerührt wurde. Wie konnte das sein?

Arlinn stützte die Faust so fest auf den Oberschenkel, dass es wehtun musste. »Wie konntest du mir das all die Jahre vorenthalten? Und dann noch mit dem Feind kooperieren?«, zischte sie.

Aufgewühlt sahen wir ihm nach. Mein Magen verschwand im Nirvana. Ich verstand nichts mehr. Er war ein Prinz, der gerade sein eigenes Volk und seine beste Freundin verraten hatte. Er trieb ein doppeltes Spiel. Wenn das wahr war, dann hatte Nevan recht gehabt. Nein, beide hatten die Wahrheit des jeweils anderen erzählt. Lucien hatte dieses Geheimnis jahrelang bewahrt. Sogar vor Arlinn, seiner besten Freundin, die enttäuscht auf die Knie sackte.

»Es tut mir so unendlich leid, Steinprinzessin«, las ich von seinen Lippen, die er lautlos und mit einem gequälten Gesichtsausdruck bewegte. Seine Lider flatterten, als er den Kopf wegdrehte und nicht mehr in unsere Richtung schaute.

Arlinn jetzt zu trösten, wäre vergebliche Mühe gewesen. Mein eigenes Herz wurde eingepfercht, ausgepeitscht und in einen pechschwarzen Abgrund geworfen. Ich konnte vor Kummer kaum noch aufrecht stehen, geschweige denn aufmunternde Worte finden.

»Ich dachte, er stammt aus einer einfachen Familie, die zeitweise auf der Straße lebte. Seine Kleidung war immer zerlumpt, aber er tobte unbekümmert durch die Gassen, als hätte er nie etwas anderes getan«, erzählte sie mit gebrochener Stimme. »Ich kann nicht glauben, dass er zur mächtigsten Königsfamilie in ganz Arendor gehört. Sie haben sogar uns Straßenkindern das Essen weggenommen und er ...«

»Er hatte bestimmt seine Gründe dafür«, sagte ich und wusste, dass sie das nicht tröstete.

»Es ist nicht nur seine Herkunft, er hat auch einen Pakt mit den Dämonen geschlossen. Ich kann mir nicht vorstellen, warum er das tun sollte. Jetzt weiß ich nicht mehr, was schlimmer ist: Nevan, sein Verrat oder Luciens falscher Heldenmut.«

Beide hatten uns hintergangen, benutzt und angelogen. Arlinn musste sich besonders elend fühlen, nachdem sie Lucien an diese Kreaturen verloren hatte. Der Schmerz hinderte mich am Atmen, denn in mir existierte eine schweigsame Leere. Meine Gefühle sanken ins Bodenlose. Nicht einmal richtige Empathie brachte ich zustande.

»Nachdem wir den einen Tag zu Hause verbrachten, hat er mir erzählt, dass er Informationen im Kriegslager vor der Hauptstadt aufgeschnappt hat. Er war skeptisch, weil Zarek die Dämonenfront eigentlich erwähnen wollte und es nicht getan hat.«

Ich riss die Augen auf, um jede kleinste Mimik ablesen zu können. »Ihr wusstet vom Angriff auf Escarun?«

Sie nickte und verzerrte die Mundwinkel. »Ja, bloß nicht wann. Wir dachten, der Rat und Mr Marquard wüssten Bescheid und haben Vorkehrungen getroffen, jedoch handelte nur Zarek. Uns ließ er die Party zum Ende des Semesters organisieren, weil das die letzte Chance für den Angriff war. Er schien sich nicht ganz sicher, ob sie wirklich kommen würden, aber die Studenten im Zweifelsfall in einem Raum zu beschützen, erschien ihm sinnvoller, als erst eine Durchsage zu machen und sie dorthin zu bitten.«

»Und trotzdem hat es nichts gebracht. Wieso seid ihr nicht zu den Professoren oder dem Rat gegangen?«

»Zarek wollte nicht im falschen Licht dastehen und keine Massenpanik in den höheren Reihen verursachen, da er keine

Beweise hatte. Er verdächtigte jemanden aus dem Rat oder dem Kollegium der Akademie, gar seinen eigenen Offizier. Wenn das die Runde gemacht hätte, wäre derjenige entkommen und mit einem besseren Plan wieder aufgetaucht. Wir wissen jetzt allerdings, dass Nevan ein Schlüssel gewesen ist. Nur Luciens Platz in dem ganzen Spiel will mir nicht in den Sinn kommen. Es muss etwas anderes dahinter stecken.«

»Das sieht Zarek ähnlich, bloß nicht selbst in die Schussbahn zu gelangen und dann gemütlich den Ruhm einheimsen.«

Hinter uns raschelte es verdächtig.

»Dachtet ihr im Ernst, dass wir allein unterwegs sind?«, wisperte uns eine rauchige Stimme entgegen.

Ein Schauer durchfuhr jedes meiner Glieder. Arlinn drehte sich blitzartig um, nahm mich hinter ihren Rücken und schlug in einem Zug auf den feuchten Waldboden. Ein Beben erschütterte die Bäume und Vögel flogen kreischend davon. Ich wusste nicht, was geschehen war, doch als ich den Dämon sah, wurde es mir klar. Klaffende Klippen zogen sich gradlinig in eine Richtung zu ihm hin. Stahlblaue Augen stachen aus seinem Gesicht heraus, wie eine Schwertlilie in einer verschneiten Landschaft.

Er sprang zur Seite und kicherte. »Daneben, Seltaris!«

»Ich lenke ihn ab und du versteckst dich«, sagte Arlinn hastig und hob sämtliche Steine mit einer einzigen Handbewegung an.

Das Element Erde. Erfahrende Herrscher konnten ganze Straßen oder sogar Unterkünfte binnen Minuten bauen. Arlinn erschuf aus dem Nichts einen schwebenden Asteroidengürtel. Er schwirrte um dem Dämon. In jedem Augenblick konnte sie alle gleichzeitig auf ihn prasseln lassen und ihn so tödlich verwunden. Ahnungslos, was ihm drohte, stupste er einen Stein mit dem Zeigefinger an.

»Beeil dich! Ich weiß nicht, wie lange ich ihn aufhalten kann.« Ihr Kleid flatterte im Wind. »Wenn ich mit ihm fertig bin, komme ich nach.«

Mit einem kräftigen Nicken folgte ich ihrer Bitte und hoffte, ihre Magie würde stärker als seine sein.

Ich kehrte ihr den Rücken zu und rannte tiefer in den Wald hinein. Der Lederrucksack stieß gegen meinen Rücken. Eine Baumreihe bot mir Schutz und ein flacher Graben erstreckte sich vor mir. Mir blieb nicht viel Zeit. Hinter mir zischte und krachte es. Ich entschied mich für den Graben. Je mehr ich aus dem Sichtfeld gelangte, desto geringer war die Chance, dass er mich finden würde. Arlinn musste dagegen nur meinen Vibrationen folgen. Mit einem kleinen Anlauf schlitterte ich hinunter. Unter meinen Schuhen raschelten Blätter und gebrechliche Zweige sprangen zur Seite. Der Boden eignete sich hervorragend zum Rutschen und schnell hatte ich wieder festen Grund unter den Schuhsohlen. Ein kleiner Bach plätscherte nicht weit von mir. Ich folgte dem wohltuenden Klang im Laufschritt.

Dann durchdrang ein knallendes Geräusch den Wald. Ich hielt an und wirbelte herum. Ein Eichhörnchen kletterte panisch eine Baumkrone hinauf. Hoffentlich kam dieser eindrucksvolle Donner von Arlinn und sie war bereits auf dem Weg zu mir.

»Na, na, na, nicht so schnell!« Eine Kreatur baute sich vor mir auf. Mit weit aufgerissenen Augen musterte ich sein blasses Gesicht.

»Was ist? Du setzt keine Magie ein. Ist dir das Element vor Angst ausgegangen?«, fragte der Dämon und belächelte meine zittrige Gestalt, während mir das Leben aus der Lunge schlich. Wie hatte er die rund hundert Meter mit einem Fingerschnippen überwinden können? Das durfte doch alles nicht wahr sein!

Er klemmte mein Kinn zwischen seine Finger. »An dir ist irgendetwas seltsam.«

Jetzt war es endgültig aus. Er konnte mit einer Bewegung mein Genick brechen. Meine Fingernägel bohrten sich in die Handflächen. Ich wollte mich losreißen, doch seine Gestalt und die Kraft, die er ausstrahlte, jagten mir mehr Furcht ein, als ich mir eingestehen wollte. Seine raue Zungenspitze glitt über meine Wange und Ekel kroch augenblicklich in mir hoch. »Du schmeckst nicht nach einem Seltaris. Was bist du?«

Aus dem Augenwinkel erkannte ich den sanften Schimmer, der aus Arlinns Insignie hervortrat. In ihrem zerfurchten Gesicht stand der Kampfeswille geschrieben und sie rannte bereits auf uns zu. Mehr und mehr verscheuchte sie die Dunkelheit und mit jedem Meter, den sie zurücklegte, wurde mir deutlicher bewusst, dass diese Fähigkeit nicht zum Zeitvertreib gedacht war. Sie zerfetzte ihre Ärmel mitsamt der umliegenden Haut. Der Dämon zog eine Augenbraue hoch, ließ mich los und beugte seinen Oberkörper geschickt rückwärts. Ich plumpste zu Boden. Arlinns leuchtende Faust verfehlte den Kopf des Dämons und schleuderte weiter, bis ein Stamm den tosenden Hieb abfing. Äste knackten und knarzten an den Kronen der Bäume, Blätter fielen und die Rinde zerbarst. Der Baum stürzte um. Mir klappte die Kinnlade herunter. Diese Insignie schlug im wahrsten Sinne des Wortes ein.

»Interessante Fähigkeit«, kommentierte der Dämon ihren missglückten Versuch. »Sie ist nur zu langsam, um ein bewegliches Ziel zu treffen. Mit etwas mehr Übung könntest du eine ganze Heerschar besiegen.«

Arlinn fiel erschöpft auf die Knie. »Verdammt!«, schrie sie in den Himmel.

Jetzt waren wir dem Dämon unterlegen. Er würde sie mitnehmen und mich auf der Stelle umbringen. Eine Flucht war aussichtslos. Die toten Studenten und Tamiras Körper verschwanden vor meinem inneren Auge. Ich verdiente es nicht anders, wenn ich ihren Anblick nach so kurzer Zeit vergaß. Zumindest würden die Schuldgefühle und der Schmerz nachlassen, wenn ich erst tot war. Mein Herz stach und wummerte kräftig. Einzig dieses Organ hing noch an meinem absurden Leben.

Aus seiner Brustpanzerung zückte der Dämon unbeeindruckt zwei Ketten, die jeweils an einem Eisenreif befestigt waren. »Ihr werdet unserer Königin wunderbare Dienste leisten.«

Sie peitschten klirrend durch die Luft und dehnten sich unter einem rötlichen Flimmern aus. Eine Insignie. Ich saß regungslos auf dem Waldboden und kämpfte mit der Leere in mir. Sie war mein Rettungsanker und dennoch mein Feind. Ich wollte Arlinn helfen oder sogar wegrennen, aber ich konnte nicht. Die Hemmschwelle türmte sich wie ein Berg vor mir und wuchs stetig an. Seine Ketten umschlossen fest meinen Hals und den von Arlinn. Sie riss halbherzig an den Kettengliedern, aber dann fielen ihr die Hände wieder in den Schoß. Zur Gegenwehr fehlte ihr die Kraft.

Er grinste hämisch. »Junge Seltaren haben keine Chance gegen Dämonen. Man benötigt schon etwas mehr Entschlossenheit und Magie.«

»Was habt ihr mit uns vor?«, fragte ich antriebslos, während ich dabei zusah, wie sich eine weitere Kette um meine Handgelenke wickelte. Ich wollte wissen, an welchem Ort ich starb, wenn ich es mir nicht selbst aussuchen durfte.

»Mein Bruder wird euch im Lager empfangen und wenn ihr uns von Nutzen seid, wird er über euer Schicksal entscheiden. Ihr werdet noch eine ganze Weile leben, wenn auch unter schlechteren Bedingungen.«

In Arlinns Augen entflammte ein Funke. »Ihr wollt unsere Insignien und demnach müssen die Träger am Leben sein, nicht wahr?«

»Nicht explizit«, sagte er einsilbig und straffte ihre Kette. »Die Insignie, die nun um euren Hälsen liegt, blockt jegliche Magie. Versucht es also gar nicht erst.«

Er sprach ungewöhnlich offen vor dem Feind über die Pläne seines Volkes. Es wäre klüger gewesen, uns keine Antworten zu geben, aber es sollte mir egal sein. Die Informationen waren überflüssig.

Arlinn sah stirnrunzelnd zu mir herüber. »Jede Art von Magie?«

»Hast du mir nicht zugehört?«, knurrte er und zog sie hoch.

Ihre Nasenspitzen berührten sich fast. »Egal, ob Elementarmagie, Kraft-, Alltags-, oder Machtinsignien.«

Das hieß, dass meine Insignie am Bein nicht mehr funktionierte und in ein paar Stunden die gewöhnlichen Schmerzen eintreten würden, bevor ich starb. Das wurde immer besser.

»Und jetzt folgt mir brav, bevor ich mich doch entschließe, euch zu töten.« Mit seinem linken Fuß scharrte er eine Fläche frei, zeichnete einen Kreis in die nasse Erde und sogleich glühte an seinem Zeigefinger ein feiner Ring aus Gold. Der Dämon tippte in die Mitte seines Kunstwerks. Wie Polarlichter flatterten grünliche Schwaden um uns herum.

»Eine seltene Teleportinsignie«, flüsterte Arlinn.

»Konnte er mich deswegen so schnell finden?«, fragte ich möglichst leise, aber ich erhaschte dennoch einen Blick auf sein blutrünstiges Grinsen. Die Antwort hatte sich erübrigt.

»Ihr seid klüger, als ich dachte und habt sogar das bescheidene Glück, dass ich sie heute nur zwei Mal benutzt habe, sonst müsstet ihr den ganzen weiten Weg laufen«, sagte er und pulte den Dreck unter seinem Fingernagel hervor.

Die Lichter rissen uns in einen Strudel aus verschiedenen Bildern. Mit zugekniffenen Augen sah ich ein Schloss, Städte, felsige Landschaften, Wälder und Seen. Vermutlich konnte er zwischen ihnen wählen und diese Orte besuchen. Er strich ein Bild mit Zelten aus dem Strom weg. Das musste wohl die Vorhut der Dämonen sein. Ihr Anblick hatte mir in der Akademie schon gereicht und jetzt brachte er uns in die Hölle der Höllen. Meine Beine zitterten wie nach einem Marathon. Wenn er erstmal das linke bemerkte, war es nur eine Frage der Gnade, ob er mich verschone oder kurzen Prozess machte. Ich hatte mich mit meinem Schicksal abgefunden, aber Arlinn starrte mich ununterbrochen an, als wollte sie mir etwas sagen. Die anderen Szenen zerliefen mit dem Strom. Die Schwaden zogen hinfort und wir standen mit einem Mal vor Heuhaufen und leeren Pferdeställen.

Drei gehörnte Prinzen

Das Lager umfasste unzählige Zelte. Fackeln zierten unseren Pfad. Aus den Schemen des Feuers beäugten uns Dämonen aller Art. Spitze Hörner, schwarze lange Finger und rund zwei Meter große Kreaturen begleiteten uns in den Untergang. Die Masse war erdrückend. Jeder von ihnen erschreckte mich auf eine andere Weise. Manche hatten Bemalungen in den Gesichtern, andere trugen Insignien und scheuten sich nicht, sie offen zu zeigen. So sahen die Mörder unschuldiger Seltaren aus. Irgendeiner von ihnen musste Tamira ermordet haben. Sie war eine von Hunderten, trotzdem suchte ich nach jemandem, der eine Stichwaffe oder passende Klauen zu ihren Wunden hatte – vergebens.

Die Kette schlierte über den matschigen Untergrund. Sie hinterließ ein trauriges Bild meiner Fähigkeiten zwischen den Fußabdrücken. So hilflos war ich bisher nie in meinem Leben gewesen. Als meine Welt mit dem Unfall zusammengebrochen war, hatte ich noch Mum und meine Großeltern gehabt, die mich umsorgten. Aber aus Escarun geflüchtet zu sein und all die Studenten blutüberlaufen und regungslos zu sehen, übertraf meine Vorstellung, was es bedeutete, wirklich dem Ende entgegenzusteuern. Mein Innerstes war ausgebrannt und der Eisenring lag schwer auf den Schlüsselbeinen. Arlinn ging neben mir und hielt den Kopf angespannt aufrecht. Auch sie schien jemanden oder etwas zu suchen. Je weiter wir schritten, desto mehr Tumult und Gelächter strömten aus den Zelten. Der Gestank von Alkohol brannte in meiner Nase und betäubte die Sinne. Vor mir verschwamm alles, bis der Dämon vor einem fellgeschmückten Hauptzelt stehenblieb.

»Nevan, schau dir mal das Mädchen hier an. An ihr ist irgendetwas Seltsames«, rief er und ich zuckte zusammen. Er meinte nicht unseren Verräterfreund, oder?

Jemand schob den Vorhang beiseite. »Was ist jetzt wieder los? Seth, kannst du nicht einmal selbst entscheiden, immerhin ...«

Ich blickte vorsichtig hoch und erblasste augenblicklich. Was dort vor mir stand, war nicht der Nevan, den ich kannte. Sondern ein ähnlich aussehender Dämon, der das Haar schulterlang trug. Er war einer der Brüder, denen ich in Escarun entkommen war. Oder ich litt wirklich unter Halluzinationen.

»Du bist der Experte für deren Bräuche, Verhaltensweisen und Magie«, erinnerte unser Entführer ihn.

Nevan zeigte kein Interesse, eine Antwort zu geben. Er starrte mich unverändert an.

»Das gibt es nicht!«, brüllte Arlinn und zerrte die Ketten bis zum Anschlag mit. »Du ... du warst die ganze Zeit einer von ihnen?!«

»Zügele dich, Seltaris!«, warnte Seth und schleifte Arlinn wieder zu sich.

Bei ihrer unerwarteten Reaktion ließ sogar mein anfänglicher Schock nach. Entgeistert lauschte ich ihren Worten.

»Einen Scheiß werde ich tun! Ihr habt meine Heimat zerstört und meine Familie auf dem Gewissen.« Sie richtete sich auf. »Sicher warst du derjenige, der die Kinder mit einem Grinsen ermordet hat. Die leuchtend blauen Augen, als ich mich unter der Veranda versteckt und das Massaker beobachtet habe, werde ich nie vergessen. Ihr habt alles zerstört, was ich besaß!«

Ich stemmte meine Füße gegen die Erde. So ein Leid aus jungen Jahren mit sich zu schleppen, war unvorstellbar für mich. In ihr schlug ein vernarbtes, einsames Herz. Dagegen war meine Vergangenheit ein süßes Märchen mit Ponys.

Über sein dämonisches Gesicht legte sich ein Schleier. »Ich war woanders stationiert«, antwortete er zögerlich und legte die Hand auf das Heft seines Schwertes. Kein Zweifel, es war Nevan mit seiner Phoenixklinge.

»Kennst du die beiden etwa, Bruder?«

»Sie sind mir gelegentlich mit ihrem Geplapper auf die Nerven gegangen. Also keine große Sache.«

Izzanul, der zweite Dämon, den ich in der Akademie heimlich beobachtet hatte, gesellte sich grinsend zu uns. »Würde ich dir auch raten. Bindungen einzugehen stand nicht im Befehl.«

»Was maßt du dir an?«, knurrte Nevan. »Ich habe sie bloß zum Werkzeug umfunktioniert, damit ich nicht zwischen all den Seltaren auffliege.«

Er lächelte stolz. »Deine neue Seite gefällt mir immer besser. Du wirst zu einem richtigen Konkurrenten für den Titel des grausamsten Mitglieds des Jahres in ganz Drageid.«

Nichts davon war sein eigenes Werk gewesen, sondern ein einfacher Befehl? Nicht nur, dass er alles geplant hatte, er hatte uns sogar mit seiner Magie manipuliert. So musste er Professorin Sharpwood und Mr Suthove mit seiner Fähigkeit beeinflusst haben. Das erklärte auch mein seltsames Gefühl bei jeder unserer Berührungen. In dem Moment hatte er meine Empfindungen kontrolliert, um mich später gefügig zu machen. Der längst verloren geglaubte Zorn flammte auf.

»Du hattest«, murmelte ich mit trockener Kehle, »uns alle unter Kontrolle.« Ich besaß nie eine Chance gegen seine dämonische Magie. Er hatte in Ruhe die Fäden im Hintergrund gezogen und wir spielten ahnungslos unsere Rollen. Ich würgte mit letzter Kraft meine Erkenntnis herunter und schielte zu Arlinn. Sie war genauso überrascht wie ich, aber in ihrem Ausdruck erkannte ich noch etwas – unendlichen Hass. Hätte sie gekonnt, hätte sie jedem Dämon im Lager einzeln die Augen ausgekratzt. Und ich hätte ihre Mordlust nicht stoppen wollen.

»Richte das Mädchen hin, sie scheint nichts weiter als Abfall zu sein«, sagte Izzanul und zeigte läppisch auf mich.

Mir wurde erst nach einem weiteren Moment bewusst, was und wen er meinte. Ich strauchelte innerlich. Ausgerechnet Nevan sollte mich umbringen? Dieser verlogene Verräterochse?

Arlinn japste mit weit geöffneten Lidern. »Nein, du weißt, wie wertvoll sie ist, Nevan!«

»Sei still, Seltarisweib. Du wirst eine andere Behandlung bekommen.« Izzanul lechzte nach Vergnügen. »Denn ich war der Dämon, der damals den Trupp angeführt und die lästigen Bälger entfernt hat. Ich schmecke noch ihr aromatisches Blut auf meiner Zungenspitze.« Er zog sie am Hals hoch und befeuchtete demonstrativ seine Lippen.

»Das wirst du niemals schaffen, Monster«, keuchte sie und ihr starrsinniger Blick glomm voller Verachtung.

Gänsehaut schauderte über meine Arme. Das war der Dämon, der ihre Kindheit zerstört, ihre gesamte Heimat in einen Albtraum verwandelt hatte und trotzdem beleidigte sie ihn, während ihr eigenes Leben in seinen Händen lag.

Er lachte mit scharfen Zähnen. »Es wird mir eine Freude sein, dich zu brechen.«

»Das werden wir sehen«, erwiderte sie unnahbar.

Er schleuderte sie mit einem Arm zurück. Arlinn prallte gegen ein Zelt. Das Knacken eines Knochens drang an meine Ohren und ich verzog schmerzvoll das Gesicht.

»Ein Vorgeschmack auf das, was dich erwartet, wenn du dich mir widersetzt.« Er zerrte sie wieder auf die Beine und verschwand durch die Menge.

Die Dämonen gaben Beifall und übertönten ihre Schreie. Machtlos sah ich ihr hinterher und fand keinen Ausweg aus diesem Schlamassel. Gab es überhaupt einen?

Seth stand neben mir und musterte mein Profil. »Deine Freundin scheint einen starken Geist zu besitzen. Er wird mit ihr garantiert Probleme bekommen.«

Ich wendete mich ab, bloß um seinem eisigen Blick zu entfliehen. Arlinn war stark, doch ihren sturen Kopf zwischen Dämonen durchsetzen zu wollen, war genauso töricht wie mutig. Aber ich wusste selbst nicht, wie lange ich mein Temperament zügeln konnte.

Seth packte mich am Nacken und drehte meinen Kopf, bis ich ihm direkt in seine furchterregende Iris blickte. »Aber was meinte sie damit, dass du zu wertvoll für den Tod bist?« Wieder streifte seine Zunge meine Wange und unweigerlich verkrampfte sich jeder Muskel in meinem Körper.

»Ich weiß es nicht«, wisperte ich und wurde aus seiner Nähe gezogen. Die Ketten klirrten und bevor ich mich versah, lag Nevans Arm um meine Schultern. Das seltsame Gefühl durchströmte meine Haut. Er manipulierte mich wieder. Verbitterung, Verzweiflung und mein klopfendes Herz vermischten sich.

»Deiner Reaktion nach zu urteilen, ist sie in der Tat wertvoll«, raunte Seth, neigte grinsend den Kopf und zupfte seine Kurzhaarfrisur zur Seite.

»Sie steht unter meiner Aufsicht und nicht unter deiner. Ich entscheide, was mit ihr passieren wird und ob sie wichtig ist.«

Ein Wort von mir, ein Handgriff an irgendeine dämliche gebundene Insignie und er würde still sein. Meine Lippen bebten. Lieber starb ich durch Seths Hände, anstatt noch einmal Nevans wahres Gesicht zu sehen.

»Ich steh unter keiner!«, fauchte ich und zog meine Schultern weg. »Hast du es schon vergessen? Du hast uns alle verraten. Die Akademie zerstört und mich benutzt, um an das Buch und die Finstersphäre zu kommen, damit deine werten Dämonenfreunde die Studenten abschlachten konnten.«

Seths Lächeln wurde breiter. »Sieh an. Das Mädchen traut sich doch was.«

Ich zischte, doch der Dämon hinter mir drehte mich in seine Arme zurück. »Beruhige dich«, sagte Nevan mit bebender Brust. Ich hörte seinen tosenden Pulsschlag und mein Körper versteinerte sich mit jedem Wummern mehr. Der Duft von Zitronen und Mandeln haftete an seiner Lederpanzerung. Ich wehrte mich gegen die Magie und die ungewohnt zärtliche Umarmung. Dennoch, wie kleine Pusteblumensamen stiegen winzige Funken in mir auf und Gefühle, die ich längst weggesperrt hatte, kristallisierten erneut an der Oberfläche. Mein eigenes Herz fiel mir in den Rücken. Dabei hatte er mir alles genommen, was mir in dieser Welt geblieben war. Die Finstersphäre, Tamira, die Möglichkeit, nach Hause zurückzugelangen und all das vergessen zu können. Tränen spülten den Anfall hinfort. Ich fühlte mich unendlich schwach in seiner Nähe, obwohl ich mit aller Kraft dagegen ankämpfte.

»Ich würde den Zorn von Izzanul nicht herausfordern, Brüderchen. Befehl ist Befehl.«

»Keine Sorge, sie wird meine Klinge schon noch spüren. Nur nicht heute«, hüpfte es von seiner Zunge, als wenn er täglich Hinrichtungen vollzog – natürlich, er war ein Dämon und kein zur Empathie fähiges Wesen.

»Ist deine Magie wieder aufgebraucht?«, fragte sein Bruder seufzend. »Simurgh ist so eine verschwenderische Insignie. Schmeiß sie das nächste Mal weg. Wir haben am Hof bessere.«

»Ich bin zufrieden mit ihr. Außerdem gewann ich sie im fairen Kampf und wer will keine Machtinsignie, die direkt aus dem Ursprung kommt?«

Überrascht hob ich meinen Kopf hoch. Deshalb hatte ich ihn an dem Tag nach Luciens Sieg umstoßen können. Er war wie ein Dominostein zu Boden gefallen und ich hatte mich darüber amüsiert. Womöglich hätte Nevan das Duell gewonnen, wenn er ausgeruht gewesen wäre.

Seth schmiss meine Kette zu ihm hinüber. »Mach, was du willst.

Dein Ego wird bald wieder verblassen, wenn du erkennst, wie sinnlos es ist.«

»Ich freue mich darauf«, sagte er tonlos und fing die Kette mit einer Hand. Sein Bruder verschwand in eines der Zelte. Derweil waren die schaulustigen Dämonen ihrer Wege gegangen und Stille hüllte den Platz ein.

»Hast du dich beruhigt?«, fragte er mich leise und löste meine Handfesseln. Seine Finger waren wie die der anderen Dämonen mit einem schwarzen Aderngeäst durchzogen.

»Wohl kaum«, fauchte ich in sein fremdartiges Gesicht, welches jetzt deutlicher über mir ragte. Resigniert tauchten seine Augen ab. Er nahm meine Hand, anstatt die Kette wie bei einem Hund an einer Leine. Sie schleifte hinter mir her. Mit dieser Hand hatte er hunderte Seltaren umgebracht und trotzdem strömte Wärme aus ihr. Er presste meine Finger so kräftig zusammen, dass sie schmerzhaft kribbelten. An jeder Ecke lauerten seine Mitdämonen. Gewiss hätten sie zu gern einem kleinen Mädchen wie mir die Brust aufgerissen und jede Rippe einzeln abgeleckt. Mensch stand nicht auf ihrem üblichen Speiseplan, schließlich hatte Seth keine Ahnung, was ich in Wirklichkeit war.

»Du hast keine Angst vor mir«, stellte Nevan fest, während wir durch das Lager streiften und verschiedene schiefe Gesänge hörten. Vor uns taumelten einige Dämonen aus den Zelten hinaus und waren zu sehr im Rausch, um mir Beachtung zu schenken. Jeder besaß eine andere Hörnerform. Rund, spitz, kurz, gekrümmt, mal breit und mal dünn. Nevans waren schwarz und nach hinten geschwungen.

»Hast du erwartet, dass ich in diesen Ketten weglaufen würde?«

»Die ersten Reaktionen auf unser Äußeres sind nicht immer ... klug.«

»Oh, also war ich einmal klug genug für dich?«

Nevans Schritte wurden langsamer. Zwischen aufgestellten Bolzen hingen zahlreiche Köpfe an einer befestigten Leine. Blut rannte aus ihren Augenhöhlen, zerfetzte Wangen lagen frei und einzelne Wirbel schauten heraus. Ihre Gesichter waren unkenntlich und so zerfurcht, dass sie nicht mehr wie Seltaren aussahen, sondern wie Kreaturen aus Albträumen. Sie umkreisten einen schlampig gebauten Unterschlupf aus Erde und gestalteten den Anblick unansehnlicher als sie müssten.

»Ich habe schon Schlimmeres gesehen«, sagte ich dann verschüchtert. Ich hatte keine Energie, mir ein Bild von irgendetwas zu machen. In meinen Untergang zu steuern reichte mir. »Aber du kannst mich gleich irgendwo aufspießen. Dafür brauchst du nicht mal Magie.«

Er blieb abrupt stehen. »Hast du solche Todessehnsucht?«

Ich war nur müde. Man hatte mir jegliche Hoffnung auf eine Zukunft außerhalb des Lagers genommen. »Diese Nacht reicht für satte tausendundein Leben.«

»Es wäre eine Verschwendung deines Blutes«, flüsterte er mir harsch entgegen.

»Willst du meine Fähigkeit wieder missbrauchen, bevor du mich hinrichtest?«

»Solange es in meiner Macht steht, bleibst du am Leben.«

»Um mich bis an mein Ende zu quälen? Da springe ich gleich von der Klippe«, sagte ich trotzig und seine Körperhaltung versteifte.

Er beugte sich mit einem Nasenrümpfen herunter und sah mich gefährlich an. Die Bewegung der Pupillen jagte mir doch so etwas wie Angst ein. Das Weiße der Augen war komplett verschwunden und in Schwärze getaucht, weshalb ich bloß in ein Ring aus Sommerblau sehen musste.

»Wenn du in den Tod stürzt, verrätst du deine Freunde, Familie und dich selbst. Somit wärst du nicht besser als ich oder mein Volk«, hauchte er gegen meine Stirn und zerrte mich ohne Rücksicht weiter.

Sprachlosigkeit hing in meiner Kehle fest. Sam, Mum, Grandpa und Granny tauchten vor mir auf. Ich bildete mir Tamiras und Daisys fröhliches Treiben ein, den Geruch von Mums Floristikhandel und mein altes Leben. An mir hing etwas viel Größeres als mein eigenes Leid. Ich hatte meine Verantwortung vergessen. Das von Nevan zu hören, machte die Sache nicht weniger beunruhigend.

Zwei Dämonen bewachten den Eingang des Unterschlupfes und beäugten mich kritisch. »Es dürfen keine Taschen in die Unterkunft mitgenommen werden«, sagte der eine und blockierte mit seiner Doppelstabklinge den Eingang.

Nevans Hand griff fordernd nach dem Riemen. »Setz den Rucksack ab. Ich behalte ihn im Auge, so gut wie es mir möglich ist.«

Widerwillig ließ ich den Rucksack den Besitzer wechseln und die Wächter hoben ihre Schranke auf. Eine Treppe reichte weit ins Innere hinein. Sie war rutschig und ich stolperte mehr hinunter, als dass ich elegant hinabglitt. Das linke Bein kehrte allmählich in seinen Ursprungszustand zurück und verursachte Schmerzen. Ich ließ mir nichts anmerken. Arlinn wurde in diesem Moment von Izzanul gefoltert oder sogar ... Ein Schauer streifte meine Arme. Das wollte ich mir nicht weiter ausmalen.

Nevan quetschte meine Hand zusammen, als hinge sein ganzer Stolz an ihr. Fernab von der Realität fand ich es schön und tröstlich, aber es waren die Hände eines Dämons. Die verhasstesten Kreaturen in ganz Mythnoir und er war einer von ihnen.

Am Ende des Abstiegs brannte schummriges Licht. Geflüster drang an meine Ohren. Ein weiterer Lakai saß eingenickt auf der letzten Stufe und rasselte seine Träume laut vor. Nevan gab ihm einen beachtlichen Stups mit dem Stiefel. Leuchtend gelbliche Augen blinzelten ihn an. »Du sollst Wache stehen und nicht verwest rumlungern.«

»Verzeihen Sie mir, dritter Sohn des zweiten Königshauses der Deathmore«, lallte die Wache mit unterwürfigem Klang.

Ich belächelte Nevans Nachnamen und den Adelstitel, den er wie Lucien verheimlicht hatte. War denn jeder ein verlogener Prinz von irgendwas?

»Du solltest dich lieber um dein delikates Blauweinproblem kümmern, anstatt deine Pflichten zu vernachlässigen«, tadelte Nevan ihn.

Der Dämon verneigte sich dankend und versuchte, die Unsicherheit in seinen Augen zu verbergen.

»Verzieh dich und bring jemand Geschulteres nach unten«, befahl Nevan und stapfte mit mir weiter.

Wir betraten eine Baracke mit vielen Hochbetten aus Holz und Strohunterlagen. Das Flimmern der Laternen erlosch langsam in den dunklen Ecken und Geflüster verstummte. Ein leicht stechender Geruch waberte mir entgegen.

»Wo hast du mich hingebracht?«, fragte ich, dabei konnte ich mir die Antwort schon denken. In eine Massentierhaltung für Insignienträger.

In den Betten lagen zusammengekauert junge Seltaren, Mütter, die ihre Kinder festhielten und Studenten aus Escarun. Viele von ihnen schluchzten leise und nagten mit gesenkten Köpfen an Brotstücken. Jeder von ihnen war an seinem Platz angekettet. Der Stein in meiner Kehle rutschte mir in den Magen. Hier brachten sie die Gefangenen hin.

An einem freien Hochbett beendete Nevan die Besichtigung und drängte mich auf die Strohmatratze. Meine Kette hakte sich an den mittigen Eisenpfosten. Sie verschmolzen miteinander. Mir blieb keine andere Wahl, als nachzugeben und mich dem Schicksal für diese Nacht zu fügen.

»Ich wollte es dir ersparen«, wisperte er in mein Ohr und ließ meine zerdrückte Hand los.

Während sein Rücken im gedimmten Licht verschwand, huschte mir Kälte unter die Bluse. Immer wieder hallte sein letzter gebrochener Satz in meinen Gedanken nach. Hatte er mich lieber im Gewölbe versauern lassen wollen, anstatt kurzen Prozess zu machen? Oder hatte er sich den Anblick meines Todes ersparen wollen? Das ergab wenig Sinn. Jetzt wollte er meine Fähigkeit benutzen und mich nicht einfach hinrichten. Halbherzig griff ich nach der Kette, in der Hoffnung, dass ich etwas ausrichten konnte. Ich zerrte an ihr, doch sie löste sich nicht von der Stange. Enttäuscht und kraftlos rutschte ich auf die Knie zurück. Es musste eine an mich gebundene Insignie sein.

»Das bringt nichts«, schallte eine weibliche Stimme vom Nachbarplatz herüber. »Das sind Insignien für Gefangene aus Gefängnissen. Sie sind so ausgerichtet, dass wir nicht entkommen können.« Im seichten Schein der Laterne glitzerten honigbraune Augen hervor.

»Weißt du, was sie mit uns anstellen werden?«, fragte ich.

»Man munkelt, dass wir nach Drageid gebracht werden, wo sie uns an unterschiedliche Höfe verkaufen wollen.«

Ich schluckte meinen trockenen Mund weg. »Wir sollen Sklaven sein?!«

Sie rückte an die Bettkante. Ihr geschorenes Haar betonte ihre hohen Wangenknochen. »Vermutlich«, antwortete sie.

Über Sklaverei hatte nirgends etwas geschrieben gestanden. Die Seltaren mussten nicht einmal für eine Kochstelle Holz hacken, Abfall beseitigen oder mit ihren Händen Feldarbeit leisten. Selbst dafür gab es Alltagsinsignien und bei körperlicher Anstrengung beanspruchten sie ihre Elementarmagie, welche die Dämonen sicher nicht brauchten. Ungläubig fasste ich mir an die warmfeuchte Stirn. Wenn ich bloß jede einzelne Kette durchbrechen könnte, wären alle Seltaren frei. Wir würden das Überraschungsmoment auf unserer Seite haben und das Lager von innen stürmen, denn die meisten Dämonen waren betrunken und konnten kaum die Augen aufhalten. Mit der Elementarmagie wären sie leichte

Gegner, wenn alle mit vereinten Kräften gegen sie vorgingen. Doch leider war das kein Hollywoodstreifen. Meine Faust schlug ins Stroh.

Das Mädchen lächelte und zeigte mir seine aufgeschlagenen Knöchel. »Tu das nicht die ganze Zeit. Das Stroh kann am wenigsten dafür und schädigt sinnlos die Haut.« Ein blutunterlaufener Saphirring wand sich um ihren Zeigefinger und blitzte wie ein Gletscher hervor.

Durch tiefe Atemzüge versiegte mein Drang, weiter auf das Bett einzuschlagen. »Wir können nichts gegen die Dämonen unternehmen?«

»Wir können nur auf die Garnison warten. Sie werden jeden Moment eintreffen.« In ihrer Stimme bebten Zweifel.

Zarek war in der Akademie gewesen, weil er den Angriff vermutet hatte. Dass er entkommen war, konnte ich mir nicht vorstellen, obwohl das zu seiner feigen Art gepasst hätte. Vielleicht hatte er insgeheim eine Armee in der Hinterhand und wollte womöglich bald zuschlagen. Vielleicht traf er diesmal die richtige Entscheidung und rettete uns damit das Leben. Er musste geflüchtet sein. Er musste einfach. Die winzige Hoffnung leuchtete kometenhaft am Horizont. »Sie könnten uns tatsächlich befreien. Jemand, der vom Angriff der Dämonen wusste, könnte die Gunst der Stunde nutzen.«

Sie drehte sich auf die Seite. »Hoffentlich hast du recht. Bevor sie eintreffen, sollten wir etwas schlafen. Sie werden jeden fähigen Insignienträger spätestens morgenfrüh benötigen.«

»Okay«, flüsterte ich in die Stille. Sie griff regelrecht nach mir. Bilder von der grausamsten Nacht meines Lebens rauschten vorbei. All die Leichen, die Zerstörung, die Gesichter der Dämonen, die Aufopferung der Professoren und Tamiras verblasstes Lächeln im Abendrot hinderten mich daran, zur Ruhe zu kommen. Ich wälzte mich hin und her. Meine Sorge um Arlinn wurde stärker und kreiste in meinem Kopf. Sie litt in diesem Moment unter furchtbaren Schmerzen und ich hatte nichts anderes getan, als ihr hinterher zu starren. Was konnte ich unternehmen? Was hätte ich anders machen sollen? Sie war die Einzige, der ich noch vertraute, mit der ich die Heimkehrinsignie finden konnte. »Bleib standhaft und mutig.« Der Spruch haftete wie ein Mantra in meinem Kopf. Aber ich hatte alle meine Möglichkeiten ausgeschöpft, denn ich war eine Gefangene, deren Hinrichtung nur eine Frage der Zeit war.

Flatterige Hoffnung

Ich schreckte hoch. Ein Dämon in einem Umhang stand an meinem Bett und löste die Kette von der Stange. Erst auf den zweiten Blick erkannte ich Seth hässliches Grinsen und wie ein Fels überrollten mich die Erinnerungen der letzten Nacht. »Na, hast du gut geschlafen?«

Ich wischte mir den Schweiß von der Stirn. »In diesem Drecksloch? Da würde ich draußen im Schlamm besser schlafen oder lieber gleich erfrieren.«

Ein Schmunzeln huschte über seine schmalen Lippen. »Gut, denn du wirst ersehnt.«

Ich hatte etwas anderes als eine einfache Antwort erwartet, die für einen Dämon ungewöhnlich weich klang. Stumm und mit großen Augen verfolgte ich sein weiteres Vorgehen. Mit einer kräftigen Handbewegung löste er die Kette meiner Nachbarin. Er schubste sie unerwartet gegen mich und sie fiel mir in die Arme. Daraufhin bestrafte sie Seth mit einem höllischen Blick, der zu mir wanderte und wieder erweichte. »Entschuldige«, flüsterte sie.

In den Reihen vor uns passierte das Gleiche. Jeder Gefangene wurde einzeln aus dem Bett gescheucht und an den nächsten Seltaris gebunden. Viele von ihnen waren geschwächt. Husten und Niesen übertönten die Schläge der Dämonen. Sogar ein Kind wurde auf der anderen Seite für seinen Ungehorsam getadelt und seiner Mutter entrissen. Die Dämonen besaßen wirklich keinen moralischen Kompass.

Nach kurzer Zeit verwandelten wir uns zu einer riesigen Schlange und trabten in Richtung Ausgang. Etwas zog in meinem Bein und hielt mich auf. Die Auswirkungen meiner Verletzung waren wieder spürbar und ich erntete von Seth eine mürrische Musterung. Kein Wunder, denn ich humpelte mehr, als dass ich den Fuß richtig aufsetzte.

»Einen Ballast für unsere Truppe können wir nicht gebrauchen«, seufzte er. »Allerdings hatte mein Bruder schon immer einen ausgefallenen Geschmack bei seinen Spielzeugen«, kommentierte er ruchlos und eilte dann zur Spitze der Schlange. Für Nevan war ich also ein Spielzeug? Das überraschte mich nicht. Seit ich ihn kannte, behandelte er mich wie einen Legostein, den er beliebig umsetzen konnte. Es war jedoch eine andere Sache, genau dies bestätigt zu bekommen. Förmlich ein Schlag an den Hinterkopf, den ich überdeutlich spürte.

»Du hast unter den Prinzen einen Gönner?«, fragte das Mädchen vor mir und neigte den Kopf über die Schulter.

»So würde ich es nicht nennen, wir kennen uns nur ungewollt länger.«

»Du hast die Aussicht, hier heil rauszukommen. Ist dir das bewusst?«

»Wie soll ein arroganter Dämonenprinz, der mich erst in diese Lage gebracht hat, dabei helfen?«

»Veranstalte ein Drama, Mädchen. Sein Bruder hat es dir sogar unter die Nase gerieben.«

Ich lächelte in mich hinein. Ihre kurzen Haare unterstrichen ihren rebellischen Charme. »Du meinst also, ich soll mich nicht bemühen, wenig aufzufallen?«

»Du kannst es dir leisten und wir müssen jede Möglichkeit nutzen, um ihr Vorhaben aufzuschieben.«

Das Mädchen war verrückt. Selbst wenn es stimmte, blieb noch Izzanul, der garantiert nicht zögerte, mich eigenhändig abzumurksen. Auf der anderen Seite hatte sie nicht ganz Unrecht.

Nevan richtete mich nicht hin, weil er meine Fähigkeit brauchte. Er war ein Schlüssel, um aus diesem Elend zu entkommen. Obwohl ich lieber seine Hörner ausreißen und sie verbrennen wollte.

»Ich versuche es, aber erwarte nichts Weltbewegendes.«

»Mehr wollen wir nicht«, antwortete jemand hinter mir. »Du warst die, die während der Prüfung die Machtinsignie entwenden konnte. Wenn du es nicht schaffst, dann niemand.«

Verunsichert schritt ich weiter. Die Studenten aus Escarun zählten auf mich, aber sie würden eine bittere Enttäuschung erleben. Ich steckte wie sie in Ketten, umringt von Dämonen, in einem Gebirge fest. Die einzige Waffe war meine riesige Klappe und die brachte mich öfter in Schwierigkeiten, als sie behilflich war.

Unter Aufsicht der nüchternen Dämonen stellten wir uns in einer Reihe vor der schäbigen Unterkunft auf. Hinter uns baumelten die zerfurchten Köpfe und stanken bestialisch. Niemand erhob den Blick. Erdrückende Stille weilte im Lager. Bis ein seichtes Geplätscher an meine Ohren drang. Nicht wissend, was gleich passieren würde, sah ich auf. Die Dämonen trugen Eimer auf den Schultern und platzierten sie vor uns. Der Wasserdampf beschlug mein Gesicht. Schließlich hob ein Dämon seine Hand und riss sie wieder runter. Das Signal. Nach und nach überschütteten sie jeden Seltaris mit heißem Wasser. Aus welchen Grund übergossen sie uns mit halbkochendem Wasser? Wohl kaum, um unseren Gestank loszuwerden. Die Aufschreie durchdrangen das Lager und dröhnten in meinen Ohren. Die Lippen kniff ich zu, während der Eimer über mir entleert wurde. Für ihre Genugtuung wollte ich nicht schreien. Das Wasser floss in meinen Kragen und von dort in die Ärmel. Wieder war ich triefnass und zog meine nassen Haare von den Wangen.

Ein Galoppieren kam näher. Aus dem Dunst tauchten drei schwarze Rösser auf. Ihre Mähnen und Hufen besaßen keine erkennbaren festen Strukturen. Sie verliefen wie Flammen im Wind und ein schaurig dunkles Glühen pulsierte in ihren Augen. Die Tiere versprühten keine Freude, schlugen nicht mit ihrem Schweif oder drehten die Ohrmuscheln. In den Gliedern hing einzig und allein der faulige Tod.

»Sind das alle?«, fragte Izzanul vom Rücken seines Pferdes.

»In diesem Lager, Kommandant«, antwortete ein Lakai mit gebeugtem Oberkörper. Er wagte keinen Augenkontakt.

Izzanul ignorierte seinen Mitstreiter und schaute sich jeden von uns genaustens an, als wären wir Zutaten für eine gehobenere Küche. Dabei klirrte seine Insignie bedrohlich am Gürtel. Sie ähnelte zwei Scherenklauen, die an einer Eisenkette befestigt waren. »Wenigstens sind einige mit mehr Potenzial unter ihnen. In den anderen Lagern war die Auswahl Unrat.«

Er erschreckte Kinder, strich ihnen durch die Haare und machte sich einen Spaß aus dem Schluchzen seiner Geiseln. Dagegen schnurrte Seth wie ein zahmer Tiger, der sich im Hintergrund hielt und das Geschehen neugierig verfolgte. Nevan klopfte seinem Pferd auf den Hals und sah zu mir. In seinem Gesicht erkannte ich keine Regung, nur die Stirnfalten zwischen den Augenbrauen krüselten sich.

»Ihr seid alle so furchtbar jung. Nicht ahnend, was dort draußen in Wahrheit geschieht. Es ist eine Ironie, dass wir euch beinahe viermal überdauern und trotzdem ist eure Magie unserer weit überlegen. Ihr habt keine Vorstellung davon, wie das ist«, jammerte Izzanul mit schlechtem schauspielerischen Talent. »Diese Ketten zu beschaffen, war ein großes Risiko für uns. Ich hoffe, ihr wisst sie zu würdigen.«

Mit verschränkten Armen schlenderte er in meine Richtung und entdeckte mich. Offenkundig war er über meine Anwesenheit erfreut. Er grinste breit. »Welch Wunder, du weilst nicht im Reich der Toten.«

»Ich hatte Glück, dass deinem wertgeschätzten Bruder die Magie ausgegangen ist«, antwortete ich spöttisch, während Nevan zu uns stiefelte. Der auffrischende Wind umspielte sein schlichtes Gewand. Das Mädchen neben mir zuckte mit dem Mundwinkel und ich wusste, was ich zu tun hatte.

»Ich dachte, du wärst von unserer Erscheinung beeindruckt gewesen. Du warst gestern nicht so geschwätzig«, antwortete Izzanul mir.

Ich verbarg die zitternden Hände hinter dem Rücken. Hoffentlich griff Nevan ein, bevor Izzanul mir die Augen auskratzte. Auf jemanden zu setzen, der einen für seine Taten benutzte, gehörte nicht zu meinen Stärken. Aber etwas anderes, als die Dämonenprinzen zu provozieren, fiel mir nicht ein. Ich würde die Studenten damit enttäuschen, doch kampflos gab ich nicht auf. Zumindest konnte jemand hinterher auf mein Lebenszeugnis *stets bemüht* drucken.

»Von diesen läppischen Hörnern? Da ist jeder Horrorfilm besser.«

Izzanul rümpfte die Nase. Mit dem Begriff konnte er wenig anfangen. »Was soll das sein? Ein verquirltes Kompliment?«

»Genau. Ich mache dem Kommandanten, der meine Freundin gefoltert hat, ein Kompliment, damit ich an eurem Tisch sitzen darf und euer Vertrauen gewinnen kann, um euch dann später alle umzubringen. Wie dein Bruder es bei uns getan hat.«

»Nevan, wie erklärst du das ungebührliche Verhalten dieses Weibes?«

»Sie hat anscheinend zu viel Stroh verspeist«, sagte er trocken.

Ich prustete. Seit letzter Nacht waren einige kreative Synapsen bei ihm verrutscht.

»Du warst …«, fing ich an, doch ohne jegliche Vorwarnung packte Izzanul mein Kinn, schob den Daumen in meinen Rachen und riss den Kiefer bis zum Anschlag herunter. Mein Würgereflex setzte ein und Angstschweiß perlte auf meinen Schläfen. Skrupellosigkeit hing in seinem Gesichtsausdruck. Ein einziger Ruck genügte und mein Genick würde vor seinen Schuhspitzen hängen. Ich versuchte, Nevans Gesicht zu erfassen, doch der Schmerz zischte mir bis in die Haarwurzeln. Wenn er jetzt nicht einschritt, war ich bereit für das Mausoleum.

»Wenn du dafür zu zaghaft bist, erledige ich es«, verkündete Izzanul.

Nevan trat vor. »Es wäre eine Vergeudung, sie jetzt hinzurichten.«

»Das kleine Ding hat keinen Fünkchen Magie in sich. Wie soll sie dem Königreich dienen, außer als hübsches Anhängsel?«

»Sie könnte uns die eine Machtinsignie bringen, die unsere Königin sicherlich nicht erwartet«, sagte er zögernd und Izzanul ließ mein Kinn los.

Vor Erleichterung sank ich auf die Knie und griff mir röchelnd an den Hals. Meine Kehle schmerzte und ich schmeckte die ekelhafte Mischung aus Salz und Dreck, die an seinem Finger gehaftet hatte. Nevan rettete mich wirklich vor ihm. Nur zu welchem Preis?

»Das solltest du mir genauer erklären, bevor sich meine Finger zu tief in ihrer Kehle befinden.«

»Sie ist es wert, vertrau mir«, sagte Nevan und schaute zu mir herunter. Sein ausdrucksloser Blick mahnte mich, den Mund zu halten. Ich kniff die Augen zusammen, bevor ich mich abwandte. Eine bessere Antwort bekam er diesmal nicht.

»Bring sie in die Höhle zu den anderen«, befahl Izzanul einem Dämon in der Nähe. »Hoffentlich lohnt es sich für dich, Bruder. Sie stinkt nämlich nach Ärger«, hörte ich noch, bevor ich weggezogen und meinem Schicksal überlassen wurde.

Der Lakai brachte mich in eine Höhle, fernab von den anderen Geiseln. Ein weinerliches Echo drang seicht aus ihr heraus und der Eingang war mit einem Gitter versperrt. Er schloss das Tor auf und befestigte meine Kette an der Felswand. Mich überschwemmte ein beklemmendes Gefühl. Wieder war ich angekettet und wieder konnte ich mit meiner tollen Fähigkeit nichts ausrichten. Ich musste mir etwas überlegen, um aus dieser Sache herauszukommen. Leider war Nevan mein einziger Anhaltspunkt und dazu ein erbärmlicher. Auf ein Wunder zu warten, wäre jedoch naiv und falsch gewesen. Ich musste mich an jeden Strohhalm klammern und meinen Stolz vergessen. Auf mir lastete zu viel Verantwortung, um nicht mein Bestmögliches zu tun.

Langsam gewöhnte ich mich an die Dunkelheit und erkannte die zarten Umrisse gebrochener Seltaren. Zusammengepfercht saßen sie auf Matten und kauten trockene Brotreste. In ihren Gesichtern regierte die blanke Hoffnungslosigkeit. Jede Farbnuance war ausgeblichen und tiefsitzende Augenringe erzählten mir von schrecklichen Nächten. Sie schienen seit Wochen in der nassfeuchten Höhle zu verweilen. Niemand sprach oder zeigte eine lebensbejahende Reaktion wie ein kurzes Aufsehen. Sie waren bereits innerlich tot. Ich legte meinen schweren Kopf auf die Knie. Der Anblick raubte mir meinen neugewonnenen Mut. Für sie war es beängstigend, plötzlich keine magischen Fähigkeiten zu besitzen. Wie Fische, denen man das Wasser entzogen hatte. Unbeholfen zappelten sie auf dem trockenen Boden, obwohl sie ihr Leben noch nicht gelebt hatten. Ich hatte nie Magie besessen und wusste nicht, wie es war, sie zu beherrschen. Nur eines wusste ich glasklar: Machtinsignien öffneten alle Tore in dieser Gesellschaft. Tamira hatte diese Tatsache ändern wollen. Notfalls hätte sie alleine gegen die Loge und den Rest der Welt gekämpft. Erst jetzt wurde mir bewusst, wie unfassbar unerschrocken sie gewesen war. Dagegen war ich ein ängstlich fiepender Welpe am Wasserufer.

»Shary! Shary! Shary!«, rief eine wohlbekannte Stimme von außerhalb. Durch das Gitter quetschte sich eine kleine Gestalt und ich traute meine Augen nicht. Die grünlichen Haare waren zerzaust und das Kleid war notdürftig mit Blättern geflickt worden, doch es handelte sich zweifellos um Daisy mit ihren strahlenden kugelrunden Augen.

»Oh Gott, du lebst!«, jauchzte ich und ein tiefsitzender Dorn rutschte aus meinem Herzen. »Was machst du hier? Wie hast du mich gefunden?«

Sofort stürmte sie in meine Arme. »Meine Hauspflanze ist verbrannt und ich wusste nicht, wohin, also bin ich dem Blatt gefolgt.«

Ich holte es aus meinem Schuh und bestaunte die glatte Oberfläche. »Das hat dich zu mir geführt?«

»Jedes Mal, wenn wir ein Blatt an jemanden heften, können wir denjenigen verfolgen, solange er es bei sich trägt«, erklärte sie und ihre Fühler kitzelten über meine Haut.

»Wie kleine Superspione«, sagte ich lächelnd. In dieser Gestalt steckten Unmengen an Willenskraft. Sie hatte die Zerstörung überlebt, war meiner Spur kilometerweit gefolgt und hatte sich durch ein Lager voller Dämonen geschlichen. Für eine junge Nahri eine Meisterleistung.

»Geht es dir einigermaßen gut?«, fragte ich vorsichtig.

Ihre Flügel zierten einige Risse und die Nase schimmerte rötlich. Daisy öffnete eine kleine eingefädelte Haselnuss um ihrem Hals. In ihr schillerte eine rote Locke. »Damit sie immer bei mir ist«, flüsterte sie und kämpfte mit den Tränen.

Ich konnte meine nicht unterdrücken und sie sprudelten förmlich heraus. »Ach, Daisy«, schluchzte ich. »Es tut mir leid. Hätte ich Nevan nur nicht vertraut, dann wäre das niemals passiert.«

»Die Dämonen tragen die Schuld, nicht du.« Behutsam streichelte sie meinen Handrücken.

»Tamira war unglaublich«, unterbrach ich sie leise, damit Daisy nicht die blutigen Bilder aus ihrer Erinnerung abrief, die jetzt ungehindert durch meinen Kopf spukten. Den Tod ihrer Ziehmutter zu erleben, musste schwer genug für sie gewesen sein. Was das mit einer lebensfrohen Nahri anstellte, wollte ich mir nicht vorstellen. Selbst mir war der Anblick von Tamiras Körper ins Mark gegangen. Das Blut an meinen Händen war längst fort, aber ich fühlte noch, wie es an meinen Fingern herunterlief und sah, wie es zu Boden tropfte. Ein Schlag, ein Hieb oder ein kleiner Fehltritt und das Leben war vorbei. Es war so furchtbar zerbrechlich. Wer auch immer diese Regeln erschaffen hatte, hatte keinen Sinn für Humor. Ich wünschte mir, es gäbe eine Insignie, die Untaten oder Fehlentscheidungen rückgängig machte. Schon allein Daisy wegen.

Sie schmiegte sich in meine Bluse. »Das war sie.«

»Ich kann dir keine Lockenmähne anbieten, aber wenn es für dich in Ordnung ist, werde ich jetzt auf dich Acht geben.«

»Du kannst nicht mal auf dich selbst aufpassen«, pfefferte sie mir zu Recht entgegen.

»Zugegeben, an der Wand angekettet zu sein, ist nicht der idealste Start, doch ich arbeite daran.«

Sie stemmte die Hände in die Hüften. »Dieses Gitter dort ist jedenfalls nicht magisch. Man könnte es mit Leichtigkeit durchbrechen.«

»Meine Fähigkeit ist gegen dieKetteninsignie machtlos. Also bringt es nichts, das Gitter zu zerstören. Außerdem scheinen die anderen Geiseln in ihrer eigenen Welt zu sein.«

Daisy stupste meinen stummen Nachbarn an, zupfte an seinem Haar und zog ein Augenlid hoch. »Sie sind alle vergiftet«, sagte sie trocken. »Ich würde das Essen nicht anrühren, falls du kein atmender Stein werden willst.«

»Die Dämonen halten sie wirklich am Leben, wie Arlinn es vermutet hat. Sie brauchen uns und die Insignien«, sagte ich erstaunt und eine Lektion blitzte in meinem Gedächtnis auf. Machtinsignien waren an den Träger gebunden und konnten ihre Magie solange nutzen, bis der Anwender starb oder die Insignie an ein Familienmitglied vererbt wurde. Aus diesem Grund nahmen die Dämonen sogar Kinder gefangen. Sie meisterten zwar die Übertragung der Insignie, doch den Dämonen entkamen sie nicht.

»Ich hole dir Beeren und frisches Quellwasser, damit du zu Kräften kommst. Aus dir mache ich einen neuen Setzling«, verkündete Daisy und flatterte tatkräftig durch die Stäbe.

»Daisy, stopp!«, rief ich sie zurück und erzeugte ein Echo. Eingeschüchtert senkte ich den Kopf. Niemand durfte wissen, dass sie hier war. Sie war die Einzige, die ungesehen nach draußen kam.

»Kümmere dich nicht um mich. Ich komme schon klar, aber du musst eine Garnison der Seltaren finden und ihnen unseren Standort mitteilen. Du kannst uns vor den Dämonen retten«, sagte ich leise und winkte sie zu mir.

»Ich?« Ihre Augen weiteten sich und gleichzeitig senkte sie die Flügel. »Aber keiner beachtet eine kleine Nahri.«

»Diesmal müssen sie es. Sag ihnen meinen Namen und wenn sie dir nicht glauben, dann verlange nach Zarek Marquard. Er weiß, was zu tun ist.« So eine Chance ließ er sich nicht durch die Finger gehen. Ganz sicher nicht.

»Und wenn mir trotzdem niemand glaubt?«

»Dann schwirrst du solange um deren Nasen, bis sie aufgeben. Schildere ihnen, was du gesehen und erlebt hast. Sie wären dumm, diesen Hinweis nicht zu verfolgen.«

Sie nickte bedächtig. »Du musst das Blatt bei dir behalten und ich versuche mein Bestes.«

Ich schob es wieder in den Schaft hinein. »Du wirst eine richtige Heldin sein. Eine, die keiner erwartet«, bestärkte ich sie, denn sie brauchte Mut – Mut, ihre Stimme zu erheben und Mut, um eine enorme Verantwortung tragen zu können.

»Ich werde eine Heldin sein«, sagte sie stolz und flog davon, während sie den Satz unentwegt wiederholte.

»Sei bitte vorsichtig«, flüsterte ich ihr hinterher. Daisy mochte durch ihre Größe unauffällig und eine talentierte Spionin sein, jedoch war sie jung und hitzköpfig. Sie wusste sich zu wehren, aber wenn ihr etwas zustieß, würde ich mir das nie verzeihen. Sie war ein wichtiger Bestandteil von Tamiras Leben gewesen und ich schuldete ihr mindestens eine glückliche und gesunde Nahri. Trotzdem brachte ich sie in Gefahr, weil sie die Macht besaß, den Plan der Dämonen zu zerschlagen, denn eine bessere Möglichkeit würde sich auf die Schnelle nicht ergeben.

Die Abendsonne leuchtete rubinrot auf die Speerspitzen der Berge. Ich kauerte an der Felswand und beobachtete das Treiben der Dämonen. Nichtsahnend trugen sie Kisten und Körbe umher und einer jagte einer entlaufenen Gans nach. Sie pflegten ein Sozialleben, besaßen einen Alltag und dennoch waren sie skrupellose Monster. Vielleicht nicht jeder von ihnen, aber genügend, um Seltaren unter Drogen zu setzen, damit sie keinen Ärger veranstalteten. Ich versuchte, mit ihnen zu sprechen, doch sie waren völlig von der Außenwelt abgenabelt. Das einzig Positive an diesem Zustand war, dass sie keine Schmerzen empfanden. Nicht mal, als ich meinen Nachbarn ohrfeigte, zeigte er eine Reaktion. So mussten sie sich nicht der furchtbaren Lage stellen, welche die anderen mit Sicherheit noch erwartete. Und an dieser trug ich eine Mitschuld. Die Bilder der Zerstörung und die Leichen projizierten sich an den Wänden. Es fiel mir schwer, ihnen keine Beachtung zu schenken. Wie hungrige Schatten verfolgten sie mich. An der Felsspalte erschien die zerbrochene Kuppel, an einem Vorsprung die Brücke und an einer Eisenstange saß Tamira. Für einen Augenblick ruckte ihr Kopf hoch und im nächsten sah ich ihre blauen Lippen. Sie lächelten nicht mehr. Der Schmerz in meiner Brust erstickte mich fast. In solchen stillen Stunden kamen die Emotionen hoch und ließen mich nicht in Ruhe. Ich wollte sie in der Hand zerdrücken, sie hinausschreien, aber meine Stimme versagte elendig. Sogar wegschneiden wäre eine Option gewesen. Trotz alledem war der Selbsterhaltungstrieb zu groß. Die gefangenen Seltaren und meine Familie zählten auf mich. Auch wenn ich in meinen Gefühlen beinahe ertrank, atmete ich weiter. Narben würden mich zieren und mich lähmen, doch nur mit dem nächsten Schritt ging es voran. Allein das war von Bedeutung. Und gerade lag alles in den zarten Händen von Daisy.

Das Einrasten des Schlüssels riss mich aus der Gedankenflut. Nevan öffnete zögerlich das Gitter. Ich wischte mir die Tränen von den Wangen. Ausgerechnet er sah mich im demütigendsten Moment, den ein Mädchen haben konnte – weinend und am Ende seiner Kräfte. Er, als Dämon, verstand das Ganze bestimmt nicht. Ihm war so ein Leid fremd.

»Ich bringe dich hier raus«, sagte er überraschend sanft und löste meine Kette von der Wand.

»Wohl eher schubst du mich in den nächsten Untergang«, erwiderte ich und wappnete mich für seinen Zug, doch er blieb verbissen ruhig.

Wieder nahm er meine Hand und führte mich aus der Höhle heraus. In seinen Schritten lag eine gefährliche Mischung aus Gelassenheit und Groll. Mal beschleunigte er, dann blieb er stehen und drückte meine Finger zusammen, bis er wieder locker ließ. Es machte mich nervöser als das verwirrende Gefühl in meiner Brust.

Auf dem Weg verbeugten sich ein paar charmante Dämoninnen vor uns. Sie trugen fließende, fast durchsichtige Kleider und begrüßten Nevan mit aufreizenden Wimpernschlägen. Selbstverständlich hatte er Verehrerinnen, die tausendmal hübscher waren als ein durchschnittlicher Mensch. Er war immerhin ein Prinz. Er nickte seinen Fans zu und ignorierte ihr provokantes Gehabe. Mich straften sie mit eisenharten Blicken, bis er mich weiterzog und sie nichts mehr zu gaffen hatten. Anscheinend glaubten sie, dass ich ihnen den Dämonenprinzen vor der Nase wegschnappte. Dabei hatten sie nichts zu befürchten. Wir lebten buchstäblich in verschiedenen Welten und ich schmachtete sicher nicht die verlogene Kreatur an, die die gesamte Akademie auf dem Gewissen hatte. Meine Grandma würde mich ohrfeigen, wenn ich das täte.

Nach endlosen Gassen erreichten wir das fellgeschmückte Zelt. Er riss den Vorhang zur Seite und der Duft von warmem Essen stieg mir in die Nase. Ein länglicher Tisch stand vor den anderen Dämonenbrüdern. Über ihnen hing der ausgestopfte Kopf von einem Wesen, welches ich nie zuvor gesehen hatte. Es sah wie ein Wolf aus, mit scharfen Zähnen und einer langen Schnauze, doch wo die Ohren sein sollten, ragte ein Hirschgeweih hervor. Was in mir jedoch mehr Furcht auslöste, waren die Seltaren. Sie saßen eng beisammen am Tisch und schauten panisch auf ihre Teller. Eine scheußliche Situation, denn Izzanul und Seth unterhielten sich ausgiebig darüber, welche von ihren Geiseln am schnellsten ein Opfer von Manipulationsmagie werden würde. Sie tranken genüsslich eine bläuliche Flüssigkeit. Die Farbe stach in dem schwammigen Licht hervor wie ihre missbilligenden Augenpaare.

Nevan trieb mich zu dem einzig leeren Platz und nahm den Stuhl neben Seth in Anspruch. Dann betrat Izzanul den Tisch, als wäre er eine große Bühne. Leicht tänzelnd bewegten sich seine Füße zwischen Bechern und schlichtem Holzgeschirr.

»Meine lieben kleinen Seltaren«, begann er mit seiner Ansprache. »Ihr wisst es vielleicht nicht, aber das Mahl auf euren Tellern war eine großzügige Spende von unserer Großkönigin, die erste und einzige der dämonischen Reiche. Sie wollte eurem alten Leben einen würdigen Abschied bereiten. Genießt jeden Krümel, denn so gutes Essen bekommt ihr kein zweites Mal.«

Verunsicherung stand in den Gesichtern geschrieben. Keiner von uns traute sich, das Essen anzurühren oder gar den Löffel in den aufgetischten Brei zu tauchen. Stattdessen schluchzte ein kleines

Kind auf und verwandelte das Zelt in eine tickende Zeitbombe. Izzanul zog eine Augenbraue hoch und kratzte sich an seinem Bart. Ich spürte, wie etwas in ihm hochkochte und zur selben Zeit kroch mir ein Schauer über den Rücken.

»Los, esst!«, forderte er heftiger.

Jeder am Tisch sah den anderen erwartungsvoll in die Augen und wartete auf eine verräterische Handbewegung oder auf ein Zucken, aber niemand agierte nach seinem Wunsch.

»Muss ich eure Mäuler persönlich stopfen?«, fragte er mit einem tippelnden Fuß. Der Tisch vibrierte und das Wasser im Becher schwappte über. Doch auch jetzt ertönt kein dumpfes Schaben von Holzlöffeln. Izzanul seufzte und wie vom Blitz getroffen, packte er den nächstbesten Seltaris bei den Haaren, patschte mit bloßer Hand im Brei herum und schmierte diesen wuchtig in den Mund des Mannes.

Er riss den Kopf zurück und japste nach Luft, während wir anderen den Atem anhielten. Der Seltaris drohte zu ersticken, weil der Dämon ihm keine Möglichkeit gab, den zähflüssigen Brei zu schlucken. Immer und immer wieder presste Izzanul den Mund zu, bis der Seltaris das Bewusstsein verlor und vom Stuhl rutschte. Seine Fingernägel hinterließen Kratzer an der Tischkante und mit dem Spannzug der Kette, erwachte ich aus meiner Schreckstarre. Um mich vom Schock zu erholen, blinzelte ich mehrmals. Zu etwas anderem war ich nicht fähig.

»Jetzt esst lieber, bevor ich jeden von euch dazu zwinge!«, fauchte er und leckte sich die Breireste vom Handballen ab.

Von Angst ergriffen, nahmen alle das Besteck in die Hände. Ich erinnerte mich, wovor Daisy mich gewarnt hatte. Hektisch schaute ich umher. Für eine Warnung war es längst zu spät. Sie schluckten den Brei und würden jeden Moment zu willenlosen Gefangenen werden. Und ich hatte nichts dagegen unternommen! Doch wild herumzubrüllen, hetzte mir die bösen Geister aus Izzanuls Klauen an den Hals. Meine Kehle fühlte sich seither nicht wie meine eigene an und hielt mich von einer impulsiven Handlung ab. Kaum zu glauben, dass ich mich um mich sorgte, statt die anderen vor dem drohenden Unheil zu bewahren. Ich war eine Heldin der feigen Sorte.

»So ist es brav«, sagte Izzanul und schlenderte zurück. Er bekam seinen Willen und schnurrte wie ein Kätzchen nach einem Schälchen Milch.

Ich dagegen brodelte und krallte mich am Teller fest. Ich musste etwas tun. Kein Dämon würde mich zwingen können, diese Mahlzeit einzunehmen. So führte ich, im toten Winkel der Brüder, Löffel für Löffel am Mund vorbei, schmiss den Brei unter den Tisch und hoffte auf das Beste. Ich versuchte, die Seltaren durch Blicke auf mein Verhalten aufmerksam zu machen, damit sie es nachahmten. Mein Nachbar beobachtete mich erst skeptisch, bis er endlich die Botschaft durch Lippenlesen und die komischen Verrenkungen meiner Gesichtszüge verstand. Er warf das Essen ebenfalls fort. Leise schmunzelten wir uns an und bemühten uns, auch die anderen Seltaren aufmerksam zu machen.

Wie ein Lauffeuer verbreitete sich unsere Technik und bald ahmte über die Hälfte unser Verhalten nach. Ohne miteinander zu kommunizieren, trotzten wir den Dämonen. Izzanul suhlte sich in seiner Machtdemonstration und beachtete nicht einmal den Seltaris, der ihm am nächsten saß. Seth unterhielt sich mit einer Dämonin, die ihm gerade Wein einschenkte. Ich nickte den furchtlosen Studenten zu und ermutigte sie. Dann spürte ich den durchdringenden Blick von Nevan. Sein Kopf hing halb über dem Teller und er schaute zu mir herüber, während er ab und an in sein Steak pikste. Den Dämonen hatte man andere Gerichte serviert. Ertappt senkte ich den Blick und erwartete eine Zurechtweisung, doch er hob seine Braue, als wüsste er, was im Schatten vorging.

»Ihh! Was macht ihr da?«, fiepte eine leise Stimme. Ich sah grünliche Haare um meine Knie huschen.

»Nicht hier«, flüsterte ich harsch und schob sie in in Richtung Stuhlbein.

»Ich habe aber gute Nachrichten.«

»Die kannst du mir gleich erzählen«, tröstete ich sie und bemerkte im Augenwinkel ein Nasenrümpfen von Izzanul.

»Sie wollen so dringend heraus. Ich platze bald, wenn ich sie nicht erzählen kann!«

Meine Hand schob sie weiter unter den Stuhl. »Gedulde dich.«

»Unser kleines Ärgernis führt Selbstgespräche«, sagte Izzanul und in Sekundenschnelle bildete der Schweiß auf meiner Stirn ein Wasserfall. Er durfte Daisy nicht entdecken. Niemand von ihnen.

Ich lächelte schief. »Ist das so verwunderlich?«

»Sieh dich um. Jeder in diesem Zelt genießt still sein Mahl, bloß du nicht.«

»Entschuldige, dass ich wieder auffalle, aber das ist meine unfreiwillige Berufung geworden«, sprudelte es sarkastisch von meinen Lippen.

»Diese Energie, uns Einhalt zu gebieten, ist amüsant. Woher kommt die? Ist es deine Naivität oder die Unwissenheit, die aus deiner Kehle platzt?«, fragte er und nippte an seinem Weinglas.

Es war der Zusammenhalt der Seltaren und die kleine Hoffnung, die unter meinem Stuhl hauste. »Vielleicht ist es ja beides«, antwortete ich frech.

Er schwenkte das Glas. »Ich habe da eine weitere Vermutung, doch diese kundzutun wäre nicht mein Stil, oder Nevan?«

»Lass mich aus dem Spiel«, warnte er seinen Bruder mürrisch.

Nach einer kurzen Pause klopfte er gegen seinen Stuhlrücken. Er grinste allwissend. »Verstehe. Darum geht es dir also. Manchmal kommt es dir doch zu Gute.«

Dann sprang mein vermeintlicher Retter auf, ließ den Stuhl nach hinten kippen und erschütterte somit das gesamte Zelt. Jedes Augenpaar war auf ihn gerichtet und auch ich sah ihn ratlos an.

Unmerklich räusperte er sich. »Nun, wenn keiner etwas dagegen hat, bringe ich das störrische Kind zurück. Es scheint, als hätte es genug gegessen.«

»Wie du meinst, aber wir sprechen noch darüber.«

Nach Daisy suchend, tastete ich unter dem Stuhl umher, bevor mich Nevan packte und hinaus schleifte. Seine finstere Miene verhieß Ärger. Ich fühlte weder Daisys kleine Ärmchen noch den wiederkehrenden Windhauch ihrer Flügel. Wenn sie nicht hier war, wo war sie dann? Irgendwo zwischen den Bechern? In den Haaren eines Seltaris? Oder klebte sie im Brei fest? Hektisch schaute ich mich um, erblickte aber nicht den kleinsten Hinweis auf ihren Verbleib. Sie war verschwunden. Ob mich das erleichterte oder besorgte, wusste ich nicht.

Nevan nahm die Kette in die Hand und führte mich an den Seltaren vorbei. Er hatte unser Täuschungsmanöver gesehen und trotzdem nicht eingegriffen. Ich starrte auf seinen Rücken und suchte nach irgendeinem Anzeichen, um mir selbst zu erklären, was sein Bruder gemeint hatte und was in ihm vorging. »Du hast es gesehen. Wieso hast du nichts unternommen?«

»Das ist nicht meine Aufgabe. Es war eure Entscheidung, unser Abendessen abzulehnen.« Schließlich folgte er mit stetiger Geschwindigkeit dem Pfad und verschwendete keine weitere Erklärung an mich.

Ich stolperte hinterher und hoffte, dass niemand Daisy gesehen hatte. An etwas anderes konnte ich nicht mehr denken.

Rechtzeitige Sprunghaftigkeit

Ich wachte unter einer warmen Decke auf. Verdutzt schob ich sie zurück und entdeckte Flügel, die aus meiner Blusenschleife ragten. Daisy schlief eingemummelt zwischen den Schlaufen und hielt ihre Haselnuss in den Händen. Ich lächelte zufrieden und zupfte sie wieder ordentlich hin, damit niemand bemerkte, dass ich eine Nahri bei mir trug. Nachdem Nevan mich, ohne ein Wort zu verlieren, in die Höhle gebracht hatte, war sie aus der Schleife geschlüpft und hatte mir wie wild von der vierten Garnison erzählt. Dieses kleine Wesen hatte es tatsächlich geschafft. Ich war wahnsinnig stolz auf sie. Zarek war im ersten Moment misstrauisch gewesen, doch ihre grüne Haarpracht und deren Wirkung auf seinen Offizier waren ihm im Gedächtnis geblieben. Daraufhin hatte er ihr mitgeteilt, dass sie einen Tag für einen anständigen Plan bräuchten, um siegreich gegen die Dämonen vorzugehen. Und dieser Tag war angebrochen.

Vögel zwitscherten friedlich in der Morgensonne. Vereinzelt huschten Dämonen über den Holzsteg und erzählten den neusten Tratsch über ihre erfolgreiche Ausbeute am riesigen ungeschliffenen Kristall. Er war in einen Brunnen gestellt worden und überschattete mit seinem Weißblau das triste Lager. Die Dämonen schöpften Wasser aus ihm.

Ich zog die Decke wieder hoch und fragte mich, wie Daisy es geschafft hatte, sie aufzutreiben. Nach ihrer Nachricht war ich eingeschlafen und niemand hätte mich aufwecken können. Mit

Sicherheit hatte sie die Decke nicht in dieser Nacht gestrickt, sondern sie aus irgendeinem Zelt stibitzt. Es grenzte an ein Wunder, dass niemandem eine schwebende Decke aufgefallen war. Das hätte gewiss für einige Aufregung gesorgt.

Eine dunkle Gestalt mit einem Schlüssel in der Hand schlug meine Richtung ein. Es war Seth. Er öffnete mit zerknitterter Stirn das Tor.

»Du wirst erwartet«, sagte er, schielte auf meine Decke und führte mich wortkarg aus der Höhle.

»Wo bringt man mich diesmal hin?«

»Zu einer Routinebesprechung«, antwortete er wie einstudiert.

Skeptisch betrachtete ich seinen massigen Rücken. »Was wollen die Dämonen von mir?«

»Für eine Gefangene stellst du eindeutig zu viele Fragen.«

»Und für einen Entführer antwortest du zu offen«, drehte ich ihm seine Worte im Mund um.

»In erster Linie bin ich einer der Söhne des zweiten Königshofs. Wir haben andere Pflichten, als Seltaren gefangen zu nehmen und sie wie Tiere hinterherzuziehen.«

»Ihr seid den ganzen Tag in eurem Schloss, werdet bedient und am Abend kostet ihr die besten Speisen der Welt, während euer eigenes Volk Hunger erleidet, stimmt's?«

Er schlurfte mit den Schuhen über den morschen Holzsteg und sagte nichts zu meiner Anschuldigung. Ob es ihn nicht interessierte, was ich über den Hof dachte oder ob ich mit meiner Vermutung richtig lag, konnte ich nicht beurteilen. Hoffentlich traf das Letztere zu.

Wir wanderten auf einen großzügigen Platz, wo einige Seltaren verängstigt vor einem Zelt standen. Sie wurden streng bewacht. Unter ihnen erkannte ich das rebellische Mädchen wieder. Sie und die anderen schienen aber nicht vergiftet oder manipuliert worden zu sein, dafür waren sie zu unruhig. Sie sahen sich stetig um und flüsterten unentwegt. Seth brachte mich an das Ende der Gruppe, die eine Supermarktkassenschlange übertraf. Sie glich einem Ansturm auf ein Einkaufscenter – einem angsterfüllten Ansturm. Dann traf eine weitere Gruppe ein, begleitet von einer Dämonin, die genüsslich das Frühstück aus ihren Zähnen pulte.

»Stellt euch alle brav in die Reihe, habt ihr gehört?«, befahl sie mit kindlichem Eifer und schlenderte zu Seth, der angelehnt an einem Pfosten stand.

Aus ihrer Gruppe streckte sich plötzlich ein schwarzbrauner Haarschopf hervor.

»Shary! Oh, den Seraphen sei Dank.« Arlinn lief mir entgegen. »Du lebst!«

Ich fiel überglücklich in ihre Arme. »Du hast Izzanul getrotzt!« Die Wärme und ihre Stimme auf meiner Wange zu spüren fegten die Sorgen in meinem Herzen wie ein Windstoß davon. Sie lebte und hatte keine schlimmen Verletzungen erlitten. Am liebsten hätte ich sie nie mehr losgelassen.

»Er hatte irgendwann keine Lust mehr, weil er mich nicht brechen konnte«, erzählte sie und strich eine Strähne aus meinem Gesicht. »Du siehst gut aus, im Gegensatz zu den anderen. Was ist passiert?«

»Das verdanke ich leider unserem Verräterfreund. Nachdem du fort warst, hat er irgendwie meinen Kopf aus der Schlinge gezogen und jetzt will er, dass ich eine Insignie für ihn stehle.«

»Das dachte ich mir schon. Er ist auf jeden Vorteil aus.«

»Wir wären jetzt schon im Zug nach Loudun und nicht wie Hunde angeleint, wenn er nicht wäre«, seufzte ich und zerrte, den Blick an den Himmel gerichtet, am Eisenring. Die Sonne strahlte die Spitzen der gepuderten Berge an.

»Deine Fähigkeit ist allerdings auch für uns ein Vorteil und das weiß Nevan auch. Das sollten wir ausnutzen.«

»Ihr sprecht hoffentlich nur gut von mir.« Nevan erschien hinter uns und jagte mir einen Schrecken ein, selbst Arlinn wich aufgrund ihrer unterdrückten Erdherrscherfähigkeit überrascht zurück.

»Soweit es uns möglich ist«, antwortete ich gehässig, während er die Augenbraue hochzog und mein rasender Puls sich unmerklich beruhigte.

»Wir unterhalten uns über dein früheres Aussehen, du sahst nämlich als angeblicher Seltaris besser aus«, sagte Arlinn und provozierte ihn mit funkelnden Augen.

»Ach, sah ich das?«

»Mmmhm, absolut«, versuchte ich mitzuspielen. Ob mir das glaubhaft gelang, war eine andere Sache, weil er als Dämon gefährlich attraktiv aussah und ich mir jede neue Einzelheit in seinem Gesicht einprägte. All das Jungenhafte war verschwunden und härtere Kanten zeichneten sich ab.

Er gab sich keine Blöße und setzte seinen ursprünglichen Weg zum Zelt fort. »Umso besser. Jetzt spare ich meine Magie und falle nicht in das Beuteschema der Seltaren.«

»Der Seltaren ...«, wiederholte Arlinn seine Wortwahl und schmunzelte.

»Die Arroganz konnte er nicht verstecken«, flüsterte ich und blinzelte in das Zelt hinein, als Nevan den Vorhang beiseiteschob. Dort lauerte sein Bruder wie ein Wolf in seiner Höhle. Die azurblauen Augen verkörperten die wahnsinnige Mordlust und jeder, der hineinblickte, wurde von ihr verschlungen.

Arlinn spannte sich an. Auch ihr war Izzanul nicht entgangen. »Mein Peiniger wartet auf seine treuen Lämmchen.«

Ich strich über ihren Arm. Er war eiskalt. »Ich stehe dir bei, egal was passiert.«

»Ich muss wohl eher auf dich aufpassen«, sagte sie mit einem unterkühlten Lächeln.

»Das höre ich zurzeit öfter, als mir lieb ist«, murmelte ich. »Aber du hast an meiner Stelle gegenüber den Dämonenbrüdern getobt und mich vor dem größten Fehler meines Lebens bewahrt. Du hast mich erschreckt. Ich weiß nicht, was ich sonst getan hätte.«

»Sie haben mir meine Zukunft genommen. Mein Wutausbruch war nichts im Vergleich zu ihren Taten. Am liebsten würde ich jedem einen Erdklumpen zwischen die Zähne rammen.«

»Das würde ich jetzt auch gern können.«

»Besser nicht. Unsere Chancen stehen bereits schlecht.«

»Aber es steigert unsere Chancen nicht, wenn wir uns unterkriegen lassen«, sagte ich mit voller Überzeugung und schob meine Blusenschleife vorsichtig zur Seite. »Wir haben eine kleine Geheimwaffe, die schon tatkräftig war.«

»Daisy!«, flüsterte Arlinn und ihre Augen leuchteten. »Mehr Glück können wir nicht haben. Sie ist klein und kann überall hindurch schlüpfen, sogar Nachrichten überbringen.«

Ich zupfte Daisys Schlafplatz zurecht, bevor mich Seth erwischte. Er stand mit der Dämonin bei den Pferden und schaute desinteressiert durch die Gegend, statt ihr aufmerksam zuzuhören.

»Genau aus diesem Grund habe ich sie gebeten, unseren Standort einer Garnison mitzuteilen. Sie sind auf dem Weg.«

»Wer hätte gedacht, dass ausgerechnet Daisy uns alle aus diesem Zwangslager befreit.«

»Selbst die kleinen, unscheinbaren Dinge können Großes vollbringen.«

Das letzte Paar kam aus dem Zelt. In den Gesichtern stand der blanke Horror und ihre eingehakten, zittrigen Arme bedeuteten nichts Gutes.

»Bereit, dem Schrecken gegenüber zu treten?«, fragte Arlinn mich und drückte meine Hand. Ihre Anwesenheit verlieh mir Stärke und Daisy gab mir als Plan B ein weiteres Stück meiner Hoffnung zurück. »Nein, aber wir werden ihn überstehen.«

Sie nickte und schob ihr langes Haar über die Schulter. »Zusammen schaffen wir das«, sagte sie und gemeinsam gingen wir hinein.

Vor uns saß, wie erwartet, Izzanul. Er strich unsichtbare Staubkörner von seiner engen Hose und sein rechtes Bein baumelte über die Tischkante.

»Ihr beiden sorgt ganz schön für Ärger«, begrüßte er uns und schlürfte an seinem rötlichen Getränk. Dampfschwaden kräuselten sich über dem Becher. Im ganzen Zelt duftete es nach süßen Früchten und Thymian. Mein Magen rebellierte. Ausgehungert starrte ich auf seinen vollen Teller.

»Ich hoffe, dass ihr heute meinen Befehlen folgt, damit ich nicht länger meine Pflicht als Kommandant vernachlässigen muss.«

»Mich konntest du nicht überzeugen«, ergriff Arlinn das Wort.

»Dass man dich nicht brechen kann, hast du eindrucksvoll bewiesen, wenn ich jedoch deiner kleinen Freundin ...« Er zog seinen Stuhl zurück und lehnte sich mit verschränkten Armen an die Seite des Tisches. »... etwas antue, würdest du sicherlich jeden Befehl von mir annehmen.«

»Nein, würde sie nicht«, mischte ich mich ein und hielt Arlinns Hand fest. »Denn du wirst mich bei voller Gesundheit brauchen.«

Er lachte. »Wir wären somit wieder bei unserem letzten Thema. Mein naiver Bruder meinte, du bist in der Lage, jede Machtinsignie zu entwenden. Was ich natürlich nicht glaube, weil er ein Faible für hübsche Spielzeuge hat.« Er umrundete den Tisch und griff zu einem Stück Apfel. »Nicht wahr?«

Nevan beugte sich aus dem Schatten und richtete seine Klinge. »Gib zu, sie ist kein perfektes Wesen und das reizt dich ebenso wie mich.«

Ich presste die Lippen aufeinander. Wegen meiner Menschlichkeit, meiner Makel verschonte er mich? Er wurde mir jedes Mal unheimlicher. Egal, was er sagte, es widersprach seinen vorherigen Aussagen und seinem Verhalten. Jetzt war ich wieder ein Spielzeug, was nichts konnte, außer mich von ihm benutzen zu lassen.

»Mag schon sein, aber ich denke nicht an mein Vergnügen, so wie du es tust. Wir sind hier, um die Besten in diesen jämmerlichen Grüppchen zu finden und das Ergebnis der Königin zu präsentieren.«

»Ihr pickt die besten Insignienträger heraus? Wozu?«, fragte Arlinn ohne einen Hauch von Furcht in der Stimme.

»Keine Sorge, wir haben für alles eine Verwendung, sogar für deine kleine Freundin.«

»Lass sie aus eurem lächerlichen Spiel. Sie hat nichts, was sie einem Dämon geben könnte.«

»Dennoch können wir uns darüber unterhalten und ich bin mir sicher, dass wir etwas finden werden, was uns über ihre Unzulänglichkeiten hinwegtröstet«, erwiderte er und schob den Teller grinsend nach vorne. »Nimm ruhig.«

Blitzartig wurde mir klar, dass dieses Essen vergiftet war und nicht das gestrige Abendessen. Die Seltaren, die nicht mehr auf äußere Einflüsse reagierten, hatten von seinem Angebot gekostet. Das hier war seine Selektion der potenziellen Unruhestifter. Meine Fingernägel bohrten sich in die feuchten Handflächen. Ich war nicht nur feige, sondern eine einfältige Heldin dazu. »Du kannst dir dein Essen selbst in den Rachen schieben.«

Sein Grinsen wurde breiter und gleichzeitig dreckiger. »Ich könnte es dir auch einflößen oder dich dazu bringen, ein Stück zu probieren.«

Manipulationen wirkten nur bei Personen, die nicht wussten, wozu sie diente und grundsätzlich bei schwächeren Charakteren. Dank Daisy hatte ich die Gefahr erkannt und konnte mich schützen. »Ich soll mich selbst vergiften? Wofür haltet ihr Dämonen euch? Für unschlagbar?«

»Das mit dem Manipulieren kann ich wohl vergessen«, sagte er und schnalzte laut. »Man sollte allerdings niemals ein Angebot vom Erstgeborenen ablehnen. Das Nächste wird oft sehr ungemütlich.«

»Einen Moment noch«, stoppte Nevan seinen Bruder. Er trat einen Schritt näher und zupfte Daisy an den Flügeln hervor.

Schlaftrunken wedelte sie mit den Armen, doch sie wachte nicht vollständig auf. Ihr Schlaf war zu tief.

»Ich wette, dass diese Nahri dir viel bedeutet.« Boshaftigkeit schwang in seiner Stimme mit. »Ein bisschen mehr Kraft in meinen Fingern und sie weilt nicht mehr unter uns ... das willst du doch nicht.«

Ich erschauderte unter der Drohung. Damit er ohne Anstrengung an die kostbare Insignie kam, wollte er mich jetzt erpressen. Daisy war sein nächstes Druckmittel. Eingebrannte Gefühle loderten hoch.

»Lass sie los«, flüsterte ich.

»Wie bitte?«

Adrenalin vermischte sich mit Panik, wie bei einer Löwin, die ihr Junges beschützen wollte. »Lass Daisy los!«, brüllte ich und verlor die Kontrolle über meine Emotionen. Was nun zählte, war, sie aus Nevans Händen zu reißen und die Phoenixklinge an seinen Hals zu drücken. Vor Wut und Angst darüber, dass ich Daisy durch mangelnden Mut verlor, pochte mein Herz laut. Nevan nutzte meine Schwäche und Freundschaft zu ihr aus. Alles, was er mir angetan hatte, würde er bezahlen. Jede Kleinigkeit, jetzt und hier! Ich zog die Klinge aus der Scheide und bevor er es realisierte, lag die eigene Machtinsignie an seiner schluckenden Kehle.

»Sofort«, befahl ich scharf. Eine kleine Bewegung, ein Zittern und Dämonenblut floss an der Klinge herunter.

»Shary, wenn du das tust, gibt es keinen Weg zurück!«, warnte Arlinn, doch ich hörte ihre Stimme wie durch eine Mauer. Alles um mich herum war ausgeblendet, nur Nevan und das Schwert in meiner Hand existierten.

»Was in Rarquns Namen geht hier vor?« Izzanul sprang sofort an Arlinns Seite. Sie wollte zu mir stürmen, doch er hielt ihren Arm rechtzeitig fest.

»Mir widerstrebt es auch, den Dämonen in die Karten zu spielen, aber wir brauchen Nevan genauso wie er uns braucht, Shary. Bitte!«, keuchte sie.

»Erst wenn Daisy in Sicherheit ist, werde ich mir überlegen, was ich mit ihm anstelle.«

Nevan schluckte erneut. »Ich setze sie auf dem Boden ab, einverstanden?«

Ich verfolgte seine Bewegung, seine Atmung, seine Wimpernschläge, seinen pochenden Puls am Hals. Mir entging nichts. Zentimeter um Zentimeter ging er in die Hocke, legte Daisy hin und hob dann beschwichtigend die Hände.

»Nimm sie, Arlinn«, bestimmte ich und atmete auf.

Izzanuls hässliches Grinsen blitzte hervor. »Nur zu gut, dass es mir relativ egal ist, wenn er geköpft wird.« Er zog an Arlinns Haaren und riss ihren Kopf nach hinten. Eine der gekrümmten Klingen seiner Insignie lag blitzschnell an ihrem Hals und drohte die vernarbte Haut aufzuschlitzen. »Aber dich gehen zu lassen, wäre der größte Fehler meiner Laufbahn. Du kannst tatsächlich Insignien stehlen und uns Dämonen einen großen Dienst erweisen.«

Arlinn verzog schmerzvoll das Gesicht. Aber ihr entwich kein Schrei, sondern sie packte mutig sein Handgelenk.

»Dass ihr Frauen immer so wunderschöne lange Haare haben müsst! Wenn du so weitermachst, kann sie bald niemand mehr bewundern«, drohte er und zerrte weiter, bis Arlinn mit den Beinen zappelte.

Aus meinen Lippen flüchtete das Blut. Ich hatte Arlinn versprochen, dass wir gemeinsam aus diesem Zelt spazierten und mir selbst, Daisy zu beschützen. Ich könnte mich nie zwischen zwei meiner Freunde entscheiden. Jetzt standen beide am Abgrund des Todes und das nur, weil ich mich nicht beherrschen konnte. Selbst Izzanul wusste nun von meiner Fähigkeit und konnte sie beliebig missbrauchen. Wieso konnte ich nie nachdenken, bevor ich handelte? Die Klinge in meiner Hand vibrierte und drohte mir aus den Fingern zu rutschen. Der Teufel höchstpersönlich saß auf meiner Hand und lächelte mir zu. *Räche dich an ihm*, flüsterte er unentwegt. Ich wollte ihm nachgeben, doch Tränen liefen über meine Wangen und fielen von meinem Kinn. Wollte ich so enden wie die Dämonen? Wie Izzanul, der jeden kaltblütig ermordete und seinen Bruder nicht respektierte?

»Shary«, weckte mich Nevan sanft aus meiner Verzweiflung. »Erinnere dich, was ich dir in der Bibliothek gesagt habe.«

Bilder tauchten vor mir auf. Die Sonne schien zwischen den Bücherregalen und sein Atem streifte meine Schläfe. Der Blick, der mich durchbohrte und seine Worte, deren Bedeutung ich nicht verstand. *Vor ihnen.* Sie hallten in mir nach, während er zu mir hochschaute und sich in meinem Anblick verlor. Er könnte damals seine Brüder und die Dämonen samt Mythnoir gemeint haben. War er wirklich mein Feind oder war er der Einzige, der mich aus dieser Welt fortbringen konnte?

Izzanul stöhnte ungeduldig. »Egal, wie du dich entscheidest, es wird keinen Ausweg geben.«

»Es gibt immer einen«, sagte ich und suchte Schutz in Nevans dunklen Augen. Gegen Izzanul hatte ich gar keine Chance, gegen ihn vielleicht schon. Ich schenkte ihm ein Fünkchen meines Vertrauens. Er hatte mich zwar benutzt und verlassen, aber mir niemals ernsthaft geschadet. Ich zog das Schwert ergeben von seiner Kehle zurück und egal, was jetzt passierte, es war das einzig Richtige.

Nevan nahm den stillen Freispruch an. Er wirbelte mich herum und hielt mich an seiner Brust gefangen. Mit einer geschickten Handbewegung nahm er mir die Klinge aus der Hand und der Duft einer Zitronenplantage und weiten Feldern ließ mich in seinem Hemd versinken. Er beruhigte auf eine Weise, die ich nach den letzten Tagen nicht erwartet hatte. Als ob die Zeit zurückgespult worden war, standen wir für einen Moment wieder im Gewölbe und mein Herz pochte noch im selben Rhythmus.

Auch Izzanul lockerte seinen Griff und gab Arlinns Haare frei. »Eine weise Entscheidung von dir.«

»Noch länger und ich hätte keine Kopfhaut mehr gehabt«, nörgelte sie und hielt ein Haarbüschel in den Händen.

Er schlenderte zu seinem Frühstück zurück und musterte mich. »Du bist zu wertvoll, um dich weiter einzusperren oder gar zu verletzen. Du magst zwar Temperament besitzen, aber wir sind jederzeit in der Lage, dir alles wegzunehmen. Wenn du auch nur wagst, dich davonzuschleichen oder dich unseren Befehlen zu widersetzen, wird eine von deinen Freundinnen vor deinen Augen sterben. Ihre Schreie werden dich im Schlaf verfolgen und dir die Schuld an ihrem Tod geben.«

Nur ein kleiner Fehltritt und ich konnte das Blut von Daisy oder Arlinn aufwischen. Er war ein echtes Ungeheuer. Eines, das ich respektieren musste, bis uns hoffentlich die Garnison rettete. Meine Sprunghaftigkeit war oscarreif. Gerade hatte ich Nevan noch umbringen wollen, jetzt klammerte ich mich an ihn.

»Ich sorge dafür, dass die Insignie ohne weiteren Ärger zu uns gebracht wird«, sagte Nevan, während er die Klinge wieder wegsteckte.

Arlinn sammelte Daisy auf, die nichts von alldem mitbekommen hatte.

»Kümmere dich auch gleich um den anderen Störenfried. Ihr Anblick erinnert mich an mein Versäumnis, nicht jeden im Dorf aufgeschlitzt zu haben.«

Sie klimperte mit ihrer Insignie am Handgelenk. »Meine Insignie ist dir wohl zu wichtig, um mir zu schaden.«

»Geht, bevor ich es mir anders überlege!«

»Provoziert ihn nicht weiter«, flüsterte Nevan harsch und zog uns aus dem Zelt hinaus.

Zu meiner Überraschung stand Seth nicht an seinem Pfosten. Bodyguardmäßig stellte er sich uns in den Weg. »Ihr müsst am Abend aufbrechen, wenn ihr unbemerkt durch das Gebirge reiten wollt. Die Seltaren sind unten im Tal, haben uns aber nicht entdeckt.« Er hatte vermutlich gelauscht und jeden Gesprächsfetzen aufgeschnappt.

Nevan zeigte keine Verwunderung und seufzte. »Nimm Arlinn und die Nahri in deine Obhut. Gib ihnen reichlich zu essen und bring sie bei Sonnenuntergang zu den Ställen.«

Ohne eine weitere Frage zu stellen, nahm er ihre Kette. »Das Seltarenblut wird noch dein Verhängnis sein.«

»Deines wird etwas anderes sein«, murrte Nevan.

Seth schlurfte wieder mit den Füßen über den Steg und brachte Arlinn fort. »Du bist bei ihm fürs Erste sicher. Ich werde solange auf Daisy aufpassen«, verabschiedete sie sich und lächelte mir beruhigend zu.

Ich kaufte ihr die gute Miene nicht ab. Wir waren wieder getrennt und ich wollte nicht noch mehr Vertrauen an jemanden verschwenden, der eigentlich nichts Gutes im Schilde führte und mich in eine unbekannte Gefahr brachte.

Wenig später warf mich Nevan auf die nackte Pritsche in seinem Zelt. »Musstest du ausgerechnet jetzt unbeherrscht sein?«, brummte er und schloss den Vorhang.

Über mir baumelten kleine Vogelschädel und gefaltete Sterne aus Papier. Getrockneter Lavendel stand in einer Vase neben mir und duftete beruhigend. Bloß bewirkte er bei mir das Gegenteil. Ich verkroch mich in eine Ecke. Die Schatten um Nevans muskulösen Körper und die Tatsache, dass er zwei dunkle Hörner wie Izzanul hatte, machten mir plötzlich wieder mehr Angst.

»Ich hätte Daisy niemals etwas angetan, aber du musstest die Klinge ja gegen denjenigen richten, der versucht, dich vor dem Unheil meiner Familie zu bewahren.«

»Willst du mich jetzt doch umbringen, weil ich mich gegen euch Dämonen gewehrt habe?«

Er zerriss ein Stück Brot, legte es auf ein verziertes Tablet und goss einen roten Saft ein. »Vielleicht sollte ich das«, murmelte er. »Ich bin auf ein Mädchen angewiesen, das mir nicht vertrauen kann. Das ist die schlechteste Partie, die ich wählen konnte.«

»Sag mir, wie soll man den Worten eines Diebes, Heuchlers und obendrein eines Dämons glauben?!«

»Indem du mir eine Machtinsignie überreichst. Danach kann ich mich um eine Freilassung bemühen und erst dann wirst du den Sinn dahinter verstehen. Solange musst du meine Anwesenheit ertragen.«

»Holt euch diese bescheuerte Insignie doch selbst! Ihr seid es, die Magie beherrscht und nicht ich.«

Ein schneidender Blick erreichte mich. »Wir opfern gerne vorlaute Mädchen, die sich ihrer Fähigkeit nicht bewusst sind.«

»Was mir diese Fähigkeit gebracht hat, hast du eben am eigenen Leib erlebt. Nämlich gar nichts!«

Er kam auf mich zu. »Du musst etwas essen und trinken, sonst überstehst du die Reise durch die Berge nicht.«

Ich zischte, weil er nicht auf meine Aussage reagierte. »Lieber sterbe ich, als das vergiftete Essen von den Mördern meiner besten Freundin und den Seltaren anzunehmen!« Ich schlug ihm das Tablett aus der Hand und bereute es sogleich. Wenn ich Daisy und Arlinn wiedersehen wollte, durfte ich mich nicht aufregen. Das Brot und die Weintrauben fielen ins Gras.

Geduldig stellte Nevan den Teller ab und sammelte die Lebensmittel ein. Seine Gesichtszüge waren versteinert, nur ein leises Stöhnen war hörbar. »In meiner Welt muss man versuchen, die entgegengebrachte Güte anzunehmen. Ansonsten ist man auf ewig zwischen den gefährlichsten Mächten verloren.«

Mir steckten die Worte im Hals fest. Ich war irritiert und wusste nicht, wie ich antworten sollte. Selbst wenn, es würde nichts ändern. Ich blieb gefangen.

Schließlich nahm er einen großen Schluck vom Saft und stellte den Becher feinsäuberlich wieder auf den Beistelltisch. Er kam mir allmählich näher, bis ich die eisige Zeltwand im Rücken spürte. Mit der einen Hand stützte er sich auf der Pritsche. Sie quietschte. Mit der anderen Hand glitt er mir in den Nacken. Das Blut rauschte durch meinen Kopf, der Atem stand still. Was passierte hier? Er verriet die ganze Akademie, benutzte mich, wollte mich zwingen eine Insignie zu stehlen und ich wehrte mich nicht? Stattdessen tropfte etwas Kaltes in mein Dekolleté und ich schreckte hoch. Die Flüssigkeit lief an seinem Mund hinunter. Wie eine Maus saß ich in der Falle und verlor mich in dem fremden und gleichzeitig vertrauten Gesicht. Nevans Griff war zaghaft, sodass ich jederzeit eine Möglichkeit hatte, vor seinen Lippen zu flüchten. Doch es war zu spät. Die Mauer, die ich gebaut hatte, riss ein. Ich wollte mich nicht auflehnen. Ganz sanft flößte er mir den süßlichen Saft ein. Ich versuchte, ihn nicht zu schlucken, die Intensität des Kusses nahm jedoch zu und meine Gedanken flatterten davon. Jede Faser meines Körpers stand im Rausch einer Welle. Sie erstreckte sich in den Himmel und ebbte nicht ab. Wie von allein vergrub ich meine Fingerspitzen in seinem weichen Haar und zog ihn näher. Sein Arm umfasste meine Taille. Nevan fühlte sich unbegreiflich fesselnd an. Nie hätte ich mir das bei unserer ersten Begegnung erträumt und ich ertappte mich, wie ich mir leise wünschte, dass wir uns unter anderen Umständen kennengelernt hätten.

Der letzte Tropfen der Flüssigkeit lief an meinen Lippen hinunter. Für einen weiteren Moment lehnten wir aneinander. Sein Atem strich mir noch über den Mundwinkel und erst langsam kam ich wieder zur Besinnung. Nevan küsste mich. Er verabreichte mir dabei etwas Wohlschmeckendes. Er war ein Dämon. Er verfolgte nur seine Ziele. Vermutlich war der Saft sogar vergiftet gewesen und ich verlor jeden Augenblick meinen Willen! Ich ließ meine Hände sinken und schubste ihn mit aller Kraft von mir. Er fiel von der Pritsche und seine dunklen Augen starrten mich an.

»Was fällt dir ein?«, keuchte ich außer Atem.

Er zuckte hoch und wischte sich den Saft vom Kinn. »Iss etwas. Wir brechen pünktlich auf«, sagte er harsch und verließ das Zelt mit einem tosenden Gesichtsausdruck.

Meine Muskeln entkrampften sich und ich berührte meine Lippen. Was war das? Nicht der Geschmack irritierte mich, sondern das Gefühl, das er unter den verräterischen Schmetterlingen in mir auslöste. Waren es wirklich seine Versuche, mich zu manipulieren? Ich zupfte eine Weintraube von der Staude, öffnete sie mit dem Fingernagel und betrachtete das Innere. Meine Hände zitterten. Dieser intensive Kuss war mehr als nur ein Beweis für den offensichtlich nicht vergifteten Saft gewesen. Er wollte mir die Zuverlässigkeit seiner Worte versichern und musste es mir zeigen, denn sonst hätte ich ihm nicht geglaubt. Und jetzt saß ich alleine in seiner persönlichen Unterkunft. Sein Umhang hing an einem Stuhl, die Truhe war mit Kleidungsstücken überfüllt, verschiedene Karaffen und kleine Kästchen standen auf dem Tisch. Die spartanische Einrichtung eines Seltaris, nicht die eines gnadenlosen Dämonenprinzen – abgesehen von den Vogelschädeln.

Die Last eines Dämmerblutes

Es waren vielleicht zwei Stunden vergangen, seit ich alleine gelassen worden war und ich mich durch das spärliche Sortiment an Schriften auf Nevans Tisch gewühlt hatte. Ich dachte, er würde dort wichtige Dokumente aufbewahren, aber das Einzige, was ich fand, waren kryptische Nachrichten. Sie waren in einer Sprache geschrieben, die den Symbolen auf den Machtinsignien ähnelten und sanft schimmerten, wenn man sie berührte. Sie halfen mir nicht weiter. Stattdessen überlegte ich mir zehntausende Szenarien, wie wir heil aus dieser Sache herauskamen, aber jede dieser ausgedachten Konstellationen führte zu einem tödlichen und aussichtslosen Ergebnis.

Ich richtete mich auf. Draußen ertönten warnende Trommelschläge. Ihr Rhythmus war hektisch, so wie die Dämonen, die mit klirrenden Waffen am rötlichen Stoffbehang vorbei huschten. Ein ungutes Gefühl beschlich mich. Nervös stelzte ich durch das Zelt. Ich traute mich nicht einmal, den Vorhang ein Stückchen beiseitezuschieben. Die Angst, sofort geköpft zu werden, hielt mich gefangen. Zwei Dämonen unterhielten sich an der Zeltwand.

»Ich hoffe, ohne eine Führung durch den Königshof wissen die Prinzen, was sie tun. Sie schienen uneinig zu sein.«

»Wir waren Monate unentdeckt geblieben. Für einen Zufall ist der Moment zu passend gewählt. Jemand konnte die Seltaren warnen.«

»Du meinst wirklich, er war das? Er hatte damals Glück und so etwas Bedeutsames zu verspielen, würde niemand im Entferntesten wagen.«

»Er besitzt eine beachtliche Mitschuld an dem, was damals geschehen ist. Das reicht in meinen Augen.«

War die Garnison hier? Verdächtigten sie etwa Nevan? Wollten sie hinein? Ihre Silhouetten zeichneten sich stärker ab und mit großen Schritten kamen sie dem Vorhang näher. Ich saß in der Falle und nichts bot mir genügend Deckung. Was würden sie tun, wenn sie mich in der Unterkunft des Prinzen fanden? Mich hinausschleifen? Mich köpfen? Wussten sie überhaupt, was vorhin in Izzanuls Zelt geschehen war? Gelähmt starrte ich auf den schmalen Lichtschlitz und erwartete das Schlimmste.

»Verzieht euch!« Nevan ersparte mir das Risiko einer vorzeitigen Köpfung und verscheuchte sie. Er umfasste den schweren Vorhang. ‚Seine schwarzen Adern an der Hand hatten an vielen Stellen unverkennbare Verzweigungen, die sich leicht von denen seiner Mitdämonen unterschieden. Mit einem Schwung fiel Licht ins Zelt und ich erinnerte mich an unseren Kuss. Meine weichen Knie und der Geschmack auf meiner Zunge kamen zurück, ebenso wie die Hitze in den Wangen.

Mit zögerlichen Schritten trat er ein. Für einen Augenblick fixierte er mich mit seinem typischen, unausstehlichen Ausdruck. Dann glitt seine Aufmerksamkeit zu meinem halbleeren Teller. Nach einem weiteren Trommelschlag stürmte er zur Truhe. Er kramte wild in ihr herum, bis er einen dunkelblauen Pelzumhang in seinen Fingern hielt.

»Zieh den an. Wir reiten sofort los.« Er warf ihn mir zu und sammelte hektisch weitere Sachen ein. Sogar meinen vermissten Rucksack hatte er aufbewahrt.

»Was ist vorgefallen?«, fragte ich leise und strich über das samtweiche Fell. Ich war froh, dass er rechtzeitig gekommen war und die skeptischen Anhänger vertrieben hatte.

»Ein Späher hat unser Lager entdeckt und ist unseren Truppen entkommen. Sie werden diesen Ort überrennen. Wir müssen über die Berge flüchten.«

»Über das schneebedeckte Gebirge? Wie wollt ihr das anstellen? Sie werden eure Spuren verfolgen können.«

»Da sie nicht wissen, an welcher Stelle wir den Asphar überqueren, legen wir eine falsche Fährte. Der größte Teil wird die Geiseln rüber ins Dämonenreich bringen. Ein kleiner Teil an kampferprobten Dämonen wird die Garnison verwirren und ablenken. Uns werden ein paar Freiwillige bis zur Ruine begleiten.«

Mein Atem stockte. Sie wollten die Seltaren über den tiefsten Abgrund der Welt bringen und nahmen die Gefahr in Kauf, dass sie ihre magische Begabung verloren. Ihnen ging es tatsächlich nur um die Insignien. Dabei waren sie nutzlos für sie.

»Ich dachte, es gibt keinen direkten Weg über den Schlund?!«, antwortete ich und zur selben Zeit wunderte ich mich, dass er bei den Dämonen anscheinend keine Auswirkungen hatte.

»Keinen offiziellen.«

»Wieso entzieht er euch nicht eure Magie?«, fragte ich misstrauisch.

Er griff meine Hand und spülte die Stirnfalten fort. »Es ist ein schlechter Zeitpunkt für Nachhilfeunterricht. Wir müssen uns beeilen.«

Verunsichert, was ich von meinem zwiespältigen Kussdieb denken sollte, stürmte ich mit ihm auf den Platz.

»Kommandant, es gibt Probleme!«, quietschte ein gehetzter Dämon an Izzanuls Seite. »Ein Dutzend kommen von Südost und weitere Truppen von Norden«, hörte ich aus dem Stimmengewirr heraus.

Sie waren wirklich hier! Die Seltaren waren endlich gekommen, um uns zu befreien. Fieberhaft huschte mein Blick umher. Die Geiseln waren auf dem ganzen Platz verteilt und an jeder Ecke hörte man das hektische Aufschlagen der Zeltvorhänge. Dämonen eilten an uns vorbei. Ein schlichtes Ochsensymbol zierte die ledergepanzerten Schultern und vermittelte eiserne Zusammengehörigkeit. Angefertigte Stirnkronen aus glänzendem Material umfassten ihre Hörner und boten zusätzlichen Schutz. Edle Gravuren rundeten den majestätischen Anblick ihrer Kampfeinheit ab.

Nevan zog mich mit Leichtigkeit durch das Chaos. Ich hatte den Überblick längst verloren, aber er wirkte selbstsicher und besonnen. Er wusste ganz genau, was zu tun war.

»Ihr da!«, rief Nevan ein paar Dämonen zusammen. »Kümmert euch um die Geiseln. Wenn sie nicht gehorchen, manipuliert sie. Ihr müsst sie auf den Asphar vorbereiten.«

»Bist du dem Wahnsinn verfallen, Dämon? Niemand wird sich dem Abgrund nähern wollen«, japste das kurzhaarige Mädchen lautstark und sah hoffnungsvoll zum Tal, als ob jeden Moment eine rettende Silhouette am Horizont auftauchen würde.

Aus dem Nichts riss Izzanul das Mädchen am Nacken zu sich und flüsterte ihm etwas ins Ohr. Sein anfänglicher Mut verblasste mit der Farbe im Gesicht. Sah so eine Manipulation durch Dämonen aus?

»Illusionisten an die Front!«, brüllte er und ließ das Mädchen los. Es fiel nicht auf die Knie oder erwachte aus der Trance, sondern blieb angewurzelt an Ort und Stelle stehen. Gänsehaut kroch meine Arme hoch, bis jemand das Mädchen fortbrachte und ich es aus den Augen verlor.

Es dauerte nicht lange und die Gefangenen standen feinsäuberlich in Fünfergruppen hinter den Pferden. Nevan zerrte mich zu einem riesigen schwarzen Ross und schwang sich auf die Reitdecke. Aus der Nähe schüchterte mich das Tier noch mehr ein. Die Haut war papierdünn und jede bläuliche Ader ragte hervor. Ich sah sogar ein paar Organe. Ich konnte die Übelkeit nicht verbergen und wich zurück.

»Ich dachte, du bist mit Pferden vertraut«, kommentierte er meine zögerliche Reaktion.

»Mit lebendigen Pferden, nicht mit Ungeheuern aus totem Fleisch.«

»Die Skarans sind nichts Besonderes. Sie sind nicht mit Eleganz gesegnet, mögen aber gerne Gemüse, wie alle anderen Pferderassen, erste Tochter der Familie Evergarden.« Er streichelte stolz über die Mähne seines Ungetüms.

»Oh, ich wollte Euer edles Tier nicht beleidigen, Eure Hoheit«, gab ich zynisch von mir.

Nevan zog mich am Arm hoch, als wäre ich federleicht und bevor ich mich versah, saß ich auf dem Pferd. Mein Körper versteifte sich bei der wohligen Wärme des schwarzen Fells unter und des stählernen Oberkörpers hinter mir. Nevans Hände hielten die Zügel. Ich saß wie ein Kind vor ihm und bewegte mich nicht. Mir reichte sein Kuss für alle Zeiten.

»Du würdest uns mit deiner herausfordernden Art nur aufhalten«, meinte er und ritt sogleich los.

»Das war von Anfang an meine Intention«, sagte ich unter bebenden Lippen.

»Eine unkluge Herangehensweise. Vor allem bei Izzanul. Er hätte dich mit einer Hand umbringen können.«

»Du hast mich erst in diese Lage gebracht, erinnerst du dich?«, antwortete ich und unter mir schnaufte der Skaran. »Ihr Dämonen macht eurem Ruf in beiden Welten alle Ehre.«

»Hinter dir sitzt aber ein Halbdämon«, wisperte er so leise, dass ich ihn beinahe nicht verstanden hätte.

»Soll mich das Seltarenblut vielleicht beeindrucken? Deine Taten sprechen eine andere Sprache.«

Er hielt krampfhaft die Zügel, sodass seine schwarzen Adern hervortraten. »Mag sein, dass ich in der Akademie intrigiert habe, aber nicht alles geschah meinetwegen. Jemand anders hat seinen Plan verwirklicht und mich übermannt.«

Bescheuerte Ausrede. Ganz eindeutig waren es die Dämonen gewesen, die alle Elementarherrscher mit Freude abgeschlachtet hatten, nur für ein paar unbrauchbare Insignien. Wut kochte in mir hoch und sprudelte mit meinen Worten hervor.

»Mich und meine Fähigkeit hast du trotzdem für deine Zwecke missbraucht! Du wolltest mich sogar im Gewölbe verbrennen. Tamira ist tot und Escarun liegt in Asche. Alles euer Werk!«

»Du warst die Notlösung«, sagte er und zupfte einen Strohhalm aus meinem Haar. »Und jetzt sitzt ausgerechnet diese Notlösung auf meinem Pferd und bringt nicht nur die Seltaren durcheinander, sondern auch uns, die Dämonen.«

»Wenn ich euch durcheinanderbringe, wieso überreichst du mir nicht die Finstersphäre, befreist Arlinn und lässt uns laufen?«

»Wir unterstehen zurzeit unserer ersten Königin und außerdem könnt ihr die Sphäre nicht zerstören, dafür seid ihr zu schwach und zu wenige.«

»Du bist ein Prinz - dir gehorcht eine ganze Armee.«

»Gut erkannt, dennoch musst du die Machtinsignie aus der Ruine bringen, bevor ich etwas erreichen kann.«

»Wie soll ich das schaffen?«, fragte ich und wollte mich umdrehen, doch Nevan saß so dicht hinter mir, dass ich seinen regelmäßigen Atem in meinem Haar spürte. So nahe wollte ich seinen Lippen lieber nicht kommen, also blieb ich, wo ich war.

»Wenn du es nicht schaffst, bleibst du in Mythnoir und kehrst nie wieder zurück«, drohte er zögerlich. Er hatte seinen Vorschlag gegenüber Izzanul ernst gemeint. Ich sollte eine wertvolle Insignie stehlen und mir damit meine zweifelhafte Freiheit erkaufen. Die Finstersphäre war nicht im Preis inbegriffen.

»Es ist die erste und einzige Möglichkeit, die du bekommst, außer du zettelst eine garantiert blutig endende Rebellion an.«

Meine Finger krallten sich in die Mähne des Skaran. Sie war weich und die Haarspitzen lösten sich wie schwarze Flammen im Wind auf. In England würde jeder Pferdezüchter sein Vermögen für so ein Tier hergeben. Es war magisch, daran bestand kein Zweifel.

»Wer garantiert meine, Daisys und Arlinns Freiheit und die Zerstörung der Kugel, wenn ich euch Dämonen die Machtinsignie überreiche?«, fragte ich nach einer kurzen Stille.

»Wir sind an ein magisches Edikt gebunden: Lebensschuld sollst du immer begleichen. Wenn du dies nicht tust, holt dich Rarqun in sein Reich und verbannt dich ins ewige Nichts«, zitierte er.

Die Dämonen befolgte ein so edles Gesetz, trotzdem hatten sie die Seltaren hinterhältig angegriffen. Das Verhalten seines Volkes grenzte an Wahnsinn. »Wieso habt ihr dann die Akademie angegriffen?«

Er antwortete nicht, derweil schlossen wir uns einer kleinen Gruppe Dämonen an. Sie trugen Kisten, pralle Stoffbeutel und ihre Hühner in Käfigen oder zogen ganze Karren mit Vorräten hinterher. Sie begrüßten uns und bildeten eine Schleuse, sodass wir an die Spitze gelangen konnten.

»Wenn du es schaffst, die Insignie zu holen, verspreche ich dir, dass du aus dieser Welt fliehen wirst und niemand mehr durch die Finstersphäre nachrücken kann«, hörte ich ihn hinter mir sagen.

Ein Stöhnen kam über meine Lippen. »Ihr seid doch auch nur habgierig. Mit mir könnt ihr jede erdenkliche Insignie bekommen. Es wäre wie bei den Seltaren. Ihr werdet mich ausbeuten, bis ich umfalle oder von irgendjemandem gefressen werde.«

»Wäre möglich, doch der Rarqun nimmt es mit seiner Regelung sehr genau. Früher oder später werden wir in deiner Schuld stehen, Menschenkind.«

Ich lachte hart auf. »Ihr Dämonen sollt einem Menschen etwas schuldig sein? Das glaubst du doch selbst nicht.«

»Ohne dieses heilige Gesetz, hätte ich dich gern Mr Suthove überlassen und du wärst nicht auf die großartige Idee gekommen, Hals über Kopf die Heimkehrinsignie zu suchen«, sagte er seufzend.

Wir trabten über einen schmalen Gebirgspass. Links erstreckte sich ein kleines Tal und rechts blockierte eine senkrechte Wand aus Schiefer die Sicht.

»Dich zu überzeugen ist mir zu anstrengend, stattdessen lasse ich dir einfach keine Möglichkeit.«

»Danke auch. Als Geisel der Dämonen hat man nichts zu beanstanden, außer der Freiheitsberaubung und Auswahlmöglickeiten«, fauchte ich. Seine Arroganz konnte er sich sparen. Aufgrund seiner Religion hatte er mich vor Mr Suthoves Bestrafung bewahrt. Er verdankte mir sein Leben. In seinen Augen mochte die Übernahme der Strafe seine Schuld begleichen, in meinen erforderte das mehr.

Die Hufschläge eines anderen Pferdes kamen näher. »Mein Prinz«, sprach ihn ein bewaffneter Dämon an, der mir keinerlei Aufmerksamkeit schenkte. »Wir haben einige Verluste an der Front erlitten, doch sie konnten unsere Illusionsmagie nicht durchbrechen. Sie sitzen eine Zeit lang in der Falle.«

»Sehr gut, das verschafft uns wenigstens etwas Zeit. Sag den Kommandanten, sie sollen in Richtung der Ruinen kommen, sobald sie eine günstige Gelegenheit sehen. Je weiter wir sie von den Seltaren und dem Übergang weglocken, desto besser.«

»Jawohl«, antwortete der Reiter knapp, zog die Zügel an und galoppierte davon. Der Erfolg der Garnison war mein Ticket in die Freiheit – oder ins nächste Desaster. Mir blieb die Wahl zwischen einem eingebildeten Dämonenprinzen, der haltlose Versprechungen machte, und einem brutalen Offizier, der mich wie sein Eigentum behandeln wollte. So oder so saß ich in der Falle, doch das galt nicht für die Seltaren. Sie gewannen die Freiheit, wenn Zareks Garnison ausharrte und im richtigen Augenblick zuschlagen würde. Mehr konnten Daisy und ich für unsere Mitgefangenen nicht bewirken.

Nevan zog meine Kette eng zu sich. Seine Brust berührte meine Schulterblätter und erinnerte mich, wer wem unterlegen war. »Ich könnte dich jederzeit wieder zum Fußvolk degradieren«, setzte er unser Gespräch fort und nickte zum Gebirge am Ende des Tals.

Ein tiefschwarzer Schlund spaltete eine Bergkette, dessen messerscharfe Wände in die Tiefe glitten. Dunkelviolette Lichteruptionen peitschten hoch, wirbelten durch die Atmosphäre und brachten ein unheilvolles Grollen mit. Ich verstummte bei dem Anblick. Das war der gefürchtete Asphar. Für eine Entziehung der magischen Fähigkeiten ritten wir zu weit entfernt. Zumindest hoffte ich das.

»An meiner Seite hast du die besten Chancen, all das unbeschadet zu überleben. Vergiss das nicht«, flüsterte er mir ins Ohr und ein eiswarmer Schauer überfiel mich.

Ich murrte und zog den Kopf weg. »Schon verstanden.«

Augenblicklich baumelte meine Kette wieder. Ich rutschte verärgert nach vorne und strich über den enganliegenden Halsring. Ständig reagierte ich wie ein hilfloses Mädchen, welches seinen Stolz in der hintersten Ecke verstaute, sobald er mir zu nah kam. Wenn er seine Manipulation einsetzte, wieso nicht, um mich sofort schweigsam zu zaubern? Nevan hätte mir Angst einflößen oder wenigstens den Mut nehmen können, doch stattdessen tanzten kleine Funken durch meinen ganzen Körper und warteten darauf, entfacht zu werden.

Meine Knie zitterten und die Unterschenkel schmiegten sich an den Skaran. Fleckchen würde mich nie so weit vorne sitzen lassen. Sie hatte schon mit Sam Probleme gehabt, als er nicht den ganzen Weg zu Fuß nach Hause hatte laufen und lieber reiten wollen. Ich hatte sie ständig beruhigen und die Führung der Zügel anpassen müssen. Im Gegensatz dazu ließ Nevan seinem Skaran Freiraum und brauchte kein straffes Zaumzeug. Anscheinend kannte das robuste Tier unseren Weg. Meinen eigenen gewohnten Pfad hatte ich längst verlassen. Ich wand mich in einem tosenden Strudel und fühlte mich ausgeliefert zwischen den Machtverhältnissen der Völker. Und jetzt erwartete mich ein langer Ritt und das ausgerechnet mit einem Dämon im Rücken, der mit meinen Gefühlen spielte.

Nach einer ganzen Weile flimmerte der silbrige Staub der Illusionisten zwischen meinen Fingern. Er bot Schutz vor mögliche

Gefahren und versteckte uns und die Hufspuren, die der Skaran im matschigen Schnee hinterließ. Die Dämonen, die uns begleiteten, waren nervös. In ihren Gesichtern zeichnete neben Sorge besonders Panik tiefe Konturen. So viel Panik, dass sie bei jedem fremden Geräusch ruckartig die Köpfe drehten. Allerdings hatten wir die Baumgrenze erreicht. Die Landschaft war platt und vereinzelt erhoben sich Felsspalten, aus denen Schneefüchse herausschauten. Nichts, was die Dämonen nicht kommen sehen konnten.

Ich mummelte mich in den geliehenen Pelzmantel ein. Der eisige Himmel verlor seine Flocken und der Wind peitschte um meine Nase. Es war ungemütlich. Zwar wärmte das Fell des Pferdes zusätzlich, aber der große Abstand zwischen Nevan und mir zog die Kälte förmlich an.

»Nicht viele Illusionisten haben sich bereit erklärt, uns durch die Berge zu folgen«, sagte Seth und ritt gleichauf. Arlinn murrte und rutschte mit der schlafenden Daisy in einem Vogelkäfig auf dem Schoß nach vorne.

»Wenn ich es mir aussuchen könnte, würde ich den Pfad über den Asphar wählen. Unser Kommandant ist jedoch der Meinung, dass ich die beiden unbedingt in ihrer Nähe behalten muss, damit sie nicht auf dumme Gedanken kommt.«

Er meinte mich und Izzanuls Drohung. »Das musst du mir nicht noch mal erklären. Er war deutlich genug.«

»Nur, um sicherzugehen: Ich schleppe garantiert keine Leichen mit mir herum.«

Die Vorstellung, Arlinns und Daisys tote Körper auf seinem Skaran zu sehen, holte die lebendigen Bilder von Tamira an die Oberfläche zurück. Wie sie friedlich an der Säule saß und nicht zu mir hochschaute, als ich sie ansprach. Ich wollte nie wieder eine geliebte Person verlieren. Unter allen Umständen würde ich das verhindern, auch wenn ich dafür vorerst die brave Geisel spielen musste.

»Mach dir keine Sorgen. Wir werden dich auf eine andere Art mehr belästigen«, sprach Arlinn zu Seth und ermutigte mich wieder.

»Das Wetter wird deutlich schlechter«, rief Seth und ignorierte Arlinns Aussage. »Wir sollten in einem Unterschlupf Schutz suchen.«

»Siehst du hier irgendwo eine Höhle oder einen Spalt, wo zwei Dutzend Platz hätten? Sie wussten, worauf sie sich einlassen«, herrschte Nevan seinen Bruder an. »Wir bleiben in Bewegung.«

»Die Illusionisten halten nicht mehr lange durch, wenn der Sturm noch weiter zunimmt.«

Arlinn umklammerte den Käfig. »Wenn ihr mir meinen Ring abnehmt, könnte ich auf die Schnelle etwas bauen.«

»Geschickt, aber nicht geschickt genug.« Seth durchschaute sie auf Anhieb.

»Ich würde es nicht so offensichtlich machen. Daisy ist nicht für die Kälte geschaffen und braucht sofort Wärme, sonst stirbt sie.«

»Das soll mich überzeugen? Mich interessiert das Schicksal einer nervigen Nahri nicht. Sie bleibt in ihren neuen vier Wänden«, befahl er und schürte unabsichtlich mein Feuer. Er würde Daisy wirklich sterben lassen, obwohl sie mit der ganzen Sache am wenigsten zu tun hatte. Es war meine Schuld, dass sie in diesem entwürdigenden Käfig eingesperrt war. Wenn ich nur nicht vor Izzanuls Augen getobt hätte, dann wäre sie jetzt friedlich in meiner Schleife eingemummelt gewesen.

Ohne darüber weiter nachzudenken, zog ich den Mantel aus. »Gib sie mir, ich kann den warmen Pelz für sie benutzen.«

Arlinn überreichte mir mit einem sorgenvollen Ausdruck den Käfig. Seth schüttelte missbilligend mit dem Kopf. Ich beachtete ihn nicht, denn Daisys Flügel funkelten wie kleine Kristalle und ihre Fühler drohten unter einer Eisschicht zu zerbrechen. Sie brauchte die Wärme dringender als irgendjemand anderes.

Schnell warf ich den Mantel über den Käfig und hoffte, dass es bis zur Ruine ausreichte. Eine vage Hoffnung, welche die weiße Landschaft nicht schürte. Der Schneesturm wurde rasanter und die Sicht schlechter. Selbst wenn ich mir eine Erkältung zuzog oder meine Zehen abfroren, würde ich Daisy auf keinen Fall im Stich lassen.

»Damit hast du dir weiteres Leid aufgebürdet«, sagte Seth empathielos und zog seine Kapuze hoch.

Ich zischte ihn an. »Sie am Leben zu lassen ist sicher auch in eurem Interesse. Zwei Drohungen halten besser als eine, oder irre ich mich?«

»Nun, dann liegt es in deiner Verantwortung zu entscheiden, ob du sie jetzt friedlich erlösen oder sie bei einem einzigen Fehler deinerseits von uns zerpflücken lassen willst.«

»Soweit wird es nicht kommen.«

»Bis du selbst erfrierst«, sagte er und blieb mit seinem Skaran hinter uns zurück.

Für was hielt er mich? Ein gefühlloses Monster, welches sein eigenes Leben vorzog? Niemals. Er war beinahe wie Izzanul – mit dem Unterschied, dass er nicht auf der Stelle handgreiflich wurde. Ich musste auf seine manipulierende Art achten. Sie konnte mir gefährlich werden.

»Lass dich nicht zu sehr auf ihn ein. Ihm ist das meiste vollkommen egal und er will sich nicht dafür rechtfertigen müssen«, sagte Nevan plötzlich und ich zuckte zusammen. Ich hatte vergessen, dass er die Zügel hielt und hinter mir saß.

»Dir ist Daisys Leben genauso unwichtig, also tu nicht so scheinheilig.«

»Im Gegensatz zu deinem ist es das sogar«, meinte er mit einer distanzierten Stimme. Nachdem ich ihn fast einen Kopf kürzer geschlagen hatte, wusste er vermutlich, wie sehr Daisy mir ans Herz gewachsen war und ließ mich ihr helfen, um vielleicht eine ähnliche Situation zu vermeiden. Wütend war ich ihm keine große Hilfe und er brauchte meine Freunde ebenso wie meine Fähigkeit. Solange er mich benötigte, konnte ich ihm diesbezüglich vertrauen. Er verspielte seine Jokerkarte nicht gern.

»Ich kann mir also doch was erlauben?«

Er setzte sich ordentlicher hin. »Du müsstest deine Grenzen kennen.«

Nevan entlockte mir ein Prusten, bis der Wind ein lautes, tiefes Schaben mit sich trug. Ich presste den Käfig fester an mich. »Was war das für ein Geräusch? Die Garnison?«

»Möglich. Doch ich glaube, es ist etwas gänzlich anderes.« Er zog seine Klinge aus der Scheide.

Das unwirkliche Geräusch ertönte erneut. Bloß war es jetzt viel näher.

»Bleibt stehen und wirkt weiter Magie«, befahl Seth harsch.

Das stetige Knarzen der Karren verstummte und die Hühner hoben ihre Köpfe. Jeder befolgte seinen Befehl auf Anhieb, als ob sie auf diesen gewartet hätten. Eine einschüchternde Stille schwang zwischen ihnen. Der Atem der Dämonen blieb in ihren Kehle hängen.

»Es wird uns verfehlen«, rief Nevan selbstsicher und steckte sein Schwert zurück, betrachtete aber weiterhin skeptisch den Himmel. Er beruhigte seine Anhänger. Sie nickten ihm zu und nahmen die Anspannung aus den Schultern.

»Was wird geschehen?«, fragte ich ängstlich, denn ich kaufte ihm seine ruhige Art nicht ab.

»Du wirst es gleich sehen.«

Schlagartig änderte sich die Windrichtung und der Schnee peitschte mir nicht mehr frontal ins Gesicht, sondern gegen die Flanken. Links und rechts fegte der Wind erbarmungslos. Der Skaran bewegte zum ersten Mal seine Ohren und drehte sie in Richtung des Asphars. Er lauschte, so wie wir lauschten. Wie ein

Schnitt in der Landschaft wich der Sturm von uns und erbaute riesige Wände aus tiefgrauen Wolken. Sie drohten über uns zu schäumen, doch in unserer Sicherheitszone kristallisierte sich die Luft. Jede Flocke schien zu schweben und wob ein feines Netz aus Eis. Ich pustete eine vor meiner Nase weg, die sogleich gegen eine andere stieß und das Netz funkeln ließ. Über uns erhob sich ein Diamantenmeer und hielt den Sturm an den Seiten fern, welcher weiter hörbar tobte. Ich staunte, trotz der zunehmenden Kälte. Auch die Mähne des Skaran flackerte nicht mehr. Eine Eisschicht überzog das Tier rasant, umfasste die Zügel, mich und den Mantel über Daisys Käfig.

»Ist die Zeit stehengeblieben und friert uns ein?«, fragte ich mit zitteriger Stimme und kratzte die Eisschicht von den Armen herunter. Ich fror mehr als im Sturm selbst. Ohne Mantel hielt ich es kaum aus und da nicht mal der Skaran jetzt Wärme abgab, schlotterte ich am ganzen Körper. Wie schnell konnte man in einem magischen Eisnetz unterkühlen?

»Wir befinden uns bloß in einem der Einschnitte. Der Asphar entwickelte im Laufe der Jahrzehnte magische Wetterphänomene. Sie sind sehr vielseitig und können sogar eine Zeit lang alle Arten der Magie blocken. Für Seltaren ist dies ebenso ungefährlich wie für Dämonen, solange wir uns in einem der Zwischenräumen befinden«, erklärte mir Nevan und signalisierte mir, dass ich mir keine Sorgen machen brauchte. Dann rückte er zu mir auf. Sein Umhang flatterte mir um die Schultern und schloss mich vollständig ein. »Du solltest besser nicht frieren. Wir werden eine Zeit lang in eine Richtung reiten müssen.«

Der Stoff knisterte auf meiner Haut und Nevans tiefer Atem strich mir durch das Haar. Wieder war er mir nah. »Muss das sein?«, fragte ich schnippisch und genoss zwangsläufig seine Wärme. Wie eine Decke nach dem Aufwachen schmiegte sie sich an mich und vertrieb langsam die Kälte aus meinen Gliedern.

»Verhätschle sie nicht zu sehr. Das ist kein guter Plan für eine eigentliche Geisel«, kläffte Seth uns von hinten an. Nevan zischte kurz, doch er gab sich keine weitere Blöße. Er ritt konzentriert voraus und ließ seinen Bruder hinter sich. Verblüfft zog ich den Umhang enger und bemerkte, dass die behutsame Wärme direkt von Nevan kam. Er setzte seine Feuermagie ein. Dabei gehörte er einer völlig anderen Spezies an mit einer Herkunft, die mir nie in den Sinn gekommen wäre. Die dunkle Ausstrahlung, seine finsteren Gesichtszüge, wie er sprach, dass er nie lachte oder gar lächelte, all das war auf irgendeine verdrehte Art auch faszinierend. Hinter seiner arroganten Fassade steckte etwas Sanftes, das sporadisch aufblitzte und mich überraschte. Es verriet mir, dass dort ein wenig Gutes verborgen lag.

»Danke«, huschte es leise über meine Lippen und ich lehnte mich an ihn.

»Das vorlauteste Mädchen, was mir je begegnet ist, bedankt sich bei mir. Wie komme ich zu der Ehre?«

»Sagen wir mal, ich hatte eine kleine Erleuchtung.«

Er atmete tief ein. »Ich hoffe, dass du sie verschmähen wirst, wenn du die Insignie in deinen Händen hältst.«

»Aus welchem Grund ist diese Insignie so besonders für dich?«

»Nicht für mich, sondern für unser Reich. Unsere Königin stirbt und ohne sie oder ihre unauffindbare Tochter, sind wir dem Untergang geweiht. Eine unbenutzte Machtinsignie würde sie länger am Leben erhalten als hunderte Insignien, die schon ein paar Generationen durchlebt haben«, sagte er mit einem liebevollen Ton, der mich von Neuem verwunderte.

»Ihr habt das alles für eure Königin getan?«

»Sie ist auf viel Magie angewiesen, damit wir weiter existieren können. Es war unvermeidbar, dass wir hässlichere Wege suchten, weil die Loge uns nicht angehört hat.«

»Die Diplomatie ist gescheitert, aber es gab keinen Grund, unschuldige Seltaren zu ermorden«, antwortete ich angespannt.

»Ich wollte es anders lösen«, sagte er, verstummte dann aber. »Egal, was geschehen wird, ich habe bei dir eine unbezahlbare Schuld. Denke bitte daran.«

»Ein Dankeschön hätte mir damals gereicht.«

»Heute anscheinend nicht mehr«, sagte er und zog seine Kapuze bis zur Nasenspitze herunter.

Eine gefühlte Ewigkeit verbrachten wir im sicheren Einschnitt und fingen kein weiteres Gespräch an. Es war ungewohnt, weil wir nie lange ohne Streit auskamen. Wir schwiegen uns an, während wir eng beieinander saßen und gemeinsam eine Wärme teilten, was die Sache noch seltsamer machte. Gleichzeitig war es eine Wohltat. Bis mein Magen entsetzlich knurrte und regelrecht danach schrie, dass wir Worte wechselten, um uns wieder in Zwiegesprächen zu verlieren. Freundlicherweise schob Nevan mir still Mandeln und Wasser unter, was den Hunger etwas mäßigte. Vermutlich wollte er einfach seine Ruhe haben.

Der Sturm legte sich und Sonnenstrahlen drangen vermehrt durch die Wolkendecke. Sie tanzten auf dem hohen Schnee des Gebirgspasses. Vereinzelt hauchte ein Windzug und fegte ihn umher. Es war wärmer geworden und ich streifte den Umhang von meinen Schultern, denn wir kamen nach unzähligen Kurven und Abzweigungen endlich bei einer versteckten Ruine an. An einem knochigen Rippentorbogen waren Pferdeschädel, Hirschgeweihe und Wolfsköpfe aufgestellt. Entseelt starrten mich tiefschwarze Augen an und ich fühlte mich zunehmend unwohler, als wir im Skelettkonstrukt den Mageninhalt spielten. Selbst der Trommelschlag machte es nicht besser. Hallend verkündete er unsere Ankunft.

Vier Dämonen nahmen die Zügel des Skarans entgegen. Einer von ihnen trug ein offizielles Gewand. Auf ihm war ein silbernes Wappen mit einem Steinbockkopf zu erkennen. Nevan stieg vom Pferd ab und überreichte meine klobige Halskette einem seiner Untergebenen. »Bring sie sicher in die Ruine«, befahl er.

Ich rutschte nervös auf dem Rücken des Skaran umher. Die Falltiefe machte mir Angst. Ohne Steigbügel riskierte ich eine falsche Landung auf dem linken Bein. Wieder und wieder positionierte ich mich neu, doch ich sprang nicht ab. Die Missgunst des Lakaien machte es mir schwerer. Er verlor die Geduld und rüttelte an der Kette.

»Ich mach ja schon oder willst du einen Beinbruch provozieren?«, keuchte ich und bekam zu meiner Überraschung eine Hand gereicht. Meine Kehle war mit einem Schlag trocken. Nevan hielt sie mir hochachtungsvoll hin.

»Natürlich nicht.«

»Plötzlich taucht deine seltene charmante Art doch noch auf«, sagte ich zynisch und ergriff zögerlich seine Finger.

Sein Mundwinkel zuckte zum ersten Mal nach oben und ich konnte nicht anders, als sein Gesicht anzustarren.

»Manchmal tut sie das«, sagte er mit warmer Stimme und verwirrte mich. War er zwischendurch an seinen Mandeln erstickt und das hier war ein anderer Nevan?

Er dämpfte meinen Sprung und ich landete auf wackeligen Füßen. Seine Schultern waren angespannt, nachdem ich zu ihm hochgeblickt und er die Hand zurückgezogen hatte. So wie ich mich fühlte, unternahm er erneut einen Versuch, mich zu manipulieren. Aus welchen Gründen war mir nicht ersichtlich und es brachte mich noch mehr durcheinander, als ich schon war. Mir blieb keine Zeit, meine Gedanken zu ordnen, denn sein Untergebener zerrte mich bereits vorwärts.

»Was ist so besonders an ihr?«, hörte ich den Dämon mit der auffälligen Gewandung und den violetten Iriden fragen.

»Ihre reine Existenz.«

Mein Hals wies Schürfwunden und Verletzungen auf, aber bei seinen Worten prickelte meine Haut. Wie von einer kalten Welle erfasst, drehte ich den Kopf. Nevan Gesicht verlor die übliche Härte und er schaute mir still hinterher. Hör auf, mir nachzusehen, und kümmere dich um deine Angelegenheiten, wollte ich ihn anfahren, doch ich bekam keinen Ton heraus. Der entkräftete Ausdruck in seinem Gesicht schrie nach etwas, sei es auch nur eine Lüge, eine Androhung oder eine beiläufige Bemerkung.

Ein Ruck brachte mich unsanft in die Realität zurück. Der Untergebene eilte über den steinigen Boden, als lägen tausende Scherben unter seinen Füßen und zog mich vorwärts, als wäre ich ein bockiges Tier.

»Ich laufe dir schon nicht fort, Dämon«, zischte ich und stolperte über eine Kante.

Er machte sich nicht die Mühe, mir zu antworten oder seine Geschwindigkeit zu drosseln. Aus den Ruinen trafen mich unliebsame Blicke. Selbst zwei Dämoninnen unterbrachen ihr Gespräch und umfassten die Dolche an zierlichen Gürteln. Verschüchtert durch gehobene Augenbrauen und gezogene Waffen verstummte ich. Das waren mir zu viele angriffslustige Dämonen. Ich sah schon meinen Schädel am Tor aufgespießt, wenn ich den Mund nicht hielt.

Der Lakai brachte mich in die zerfallende Ruine, schlug einen provisorischen Holzpfahl zwischen zwei alte Steinfliesen und kettete mich an. Dann ließ er mich allein. In zahlreichen Lichtkegeln rieselte Schnee aus den Ritzen der Decke hinab. Abgesehen davon war es dunkel und ich hörte bloß das Pfeifen des Windes. Ein Echo entstand, als ich einen winzigen Schritt wagte. Die Ruine war gigantisch. Nach und nach kamen die erschöpften Dämonen von der Reise hinein und entfachten Feuerstellen. Sie legten dafür einen rötlichschimmernden Stein auf den Boden, bedeckten ihn mit Stroh und kleinen Ästen. Ohne zusätzliche Handgriffe entzündeten sich die Materialien und spendeten Licht.

Nicht lange und ich erkannte eindrucksvoll bemalte Wände. Sie erzählten eine Geschichte, die ich zu entschlüsseln versuchte, während ich mir den Bauch mit Käse und Brot vollschlug. Manche Stellen waren verblasst und abgebröckelt. Gut sichtbar war jedoch eine Art Lichtkreis, welcher in alle Richtungen strahlte. Am Ende eines jeden Strahls hauste eine Kreatur. Erst ein Vogel, dann folgte ein Drache, ein Wolf, ein Fischwesen und zuletzt ein Stein- oder Eisriese. Sie waren mit einfachen Linien kraftvoll gezeichnet. Darunter entdeckte ich auch die Symbole der Machtinsignien. Sie umkreisten jeweils eine der Kreaturen.

Meine Aufmerksamkeit glitt zu Arlinn. Sie saß schlafend und in eine Decke gewickelt vor mir. Seth hatte sie vorhin in die Ruine gebracht und machte uns murrend ein Feuer. Sie hatte den ganzen Ritt ohne Mantel verbracht und der Kälte trotzen müssen. Dazu sah die Verletzung am Arm von ihrer Insignie noch grausiger aus als vor dem Sturm. Zumindest kehrte jetzt allmählich ihre Lippenfarbe zurück. Daisy dagegen kauerte im silbrigen Käfig und klopfte ihre Flügel warm.

Ich schob ihr ein kleines Stück Käse zu. »Damit du uns nicht verhungerst.«

»Das nächste Mal nehme ich Moos und Stiefel mit. Ich hasse die Kälte.«

»Mein liebster Freund ist sie auch nicht«, sagte ich und war über ihr munteres Auftreten erleichtert. Vor einer Stunde war sie beinahe erfroren und jetzt biss sie genüsslich in den herben Käse. Stolz breitete sich in meiner Brust aus. Sie lebte und schien gesund zu sein.

»Ich verstehe zwar, wieso die Dämonen mich in diesen Zwinger gesteckt haben, aber nicht, was wir in dieser Ruine sollen. Überall haftet uralte Magie an den Wänden, am Boden, selbst in der Luft, die wir atmen.«

Mein Blick schweifte durch die große Halle. Vereinzelt erklangen gemurmelte Gespräche und verächtlich leuchtende Augenpaare huschten zu uns. »Uralte Magie?«, fragte ich leise.

»Dieser Ort wurde nicht von Hand erbaut, sondern durch eine fremde Magie.« Ihre Finger glitten auf und ab, als würde sie eine unsichtbare Harfe spielen. »Ich kann sie fast greifen.«

»Es soll eine besondere Insignie hinter diesen Mauern geben und ich muss sie für die Prinzen beschaffen«, erklärte ich. Es war so surreal. Erst war ich wie eine gewöhnliche Gefangene behandelt worden und jetzt war ich ihr wichtigstes Werkzeug.

»Als ich durch das riesige Lager geflogen bin, haben sie sich wie kleine Kinder über den Dämon mit den langen Haaren aufgeregt, der eine Insignie mit Hilfe deiner Fähigkeit entwenden will. Sie haben ihm nicht geglaubt, obwohl er sehr überzeugend wirkte.«

»Das klingt nach unserem alten Freund Nevan.«

Ihre Fühler standen senkrecht. »Das ist ein Scherz, oder? Das ist einer!«

»Leider nicht. Ich wollte es auch erst nicht wahrhaben, aber seine Phoenixklinge hat ihn verraten.«

Arlinn blinzelte ins Feuer und zog die Decke wieder über die Schultern. »Nicht nur das. Er hat sich als Halbdämon offenbart. Dabei hielt ich es für Märchen, dass solche Halblinge oder auch Dämmerblüter unter uns wandeln. Sie sollten gar nicht existieren, weil zwei unterschiedliche Magietypen in der Schwangerschaft sofort tödlich für den Fötus enden.«

Trotz des Feuers strich mir ein eiskalter Schauer über die Haut. Der Genpool in Mythnoir war strikt getrennt, wenn die Föten schon im Mutterleib aufgrund der inkompatiblen Magiearten starben. Nevan hatte unwahrscheinliches Glück oder eher Pech gehabt, auf die Welt gekommen zu sein. »Das erklärt, wieso er den Schutz von Escarun überwinden konnte und Elementarmagie durch seine Adern fließt. Er ist eine Ausnahme in der natürlichen Ordnung.«

»Richtig. Auch wenn er grundsätzlich über mehr Magie verfügt, genießt er als Dämmerblut garantiert kein Ansehen. Die Dämonen verachten uns Seltaren und einen Halbling bestimmt noch mehr«, verriet sie und schob die Augenbrauen zusammen. »Zugegeben wir brauchen sie für die Herstellung einiger Alltagsinsignien, welche das jeweilige Volk aufgrund der unterschiedlichen Magiearten nicht herstellen kann, aber wir vermeiden den direkten Kontakt soweit wie möglich. Es ist besser so.«

»Seine Dämonenkollegen haben aber mit ihm keine Probleme«, bemerkte Daisy und fiel mit ausgestreckten Armen nach hinten.

»Er ist zwar ein hochrangiger Dämonenprinz, trotzdem versucht er, sich einzugliedern und wenig aufzufallen«, stellte ich leise fest.

»Sogar Lucien hätte niemals damit gerechnet. Obwohl die zwei ständig Zeit miteinander verbracht haben, ist Nevan nie vollständig demaskiert worden. Seine Mission war also gut durchdacht«, meinte Arlinn.

»Er sagte mir, dass es bei alldem um ihre Königin geht. Sie haben die Akademie und das umliegende Dorf angegriffen, weil sie die Insignien zum Leben braucht. Mich wollte Nevan wegen seines Edikts raushalten, weil ich ihm das Leben gerettet habe.«

»Die Königin stirbt, ihre Tochter ist verschollen und der Rarqun vergnügt sich weiterhin. Was für eine seltsame Situation.«

»Ich dachte, der Rarqun wäre so etwas wie eine Gottheit, nichts Lebendiges.«

»Mein Onkel hat mir die Geschichte sehr oft erzählt. Willst du sie hören? Ich erspare dir auch die langweiligen Einzelheiten.«

Ich nickte.

»Damals, als der Asphar unsere Länder noch nicht trennte, gierten die Dämonen nach mehr und wollten nicht nur Land, sondern auch die ungebundenen Insignien von Mythnoir beanspruchen. Es herrschten in vielen Gegenden unvermeidbare Auseinandersetzungen«, erzählte sie ruhig. Ich hörte ihr gebannt zu. »Jahrzehnte vergingen und eine Machtinsignie nach der anderen wurde gebunden, bis der Punkt kam, wo wir versuchten, den Konflikt auf diplomatischem Wege zu lösen, weil wir die Opfer nicht mehr ertragen konnten. Es gelang uns einen Waffenstillstand auszuhandeln und die Dämonen zu besänftigen. Doch niemand ahnte, dass der Rarqun sich unsterblich in eine der Zwillingstöchter der Seraphen verliebt hatte. Sie hatten eine Affäre über die Landesgrenzen hinaus. Natürlich zog diese im Laufe der Zeit Aufmerksamkeit auf sich. Es traf besonders die Dämonenkönigin, die zu dieser Zeit ein Auge auf ihn geworfen hatte. Sie wollte seine Geliebte aus Eifersucht in ihre Insignie sperren. Allerdings erwischte sie die falsche Tochter und damit entbrach ein weiterer Krieg, der uns zu viel abverlangte. Sie löschten unsere direkten Vorfahren, die Seraphen, aus und der Krieg war vorbei. Laut der Erzählung soll der Rarqun mit seiner Geliebten in den Tod gegangen sein. Aber wenn seine Magie bis heute unter ihnen weilt und die Dämonen an ihre auferlegten Edikte seiner Insignie bindet ... muss er am Leben sein.«

»Klingt fast nach einer noch düstereren Version von *Romeo und Julia*«, murmelte ich.

»Was davon wahr oder falsch ist, lässt sich schwer zurückverfolgen. Wenn die Version jedoch nicht stimmt und das Ganze mit der Dämonenkönigin zusammenhängt, hätte mir Lucien davon erzählen können. Er liebt die alten Geschichten und wollte ihnen immer auf den Grund gehen.«

»Du denkst noch positiv von Lucien?«

»Er bleibt ein alter Kindskopf, daran ändert seine wahre Identität nichts. Allerdings schuldet er mir eine Erklärung und ich hoffe für ihn, dass diese einleuchtend klingt. Früher oder später werden wir die Gelegenheit bekommen, die richtigen Antworten zu hören. Daran müssen wir festhalten.« Sie klang selbstsicher und überzeugend, obwohl ich mir nicht vorstellen konnte, dass sie selbst an das Gesagte glaubte.

»Wir müssen die richtigen Fragen finden, sonst habe ich die Befürchtung, wir werden ewig bei den Dämonen sitzen«, sagte ich und seufzte. Noch sah ich keinen Ausweg aus dieser Lage.

»Die einzige Chance, die uns hinter dem Asphar bleibt, ist das Edikt der Dämonen und das gefällt mir gar nicht.«

»Du glaubst nicht, dass die Garnison diesen Ort rechtzeitig erreicht?«

Sie öffnete tonlos ihre Lippen. Es fiel ihr sichtlich schwer, in Worte zu fassen, was sie dachte. »Sie sind nicht gut vorbereitet. Der winzige Vorfall vor elf Jahren hat uns unvorsichtig werden lassen. Wir dachten, es wird noch eine Zeit lang dauern, bis die Dämonen ihre Kräfte wieder bündeln und uns in voller Montur angreifen. Sie hatten das Überraschungsmoment auf ihrer Seite und haben sich sogar in unsere Reihen eingeschlichen. Falls kein Wunder geschieht, bleiben wir Gefangene.«

»Genau wie dieser Halbdämon dort«, fiepte Daisy aufgeweckt und zeigte in seine Richtung. Nevan kam auf uns zu und sah ausnahmsweise angespannt aus. Für einen anderen Ausdruck fehlte ihm offensichtlich die Zeit.

»Dann will ich dem Dämmerblut den Gefallen erweisen, ihm zu mehr Ansehen zu verhelfen und seiner Königin das Leben zu verlängern«, stöhnte ich und klopfte mir die Brotkrümel von der Hose.

»Versprich mir, dass du auf dich aufpasst. Die Malereien an den Wänden verheißen nichts Gutes.«

Ich lächelte lasch. »Tritt du gegen kein dämonisches Schienbein. Das wäre für uns ebenso unvorteilhaft.«

»Ich reiße mich zusammen«, sagte sie und grinste. Sie würde es trotzdem tun, wenn sie die Möglichkeit dazu sah.

Erst vor dem vermeintlichen Eingang zur Insignie nahm meine Nervosität zu. Wir wanderten über eine bemooste Steinbrücke, deren Sockel schon längst zerbrochen auf dem Boden lagen. Ich erkannte bloß mit Fantasie, dass sie einst geflügelte Wesen dargestellt hatten und bunt angemalt worden waren. Am Ende erhob sich ein Wächtertor und brach geräuschlos den Boden auf. Ein anderes, als ich bei der Ankunft in Escarun bestaunen durfte. Mosaikartig zierten Edelsteine die Türhälften und standen wie Schuppen einer Eidechse ab. Je näher ich dem farbenfrohen Spektrum kam, desto stärker breitete sich ein beklemmendes Gefühl aus. Solche Tore waren Portale. Sie führten zu einem gänzlich anderen Ort jenseits der Mauern und befolgten eigene Regeln. Sie gehörten keiner richtigen Insignienklasse an. Sogar für Schatteninsignien wie die Finstersphäre, die bei Benutzung sofort eine nachteilige Auswirkung zeigte, waren Wächtertore zu harmlos und im Gegensatz zu Alltagsinsignien konnte man sie nicht durch eigene Magie herstellen.

Nevans Schweigen und das Echo, das unsere Schritte im Korridor erzeugten, klangen zusätzlich wie eine Sirene in meinen Ohren. Dann formten die glänzenden Edelsteine am Tor zwei Personen mit geschwungenen Bögen, die den Korridor sprenkelnd erhellten. Ein Duft von frischen Gräsern kitzelte in meiner Nase. Die Wächter begrüßten uns nicht, stattdessen hoben sie stumm ihre Bögen hoch.

Nevan blieb stehen, rückte den geliehenen Pelzmantel gerade und strich mein Haar zärtlich zur Seite. Ich suchte in seinem Gesicht nach irgendetwas, was mir die Zweifel nahm, nicht siegreich aus der Sache hervorzugehen.

»Muss ich mich vor dem Inhalt hinter diesem Tor fürchten?«, fragte ich, aber er tippte zweimal gegen den Ring an meinem Hals und unsere Nähe schwand so schnell, wie sie sich angebahnt hatte.

»Den wirst du nicht mehr brauchen«, flüsterte er. Der Eisenring fiel vor meine Füße.

»Das heiß wohl ja«, sagte ich und umfasste meinen befreiten Hals. Die Kraftinsignie an der Wade wurde warm. Ihre Magie floss und stützte mein linkes Bein.

»Wenn du leise und besonnen vorgehst, hast du vielleicht Glück. Es erwartet eine Armee von außerhalb und keine einzelne Person, welche nach langer Zeit durch das Tor schreitet.«

»Habt ihr sooft versucht, die Insignie an euch zu nehmen?«

»Einige Male. Keiner von uns hat es geschafft.«

»Was, wenn etwas schiefläuft?«, fragte ich und knetete die Hände. Sie waren eisig.

»Dann werde ich alles daran setzen, dich in Sicherheit zu bringen. Zur Not werde ich die zweite Macht von Simurgh einsetzen.«

Er beruhigte mich nicht. Hinter dieser prunkvollen Tür hauste irgendein Schrecken und ausgerechnet ein Mensch ohne Magie sollte sich dem stellen? Am liebsten wollte ich schreiend wegrennen und mich verkriechen. Leider riskierte ich entweder das Leben meiner Freunde oder meines, wenn die Phoenixklinge nicht rechtzeitig ihre Macht entfaltete. Ich hielt ein Stück von Nevans Umhang zwischen meinen Fingern. »Können wir nicht gemeinsam hindurchschreiten? Dann würde ich mich etwas sicherer fühlen.«

»Verzeih mir, diese Wächter lassen nur eine Person hinein.«

»Und du versprichst mir, mich dann die Heimkehrinsignie suchen zu lassen und die Finstersphäre zu zerstören?«

»Beim Edikt des Rarquns«, flüsterte er. »Nun geh und bringe uns die Insignie«, sagte er mit einem gebieterischen Ton, der mich von ihm zurücktreten ließ. Jetzt war er wieder ganz Dämon und lehrte mich, nicht allzu viel Vertrauen in seine Gutmütigkeit zu legen.

Gekränkt wandte ich mich ab. Ich ballte die Hand vor der Brust zusammen, schritt durch das Tor hindurch und schaute ein letztes Mal hinter mich. Bitte nicke mir zu, flüsterte ich in Gedanken, doch Nevans Ausdruck war versteinert. Er blinzelte nicht einmal. Die erhoffte Ermutigung, die ich damals vor der Prüfung erhascht hatte, bekam ich diesmal nicht. Einsam schimmerte das Licht durch den letzten Türspalt und schnitt ihn mit einem wuchtigen Schließen ab. Jetzt gab es kein Zurück mehr.

Der entscheidendste Moment

Ich atmete tief durch. Es war nur eine Höhle, in einem fremden Berg, irgendwo in Mythnoir. Breite Stufen waren zwischen zwei Felsen eingearbeitet. Ein großes Loch mit Gestrüpp klaffte in der Decke. Wasser fiel von den Blättern und ich hörte Schwalben, die stolz ihre Flugübungen vorführten. Eine friedliche Stimmung im Vergleich zum Vorhof der Ruine.

Mit zaghaften Schritten trat ich aus dem Schatten der schützenden Felsen, um eine bessere Sicht über den Platz zu bekommen. Fünf weiße Säulen stabilisierten diesen Ort und umrundeten einen glitzernden Teich. In dessen Mitte thronte ein Podest, auf dem etwas funkelte. Das musste die Insignie sein! Hatte ich dieses Mal wirklich Glück und das Monster war auf Beutezug gegangen? Wenn dem so war, dann durfte ich keine Zeit verlieren. Leise schlich ich voran, versteckte mich hinter Geröll und fixierte stetig das Podest. Scharf sog ich die Luft ein und rannte zur nächsten Säule. Fast geschafft! Nur noch den flachen See überqueren und ich hielte die Insignie in meinen Händen. Dann wäre ich bald wieder in Sicherheit, falls Nevan sein Versprechen nicht schon längst gebrochen hatte.

Meine Schuhe tauchten hinab. Das klare Wasser prickelte am Fußgelenk. Kleine Fische schwammen umher. Alles ganz harmlos, alles friedlich. Wie auf dem Präsentierteller lag das Amulett auf einem Moosbett. Meine Finger berührten die Oberfläche des grünblauen Edelsteines, dessen Tiefe unergründlich zu sein schien. Der Stein war nicht warm oder kalt, nicht glatt oder rau, sondern, gleichmäßig und fein. Eingefasst in kupfergoldene Ranken, lag er in meiner Hand. Nichts geschah. Keine Schmerzen, tödliche Vergiftungen, Simsalabims oder magische Special Effects. In meinem Kopf spukten zu viele Märchengeschichten von Granny herum. Am Ende handelte es sich gar nicht um eine Machtinsignie und die Dämonen lachten mich aus.

Mit einem Mal hörte ich ein lautes Schnauben. Sofort verkrampfte sich mein Magen. Das Wasser um meine Knöchel schlug hektische Wellen. Der Boden bebte. Panisch riss ich die Augen auf. Aus dem tiefsten Schatten stampften riesige Pranken hervor und lange Krallen kratzten bedrohlich über den Steingrund. Eine schuppige Brust leuchtete wie ein Meer aus tausend Smaragden. Meine Arme, Finger, Beine, Zehen wurden taub – ich erstarrte zur Marmorstatue. Die gelbe Iris einer Echse sah mich ausgehungert an. Es war ein verdammter Drache! Keine Projektion eines Filmes oder eine 3D-Vorstellung im Kino ... nein. Ein lebendiger, atmender, hungriger Drache! Das war der perfekte Zeitpunkt, um zu schreien und fortzulaufen. Doch er lechzte bereits nach mir. Ich schluckte und die Angst, seine Vorspeise zu werden, lähmte mich. Ohne eine magische Fähigkeit, das Wächtertor oder einen Fluchtweg war ich verloren. Jetzt wäre ein guter Moment für meinen finsteren Prinzen gewesen, um hier aufzutauchen und sein Schwert zu ziehen. Oh Gott, ich dachte im Ernst optimistisch von ihm.

Prächtige Zähne funkelten mich an. Ich sah meinen Körper bereits im Maul des Drachen und meinen gespaltenen Kopf vor mir liegen. Er streckte mir seine gewaltige Schnauze entgegen. Ich schloss die Augen und erwartete mit schwindendem Puls, dass er zuschnappte. Es folgte ein tiefer Atemzug, der meine Haare nach vorne zog. Schnupperte er an mir, bevor er mich fraß? Ein flüchtiger Blick nach oben versetzte mich ins Staunen. Auf dem Drachen wuchs ein kleiner Wald. Sträucher, Gräser und Blumen wie Löwenmäulchen, Tränendes Herz oder Nelken ragten auf seinem Kopf empor, als ob er eine ausgefallene Frisur trug. Blühende Bäume rundeten das Farbspektrum ab. Ein majestätischer Anblick, konträr zu dem widerlichen Mundgeruch.

»Wer meine Drachenschuppe zu stehlen versucht, muss sich seinem entscheidendsten Moment stellen«, hauchte er und schüttelte seine Mähne. Blüten fielen herab und Äste schlängelten sich zu Boden. Sie wanderten auf mich zu.

Mit ganzer Kraft wehrte ich die Äste ab und versuchte, sie zu brechen oder hinunter zu biegen. Die ersten bekämpfte ich erfolgreich, aber es wurden mehr und mehr, sodass sie meine Hände mit tiefen Schnitten verzierten. Die Wunden brannten entsetzlich und Blut quoll hervor.

»Ich will deine Insignie nicht besitzen!«, rief ich. Der Drache zog sich nicht zurück. Im Gegenteil, seine Wurzeln umschlossen meine Beine, hoben mich hoch und verkeilten sich in meiner Kleidung. Ich schlug wild um mich, schrie, japste nach Luft, bis mir die Stimme in die Kehle rutschte und nur ein Fiepen übrigblieb. Kraftlos hing ich in dem Geäst und Taubheit nahm mich gefangen. Mein Körper wurde kalt, mein Bewusstsein träge. Den rettenden Schlaf nahm ich dankbar an.

Im Hintergrund lief friedliche Radiomusik. Unter mir brummten vertraute Autogeräusche. Die Schuhspitzen rollten einen Fußball mit fremder Leichtigkeit umher. Durch träge Lider lächelte mich Mums Leberfleck an, denn sie trug wieder ihre Hochsteckfrisur. Ich wischte mir den Sand aus den Augen und setzte mich aufrecht hin. Im Auto lagen Stofftiere und eine Packung Kekse. Sam nuckelte an seinem Tuch und starrte aus dem Fenster. Er war so unschuldig und winzig, fast schon engelsgleich. Ich hatte vergessen, wie groß seine Augen damals gewesen waren, im Gegensatz zu heute. Und dann sah ich ihn – meinen Vater.

Auf dem Beifahrersitz wippte er mit dem Knie auf und ab. »Isabella, wir sind falsch abgebogen«, meckerte er.

»Dann fahr du doch! In dieser Dunkelheit sehe ich nichts!«

»Du hast vorgeschlagen, das Wochenende auf dem Hof zu verbringen. Ich wollte in Ruhe an meinem Schreibtisch sitzen.«

»Genau das ist das Problem! Du unternimmst nichts mit deiner Familie, seit du deinen Job verloren hast. Dabei bist du den ganzen Tag zu Hause. Die Kinder wollen mit dir spielen und du sitzt lieber am Schreibtisch. Ich dachte, ein wenig Zeit außerhalb würde uns allen guttun.«

Ich hatte das alles schon ein Mal durchlebt. Damals, als ich neun Jahre alt gewesen war. Ein mulmiges, fast panisches Gefühl stieg in mir auf. Fand ich mich gerade in der schlimmsten Nacht meines Lebens wieder? Wie konnte das sein? War das die Magie des Drachens? War das ein Bindungsversuch der Insignie? Oder war Mythnoir einfach nicht passiert?

»Deine Eltern sind das Problem. Nicht, dass wir uns eine Auszeit gönnen.«

»Immer sind sie schuld. Nicht dein Egoismus oder gar deine Unfähigkeit, dir einen neuen Job zu suchen!«

»Sie rufen ständig an, beschweren sich über jede Kleinigkeit und maßen sich an, sich in unser Leben einzumischen«, sagte er aufgebracht. »Und du lässt es auch noch zu!«

Ich wollte mit aller Macht aufspringen und Dad aus dem Auto schmeißen. Aber kein Muskel gehorchte, nicht einmal blinzeln gelang mir. Ich war gefangen in meinem jungen Körper und die Erinnerung lenkte, wohin ich schaute, wie ich atmete und wie ich mich bewegte. Trotzdem erlebte ich es von Neuem. Mein kleines Selbst hielt sich die Ohren zu. Ich wusste bereits, wie es enden würde. Damalige Empfindungen brodelten in einem Geysir. Ich nahm Angst und besonders ein kindliches Schuldgefühl wahr. Es galt meinen Eltern.

Mum stöhnte auf. »Sie wollen nur das Beste für uns. Wieso verstehst du das nicht?«

»Niemand will von allen Seiten hören, dass er keinen Job bekommt. Zur selben Zeit stecken sie einem Geld zu, tätscheln einem die Schulter und gehen. Das ist entwürdigend!«, brüllte er.

Sam ruckte hoch und fing zu weinen an. Gleich passierte es.

»Sei froh, dass sie es für selbstverständlich halten. Ich weiß, ihr hattet keinen guten Start. Es gibt keinen Grund, meine Eltern zurückzuweisen, wenn wir in einer brenzlichen Lage sind!«

Mein kleines Selbst wollte Sam beruhigen und schaukelte seinen Cosimo. »Könnt ihr nicht einmal aufhören, immer über dasselbe Thema zu streiten?«, motzte ich dazwischen.

Mein Vater schaute nach hinten. Ich schreckte bei seinem Anblick zurück. Hatte er damals wirklich so ausgesehen? Ein Vollbart und eine tiefsitzende Brille überlagerten meine verblasste Erinnerung.

»Erwachsene diskutieren gerne, Shary. Das liegt in unserer Natur. Du verstehst das noch nicht.«

Schon damals verstand ich es. Sinnlose Streitereien führten zu nichts, wenn die beiden nicht versuchten, aufeinander einzugehen. Der Zweck dahinter war nur Druck auf den anderen auszuüben. Die eigentliche Botschaft versteckte sich zwischen dem Gesagten. Zu jederzeit handelte es sich um verletzte Gefühle, die anerkannt werden wollten und nicht um den Wunsch, eine gemeinsame Lösung zu finden.

»Dann tut das wenigstens nicht vor Sam!«

»Entschuldige Schatz.« Mum sah in den Rückspiegel. »Gregor, kannst du bitte deinen Sohn nehmen? Er hat sicher eine volle Windel.«

»Die paar Minuten kann er noch durchhalten. Ist ja nicht so, dass du wieder falsch abgebogen bist.«

»Ohne deine Bemerkungen wären wir schon längst da«, rief sie und schlug die Hände auf das Lenkrad.

Mein kleines Selbst presste seufzend die Wange an die Fensterscheibe. Sie schaute in die Nacht hinaus und bewunderte die dunkle

Landschaft, während meine Eltern ihren Streit wieder aufnahmen. Sam nörgelte weiterhin lautstark. In ein paar Sekunden würde Mum gegen die Planke knallen, ins Schleudern geraten und uns in einen Graben reißen. Sie wussten nicht, wie sehr dieser Unfall unser Leben erschüttern würde. Wie sehr unsere Herzen daran zerbrechen würden. Knochenbrüche würden heilen, aber nicht der Schmerz in der Brust. Nie wieder.

Aus dem Nichts tauchte der Drache auf. Mit gelben Echsenaugen starrte er bedrohlich ins Auto hinein. Die Flügelschläge donnerten in den Ohren und ich sah meine kindliche Spiegelung in seinen ovalen Pupillen.

»Du weißt, was gleich geschehen wird«, knurrte er mit tiefer Stimme. »Ich gebe dir die Macht, deine Vergangenheit und den entscheidendsten Moment zu ändern, als hätte dein jetziges Leben nie existiert. Lässt du es zu oder kämpfst du dagegen an?«

Ein Grollen erschütterte mein Mark. Ich schreckte aus einem bösen Albtraum hoch. Der Ball unter den Schuhen stoppte. Die Finger zuckten. Erleichtert fuhr ich mir durch das Gesicht. Mein junges Selbst gehorchte mir und Hoffnung schlug in jeder Ader ihre Wurzeln. Jetzt konnte ich meinen Vater anbrüllen, diesen Unfall aus meiner Vergangenheit streichen und endlich mein ursprüngliches Leben fortsetzen. Luise würde mir keine Entensprüche an den Kopf werfen, ich könnte weiter Fußball spielen und wäre auf dem Bauernhof eine größere Hilfe. Ich wäre Nevan nicht über den Weg gelaufen, wäre niemals in Mythnoir gelandet, Tamira wäre nie gestorben und Escarun wäre nie gefallen. Alles wäre anders.

Als ich zum ersten Ton ansetzen wollte, sah ich Mums Tränen im Rückspiegel. Sie glitzerten im schummrigen Scheinwerferlicht auf ihren Wangen. Der Streit hatte sie mehr im Griff, als sie es sich anmerken ließ. Ich fiel in den Sitz zurück. Mein Dad verschränkte still die Arme. Er machte sich nicht schmutzig. Nicht für Sam oder seine Frau, die er lieben und trösten sollte, anstatt sie weinend fahren zu lassen. Ein erdrückendes Gefühl überschwemmte mich. Meine Mutter litt. Nach der Trennung war es nur beschwerlich aufwärtsgegangen, aber jeder kleine Schritt war ein Erfolg. Gemeinsam hatten wir den Kummer besiegt und konnten mit Grandpa und Granny das Floristikgeschäft aufbauen. Sie war wieder aufgeblüht, lachte mehr und summte im Auto, wenn ein guter Song lief. Etwas, was vielleicht nicht geschah, wenn ich den Unfall verhinderte. Zwar könnte ich mein linkes Bein nie wieder belasten, aber dafür hätten sie und Sam eine glückliche, unbeschwerte Zeit. Alles würde mit der Zeit besser, auch wenn der Dorn bestehen blieb.

Mein Innerstes war hin- und hergerissen. Wollte ich wirklich, dass Escarun fiel und somit Tamira für das Wohl meiner Familie starb? Wäre es jemals dazu gekommen, wenn ich Nevan nicht im maßgeblichen Moment vertraut hätte?

Verkrampft krallte ich mich am Gurt fest. Entschloss ich mich für mein persönliches Glück, wo Sam und Mum womöglich mehr Leid erfahren würden und vielleicht niemand in Escarun starb – oder für mein persönliches Unheil, wo meine Familie nach einer schweren eine glückliche Zeit haben würde, ich jedoch in Mythnoir Tamira verlor und in eine ungewisse Zukunft steuerte? Es gab immer mehrere Wege zum erhofften Ziel. Aber wer sagte, welcher der Richtige war? Fragen, auf die ich niemals eine Antwort bekäme.

»Isabella, du bist wieder abwesend!«, fuhr Dad sie an.

»Wenn du mich und meine Entscheidungen nicht runtermachen würdest, dann wäre ich erträglicher für dich«, klagte Mum lautstark und zeigte ihre wahren Gefühle zwischen den Zeilen.

»Entscheide dich jetzt!«, zischte der Drache. Seine Pupillen weiteten sich und Sträucher kratzten warnend am Lack.

»Bitte verzeiht mir«, sagte ich sanft und senkte die Hände in den Schoß. Ich ergab mich meinem ursprünglichen Schicksal. Die

Wucht schleuderte mich auf Sams Seite. Wieder drückte ich seinen zerbrechlichen Körper an mich. Er schrie gegen meine Brust. Wieder schnitt der Gurt am Hals, engte meine Bewegungsfreiheit ein. Ich legte das Kinn auf Sams Kopf und wir purzelten mit dem Wagen die Bresche hinunter. Wieder griff Mums Hand nach mir. Ich spürte ihre langen Fingernägel an meiner Hose. Der zweite Überschlag. Der dritte. Sams Brüllen. Der rasende Puls. Das blecherne Geräusch von zerbeulten Türen. Radiorauschen. Dann Stillstand. Endlich Stillstand. Angebrannte Luft stieg mir in die Luftröhre und ich spürte mein linkes Bein. Es steckte unter Trümmern fest und unwirklicher Schmerz schoss von den Zehen bis in den Kopf hoch. Ein Schrei. All meine Bemühungen es herauszuziehen scheiterten. Sams Herz schlug wie wild gegen meins und Mum lag bewusstlos auf der Schaltung. Blut tropfte von ihrer Stirn. Ein Wimmern erklang. Plötzlich hörte ich das Aufschlagen einer Tür. Sofort ruckte ich hoch. Zwischen der umgeschlagenen Rückenlehne blitzte Dads Armbanduhr hervor. Er stieg aus dem Auto.

»Dad!«, rief ich. »Papa!« Geputzte Schuhe schwankten auf dem Waldboden. Ich sah sie wie damals. »Hilf uns!«

Er blieb stehen. Trat einen Schritt zurück. Dann zögerte er und lief schließlich wieder davon. Tränen verschlangen das Schauspiel und Ohnmacht fraß sich durch jede Faser.

»Du, das Kind einer fremden Welt ...«, schnaubte der Drache mit beruhigender Stimme. »Nur mit einem mutigen Herzen kannst du die Drachenschuppe leiten. Nur du kannst ihrer Magie Gehör verschaffen. Sei der letzte Atem und erschüttere die Weiten, die vor dir liegen.«

Ich japste die restliche Luft aus den Lungen. Was in aller Welt passierte hier?

»Noch ist dein Antlitz mit Furcht und Trauer bedeckt, doch überschatte es nicht mit falschen Tugenden, sondern mit Wahrhaftigkeit für die eine Sache, für die du zu kämpfen bereit bist.«

Und dann herrschte Stille. Keine Schmerzen, keine Hilflosigkeit und keine Trauer mehr, nur noch behutsame Wärme.

»Es ist vorbei, Shary«, flüsterte mir jemand ins Ohr. »Jetzt ist alles in Ordnung.«

Ich fühlte eine Hand an meiner Taille. Eine Berührung und ich erkannte, wer es war. Nevan riss mich wieder in eine andere Welt – in seine. Tränen schossen mir in die Augen und fielen in die Tiefe. Vor einem Wimpernschlag hatte ich unter Autotrümmern gelegen, Sam hatte in meinen Armen geschrien und Dad war in den Wald gerannt. Trotzdem stiegen wir höher und höher in den wolkenlosen Himmel. Weit unter mir lag die Ruine. Entsetzt zappelte ich mit den Beinen in der Luft.

»Halt still! Ich kann uns nicht hinausbringen, wenn du dich wehrst!« Nevans Stimme klang angestrengt.

Mein Herz stoppte für eine Sekunde und pulsierte wie nie zuvor unter meiner Bluse. Die Sonne blendete mich und mein Haar sauste im Wind. Ich drückte mich hoch, um den Grund für meine unerwartete Freiheit zu erfahren, und schluckte. Er hatte Flügel! Waschechte Flügel aus schwarzen Daunen! Mit langen, kraftvollen Zügen trugen sie uns höher und versetzten mich in Staunen und Schaudern gleichermaßen. Sie summten mir eine unbekannte Melodie ins Ohr.

»Deiner Reaktion nach zu urteilen, hast du keinen Dämon mit Schwingen erwartet.«

Meine Muskeln zitterten und mein rasender Puls wollte nicht nachlassen. »S-Sind sie dir plötzlich gewachsen oder versteckst du sie unter deinem Hemd?«

Seine Mundwinkel huschten nach oben. »Weder noch.«

Er überrumpelte mich mit dem Schmunzeln, das sein Gesicht weicher erscheinen ließ. Oder bildete ich mir die Grübchen nur ein?

»Was ist mit mir passiert?« Ich ignorierte die gigantische Tatsache, dass wir uns in der Luft bewegten.

»Die Insignie hat sich an dich gebunden«, antwortete er ernst. »Du hast seine Prüfung bestanden.«

Schlagartig fasste ich mir ans Dekolleté. Ich fühlte die Ranken zwischen meinen Fingern. Dann die glatte Oberfläche, den ovalen Edelstein in der Mitte und die Angst, die mit einer Machtinsignie verbunden war. Das Ding machte alles nur noch komplizierter! Nevan würde seine Zusicherung nichtig machen, mich zu den Dämonen bringen und wieder einkerkern. Erst recht mit dieser kostbaren Beute. Verzweiflung lag mir auf der Zunge.

»Ich wollte sie nicht an mich nehmen. Es ist einfach geschehen«, verteidigte ich mich und spürte, wie Nevans Griff fester wurde.

Er antwortete nicht und sein regungsloses Gesicht ließ mich nicht in seinen Kopf schauen. Verdammt! Er sollte mich nicht mehr festhalten, ich wollte seinen Duft nicht einatmen, seine verführerische Wärme nicht fühlen oder gar sehen, wie lange Haare das markante Gesicht umspielten. Und trotzdem ... tat ich es.

Er setzte mich an einem Feldweg inmitten von grüner Gerste ab. Ein Grashüpfer zirpte leise am Rand. »Shary.« Er drehte mich an den Schultern zu sich. »Ich werde euch freilassen.«

Verblüfft beobachtete ich die angewinkelten Flügel. Sie glichen denen eines Raben. »Du willst uns gehen lassen, obwohl sich die Insignie an mich gebunden hat?«

»Mit diesem wunderschönen Amulett schwebst du mehr in Gefahr, als du glaubst. Man wird dich jagen und sofort an den ersten Königshof verschleppen. Solange du deine Fähigkeit verbirgst, bist du bei den Seltaren am sichersten aufgehoben.«

Ich stolperte über meine eigenen Beine. Er verzichtete auf die Anerkennung seines Volkes und riskierte den Zorn von Izzanul und der Königin? Oder war das wieder einer seiner Tricks? Was zum Teufel ging hier vor sich?

»Warte hier. Arlinn und Daisy sind noch im Lager«, sagte er und scharrte eine Fläche am Boden frei. Erst jetzt bemerkte ich den Ring, die Teleportinsignie, an seinem Finger. Damit konnte er die Entfernung zwischen der Ruine und der Höhle überbrücken. Er malte den Kreis in die staubige Erde. Grünliche Schwaden flackerten bereits um ihn.

»Warum tust du das?«, fragte ich, bevor die Insignie ihn verschluckte. Seine sommerblauen Augen durchdrangen mich und überzeugten mein Herz, Springseil zu hüpfen. Es fiel fast aus meiner Brust.

»Niemand soll für das bezahlen, was er nicht getan hat, Menschenmädchen«, antwortete er und verschwand dann mit den Lichtern.

Die Grille beendete ihren Gesang und eine Brise wehte durch die Gerste. Hitze lag über dem Feld. Entgeistert betrachtete ich die Stelle, wo vor einer Sekunde noch jemand gestanden hatte. Ein Jemand, den ich immer noch nicht kannte. »Wer bist du wirklich?«, fragte ich leise.

Der Edelstein kribbelte auf meiner Haut und die Oberfläche reflektierte das Sonnenlicht. Aus irgendeinem Grund hatte ich mir aneignen können, woran hunderte Dämonen gescheitert waren. Ich wusste bloß nicht, wie. Aber der Drache ließ mich erneut fühlen, was ich nie mehr fühlen wollte: von meinem Dad verlassen worden und nie wieder sicher und geborgen zu sein. Die Enttäuschung, die Furcht und die Trauer durchströmten mich. Jeden Fetzen saugte ich auf – zum zweiten Mal. Ich hatte nicht erwartet, meinem schlimmsten Tag erneut ins Gesicht zu sehen und mich für ihn zu entscheiden. Dabei hätte ich bei meiner Granny sein und ihren Märchengeschichten lauschen, mich in ihren Sessel kuscheln und Tee trinken können. Ein Neustart hatte verlockend geklungen, aber Sam und Mum verdienten eine unbeschwerte Zeit abseits von Dad. Meine Verletzung war ein geringer Preis dafür und ohne mich wäre Escarun mit Sicherheit auch gefallen. Und überhaupt, wer garantierte, dass es nicht so oder so genauso gekommen wäre? Glaubten die Dämonen, dass Magie ihre Probleme lösten? Vermutlich war das der Grund für ihre missglückten Versuche sich die

Machtinsignie anzueignen, denn selbst die Seltaren verließen sich zu sehr auf ihre tollen Insignien.

»Was geht bloß in deinem Kopf vor?«, brüllte Arlinn. Nevan hat sie mitgenommen, doch die zusammengeschobenen Brauen bedeuten Ärger. Er streckte ihren Unterarm hartnäckig nach oben. Der Armreif leuchtete schwach.

»Es war ein Fehler, dich vor Ort von den Ketten zu befreien«, sagte er.

»Ich überlege es mir nicht dreimal, wenn Dämonen einen Fehler begehen!«

»Vergiss für einen Augenblick deine Rachsucht und sieh dich um!«, erwiderte er ruppig.

Langsam glitt Arlinns Blick über das Feld, nach links und rechts, über den Untergrund und entdeckte dann mich. Sie schreckte zusammen und stürmte vor Erleichterung los. Auf ihrem Rücken trug sie meinen Rucksack. »Seraph sei Dank, geht es dir gut?«

»Ich habe zwar Schrammen und musste einem Drachen meine großartige Vergangenheit offenbaren, aber sonst kann ich mich kaum beklagen«, antwortete ich und fiel in ihre Arme. Ihr zarter Vanilleduft hing noch in ihren Haaren und gab mir die Vertrautheit einer loyalen Freundin wieder.

»Loudun liegt in nordöstlicher Richtung und ist eine Tagesreise entfernt. Findet die Heimkehrinsignie und kommt nie wieder zurück«, sagte Nevan unmissverständlich und störte unsere Wiedersehensfreude.

»Das aus deinem Mund zu hören, grenzt an Fantasterei«, brummte sie angespannt.

Ich drückte ihre kalte Hand. »Ist schon gut. Er hat bewiesen, dass er kein allzu schlechter Dämon ist.«

»Bist du dir sicher?« Sie musterte mich seufzend und erkannte die Antwort in meinem Gesicht. Sie lautete ja.

Schließlich schaute Daisy aus Arlinns Haaren heraus und kuschelte sich in meine Schleife. »Shary! Jetzt können wir gemeinsam auf die Reise gehen!«

»Ja, endlich können wir das«, flüsterte ich und streichelte über ihren zarten Kopf.

Nevan bereitete die Teleportinsignie vor. Ich erhob ein letztes Mal die Stimme. So stillschweigend kam er mir nicht davon. »Izzanul wird dir die Hörner ausreißen, wenn er hiervon erfährt!«

»Dann bin ich fortan der zweite Dämon, den dieses Schicksal ereilt hat«, erwiderte er zärtlich.

Verwunderung hing in meiner Kehle. Beinahe verschluckte ich mich an ihr und bevor ich etwas sagen konnte, sogen die grünen Lichter Nevans Gestalt ein. Ich stöhnte laut auf, weil er mich wieder mit Fragen alleine ließ und eine tückische Leere in mir verursachte. Er hatte definitiv ein Faible für heroische Abgänge.

»Ehe er es sich anders überlegt, sollten wir schleunigst zur Hauptstadt aufbrechen«, flüsterte Arlinn und scharrte sein staubiges Kunstwerk fort. Ihre Skepsis war verständlich. Er war ein Dämon, Prinz eines großen Königshauses, und hatte keine Gegenleistung verlangt. Entwickelte er so etwas wie Empathie für uns oder konnte er sein Seltarenblut nicht verleugnen? Beides war möglich. Ich betrachtete den Mittagshimmel und zog seinen Pelzmantel von den Schultern.

»Was für eine dämonische Magie besitzt Nevan eigentlich?«

»Er ist ein ungewöhnlich geschickter Gestaltwandler. Einzig und allein mit dieser Fähigkeit konnte er unbemerkt durch Escarun schleichen und keine Erdvibrationen verursachen. Er war wie geschaffen dafür.«

Sprachlos ging ich vorwärts. Dabei hatte ich in Mythnoir vieles erlebt. Von Magie, die heilen und manipulieren konnte, bis hin zu Freunden, die mich verraten hatten und an meiner Seite standen, egal was passiert war. Ich hatte nie erwartet, eine eigene Insignie zu besitzen, nie gedacht, einem Drachen zu begegnen und mich von einem Halbdämon küssen zu lassen. Der Gedanke an seine Lippen ließ meinen Bauch kribbeln und zur selben Zeit meinen

Zorn lodern. Schließlich war er es gewesen, der mich gezwungen hatte, die Machtinsignie zu stehlen und als Pfand zu verschwenden. Für eine Güte, die nur flüchtig in seinen Handlungen und Worten zu finden war. Trotzdem wanderte ich weit von der Ruine entfernt mit Arlinn und Daisy durch ein Feld. Wir waren der sicheren Katastrophe entkommen. All das verdankte ich nur einem und ich befürchtete, das war erst der Anfang einer langen Liste.

Danksagung

Ein ganzes Buch zu schreiben stellen sich viele als unlösbare Aufgabe vor. Doch man braucht bloß Ehrgeiz, Durchhaltevermögen und den Mut, das erste Wort, den ersten Satz und das erste Kapitel auf das Papier zu bringen. Mythnoir entstand aus einer simplen Frage heraus: „Was wäre, wenn man jemanden wahrnimmt, der zwar unsichtbar aber kein Geist ist?" Aus dieser einfachen Grundidee wurde eine ganze Welt von verschiedenen Völkern mit landesübergreifenden Konflikten bewohnt und von magischen Gegenständen und Regeln beeinflusst. Shary und die anderen Charaktere haben ihren eigenen Kopf entwickelt und das macht es umso spannender. Man denkt, man hätte als AutorIn alles im Griff, aber dem ist nicht so. Es ist ein stetiger Prozess, an dem ich gern gearbeitet habe und es immer noch tue.

Deshalb bedanke ich mich zuerst bei meiner Familie. Sie haben diesen Prozess mitverfolgt und mir jederzeit die Kraft gegeben, weiter an diesen Traum festzuhalten und ihn wahr zu machen. Sei es auch nur ein heimliches Stück Kuchen auf dem Tisch oder ein Gespräch über den Stand der Geschichte gewesen.

Dann muss ich mich bei meinen Freunden bedanken. Sie durften jeden Tag die Häppchen der Rohfassung lesen und geduldig auf das nächste Kapitel warten. Besonders die letzten Monate vor der Veröffentlichung waren für mich sehr stressig und ohne ihre Unterstützung, hätte ich es garantiert nicht rechtzeitig geschafft.

In der Überarbeitungsphase des Romans stolperte mir das „Schreibgeheimnis" über die Füße. Ein Zusammenschluss von

Autoren, kreative Köpfe und Schreiberlingen, welche ich alle ins Herz geschlossen habe. Ihr Wahnsinn und ihre Erfahrungen gaben mir den richtigen Stupser, den ich nirgendwo anders bekommen hätte.

Unter meinem Künstlernamen „SunayaART" streame ich seit 2017 auf Twitch.tv. Dort wollte ich nur an meinen Zeichnungen arbeiten, mich verbessern und dabei nette Unterhaltungen führen. Aber was daraus wurde, war schlichtweg unglaublich. Der Kanal wuchs rasant an und die Menschen, die mit Begeisterung meine Streams verfolgten, haben mich motiviert ein weiteres Kapitel meines Lebens aufzuschlagen. Jeder Einzelne verdient ein großes Dankeschön.

Selbstverständlich gilt mein Dank auch an die Testleser: Helga, Svenja, Jenny, Sandra, Janine, Lumen, Kevin, Ria und Kimi. Sie haben die Geschichte in den Himmel gelobt und an den richtigen Stellen Feedback gegeben. Ihre Bemühungen gaben Mythnoir den letzten Schliff. Unteranderem noch: Christian, Ivonne, Juliana, meine Lektorin Lily, Sandra F., und Sarah, für das Einsprechen der Geschichte.

Nächstes Jahr trifft Shary auf weitere tolle Figuren, entdeckt faszinierende Orte und erlebt mehr Magie als je zuvor. Das Abenteuer geht zwischen Dämonen, Nahris, Seltaren und Najaden weiter!

Juna Elwood wurde 1994 im Kreis Minden-Lübbecke geboren. Mit ihrer körperlichen Einschränkung lebt sie für Kunst, Geschichten und den Mut, ihren eigenen Weg zu gehen.

2018 wurde sie als Digital Artist selbstständig und begeisterte mit tollen Illustrationen unter ihren Künstlernamen „SunayaART" bereits Tausende vor den Bildschirmen.

Schließlich dauerte es nicht lange, bis auch Wörter sie verleiteten, fantastische Geschichten abseits der Farben zu erzählen. Dort fand ihre Kreativität ein zweites Zuhause. Ihr Debütroman „Mythnoir: Im Bann der Insignien" ist der Auftakt einer fesselnden Saga voller Geheimnisse und gefährlicher Konsequenzen.